출생의 비밀,
그루갈이 삶을 위한 씨뿌리기

출생의 비밀,
그루갈이 삶을 위한 씨뿌리기

출생의 비밀, 그루갈이 삶을 위한 씨뿌리기

신경득 지음

우리 이야기 문학의 아름다움 · 이효석

살림터

머리말

　아마도 1986년이 아닌가 싶다. 1학기 강의가 끝나고 방송통신대학 출석강의를 하게 되었는데, 무슨 까닭인지 확실하지는 않으나 이효석의 「모밀꽃 필 무렵」을 놓고 이러저러한 논의를 하다가 한 학생이, 「모밀꽃 필 무렵」에 나오는 동이·허 생원·성 처녀·조 선달은 물론이고 허 생원의 분신인 나귀까지도 그루갈이 삶을 살아가는 존재라는 요지의 발표를 하였다. 나는 어떤 섬광 같은 것을 느꼈으나 곧 잊어버리고 일상생활로 돌아갔다.

　그 이듬해인 1987년인 듯한데 국어교육과와 국어국문학과 교수가 합동으로 세미나를 열었다. 마침 최시한 교수가 조선 한문소설 「소나기」의 번역본을 준비하여 이효석의 「모밀꽃 필 무렵」과 얼마나 유사한가를 설명하고, 이효석이 한문소설을 근거로 하여 「모밀꽃 필 무렵」을 개작한 것이 아닌가 하는 의문을 제기하였다. 내가 문득 지난해 방송통신대학 강의내용이 떠올라 소설의 주인공들이 그루갈이 삶을 살아가는 존재라는 요지의 발언을 하자 김수업 교수는 ‘날이 넘은 주장’이라고 하였다.

　집을 떠나 오래도록 객사에 머무는 동안 나는 고향집과 그 집에서 함께 살던 가족들에 관한 많은 꿈을 꾸었다. 대수리 개울인 듯한데 넓고 흰 강이었다. 어디선가 방울소리가 들렸는데 그것은 할아버지가 몰고 가는 소 방울소리였다. 그 뒤로 중풍 걸린 할머니가 지팡이를 짚고 뒤따르고 있었다. 형은 노지게에 극징이를 지고 가고 아우는 바지게에 써레를 지고 뒤따르고 있었다. 맨 뒤의 어머니는 둥구니를 머리에 이고 물을 건너는 중이었는데 내가 선비 안동 김씨를 부르자 잠시 멈칫하더니 그대로 걸어갔다. 아마도 세상을 떠난 나의 혈육들은 개울을 건너 피안으로 가는 모양이었다. 강을 건너 피안에 이르면 이승의 무거운 짐을 벗고 가벼운 영혼이 되어 가는 것일까. 그러나 그곳에는 한국전쟁 초기 희생당한 나의 선인 모습은 보이지 않았다. 프로이트 말대로 의식이 없으면 꿈도 없는 모양이었다.

우리 형제는 홀어미 아들로 성장하였다. 나는 장학금을 주는 학교를 가야만 했기 때문에 내가 가고 싶은 학교를 한 번도 선택한 적이 없다. 한 번은 대낮부터 밤늦도록 소주를 마셨는데 증평역에서 기차를 내릴 때도 술이 깨지 않았다. 시오 리 눈길을 걸어 대수리 개울을 건널 때도 만취 때문에 다리가 휘청거렸다. 옷을 벗고 얼음물에 들어가 목욕을 하고 다시 옷을 입고 나니 온몸에서 불이 일었다. 그날 이후 맨발로 작두날을 타는 긴장의 나날은 오늘까지 계속되고 있다. 나에게 절대적인 영향을 끼친 스승도 만나지 못하였다. 그러니까 나의 학문은 이른바 '스스로 얻은 것'이다. 독서와 체험을 통하여 만난 스승이 있다면 백범과 단재뿐이다. 이번 논문에서도 단재는 나에게 길나장이 구실을 하였다.

『사람 살리고 가난 구하는 역성혁명』을 집필하기 위하여 『장길산』을 읽는 도중 소설의 첫머리, 노비가 핏덩이 장길산을 분만하고 길가 돌무덤에 묻히는 감동적인 장면을 접하게 되었다. 그리하여 「모밀꽃 필 무렵」에 관한 그루갈이 삶을 살아가는 인생역정을 논문으로 써 보기로 하였다. 1학기 초까지 이효석에 관한 부분과 서사무가 · 입말 이야기 부분을 집필 완료하였으나 여름방학 두 달 동안을 한 일 없이 놀아 버려 2학기 강의를 하면서 서둘러 건국신화 부분을 집필 완료하

6

였다. 좀더 많은 시간을 할애하여 건국신화와 서사무가에 천착하였더라면 보다 나은 글을 쓰지 않았을까 하는 아쉬움이 남는다. 그러나 「모밀꽃 필 무렵」에 대하여 한 학생이 화두를 던진 지 꼭 스무 해 만에 『출생의 비밀, 그루갈이 삶을 위한 씨뿌리기』를 집필 완료하게 되었으니 인연이란 참으로 무서운 것이다.

2001년 초에 앨빈 토플러는 'bio digital convergence'라는 화두를 던진 바 있다. 오늘날의 기술은 지식 정보화 사회가 진행될수록 칸막이식 영역 구분이 무의미하며 산업과 산업 사이의 구분이 불명확하다는 요지의 발언이었다. 그러니까 정보·통신·방송 등이 하나로 '융합'하여 대통합이 일어난다는 것이다. 하기야 해방논리라고 떠들어댔지만 사실은 제3민족국가의 억압논리라고 비판을 받았던 포스트모더니즘도 문학 갈래가 해체·확산·통합될 것이라고 예언한 바 있다. 모더니즘이 군대조직처럼 엄격히 규정하던 문학 갈래를 포스트모더니즘은 갈래 사이의 장벽을 무너뜨리고 '경계선을 넘고 간격을 좁히는 작업'을 추진한다. 그리하여 시·소설·희곡은 평론의 비평적 추리력을 빌려 가고, 반대로 평론은 창작적 특성을 활용하게 되었다. 하나의 입자에 핵심기술을 통합하는 것처럼 포스트모더니즘은 풍자적 본뜨기와 희화적 본뜨기에 의하여 권위적인 경계와 영역을 무너뜨렸다.

인문과학뿐만 아니라 한국문학연구에서도 정보통신기술을 능가하지는 못할지라도 그를 뒤따르는 어떤 변화와 혁신이 와야 한다. 한국문학연구가 더 이상 변두리를 맴도는 천덕꾸러기가 되어서는 안 된다. 이제까지 써 온 몇 편의 논문과 저서에서도 그랬던 것처럼 이번 연구에서도 나는 하나의 화소에 몇 개의 중핵 화소를 통합하고 새로운 통로를 열어 놓는 방법을 선택하였다. 그러니까 출생의 비밀이라는 화소에 건국신화·서사무가·입말 이야기·이효석 소설이 갖는 중핵 화소를 하나로 통합하고 드라마 쪽으로 길을 열어 놓은 것이다. 그리하여 한국문학의 정체성을 회복하기 위하여 한국인의 심층심리에 자리잡고 있는 그루갈이 삶의 양식을 찾아 이효석의 소설 「모밀꽃 필 무렵」으로 끌고가 하나의 핵심 단락으로 통합하였다. 앨빈 토플러의 화두가 한국적 보편성을 열어 줄 것이라고 과신하지는 않는다. 그러나 건너야 할 징검다리라면 외돌아 갈 필요가 없지 않은가.

이 연구를 진행하는 동안 학부의 학생들과 대학원 학생들로부터 헌신적인 도움을 받았다. 각주를 정리하고 참고문헌을 붙이는 등 최종 교열은 안선진이 맡았다.

광복 61년 병술년 원단 지은이 삼가 씀

차례

1. 말머리

　천지개벽은 어떻게 일어나는 것일까. 「창세가」에 의하면, 하늘은 북개꼭지처럼 도드라지고 땅은 사(四)귀에 구리기둥을 세웠다고 한다. 이러한 땅 위에 최초의 인간이 나타난다. 미륵이 한쪽 손에 은쟁반 들고 한쪽 손에 금쟁반 들고 하늘에 축원하여 은쟁반에도 다섯 마리 금쟁반에도 다섯 마리의 벌레를 받는다. 금쟁반에 떨어진 벌레와 은쟁반에 떨어진 벌레가 자라나서 남녀가 되고 드디어 부부가 되니 사람이 태어나게 되었다. 「셍굿」에는 벌레가 사람이 된 것이 아니라 황토로 남녀를 빚었다고 한다.

　한국신화의 공간은 하늘과 땅이다. 해·땅·물이야말로 나라를 세운 영웅들뿐만 아니라 세상을 살아가는 사람들의 주요 관심사였을 터이다. 신화는 천지를 개벽하고 인간이 출생하면서 시작된다. 신화란 무엇인가. 신화는 신들의 이야기이기도 하지만 신을 빙자한 인간들의 이야기이기도 하다. 서사무가는 신이성 때문에 신화적 성격을 지니기도 하지만 일상성 때문에 입말 이야기의 성격을 지니고 있다. 입말 이야기에 이르러서야 보통사람을 발견할 수 있다. 입말 이야기에서 우리 이야기 문학의 막내둥이라고 볼 수 있는 소설이 발생하였다.

세상에 생명보다 아름다운 것이 있으랴. 생명이란 물과 같아 높은 곳과 낮은 곳을 가리지 않으며, 기름진 땅과 메마른 땅을 가리지 아니하며, 젖은 땅과 마른 땅을 가리지 아니하며, 씨앗이 떨어져 떡잎을 가르고 꽃을 피운 다음 드디어 열매를 맺는다. 대지에 떨어진 씨앗은 순환을 거듭한다.

동해 용왕 막내따님은 버릇없는 말괄량이라 용궁에서 쫓겨나 이승으로 귀향 온다. 통쇠에 갇힐 적에 어머니가 이승에 나가 생불왕이 되어 먹고살 방도를 마련해 주나 용왕이 서두는 바람에 출산의 방법을 듣지 못하고 세상에 오게 된다. 임보로주 임박사 부인에게 아기를 불어넣어 주었으나 열두 달이 넘도록 출산을 못 시킨 채 수양버드나무 아래서 통곡한다. 한편, 옥황상제가 명진국 따님아기를 불러 잉태와 출산의 방법을 알려 주니, 임보로주 임박사 부인 곁에 내려와 아기를 출산시킨다. 이후 동해 용왕 막내딸은 아기를 서천 꽃밭으로 데려가는 저승할망이 되고 명진국 따님아기는 삼승할망이 된다.

이렇게 세상에 태어난 귀한 생명이 사람이 만든 굴레 때문에 축복을 받기도 하고 저주를 받기도 하며, 때로는 버려지기도 하고 거두어들이기도 한다. 세상에는 '후레자식'이란 말이 있는데, 이희승『국어대사전』에 의하면 "배운 데 없이 제멋대로 자라서 버릇없는 놈"이라고 뜻을 새기고 있다

아버지를 모르거나 불분명한 경우를 '홀의 자식'이라 부른다. 고구려를 건국한 주몽과 부인 예씨 사이에서 출생한 유류 태자가 여기에 해당하며 백제 무왕도 같은 경우이다. 또한, 재석과 당금애기 사이에서 출생한 삼형제도 여기에 해당한다. 이들은 어머니가 재혼하지 않은 경우이다.

남의 씨를 잉태한 채 시집을 가거나 이미 출생한 아이를 데리고 개가하는 경우 홍명희와 신채호는 이들을 '덤받이'라고 부른다. 자신도 '덤받이'였던 동명왕은 소서노와 결혼하나 그녀는 이미 부여 왕족 우태와 혼인하여 비류와 온조를 두었는데, 이들 역시 덤받이의 예이다.

규중처녀와 지렁이 사이에 태어난 견훤도 그러하다. 또한 「모밀꽃 필 무렵」의 동이도 여기에 해당한다.

법적인 혼인관계가 아닌 남녀 사이에서 출생한 아이를 서(庶)자·얼(孽)자·간(間)자·별(別)자·첩(妾)자·추실(簉室)자식라고 하는데, 여기에 해당하는 배달말을 논자는 '얼받이'라 부르기로 한다. 환인의 아들 환웅과 후고구려를 건국한 궁예가 여기에 해당한다.

신화 가운데 '하늘에서 내려온 아이'는 대개 '버려진 아이'들이다. 이들은 당대 귀족들이 양자로 삼아 양육하게 되는데 이는 오늘날 업둥이에 해당한다. 신라를 건국한 박혁거세와 그의 부인 알영, 석탈해와 김알지, 가야를 건국한 김수로왕이 여기에 해당한다.

탄생의 비밀이 있는 것은 아니나 지나치게 많은 아들, 딸의 출생도 정치사회적 불구가 된다. 일곱 번째 딸로 태어난 바리공주와 칠성님과 매화부인 사이에서 출생한 일곱 쌍둥이가 여기에 해당한다. 이러한 출생의 비밀을 화소별로 정리하면 아래와 같다.

A. 하늘의 천신이 지신이나 수신에게 감응한다.
B. 천신은 떠나고 지신이나 수신은 홀로 아기를 분만한다.
C. 동아리로부터 아비 없는 자식이라고 놀림을 받는다.
D. 어머니를 졸라 출생의 비밀을 알아 낸다.
E. 그루갈이 삶을 위한 목표를 설정한다.
F. 아버지를 만나 나라를 세우거나 신책을 맡는다.

제 때 제 땅에 씨앗을 뿌려 떡잎을 가르고 자라나 꽃을 피우고 마침내 열매를 맺는 축복받은 삶을 제물갈이 삶이라 할 수 있다. 그러나 모든 생명이 이렇게 구름에 달 가듯이 살아가는 것은 아니다. 때를 놓치거나 가뭄이나 홍수 때문에 문전옥답이 아닌 산야나 박토에 오곡 대신 구황작물로 멋대로 뿌려져 꽃을 피우고 열매를 맺는 인생을 그루갈이 삶이라 한다. 위의 화소 가운데 A, B, C, D는 모두 출생의 비밀을 지닌 채 세상에 태어난 인간들의 화소이다. 대개의 경우 이러한 인간은 태양마차를 몰고 하늘을 가로지르다 불덩어리가 된 파에톤처럼 한 사회로부터 소외되거나 파멸의 길을 걷는 것이 상식이다. 그런데 한국의 건국신화, 서사무가, 입말 이야기에는 이러한 파에톤이 없다. 출생의 비밀을 지닌 채 탄생한 건국영웅, 서사무가의 주인공, 입말 이야기의 주역들은 오히려 이 화소처럼 그루갈이 삶을 선택하고 자신의 정체성을 개척하기 위하여 건국이념을 설정하거나, 인류에 이바지하는 신책을 맡거나, 아버지를 찾아 멀고도 험한 여행 끝에 자기 정체성을 회복하게 된다.

이러한 주제를 보다 기능적으로 인식하고 효과적으로 분석하기 위하여 아래와 같이 네 갈래로 나누어 서술하기로 한다.

첫째 갈래는 건국신화에 나타난 하늘과 땅, 그리고 물의 이야기이다. 여기서 건국영웅은 고조선을 건국한 단군과 고구려를 건국한 주몽, 백제를 건국한 온조와 비류, 신라를 건국한 박혁거세, 가야를 건국한 김수로왕으로 한정하였다.

얼받이 환웅과 웅녀 사이에 탄생한 단군왕검은 왜 "널리 인간을 이롭게 한다(弘益人間)."는 건국이념을 내세웠으며, 고조선이라는 우리나라 최초의 고대국가를 어떻게 경영한 것일까.

해모수와 유화 사이에 태어나 금와왕의 덤받이가 된 주몽은 왜 "도로써 백성들이 기뻐하도록 다스린다(以道興治)."는 건국이념을 실천하였으며, 광개토대왕은 어떻게 우리나라 최대의 강국인 고구려를 중흥시켰을까.

인민을 "편안하게 한다(人民安泰)."와 "백성이 즐겁게 따르도록 한다(百姓樂從)."는 온조의 건국이념을 무왕이 이어받아 어떻게 백제 중흥을 꾀했으며, 견훤은 어떻게 백제 다물을 행한 것일까.

덤받이로 자라난 박혁거세는 "세상을 빛으로 밝게 다스린다(光明理世)."는 건국이념을 내세워 신라를 건국하였는데, 진흥왕은 이를 이어받아 "덕업을 일신(德業日新)하고 사방을 망라(四方網羅)한다."

는 정복정책을 편 까닭은 무엇일까.

하늘에서 내려와 업둥이로 자라난 김수로왕은 "나라를 새롭게 하고(惟新家邦) 백성을 편안하게 돌본다(而綏下民)."는 건국이념으로 나라를 세웠으나 후대 왕은 왜 신라에 투항하고 마는 것일까.

둘째 갈래는 서사무가 가운데 출생의 비밀이 드러나는 「시루말」, 「천지왕본풀이」, 「바리공주」, 「칠성풀이」, 「제석풀이」 등을 분석대상으로 삼았다.

셋째 갈래에서는 입말 이야기에 나타나는 출생의 비밀을 다루었다.

넷째 갈래는 「모밀꽃 필 무렵」의 주인공 동이가 보여 주는 "섬이 무던하다"는 아름다움을 찾아내기 위하여 이효석 전반에 걸친 탐색을 단행하였다.

어떤 위인이든 일방적으로 전폭적인 찬양을 받는 경우는 드물다. 작가도 또한 그렇다. 이효석을 "조선의 모파상"(조용만), "현대 조선 문학에 있어서 제 일류의 작가의 한 사람"(유진오)이라고 평가하는가 하면, "단편소설의 조자(祖資) 이효석은 소설을 배반한 소설가"(김동리), "그러한 소설(「노령근해」, 「모밀꽃 필 무렵」)들을 재미있어 했을지언정 존경하는 생각은 없었다."(채만식)고 비판하기도 한다.

이러한 상반된 평가는 이효석이 활동하던 당대뿐만 아니라 현대에 와서도 여전하다. "효석의 정신적 방사(放射)의 선상은 한국에서의 가장 뚜렷한 광망(光芒)을 가진 작가였으며 진정한 의미에서 한국적 로망주의의 일인자"(정한모)라고 평가하는가 하면, "효석은 내적 필연성에 의해서보다도 시대사조에 영합하기 위해서 좌익사상으로 자신을 분장했다."(정명환)고 비판하기도 한다.

그렇다면 이효석은 그 당대나 현대에 와서도 왜 상반된 평가를 받는 것일까. 대답은 단순하지 않다. 다만, 김동리가 이효석 문학의 나약성을 "플롯의 빈곤과 성격 창조의 결여"라고 지적하였을 때, "우리

나라 산문예술에 현대적 시정(詩情)으로 살을 붙이고 서구적인 정신 내용과 현대의 문학의식을 도입하고 또한 고유한 정서의 피를 순환"하였다는 정한모의 옹호는 그의 문학 본질을 푸는 실마리가 될 터이다.

말할 것도 없이, 소설이란 일정한 이야기를 머금고 있는 서사양식이다. 작가는 견고한 서사구조보다는 쓸쓸하고 감상적인 서정적 공간을 설정하고, 독특하고 생동감 넘치는 성격 창조보다는 몽롱한 분위기를 자아내는 정체불명의 화사한 여급들을 분장시킨다. 가파른 현실과 맞닥뜨리기보다는 언제나 환경에 순응하며 현실도피의 논리를 개발하고, 건강한 성의 추구보다는 동물적인 에로티시즘을 향락한다. 자연을 생활의 공간으로 보기보다는 순응을 빙자한 도피처로 위장한다. 이러한 이효석 문학의 본질에 대하여 김동리는 그것을 문학적 나약성으로 인식하였고, 정한모는 산문에 시정을 보태는 것으로 파악하였다.

그의 문학 본질을 보다 넓고 깊게 인식하기 위해서는 "현실도피인가, 자연순응인가"라는 가설을 세워 볼 필요가 있다. 이러한 가설을 논증하기 위하여 이효석의 창작활동기를 3기로 갈라 보기로 한다.

이효석의 작품연보에서 분수령을 이루는 시기는 1931년과 1936년이다. 1928년 처녀작 「도시와 유령」을 발표한 이래, 「기우」·「행진곡」·「추억」·「북국점경」·「노령근해」·「상륙」·「북국사신」 등과 1931년 처녀 창작집 『노령근해』(동지사)를 발행하는데, 바로 이 시기가 이효석의 동반자작가 시대이다. 1935년 카프가 해산되기까지 그가 발표한 작품은 「오리온과 능금」·「10월에 피는 꽃」·「돈」·「수탉」·「마음의 의장」·「수난」·「계절」 등인데, 계급적 아지프로와는 등을 돌리고 성이나 자연에 탐닉하는 현상을 보인다. 1936년에 발표한 「산」·「분녀」·「들」·「천사와 산문시」·「인간 산문」·「석류」·「고사리」 등은 자연과 성에 탐닉하는 위장된 자연주의로 드러나는데, 이러한 경향이 극적 절정에 도달한 작품이 「모밀꽃 필 무렵」이다. 이후 그가 사망하는 1942년까지 이효석은 자연주의 가운데 색정주의의 절정에 이르는가 하면, 내선일체를 주제로 한 부왜친일로 보이는 소설을 쓰기도 하고, 오히려 일본어로 민족의 정체성을 강조하는 「은은한 빛」과 같은 소설을 창작하기도 한다.

흔히 말하기를, 「모밀꽃 필 무렵」이야말로 이효석을 한국의 최고 작가로 각인시킨 작품이라고 한다. 그러나 최근에 발견된 한 자료에 의하면, 이 작품이 "순수 창작인가, 야담 개작인가"라는 의문을 던지게 만든다. 이러한 의문이 해명된 뒷자리에서 그의 소설 미학인 '그루갈이 삶을 위한 씨뿌리기'가 해명될 터이다.

2. 건국신화로 본 하늘과 땅, 그리고 물

(1) 얼받이 환웅의 아들 단군이 조선을 세우다

　일제강점기 일본 어용학자들은 단군신화가 『위지』에 실려 있지 않을 뿐만 아니라, 『고기』도 오늘날까지 전해 오지 않는다 하여 『삼국유사』에 최초로 나타나는 단군신화를 고려 충렬왕 때 중 일연이 위작한 것이라 주장을 하여 왔다. 그러나 지금까지 집안을 중심으로 하여 발굴된 고구려 무덤에 나타난 단군 관련 벽화와 중국 산동성 무씨집안 돌사당 돌그림 등을 넓게 살펴볼 때, 단군에 관한 인식이 적어도 고조선 후기(기원전 8세기)부터 고구려 초기(6세기)까지 전해 내려왔다는 것을 알 수 있다.

　기원전 8~7세기로 추정되는 십이대영자 돌곽무덤에서는 얼굴 모양 청동장식품, 짐승 모양 청동장식품, 상형 청동기물 등이 발굴되었다. 얼굴 모양 청동장식품은 마치 떠오르는 아침 해를 연상시키므로 하늘 신에 대한 형상일 수 있다고 생각된다. 짐승 모양 청동장식품도 대가리를 정면으로 묘사하고 주변을 장식적으로 처리한 것으로 보아 신성하게 여긴 동물을 묘사한 듯하다. 상형 청동기물은 하늘, 새, 나무로 비유되는 장식기물일 수 있다고 생각하게 된다. 하나의 무덤에

서 신성한 것을 의미하는 장식품들이 일괄적으로 나온 것은 단군신화와 통하는 점이 있다.[1]

기원전 1세기로 추정되는 정백동 92호 무덤에서는 전체 길이가 11.1cm인 장식 띠고리가 발견되었는데, 이는 왼손을 쓰는 신성한 사람의 것으로 추정된다. 띠고리는 해를 상징하는 붉은 수정을 중심으로 상단에는 몸체가 구름 모양이고 대가리가 용 모양인 하늘신이 세상을 내려다보고 있다. 새끼용은 이제 막 지상으로 내려오고 있다. 밑에는 물을 휘감으며 솟아오르는 한 마리의 어미용이 묘사되었다. 주인공은 우측에 배치된 곰인 듯한 짐승을 타고 가는 여성이다. 등이 활처럼 굽어 있으며 아랫배가 볼록하게 나와 있고 왼손을 힘차게 뻗어 전방을 가리키고 있다. 띠고리 상단의 하늘 용은 천신인 환인이며 새끼용은 환웅으로 보인다. 곰을 탄 여인은 웅녀를 상징한 듯하며, 물을 휘감고 있는 용은 단군의 기백을 형상화한 듯하다. 최초의 인간 탄생을 환상적으로 집약한 유물이다.

중국 산동성 가상현에서 남쪽으로 28리 떨어진 자운산 아래 무씨 집안 돌사당에는 모두 26석의 돌그림이 있는데, 그 돌그림 가운데 후석실에 있는 돌그림 제3석 그림은 단군신화와 관련하여 주목을 끈다. 제3석 돌그림은 모두 4단으로 구성되어 있으며, 특히 3단 그림이 단군신화와 직접 관련이 있는 듯하다.

돌그림의 주인공은 크기로 보나 오른쪽에 배치된 것으로 보아 짐승처럼 보이는 괴이한 두 사람인 듯하다. 그림의 왼쪽에 배치된 짐승과 사람들은 모두 괴이한 두 주인공을 향하여 달려오는 것으로 구성되어 있다.

오른쪽의 짐승으로 보이는 괴이한 두 사람은 모두 두 발로 서 있는데 맨 오른쪽 사람은 측면으로 서서 정면으로 서 있는 두 번째 사람

---

1) 이철, 「단군 관계 미술유산에 대한 고찰」, 『단군과 단군조선』(살림터, 1995), 230~231쪽.

을 바라보고 있다. 맨 오른쪽 사람은 머리가 호랑이고 두 번째 사람의 머리는 곰으로 보인다. 맨 오른쪽 호랑이 사람은 한 손으로 아기의 손을 잡고 아기의 발이 그 입에 닿아 있으며 아기의 또 다른 한 손은 곰 사람의 방패를 잡고 있다. 곰 사람은 짧은 꼬리가 달려 있는 것이 특징인데 머리 위에는 노궁, 왼손에는 방패를, 오른손에는 장검을 들고 왼발에는 단검을, 오른발에는 도끼를 잡고 입에는 창을 물고 춤을 추는 듯한 형상을 하고 있다.

곰 사람 뒤에는 꼬리 달린 작은 곰이 왼쪽 발을 일행을 향하여 들고 있는데, 이는 달려오는 사람과 짐승들을 어서 오라고 인도하는 듯하다. 맨 앞에 달려오는 네 사람 중 앞의 두 사람은 모두 정장을 하였는데, 그 가운데 맨 앞에 오는 사람은 왼손에 칼, 오른손에 활을 잡고, 두 번째 오는 사람은 왼손에 장검을 잡고 있다. 두 사람의 시종으로 보이는 뒤의 두 사람은 모두 긴 부채를 들고 단검과 사발을 들고 뒤따르고 있다. 그 뒤로 짧은 꼬리의 세 마리 곰이 뒤따르고 있는데 세 마리 중 맨 앞의 곰은 새끼가 딸려 있다. 맨 왼쪽에 배치된 세 사람 가운데 제일 앞사람은 장검을 들고 다른 한 사람은 항아리를 들고 달려온다. 맨 끝의 무사는 장검을 든 채 읍하고 있다.

다시 호랑이 사람 그림으로 돌아가 보기로 한다. 과연 호랑이는 아기의 발을 삼키고 있는 것일까, 아니면 입안으로부터 아기를 토해 내고 있는 것일까. 풍운붕·풍운완 형제는 호랑이가 아기의 발을 먹는 것으로 보았다. 그러나 헨체는 호랑이가 아기 발을 먹는 것이 아니라 입안으로부터 아기를 토해 놓는 것으로 보았다. 김재원도 헨체의 주장에 동의하여, 여러 청동기 문양을 예로 들어 범의 입에서 첫 사람이 탄생하는 것으로 보았다.[2]

만약 헨체와 김재원이 주장하는 바와 같이 3석 3단의 맨 오른쪽 호랑이 그림이 아기의 발을 삼키는 것이 아니라 최초의 사람을 탄생시

---

2) 김재원, 『단군신화의 신연구』(탐구당, 1987), 71쪽.

20

킨다는 의견에 동의한다면 3단의 그림은 다음과 같이 재구성된다. 곰 사람의 머리 위에 노궁과 팔다리로 잡고 있는 방패·장검·단검·도끼와 입에 문 창은 모두 아기에게 바치기 위한 천부인과 같은 신기로 보아야 하며, 곰 사람이 춤을 추는 듯한 형상은 당연히 최초의 인간 탄생을 경하하는 것으로 보아야 한다. 실제로 아기는 곰 사람이 바치는 방패를 이미 한 손으로 잡고 있다. 왼쪽에서 오른쪽을 향하여 달려오는 사람들과 곰도 당연히 최초의 인간 탄생을 축하하는 하객 행렬이다. 곰 사람 바로 옆에 작은 곰 한 마리가 축하객 일행을 인도하고 있다. 각기 다른 신분과 농업·수렵·도공 등이 모두 바쁜 걸음으로 달려오고 있는데, 맨 앞의 정장을 한 두 사람은 신분이 가장 높은 사람으로 보이며, 가운데 사발을 든 사람과 맨 뒤의 항아리를 든 사람이 무슨 물건을 가지고 오는지는 불분명하나 아기에게 바치는 불사의 선약이 아닌가 한다. 맨 왼쪽 무사가 칼을 든 채 읍을 하고 있는 모양은 아기의 탄생으로 보아 당연한 의례로 보인다. 이밖에 깃털이 긴 꿩으로 보이는 새와 꼬리가 짧은 다섯 마리의 곰과 두 마리의 뱀도 당연히 달려와 인간의 탄생을 축복하고 있다. 과연 그림의 4단에는 이렇게 출생한 아기가 성장하여 말을 타고 사람들의 수렵·농업·목축 등을 지도하고 있다. 특히 들소로 보이는 짐승을 한 사람은 뿔을 잡고 또 한 사람은 꼬리를 잡아당기고 있는데, 이는 들소를 산 채로 잡아 집에서 기르기 위한 목축의 초기 단계를 표현한 그림으로 눈길을 끈다.

　산동성 무씨집안 돌사당 돌그림의 제작연대는 정확하지 않으나 대략 건화 원년 서기 147년으로 후한대로 보고 있다. 상말주초 시기로 보이는 청동술병에는 호랑이가 입으로 토해 놓은 아기를 안고 있는 문양이 보인다. 또 청동뿔잔에 새긴 문양에서도 호랑이가 입으로 아기를 토해 놓고 있는데, 얼굴은 사람이고 하반신은 용으로 되어 있어 복희씨와 여와씨의 신화를 상기시킨다. 조선민족은 옛적부터 범을 신으로 숭배하여 왔는데 오늘날도 범을 산신으로 모시는 민속이 남아 있으며 또한 그것은 여신이라고 믿고 있다. 논자가 어릴 적 절간의 산신각을 찾아가면 호랑이를 거느린 백발의 노인 그림을 흔히 볼 수 있었다.

문헌상으로는 『삼국지』 동이전에 예(濊)에서 범을 신으로 제사한다고 하였으며, 『고려사』에는 태조의 선조 호경이 산신인 범을 아내로 삼았다는 설화가 실려 있다.[3]

왕건의 6대조인 호경은 어느 날 고을사람들과 평나산에 사냥을 갔다가 날이 저물어 굴에서 자게 된다. 그런데 범 한 마리가 굴을 막고 으르렁거린다. 굴 안의 일행들은 어쩔 수 없이 갓을 벗어던져 제물이 될 사람을 결정하기로 했다. 범이 호경의 갓을 물자 호경은 싸우려고 나간다. 그때 마침 굴이 무너져 오히려 굴 속에 있던 사람들 모두 죽어 버리는 사태가 발생한다. 호경이 죽은 이들의 장사를 지내 주고 산신에게 제사를 올렸는데 자칭 평나산 주인이라는 과부 산신이 나타난다. 바로 굴을 막고 으르렁거리던 호랑이였다. "그대와 부부의 인연을 맺어 함께 신정(神政)을 펼치려 하오니 이 산의 대왕이 되어 주소서." 말이 끝나자 산신도 호경도 사라진다. 그 광경을 본 고을사람들이 사당을 세워 호경을 대왕으로 모신다는 이야기가 있다.

『한국불교전서』 조선시대 편에 실려 있는 '묘향산지'의 단군신화는 이러하다.

환인의 아들 환웅이 태백산에 내려와 신단수 아래 살았다. 환웅이 하루는 신 호랑이와 교통하여 아들 단군을 낳았다. 그가 요임금과 같은 해에 나라를 세워 우리 동방의 군장이 되었다.

위에서 살펴본 산동성 무씨집안 돌사당 돌그림을 제작연대로만 확정하여 중국인이 제작한 중국인의 신화로만 단정하여 보는 것은 위험하다. 왜냐하면 신채호는 고조선의 영토가 지나까지 이르렀다고 주장하기 때문이다. 최초의 인간이 짐승으로부터 탄생하였다는 신화

---

3) 김정학, 「단군설화와 토템이즘」, 『단군신화연구』(온누리, 1986), 70쪽.

22

는 세계적인 현상일 뿐만 아니라, 최초의 아시아 인간이 호랑이 몸에서 탄생하였다는 주장은 동아시아적 현상이기도 하다.

각저총은 5세기 초엽 고구려 무덤이며 장천 1호분은 5세기 중엽 고구려 무덤인데, 앞의 무덤에는 씨름하는 그림이, 뒤의 무덤에는 백 가지 놀이그림이 그려져 있다. 각저총에는 씨름하는 두 사람의 장사를 중심으로 오른쪽에는 심판인 듯한 정장을 한 노인이 보이고, 왼쪽에는 호랑이와 곰이 그려져 있다. 호랑이는 배나무를 등지고 서 있으며, 나무 위에는 검은 새가 네 마리 앉아 있고, 나무를 등지고 곰이 앉아 있다. 네 마리 검은 새는 까마귀인 듯하다. 까마귀는 금오(金鳥)라 하여 예부터 태양을 상징하였는데 여기서는 환인을 형상화한 것이 아닌가 싶다. 장천 1호분에 그려진 백 가지 놀이그림은 이름 그대로 하늘에서 연꽃비가 쏟아지는 가운데 남녀노소가 여러 가지 놀이를 즐기는 그림이다. 화폭 아래 좌단에는 곰이 굴 속에 누워 있다. 한편 고분 북벽에는 세 사람의 말 탄 사냥꾼이 각각 활을 겨누고 있는데 사냥꾼 맞은편에는 맨 위에 멧돼지, 가운데 노루, 아래쪽에 호랑이가 그려져 있으며, 사냥꾼을 향하여 달려가는 호랑이 등에는 화살이 꽂혀 있다. 그리고 사냥꾼이 서 있는 나무 밑둥 아래 한 마리 웅크리고 있는 곰은 사냥당하는 동물들을 구경하고 있다. 따라서 장천 1호분 벽화에 나타난 곰은 사냥 대상이 아닌 신성한 존재로 인식되고 있음을 알 수 있다. 이는 고구려 사람들이 동명왕과 같은 시조신이 있었음에도 여전히 단군을 숭배하고 있었다는 사실을 예증한다.

집안 다섯 무덤의 5호분은 6세기 초 무덤으로 추정되는데, 여기에는 단군인 듯한 인물이 그려져 있다. 무덤의 천장 삼각고임 아래 단에 중심인물이 배치되어 있다. 머리에 면류관을 쓰고 푸른 옷을 입은 위엄 있는 선인풍의 인물은 지금 막 용을 타고 하늘에서 땅으로 내려오고 있다. 선인이 탄 용은 오색찬란하게 그려져 있다. 대가리는 흰색인데 머리가 크고 눈이 붉어 용다운 기개를 갖추고 있다. 목과 몸뚱이는 적갈색으로 네 발이 달려 있어 황룡으로 보인다. 황룡 앞에는 고사리 문양의 우주목이 지상과 하늘을 연결하고 있다. 선인이 탄 용 뒤에는 시자로 보이는 인물이 흑갈색 옷을 입고 황룡을 타고 뒤따르고 있다. 이와 같은 위풍당당한 선인풍의 인물이 단군왕검으로 추정된다.

중 일연이 쓴 『삼국유사』에 실려 있는 단군신화는 다음과 같이 3단으로 요약 정리할 수 있다.

A. 환인의 얼받이 환웅이 인세를 탐내어 환인은 삼위태백이 널리 인간을 이롭게 할 만하므로 천부인 세 개를 주어 세상사람을 다스리게 하였다.

B. 환웅이 무리 3천을 이끌고 태백산 신단수에 내려와 신시를 베푸는데, 곰과 호랑이가 찾아와 사람 되기를 청하니, 곰은 환웅의 금기를 따라 사람이 되고 아기 갖기를 원하므로 환웅이 혼인하여 단군을 낳았다.

C. 단군왕검이 조선을 평양에 세웠다가 아사달로 도읍을 옮겨 1500년을 다스리고 장당경으로 옮겨 갔다가 후에 아사달에 돌아와 숨어서 산신이 되었는데, 그때 나이 1907세였다.

단군신화의 첫머리는 출생의 비밀로 시작된다. "환인의 서자 환웅이 늘 천하에 뜻을 두고 인세를 탐내었다(昔宥桓因 庶子桓雄 數意天下 貪求人世)."는 부분이 그것이다. 아버지가 천신인 환인이요 아들은 조선을 건국한 단군왕검인데, 어찌하여 환웅이 하필 얼받이란 말인가. 이를 못마땅히 여긴 한국과 조선의 학자들은 환웅이 얼받이가 아니라고 의견일치를 본 다음, 환인의 '몇 번째 아들', 또는 동북아시아의 다른 건국영웅들처럼 '맨 가운데 아들'이라고 주장하였다. 과연 환웅은 얼받이가 아닐까.

우선 첫 나라를 건국한 시조가 '얼받이'이어서는 안 된다는 적자 우월의식이 온당한 것인가를 반문하지 않을 수 없다. 또 중 일연이

24

『삼국유사』를 저술하던 고려 충렬왕 때 적서의 신분차별이 어떤 것인지 정확히 가늠하기 힘들다. 이러한 점을 감안하면서 원전을 그대로 승인하고 환웅이 왜 얼받이일 수밖에 없는가를 구명하여 보기로 한다. 환인과 환웅은 '수렵'을 본업으로 하는 천신족이고 발달한 청동기 문명을 누리고 있었는데, 환웅이 내려간 인간세상은 아직도 신석기시대였다. 말하자면 신석기시대의 어머니 중심 사회가 아버지 중심 사회로 넘어가는 과도기 단계였다. 수렵을 본업으로 하는 천신족은 이리저리 이동을 할 수밖에 없었고, 채취생활을 본업으로 하는 어머니들은 정착생활을 할 수밖에 없었다. 이때 태어난 아이들은 어머니 중심으로 본다면 적자이나 남성 중심 세계관으로 본다면 서자일 수밖에 없었다. 이러한 사정을 그대로 반영한 많은 서사무가가 보인다.

김태곤은 단군신화와 「성주풀이」 유의 성주무가가 원형적 형태상으로 동일할 뿐 아니라 그 내용 또한 혹사하다는 점을 들어 「성주무가」의 구조를 상세히 분석한 바 있다.[4]

서대석은 규장각본 『무당내력』을 분석하면서 '감응거리'가 단군을 모시는 굿거리이고, '제석거리'는 단군의 신하 고시례를 모시는 굿거리이며, '대거리'나 '별성거리'는 중국에 가는 사신을 모시는 굿거리라는 지은이의 주장을 환기한 바 있다.[5]

김과 서는 단군신화와 서사무가 사이의 변이 전승과정에서 일어난 형식 화소를 적절하게 지적하였으나 출생의 비밀이라는 중핵 화소를 찾지는 못하였다. 서사무가 「시루말」은 단군이나 주몽과 같은 건국 시조신화의 변이 전승이며, 「천지왕본풀이」·「제석본풀이」·「칠성풀이」의 원형이라 할 수 있다.

「시루말」의 당칠성은 집집마다 부정을 살피고 인물을 찾으려고 세상에 내려온다. 「천지왕본풀이」의 천지왕은 무도막심한 수명장자를

---

4) 김태곤, 「무속상으로 본 단군신화」, 『단군신화연구』(온누리, 1986), 147쪽.
5) 서대석, 「『무당내력』의 성격과 의의」, 『구비문학연구 제4집』(한국구비문학회, 1997), 27쪽.

징치하려고 세상에 내려온다. 세상에 내려온 당칠성은 매화부인과
동침하고 떠나며, 천지왕은 박이왕과 동침하고 박씨 두 낱을 주고 떠
난다. 매화부인의 두 형제는 열 살 때, 박이왕의 형제는 일곱 살 때
아비 없는 자식이라는 놀림을 받고 어머니로부터 출생의 비밀을 들
은 다음 아버지를 찾아간다. 박이왕의 두 형제는 박씨를 심어 넝쿨을
따라 하늘로 올라간다. 매화부인의 형제는 대한국·소한국을 맡고,
박이왕의 두 형제는 해와 달을 조정하고 이승과 저승을 나누어 맡는
다.

　위와 같이 단군신화의 변이 전승이 일어난 「시루말」과 「천지왕본
풀이」를 미루어 환인과 환웅의 관계를 재구성하여 보기로 한다. 환인
은 사람들을 적간(摘奸)하려고 세상에 내려왔다가 아름다운 여인을
만나 동침하고 신표를 주고 떠난다. 어머니로부터 출생의 비밀을 들
은 환웅은 아버지를 찾아간다. 이미 장남이 있었던 환인은 환웅이 널
리 사람을 이롭게 하며 세상을 이화(理化)하고 마음을 닦아 빛을 찾
겠다는 굳은 의지를 확인하고 그가 뜻을 펄 땅을 찾다가 마침 삼위태
백을 발견하고 그를 내려보낸다. 여기서 삼위를 신채호는 안팎 '홍안
령'으로 보고, 태백은 '백두산'으로 보고 있다. '태백'은 '한밝'인데,
이는 '해'에서 나온 말로, 신채호는 해와 달이 드나드는 곳이라 하여
불함산(不咸山)으로 보고 있다.

　　왕성(王姓)을 '해(解)'라 함은 태양에서 뜻을 취한 것이고 왕호
　　(王號)를 '불구래(弗矩內)'라 함은 태양의 빛에서 뜻을 취한 것이며
　　천국(天國)을 환국(桓國)이라 함은 광명에서 뜻을 취한 것이니 대개
　　조선족이 최초에 서방 파미르고원 혹은 몽고 등지에서 광명의 본원
　　지를 찾아 동방으로 나와 불함산(不咸山) － 지금의 백두산을 해와
　　달이 드나드는 곳, 곧 광명신이 머물러 있는 곳으로 알아 그 부근의
　　토지를 '조선(朝鮮)'이라고 일컬었으니 조선도 옛날의 광명이라는
　　뜻이다.[6]

뜻이 굳센 환웅에게 천국을 맡길 수 없었던 환인은 적이 미안하여 천부인 세 개와 무리 삼천을 나누어 주니, 환웅은 태백산 꼭대기 신단수 밑에 내려와 여기를 신시라 이르고 환웅천왕이 되었다.

여기서 '천부인 세 개'를 어떤 이는 '거울·검·관(冠)'이라 하고, 어떤 이는 '풍백·운사·우사'라 하고, 또 어떤 이는 관 대신 '북'을 넣기도 한다. 그러나 여기서 천부인 세 개는 '거울·방울·칼'을 말하며, 허리에 찬 칼과 방울은 통치자의 권위와 신을 부르는 힘을 상징하고 가슴에 단 청동거울은 햇빛을 반사하여 자신이 태양의 아들이요 무당임을 과시한 것이다.

이러한 위엄을 갖춘 환웅은 천신인 환인의 배웅을 받으며 하늘 한복판에서 신단수로 내려와 좌정하고 신시를 베풀게 된다. 그렇다면 '신단수'와 '신시'란 무엇을 의미하는 것일까. 신채호는 환웅을 '숲의 신', 또는 '숲의 대왕'으로 산정하고 다음과 같이 말하고 있다.

조선족은 우주의 광명이 숭배의 대상이 되어 태백산의 숲을 광명신(光明神)이 살고 있는 곳으로 믿었는데 그 뒤 인구가 번식하여 각지에 분포하매 각기 그 살고 있는 곳에 숲을 길러서 태백산의 숲을 모상하고 그 숲을 이름하여 '수두'라고 하였으니 수두란 신단(神壇)이라는 뜻이다.[7]

숲은 성역을 의미한다. 조지 프레이저의 숲 속에서는 성소의 황금가지를 꺾은 자가 숲의 왕이 된다. 프로프의 숲에서는 민담의 역사가 시작된다. 신채호의 숲의 왕은 '수두'이다.

해마다 각기 5월과 10월에 백성들이 수두에 제사 지내는데, 한 사람을 뽑아 제주(祭主)로 삼아서 수두의 중앙에 앉히고 수두의 주위에

---

6) 신채호, 「조선족의 동래」, 『조선상고사』 '단재신채호전집 상' (을유문화사, 1972), 63쪽.
7) 신채호, 「조선 최초의 일반신앙의 단군」, 위의 책, 66쪽.

금줄을 매어 한인(閑人)의 출입을 금하였다.

전쟁이나 그밖의 큰일이 나면 비록 5월과 10월의 제사 지낼 시기가 아니라도 소를 잡아 수두에 제사 지내고 소의 굽으로 그 앞에서 길흉을 점쳤는데, 굽이 떨어지면 흉하다 하고 붙어 있으면 길하다고 하였으니 이것은 지나의 팔괘 음획 양획의 기원이 되었다. 강적이 침입하면 수두 소속의 부락들이 연합하여서 이를 방어하고 가장 공이 많은 부락의 수두를 첫째로 받아들여 '신수두'라 이름하니, '신'은 최고 최상을 의미하는 것이었다. 그리고 그밖의 각 수두는 그 아래 딸려 있었으니 삼한사(三韓史)에 보이는 '소도(蘇塗)'는 '수두'의 음역이요, '신소도(臣蘇塗)'는 '신수두'의 음역이요, 진단구변국도(震檀九變局道)에 보이는 '진단(震檀)'의 '진'은 '신'의 음역이고 '단'은 수두의 의역이요, 단군은 곧 '수두 하느님'의 의역이다. 수두는 작은 단〔小檀〕이요, 신수두는 큰 단〔大檀〕이니, 수두에 단군이 있었으니까 수두의 단군은 작은 단군〔小檀君〕이요, 신수두의 단군은 큰 단군〔大檀君〕이다.[8] 그렇다면 신채호가 말하는 수두의 구체적인 모습은 어떤 것이었을까. 아무래도 수두의 본 모습을 제대로 파악하기 위해서는 『삼국지』 위지 동이전에 나타나는 우리나라 고대국가의 제천의식을 살펴볼 필요가 있다.

1. 음력 정월에 지내는 제천행사는 국중 대회로 날마다 마시고 먹고 노래하고 춤추는데, 그 이름을 영고라 하였다.

2. 10월에 지내는 제천행사는 국중 대회로 이름하여 동맹이라 한다. (……) 그 나라 동쪽에는 큰 굴이 하나 있다. 이 굴은 이름을 수혈(隧穴)이라고 하는데 매년 10월이 되면 온 나라 사람들이 여기 모여서 수혈신을 맞아 가지고 동쪽 물 위로 와서 제사를 지낸다.

3. 해마다 10월이면 하늘에 제사를 지내는데 주야로 술을 마시며

---

8) 위의 책.

노래 부르고 춤추니 이를 무천이라 한다. 또 호랑이를 신으로 여겨
제사 지낸다.

　4. 귀신을 믿기 때문에 국읍에 각기 한 사람씩을 세워서 천신의
제사를 주관하게 하는데 이를 천군이라 부른다. 또 여러 나라에는
각각 별읍이 있으니 이를 소도(蘇塗)라 한다. 큰 나무를 세우고 방
울과 북을 매달아 놓고 귀신을 섬긴다. 다른 지역에서 그 지역으로
도망 온 사람은 누구든지 돌려보내지 않으므로 도적질하는 것을 좋
아하게 되었다. 그들이 소도를 세운 뜻은 부도(浮屠)와 같으나 행하
는 바의 좋고 나쁜 점은 다르다.[9]

따온 글에서 보는 바와 같이 1은 부여의 제천의식인 영고이고, 2는
고구려의 제천의식인 동맹이고, 3은 예의 제천의식인 무천이고, 4는
마한의 제천의식인 소도를 설명하는 글이다. 부여의 제천의식은 음
력 정월에, 고구려와 예의 제천의식은 각각 10월에 행하여졌는데, 이
는 농업의 파종과 추수 뒤에 이루어진 제천의식이라는 것을 알 수 있
다. 부여와 예에서는 "날마다 마시고 먹고 노래하고 춤을 추었다."는
것으로 보아 의식이 매우 질탕하고 풍요로웠다는 것을 알 수 있다.

그렇다면 우리나라 고대국가에서는 누구에게 무엇 때문에 이렇게
성대한 제천의식을 베푼 것일까. 두말할 필요도 없이 그것은 농업생
산에 대한 '기원'과 '감사'일 것이다. 또한 그들이 '기원'과 '감사'
를 드리는 대상은 하늘에 계시는 천신인데, 이 천신이야말로 바로 환
웅의 아버지인 환인이다. 그들은 천신에 대하여 제천의식을 치렀을
뿐만 아니라 조상신과 산신에게도 제사를 올렸다는 사실을 알 수 있
다. 고구려의 수혈신에 대한 제사는 장천 1호분 '백 가지 놀이그림'
에서 보는 바와 같이 굴 속 주인공이 '곰'이라는 사실을 미루어 짐작
할 수 있으며, 예에서 행하여지던 호랑이에 대한 제사는 호랑이가 예

---

9) 따온 글 1, 2, 3 ,4는 모두 『삼국지』 위지 동이전에서 따온 글임.

의 토템이라는 사실을 환기시킨다.

환웅은 무리 3천을 이끌고 태백산 꼭대기 신단수 밑에 내려와 여기를 신시(神市)라 이르니 이분을 환웅천왕이라 한다. 그는 풍백(風伯)·우사(雨師)·운사(雲師)를 거느리고 곡(穀)·명(命)·병(病)·형(刑)·선악(善惡) 등 무릇 인간의 360여 가지 일을 맡아서 인간세계를 다스리고 교화하였다. 이러한 사실은 보기글 4에서 보는 바와 같이 신채호가 말하는 '수두'이고, 마한에서 이루어지던 '소도', 또는 '솟대'를 이름이다. 말하자면 환웅은 천신족 3천을 이끌고 우주목인 '신단수'를 타고 내려와 신정을 베푼 것이다. 여기서 '신단수'는 '붉달나무'를 이름이고, '신시'는 천군에 의하여 제정일치가 이루어지던 성역을 말한다. 환웅천왕의 신정은 농업과 360여 가지의 일상사를 포함한 광범한 것이었다. 사실상 여기서 풍백(風伯)·우사(雨師)·운사(雲師) 따위는 하늘과 관련한 바람·구름·비 등을 본떠 표현한 것이고, 환웅이 무리 3천을 이끌고 하늘에서 내려와 신단수 아래에 좌정했다는 것은 숲 위로 쏟아지는 햇빛을 본떠 천신족의 이동을 신성화시킨 것이다.

마한에서는 천군이 머무는 소도의 한가운데에 바지랑대〔立大木〕를 세우고 여기에 방울과 북을 매달아 귀신에게 제사를 지냈으며, 바지랑대 끝에는 흔히 새의 모양을 조형(造形)하였다고 한다. 바지랑대에 매달아 놓은 방울과 북은 천신에게 제사 지내는 신기이며, 바지랑대 끝에 조형한 새는 기원을 하늘에 전달하는 심부름꾼인 셈이다. 원래 바지랑대 끝에 새의 모양을 조형하는 풍습은 어업이나 수렵을 본업으로 하는 부족들에게서 이루어진 것이다. 그러니까 소도에 세워진 바지랑대는 사람들의 기원을 하늘에 전달하기도 하고, 하늘의 뜻을 사람들에게 하달하는 우주목이다. 고조선의 정치제도 가운데 8가라는 평의기구가 있었는데, 응(鷹, 매)·노(鷺, 해오라기)·학(鶴, 두루미)·봉(鳳, 봉황)·가(駕, 거위) 등이 새에 해당되는 관직이므로 바지랑대 끝에 조형한 새는 이들 중 하나였을 것으로 생각된다. 이러한 소도에서는 제사뿐만 아니라 대규모 정치행사도 이루어진 듯한데, 신채호가 지적하는 바와 같이 수두의 능력에 따라 대단군과 소단군이 나누어진 듯하다.

그런데 환웅천왕이 다스리는 소도에 엽기적인 사건이 일어난다. 이때 곰 한 마리와 호랑이 한 마리가 있었는데, 같은 동굴에 살았다. 언제나 환웅에게 사람이 되게 하여 달라고 빌었다. 곰과 호랑이가 같은 굴에 살았다는 것도 황당하지만 곰과 호랑이 같은 짐승이 사람이 되게 하여 달라고 비는 것도 엽기적이다. 환웅은 이러한 엽기를 가납하였다. 이때에 환웅이 같은 굴에 살고 있는 호랑이와 곰에게 쑥 한 심지와 마늘 스무 매를 주면서 "너희가 이것을 먹고 백 일 동안 햇빛을 보지 않으면 바로 사람의 모습을 얻으리라."고 말하였다. 곰과 호랑이는 이를 받아먹고 삼칠일을 가리어 곰은 여자가 되었으나 호랑이는 이를 가리지 못하여 사람이 되지 못하였다.

곰과 호랑이, 용과 늑대, 백조와 닭 등 짐승이나 새가 인간의 조상이라는 신화는 세계적인 보편한 현상이다. 앞에서 살펴본 바와 같이 중국 산동성 무씨집안 돌사당 돌그림뿐만 아니라 청동술병과 뿔잔에서도 호랑이가 최초의 사람을 입으로 토하는 형상을 살펴본 바 있다. 또한 호랑이는 예의 토템이기도 하였다. 로마·흉노·몽고·돌궐을 건국한 영웅들도 모두 늑대의 아들로 되어 있다. 곰에 대한 숭배는 스칸디나비아반도의 랩족과 그 이웃의 우랄족을 비롯하여 동유럽 및 서유럽의 일부, 나아가 러시아 내륙, 동북아시아 일대를 거쳐 에스키모 및 북미 인디언에 이르기까지 광범하게 퍼져 있다.

그러니까 곰과 호랑이가 우리 민족만의 토템이라는 주장은 설득력이 약하다. 그런데 왜 하필이면 곰과 호랑이가 단군신화에서 사람이 되려 하였고, 또 어째서 곰만이 여자가 된 것일까. 동북아시아 시베리아권에서 광범하게 발견되는 곰과 호랑이는 가장 신령스럽고 위엄 있는 존재였다. 단군신화에서 곰만이 사람이 될 수 있었던 것은 환웅천왕의 선택이었을 뿐이다.

단군신화 가운데 "常祈于神雄 願化爲人"이라는 단락을 눈여겨보자. 여기서 '爲人'을 '사람다운 품'이라고 본다면, 뒤따르는 단락 "便得人形"을 "바로 사람다운 본모습을 알게 되리라."고 해석할 수 있을 것이다.

다시 산동성 무씨집안 돌사당 돌그림으로 돌아가자. 그림에 나오는 곰과 호랑이는 그냥 곰과 호랑이가 아니라 머리만 곰과 호랑이이고 몸은 사람의 형상이며, 손가락과 발가락을 완벽하게 드러내고 있다. 그래서 논자는 이러한 곰과 호랑이를 '곰 사람', '호랑이 사람'이라고 부른 바 있다. '곰 사람'과 '호랑이 사람'은 머리에 곰과 호랑이의 가죽을 뒤집어쓰고 곰과 호랑이의 정령을 몸으로 받아들이기 위한 일종의 입문의례를 행하고 있는 것이다.

이제 단군신화로 돌아가자. 초경을 치른 곰 토템 부락의 소녀와 호랑이 토템 부락의 소녀가 성인의례를 치르기 위하여 환웅천왕이 다스리는 소도로 들어와 같은 동굴에 머물러 있다. 두 소녀는 아기를 잉태할 수 있는 씨앗이다. 그들은 햇빛과 바람을 피하여 온전한 싹을 틔우기 위해 캄캄한 동굴 속에 유폐되어 있다. 두 소녀는 환웅천왕에게 사람다운 사람이 되게 하여 달라고 빌었다. 두 소녀는 성인의례를 치르기 위한 통과의례 절차를 거치게 된다. 환웅천왕은 두 소녀에게 마늘 한 심지와 쑥 스무 매를 주고 "동굴에 갇혀 햇빛을 보지 않으면 바로 사람다운 본모습을 알게 되리라."고 하였다.

그렇다면 여기서 '爲人', 즉 '사람다운 품'을 갖춘 사람이란 어떤 사람일까. 이미 환웅천왕은 환인에게 맹세한 바 있다. 그것은 널리 사람을 이롭게 하며 세상을 이화(理化)하고 마음을 닦아 빛을 찾겠다는 것이다. 두 소녀는 이러한 기원에 따라 자신들이 출생한 부락의 토템인 곰과 호랑이의 가죽을 뒤집어쓰게 된다. 곰의 '헌신'과 호랑이의 '용맹'스런 정령을 온몸으로 받아들이기 위한 통과의례이다. 두 소녀 가운데 한 소녀는 건국영웅을 잉태할 몸주이므로 거대한 씨앗이 되기 위하여 햇빛과 바람을 피하여 스스로 캄캄한 굴 속에 갇혀 있다. 뿐만 아니라 두 소녀는 쑥과 마늘로 온몸을 맑게 정화시킨다. 마늘과 쑥은 두 가지 의미가 있다. 하나는 주락(呪樂)이고 다른 하나는 역초(曆草)의 의미를 갖는다. 주락이란 어떤 식물 속에 들어 있다고 믿는 주력을 차용하는 것인데, 여기서는 마늘과 쑥이 몸을 맑게 하는 신비의 약초라고 믿는 것 등이 그것이다. 역초란 하루 한 잎씩 났다가 다시 하루에 한 잎씩 떨어지는, 날을 세는 풀을 말하는데 여기서는 쑥을 이른다. 그러니까 쑥은 역초인 셈이고 마늘은 주락인 셈이다. 한국학자들은 곰만이 사람이 된 까닭을 천신족인 환웅과 곰을 토템으로 여기는 부족이 혼인을 통하여 부족동맹이 이루어진 것으로 보고 있다. 물론 호랑이를 토템으로 섬기는 예와는 동맹이 파기되었을 것이다. 환웅이 곰 부족과 동맹하여 호랑이 부족을 어떻게 정벌 통합하였는지는 알 수 없다. 그러나 이러한 해석은 지나치게 정치적이다. 오히려 호랑이 부족의 소녀가 ‘위인의 조건’에 대하여 회의적이었는지도 모른다. 또는 그때 사람들이 곰과 호랑이를 신령스러운 영물이라고 믿기는 하였으나 호랑이의 위험한 용맹보다는 고기와 가죽을 주는 곰의 헌신에 대하여 보다 친근감을 가지고 있었는지도 모른다.

통과의례를 거쳐 몸을 맑게 다스린 웅녀는 그녀와 혼인할 사람이 없으므로 신단수 아래에 와 아기 갖기를 간절히 빌었다. 이에 환웅은 거짓 사람으로 변하여 웅녀와 혼인하였다. 잉태하여 아기를 낳으니 이를 단군왕검이라 한다. 웅녀가 먼저 환웅에게 아기 갖기를 간절히 빌었다는 사실은 남성 중심의 약탈혼이 아니라 여성 중심의 합의혼이라는 것을 알 수 있다. 이러한 웅녀의 바람에 따라 환웅은 가화(假化)하여 웅녀와 혼인하였는데, 이는 필연적으로 단군도 환웅처럼 얼받이가 되어 그루갈이 삶을 선택할 수밖에 없는 운명에 처했다는 사실을 의미한다. 왜냐하면 천신족인 환웅은 소도로 돌아가야 하며 홀로 남은 웅녀는 곰 토템 마을로 돌아가 아기를 낳고 기를 수밖에 없기 때문이다. 그러나 웅녀는 절망하지 않는다. 곰을 탄, 배가 볼록한 웅녀는 창으로 하늘을 찌를 듯이 왼손을 뻗어 햇빛이 내려 쏟아지는 하늘을 가리키고 있기 때문이다.

이러한 사정이 이승휴의 『제왕운기』에는 보다 구체적이고 현실적으로 서술되어 있다. 단웅천왕은 그의 손녀를 약을 먹여 사람으로 되게 하여 단수신(檀樹神)과 결혼시켜 아들을 낳게 하였다 한다. 이를 단군왕검이라 한다. 단웅천왕을 천신족으로 본다면 그의 손녀딸은 당연히 사람으로 보아야 한다. 그런데 단웅천왕이 손녀에게 약을 먹여 사람이 되게 하였다는 사실은 일종의 주락을 활용한 듯하다. 주락에 의하여 몸을 정화한 단웅천왕의 손녀딸은 목신인 단수신과 혼인하는데 여기서 단수신은 소도의 천군을 이름이다.

이렇게 출생한 단군왕검은 평양에 도읍하여 비로소 나라이름을 조선이라 하고 도읍을 백악산 아사달로 옮기니, 이를 궁홀산 또는 금며달이라고 한다.

그렇다면 과연 단군왕검은 최초로 평양에 도읍하여 비로소 나라이름을 조선이라고 한 것일까.

1993년 조선사회과학원은 평양시 강동군 강동읍 대박산에서 고대로부터 단군의 능이라고 전해 내려오는 '단군릉'을 발굴하여 단군의 실체를 확인하였다. 그 단군릉은 반지하에 돌로 무덤칸을 쌓고 그 위에 흙을 덮은 외칸의 돌칸 흙무덤이었다. 무덤에서는 두 사람분의 뼈가 나왔으며 금동왕관의 앞면세움장식과 돌림띠조각, 패띠조각이 각각 한 개씩 드러났다. 전자상자성 공명연대측정법으로 단군릉에서 나온 뼈의 절대연대를 측정한 결과 단군 유골은 지금으로부터 5,011년 전의 것이라고 한다. 이로써 조선사회과학원 학자들은 평양이 단군왕검이 최초로 도읍하여 조선이라는 나라를 세운 유서 깊은 발상지라고 본다. 이밖에 조선학자들은 다음과 같은 사실들을 들어 평양이 조선 최초의 도읍지라고 주장한다.

단군릉 주변에는 대박산과 아달산이 있다. 대박산은 '박달산' 또

34

는 '배달산'에서 비롯된 것이며, 아달산은 '아사달'과 관련되어 나온 이름이다.

단군릉에서 동남쪽으로 약 24km 떨어져 있는 평양시 강동군 황대부락 앞산에 황대성이 발견되었는데, 이는 기원전 5000년경에 축성된 것으로 단군조선의 건국연대와 거의 일치한다.

평양을 중심으로 하여 사방 40여 km에 해당하는 평양 주변에는 무려 1만여 기에 달하는 수많은 고인돌 무덤떼가 발견되었는데, 뚜껑돌의 넓이가 50㎡ 이상 되고 무게가 50~70톤에 달하는 것으로 보아, 평양이 고조선의 수도였다는 것을 알 수 있다.[10]

이러한 고인돌 무덤떼를 발굴하는 과정에서 비파형창, 청동방울, 청동놋단검, 활촉, 비파형동검 등의 청동기 부장품이 발견되었다.

우리나라 첫 고대국가인 고조선에 3개의 왕조, 즉 전조선과 후조선, 만조선왕조가 존재하였다는 것은 『고려사』 '지리지', 『세종실록』 '지리지', 『신증동국여지승람』 등에 명백히 기록되어 있고, 『삼국유사』나 『제왕운기』에도 3조선이라는 말은 쓰지 않았지만 3왕조가 연이어 일어났다고 손영종은 주장한다. 전조선은 대략 1500여 년 동안 계속되었고, 후조선은 기원전 14세기부터 기원전 2세기까지 계속되었으며, 만조선은 기원전 194년부터 108년까지 존속하였다고 주장한다.[11]

그러나 한국학자들은 조선학자들의 연대측정법에 대하여 회의적이다. 평양 일대에서 발견되는 고인돌 무덤떼의 뚜껑돌은 자연석을 사용하였는데, 이는 요동반도 남부 개주와 해성 등지에서 발견되는 고인돌보다 후기의 것으로 본다. 평양 일대에서 발견된 세형동검은 만주 일대에서 발굴된 비파형동검보다 발전된 후기의 것이다.

---

10) 이형구 엮음, 『단군과 단군조선』(살림터, 1995).
11) 손영종, 「고조선의 3왕조의 시기구분에 대하여」, 『단군과 고조선』(살림터, 1999), 311쪽.

그렇다면 단군왕검이 조선을 세우고 도읍한 최초의 왕검성은 평양이 아니라는 주장이 설득력을 얻게 된다. 신채호는 최초의 왕검성이 오늘날 평양이 아니라 북평양이라고 주장한다. 과연 북평양은 어디일까.

양평은 한(漢) 요동군(遼東郡)의 군치(郡治)인즉 문반한(汶潘汗)은 곧 요양(遼陽) 부근의 땅이며 연(燕)은 조선과 만반한(滿潘汗)으로 정계(定界)하였다가 한(漢)은 퇴(退)하여 패수(浿水)를 수(守)하였은즉 패수(浿水)는 곧 요양(遼陽) 이서의 물이며, 동 지리지에 패수(浿水)가 반한현(潘汗縣)의 색외(塞外)에서 출(出)한다 한바 금(今) 해성(海城) 헌우락(軒芋濼)의 고명(古名)이 패수(浿水)인즉 남락천(南樂泉)의 설(說)을 종(從)하여 패수(浿水)를 곧 패수(浿水)로 잡는 동시에 만반한(滿潘汗)을 곧 해성(海城) 동북, 요양(遼陽) 서남으로 잡음이 가(可)하며, 험독현주(險瀆縣註)에 험독(險瀆)을 조선 왕만도(王滿都), 즉 왕검성(王險城)이라 하였은즉 왕검성(王險城)인 험독(險瀆)은 금(今) 해성(海城)됨이 명백하거늘 이제 이천여 리의 기점을 찾지 않고 종점을 찾으며 만반한(滿潘汗)의 연혁(沿革)을 묻지 않고 그 위치를 억정(臆定)하며, 패수(浿水)와 평양의 관계적 지방을 버리고 패수(浿水)와 평양, 왕검성(王險城)의 연혁(沿革)을 억설(臆說)하려 하니 어찌 실제에 합(合)하랴.[12]

위와 같은 신채호의 주장을 요약하면 "만반한(滿潘汗)을 곧 해성(海城) 동북, 요양(遼陽) 서남으로 잡음이 가(可)하며, 험독현주(險瀆縣註)에 험독(險瀆)을 조선 왕만도(王滿都), 즉 왕검성(王險城)" 이라 할 수 있는데, 즉 험독현이 왕검성, 신채호가 주장하는 북평양이라는 것이다. 『사기』에는 "요동에는 험독이란 곳이 있는데, 이곳이

---

12) 신채호, 「평양패수고(平壤浿水考)」, 『조선사연구초』 '단재신채호전집 하' (을유문화사, 1972), 49쪽.

36

바로 조선의 구 도읍지"라고 하였고, 『한서』 지리지에는 "험독, 이것은 평양 시기 이전 고조선의 또 다른 수도가 있었던 곳"이라 하였다. 그러니까 험독은 고조선이 수도를 평양으로 천도하기 이전의 초기 수도라는 말이 된다.

『독사방여기요(讀史方與紀要)』에는 "험독의 경계가 요하의 삼차하"에 있다 하였는데, 삼차하는 혼하·태자하·요하가 만나는 지점을 이른다. 『성경통지(盛京通志)』에는 "삼차하는 세 강이 만나는 지점에서 바다까지, 이 일대 전체"를 가리킨다 하였다. 그러니까 삼차하를 경계로 삼은 험독은 해성과 개주가 된다. 주봉을 남쪽에 잡은 천산산맥은 동북을 휘돌아 뻗어 있고, 서쪽으로 흐르는 요하는 활처럼 굽어 해자를 이루는 가운데 지점에 천하 대지 해성과 개주가 자리잡고 있다. 요하 서쪽으로는 넓은 요동벌판이 자리잡고 있으며 남쪽으로 압록강이 흐른다. 이곳이 고조선의 첫 수도 왕검성이다. 단군왕검은 험독에 첫 수도를 정하고 요동과 요서를 지배하였던 것이다.

이러한 추론이 가능한 것은 요동반도 남단의 개주 석붕산과 해성시에서 잘 다듬어진 고조선 초기 대형 고인돌 무덤떼가 발견되기 때문이다.[13]

그렇다면 험독에 첫 수도를 열었던 고조선이 무슨 까닭으로 언제 오늘날 평양으로 천도하는 것일까.

기원전 4세기 북경에 수도를 정한 연나라의 소왕은 제나라를 쳐서 크게 이기고 장수 진개로 하여금 동호를 북방 천리로 내몰아 대규모의 장성을 쌓게 한다. 요동과 요서를 정벌한 진개는 조선영토 2천여 리를 점령하게 되는데, 그 국경이 만번한에 이르게 되자 고조선은 수도를 평양으로 천도할 수밖에 없었다. 뒤이어 진나라 장수 몽염이 다시 요동을 치니 고조선은 요동을 완전 상실하고 만다. 물론 진시황이 죽고 나서 고조선은 연나라와 진나라에게 빼앗겼던 영토를 회복하여

---

13) 한국방송공사, 「첫나라, 고조선 수도는 어디였나?」, 〈역사스페셜〉(2005).

『사기』에 보이는 바와 같이 영토가 수천 리에 이르게 된다.

신채호는 고조선의 강역을 "북으로 흑룡강을 지나며 남으로 현해를 건너며 서로 지나의 연해안과 연과 동몽고를 내포하여 동으로 태평양을 접한다."고 하였다.[14]

그러면 위에서 살펴본 바와 같이 고조선의 첫 수도는 험독현이고 연나라와 진나라의 침략을 받아 천도한 평양만이 고조선의 수도였을까. 신채호는 고조선에는 삼경이 있었다고 주장한다. 하얼빈에 상경이, 험독현에 중경이, 평양에 남경이 있었다는 주장이 그것이다. 그러면 단군왕검이 천도한 백악산 아사달은 과연 어디일까.

신채호의 『조선상고문화사』에 따르면 『고기』를 들어 단군왕검이 아사달로 천도한 것은 1048년이라고 한다. 어떤 이는 단군왕검이 기자에게 쫓겨 아사달로 천도한 것이라 하나 이는 연대 비정이 맞지 않는다고 하였다. 즉 단군왕검이 아사달로 천도한 것은 1048년인데 기자가 들어온 것은 1212년이니 무려 190여 년의 차이가 나므로, 이러한 시간 뒤에 기자를 피하여 단군왕검이 천도를 하였다는 것은 말이 안 된다고 한다.

> 삼위(三危)는 내외흥안령(內外興安嶺)이고 태백은 백두산이다.
> 북에 있는 一京이 부소량, 태백의 서남에 있는 일경이 오덕지, 동남에 있는 일경이 백아강, 흥안령의 총명이 삼위, 합이빈(哈爾濱)에 가까운 부분의 별명이 부소량(扶蘇樑)이기 때문에 그 서울도 扶蘇라고 한 것이다. 扶蘇의 음은 '우스'이고 阿斯의 음도 '우스'에 가깝다. 곧 阿斯는 곧 '우스'의 음역이다. 達의 음은 '달'이니 고어로 교량을 '돌', 후세에 '다리'라고 한다. '돌', '다리'의 음역이 達이다. 扶蘇樑과 阿斯達은 다 '우스달'이다. 부여(夫餘)(哈爾濱)가 곧 아사달이고 阿斯達이 곧 부여이다.

---

14) 앞의 책, 397쪽.

따온 글에서 신채호는 삼위를 안팎 '흥안령'으로 보고, 태백을 '백두산'으로 보고 있다. 哈爾濱의 별명이 扶蘇樑인데 고조선의 수도를 扶蘇라고 보고 扶蘇의 음은 '우스'이고 阿斯의 음도 '우스'에 가까우니 阿斯는 '우스'의 음역이라는 것이다. 그러니까 아사달과 부소량의 음은 모두 '우스달'이다. 따라서 부여가 아사달이고 아사달이 부여가 된다 하였다.

> 아사달은 이두문에 'ᄋᆞ스대'로 읽는 옛말 소나무를 'ᄋᆞ스'라 하고, 산을 대라 한 것이니, 지금 합이빈의 완달산이 곧 아사달산이다. 이속은 북부여의 옛 땅이니, 왕검의 상경(上京)이요, 지금의 개평현 동북쪽 안시의 고허(古噓)인 '아리티'가 중경(中京)이요, 지금의 평양 '펴라'가 단군의 남경(南京)이니, 왕검 이래로 현편을 따라 삼경 중 하나를 골라 서울로 한 것이다.[15]

신채호의 결론은 지금의 합이빈 완달산이 아사달이라는 것이다. 삼한의 도읍은 'ᄋᆞ스라' - 지금의 합이빈, '알티' - 지금의 개평현 동북쪽 안시 옛 터, '펴라' - 지금의 평양, 이 셋이다. 삼조선이 분립하기 전에는 신한이 온 조선을 통치하는 대왕이 되고, 불·말 두 한이 그 부왕이었으므로, 신한이 'ᄋᆞ스라'에 머물러 있을 때에는 말·불 두 한은 하나는 '펴라'에, 하나는 '알티'에 머무르고, 신한이 '알티'나 '펴라'에 머물러 있을 때는 불·말 두 한은 다른 두 서울을 나누어 지키다가 삼조선이 분립한 뒤에는 삼한이 각기 삼경의 하나를 차지하고, 조선을 셋으로 나누어 가졌다는 것이다.

단군왕검은 아사달에 상경을 정하고 북만주와 원동을 경영하고 알티에 중경을 정하고 요동·요서와 지나의 연해안을 호령하고, 펴라에 남경을 정하고 한반도 일대를 운용하였으니 얼마나 원대하고 아

름다운 국가정책능력인가. 이러한 단군왕검의 큰 뜻을 이어받은 이가 아는 바와 같이 광개토대왕이다.

단군왕검이 아사달에서 산신이 되었다 하니, 할아버지 환인인 태양으로 가까이 다가가기 위함이었다.

(2) 덤받이 주몽이 고구려를 세우다

동명성왕은 재위 19년 만인 기원전 259년 승하하였다. 『삼국사기』에 의하면, 졸본 용산에 장사 지내고 여기에 사당을 세웠다고 한다. 대왕이 세상을 떠난 지 279년 만인 대무신왕 3년에 국내성에 다시 사당을 모셨다. 동명성왕의 사당은 졸본뿐만 아니라 요동과, 심지어 백제에도 세워졌다고 기록되어 있다.

장수왕은 평양 천도 후 4세기 후반부터 준비하여 온 동명왕릉을 5세기 초 평양시 역포구역 용산리로 이장하였다고 조선학자들은 주장하고 있다.[16]

1940년대에 들어 일본인들은 왕릉을 도굴하였다. 평양에 옮겨진 동명왕릉은 1974년 1월 23일에 발굴을 시작하여 1993년 5월 14일에 발굴 개건하였다.

동명왕릉 주변의 풍수를 살펴보면, 서쪽으로 재령산 줄기의 한 갈래가 남쪽으로 뻗어 내리다가 평지대에 이르러 세 갈래의 나지막한 구릉지대를 이루었는데, 왕릉이 자리잡은 좌우 지형은 옛날 사람들이 상징적으로 써 온 '좌청룡 우백호'를 이루고 있다. 400m 뒤에 우뚝 솟아 있는 산봉우리가 뒤쪽을 싸고 있으며 왕릉 앞은 넓은 벌이 펼쳐져 탁 틔어 있고, 앞벌과 구릉 접경을 따라 무진천이 동서로 흐

---

16) 전제헌, 『동명왕릉에 관한 연구』(백산자료원, 1998).

르고 있다. 동명왕릉의 이장지는 명당자리이다.

조선학자들의 실측에 의하면, 동명왕릉의 한편의 길이는 20m이고 무덤의 높이는 8.15m이다. 발굴 당시 기단석은 50~60cm 두께의 돌에 높이 20cm, 너비 30cm 정도의 턱을 만들어 지면보다 낮게 묻었으며, 턱 안쪽에 기단석을 놓게 되어 있었다. 이렇게 함으로써 기단석이 밖으로 밀려나오지 못하도록 하였다.

동명성왕에 대한 최초의 문헌적 기록은 414년 장수왕이 세운 '국강상광개토경평안호태왕비'이다. 동명성왕에 관한 기록을 뒤지면 아래와 같다.

무릇, 옛적 시조 추모왕께서 나라의 터전을 세우셨도다. 북부여에서 나셨으니 천제의 아들이요, 어머니는 하백의 따님이시다. 알을 깨고 세상에 내려와 사셨으니 성스러운 덕이 있으셨다. (어머니 하백 따님의) 명에 따라 수레를 타고 남쪽으로 순행하여 부여 엄리대수에 이르렀다.

왕이 나루터에 이르러 말씀하시기를, "저는 황천의 아들이고 어머니는 하백의 따님이신 추모왕입니다. 저를 위하여 갈대를 잇고 거북을 뜨게 하여 주소서." 소리에 응하여 바로 갈대가 이어지고 거북이 떠올랐다. 그 뒤 건너가 비류곡 홀본 서쪽 성사 위에 도읍을 세우셨다.

세상 자리를 즐기지 않으시니 (하늘이) 황룡을 내려 보내어 왕을 맞이하였다. 왕이 홀본 동쪽 산등성이에 이르러 용의 대가리를 밟고 하늘로 올라가시었다. 세자 유류왕에게 도(道)로써 (백성이) 기뻐하도록 다스리라고 고명하시었다. 대주류왕이 터전을 이어받았다.[17]

위와 같은 동명성왕에 관한 최초의 기록은 지극히 간략하여 상세한 사항을 잘 알 수는 없다. 그러나 동명성왕이 천신의 아들이고 수신인 하백녀의 아들이라는 것, 그리하여 태양을 상징하는 알로 태어나 세상에 왔다는 것 등을 확인할 수 있다. 위의 글에는 동명성왕에 관한 한 가지 기적행위가 나타나는데, 엄리대수에서 갈대와 거북의 도움으로 물을 건넜다는 것이 그것이다. 이는 동명성왕이 수신인 하백녀의 아들이라는 사실을 재확인시켜 주고 있다. 위의 글에서 무엇보다 중요한 사실은 동명성왕이 유류 태자에게 나라의 터전을 넘겨주며 고명을 한 부분인데, "도(道)로써 백성이 기뻐하도록 다스리라(以道興治)." 한 부분이 그것이다. 고구려는 '개척정신'이나 '상무정신'에 앞서 '이도흥치'가 최고의 국가지도이념이었으며 동명성왕에서부터 장수왕에 이르기까지 이러한 정신이 준수되었고, 고구려의 후계자들이 이러한 지도이념을 계승하여 발전시켜 나갈 것을 천명하였다. 사실, 고구려 태조왕부터 광개토대왕을 거쳐 수의 침략을 물리친 을지문덕에 이르기까지 이러한 고구려의 국가지도이념은 한결같은 통치이념이 되어 왔다. 따라서 동명성왕의 신화를 살펴보는 이 글에서는 이러한 '이도흥치'의 이념이 신화에 어떻게 반영되었는지를 살피는 것이 주요한 과제가 될 터이다.

'광개토대왕비문'에 이어 동명성왕에 관한 기록은 5세기 중엽 '모두루묘지명'에서 발견된다.

하백의 손자요 해와 달의 아들이신 추모성왕은 원래 북부여에서 나오셨다. 천하 사방이 이 나라를 최고의 성스러운 나라로 알았다.[18]

위와 같은 '모두루묘지명'에는 동명성왕이 '추모성왕'으로 표기되어 있으며, 또한 '하백의 외손자'라는 점이 먼저 강조되고 뒤이어 천

---

17) 國岡上廣開土境平安好太王碑 — 唯昔 始祖 鄒牟王 之創基也. 出自北夫餘. 天帝之子 母河伯女郎. 剖卵降世生 而有聖德 □□□□□命駕巡幸南下 路由 夫餘 奄利大水. 王臨津言曰, 我是皇天之子 母河伯女郎 鄒牟王 爲我連葭浮龜. 應聲卽爲連葭浮龜. 然後造渡 於沸流谷忽本西城山上而建 都焉 不樂世位 因遣黃龍來下迎王. 王於忽本東岡 履龍首昇天. 顧命世子 儒留王以道興治 大朱留王 紹承基業

18) 河伯之孫 日月之子 鄒慕聖王 元年 出北夫餘 天下四方 知此國鄕最聖…

42

신인 '해와 달의 아들'이라는 점을 부기하고 있다. 즉 동명성왕이 천신의 후손이라는 점보다 수신의 외손자라는 점을 강조하고 있다.

동명성왕에 관한 최초의 중국측 기록은 554년『위서(魏書)』에서부터 비롯된다.

고구려는 부여에서 나왔다. 스스로 말하기를 선조는 주몽(朱蒙)이다. 주몽의 어머니는 하백의 딸이다. 부여왕이 방에 가두었는데 햇빛이 비추어 이를 피하였으나 해가 다시 따라와 비추니 바로 임신이 되었다. 알 하나를 낳았는데 크기가 닷 되들이만 하였다. 부여왕이 이를 내버려 개에게 주었으나 개가 먹지 않았고 돼지에게 버렸으나 돼지 또한 먹지 않았다. 길에 버렸으나 소와 말이 이를 피하였고 뒤에 들에다 버렸는데 새들이 털로 따뜻하게 하여 주었다. 부여왕이 알을 깨려고 하였으나 깨뜨릴 수가 없어 그 어미에게 돌려주었다. 어미가 싸서 따뜻한 곳에 두었더니 사내아이가 껍질을 깨고 나왔다. 마침내 자라자 이름을 주몽이라 하였다. 주몽이란 그 나라 속언에 활을 잘 쏜다는 뜻이다. 부여사람들이 주몽은 사람의 소생이 아니고 다른 뜻을 가지고 있으니 없애자고 청하였다. 왕은 듣지 않고 말 기르는 일을 맡겼다. 주몽이 늘 남몰래 말을 시험하여 좋고 나쁨을 알아내고 준마는 먹이를 줄여 여위게 하고 둔마는 잘 먹여 살찌게 하였다. 부여왕이 살찐 말은 자신이 타고 여윈 말은 주몽에게 주었다. 뒤에 들판에서 사냥할 때 주몽은 활을 잘 쏘므로 한 개의 화살밖에 주지 않았는데도 잡은 짐승이 매우 많았다. 부여의 신하들이 다시 주몽을 죽이려고 모의하자 주몽의 어머니가 몰래 알아차리고 주몽에게 말하기를 "나라에서 장차 너를 해치려고 하니 너의 재략으로 멀리 도망갔으면 좋겠다." 하였다. 주몽이 이에 오인(烏引), 오위(烏違) 등 두 사람과 함께 부여를 버리고 동남쪽으로 달아나다가 중도에서 한 큰 물을 만나 건너려고 하였으나 다리가 없었다. 부여인의 추격이 급하자 주몽이 물에게 고하기를 "나는 태양의 아들이고 하백의 외손인데 오늘날 도망감에 쫓는 병사가 따르니 어떻게 하면 건널 수 있습니까?"라고 하였다. 이에 물고기와 자라가 함께 떠올라 다리를 만들어 주어 주몽은 건넜으나 물고기와 자라가 흩어져 추격하던 기병들은 건너지 못했다. 주몽이 드디어 보술수에 이르러 세 사람을 만났는데 한 사람은 삼베옷을, 한 사람은 누비옷을, 한 사람은 물풀옷을 입고 있었다. 주몽과 함께 흘승골성(紇升骨城)에 이르러 거주하면서 이름을 고구려라 하니 인하여 이것이 성씨가 되었다. 처음에 주몽이 부여에 있을 때 그 처가 잉태하였는데 주몽이 도망친 뒤에 한 아들을 낳아 이름을 처음에는 여해(閭諧)라고 하였다. 장성하자 주몽이 국주가 되어 있음을 알고 어미와 함께 도망하여 주몽에게로 오니 이름을 여달(閭達)이라고 하였다. 국가의 일을 맡기니 주몽이 죽자 여달이 대를 이어 임금이 되었다.[19]

위와 같은 『위서』의 기록은 국내에 전승되는 동명성왕신화와 대체로 일치한다.

그 뒤, 동명성왕신화에 관한 기록은 이규보의 『동국이상국집(東國李相國集)』에 수록된 '동명왕편(東明王篇)'에 주석으로 처리된 『구

---

19) 高句麗 自出於夫餘 自言先祖朱蒙 朱蒙母河伯女 爲夫餘王 閉於室中 爲日所照 引身避之 日影又逐 旣而有孕 生一卵 大如五升 夫餘王棄之 與犬犬不食 棄之與豕 豕又不食 棄之於路 牛馬避之 後棄之野 衆鳥以毛茹之 夫餘王割剖之 不能破 逐遠其母 其母以物裹之 置於暖處 有一男破殼而出 及其長也 字之曰朱蒙 其俗言朱蒙者 善射也 夫餘人 以朱蒙 非人所生 將有異志 請制之 王不聽 命之養馬 朱蒙每私試知 有善惡駿子減食令瘦 駑者善養令肥 夫餘王 以肥者自乘 以瘦者 給朱蒙 後狩干田 以朱蒙善射 限之一矢 朱蒙雖矢少 殪獸甚多 夫餘之臣 又謀殺之 朱蒙母陰知 告朱蒙曰 國將害汝 以汝才略 宜遠適四方 朱蒙乃與鳥引鳥違等二人 棄夫餘東南走中道遇一大水 欲濟無梁 夫餘人追之甚急 朱蒙告水曰 我是日子 河伯外孫 今日逃走 追兵垂及 如何得濟 於是魚鼈 並浮爲之成橋 朱蒙得渡 魚鼈乃解 追騎不得渡 朱蒙逐至普述水 又見三人 其一人著麻衣 一人著衲衣 一人著水藻衣 與朱蒙至紇升骨城 逐居焉 號曰高句麗 因以爲氏焉 初朱蒙在夫餘時 妻懷孕 朱蒙逃後 生一子 字始閭諧 及長知朱蒙爲國主 卽與母亡而歸之 名之曰閭達 委之國事 朱蒙死 閭達代立…

44

삼국사(舊三國史)』이다. 뒤이어 『구삼국사』를 옮겨 적거나 줄여 적은 것은 『삼국사기』(1145)와 『삼국유사』(1280년경)에 나타난다. 조선 초기에 이르러 『세종실록지리지』(1454), 『응제시주』(1462), 『삼국사절요』(1476) 등에도 옮겨 적어 왔다.

그렇다면 '광개토대왕비문'에 나타나는 바와 같이 동명성왕이 유류왕에게 고명으로 남긴 '이도흥치'의 국가지도이념은 무엇일까. 이제까지 동명성왕에 관한 연구를 살펴보면 동명성왕이야말로 신이한 능력을 갖춘 하늘의 아들이며, 탁월한 능력으로 나라를 세운 건국영웅으로 평가하여 왔다. 그러나 논자의 생각은 이러한 일반적 견해와는 일정한 거리를 두고 있다. 동명신화에 등장하는 모든 인물들은 일종의 억압과 불안 때문에 '방어기제'라는 특이한 행동양식을 보여 준다는 것이 논자의 기본적인 생각이다. 해모수 · 하백 · 유화는 부여된 신격 때문에 이상성격을 보여 준다. 금와왕 · 동명성왕 · 유류왕 등은 타고난 출생의 비밀 때문에 거세공포를 나타내고 있다. 좀더 구체적으로 말하면, 해모수는 거부를, 하백은 투사를, 유화는 반동형성을 보여 준다. 금와왕은 합리화를, 동명성왕은 일종의 승화와 퇴행을, 유류왕은 치환을 보여 준다.

방어기제의 서막은 북부여에서부터 열린다. 해부루가 늙도록 아들이 없어 산천에 제사를 드리고 돌아오다가 곤연에서 '금빛 나는 개구리 형상의 작은 아기'를 얻은 것이다. 북부여는 어떤 나라인가. 신채호는 부여를 농업을 위해 초목을 불태운 '야지'에서 찾고 있다. 또한 북부여의 발생지를 송화강가의 하얼빈 부근으로 보고 있다. 북부여의 서울은 '아스라', 지금의 소련성 우수리는 곧 '아스라'의 이름이 그대로 전해진 것이다. 그 본래의 땅은 지금의 하얼빈이니, 망망한 수천 리의 평원으로 땅이 기름져서 오곡이 잘 되는 곳이다.[20]

그런데 바위 밑에 버려진 '금빛 나는 개구리 형상의 작은 아기'가

---

20) 앞의 책, 65쪽.

북부여 해부루왕의 태자가 된 것이다. 이상한 일은 여기서 끝나지 않는다. 정승 아란불이 천제의 뜻이라 하여 북부여를 동해가 가섭원으로 옮기고 나라이름을 동부여라고 하였다는 것이다. 해부루와 해모수를 등 뒤에서 조정하는 보이지 않는 세력인 '천제'가 존재하고 있다. 여기에 보이는 천제가 단군신화에 나타난 환인과 같은 존재인지는 확인되지 않는다. 다만 확실한 것은 해부루와 해모수가 천신이며 북부여의 왕이면서도 장애세력에 의하여 억압을 받고 있다는 점이다.

금와왕은 누구인가. "금빛 나는 개구리 형상의 작은 아기"는 왜 바위 밑에 버려졌을까. 두만강 유역에는 '노이합제' 신화와 이와 유사한 '노하치' 의 신화가 전해진다. '노이합제' 의 신화는 이러하다.

400여 년 전, 서촌 삼십 리쯤에 있는 연대동에 사는 성도 모르는 어느 집에서 딸 하나를 키우고 있었다. 어느 날 푸른 개구리 한 마리가 방에 들어오는 것을 그 여자가 보고, 이것을 사랑하여 먹을 것을 주어 보살펴 주었다. 이와 같이 하기를 몇 달, 이 개구리가 어느 날 사람으로 변신하여 여자와 교접하였다. 딸은 몇 달 후 임신하여 배가 불러 왔다. 하지만 그 아버지는 자기 딸이 음행하지 않았다는 것을 알고 중병이 들었다고 핑계하면서, 수시로 자기 딸의 행동을 탐지해 보았다. 딸이 청개구리를 매우 애지중지한다는 사실을 알아 내고는 이상히 여겨, 그 개구리의 발에 긴 실을 묶어 내쫓으니, 오제암 부근의 두만강으로 뛰어드는 것이었다. 발에 묶은 긴 실은 두꺼비가 깊이 들어감에 따라 부족하였다. 그 아버지가 강변에 주저앉아 있을 때 두꺼비가 나와 사람으로 변신해 딸이 있는 집으로 들어가려는 것이었다. 그 아버지가 쫓아와 보니 과연 자기 딸 방으로 들어가는 것이었다. 다시 찾아가 보니 다만 푸른 개구리 한 마리뿐이고, 곁에는 아무도 없었다. 그 아버지가 딸을 불러다 꾸짖으니 딸이 대답하기를. "제 배우자를 하늘이 정해 주신 일이라, 아버지께서 무어라 책망하셔도 소녀는 아버지 말씀을 따를 수가 없습니다."고 하였다. 세월이 흘러

열 달이 경과해 아들 하나를 낳았다. 이것이 '노이합제'이다. 그 후에 이렁저렁 지난 후에 합제의 어머니는 죽고, '노이합제'는 세 아들을 낳았는데, 두 아들의 사적은 미상이나, 제3자는 청의 태종 한이라한다. 노하치의 신화에서는 둘째 아들 한이 청 태조가 된 것으로 나타난다.

이러한 신화를 읽고 나면 금와왕이 왜 '금빛 나는 개구리 형상의 작은 아기'로 바위 밑에 버려졌는가를 미루어 짐작할 수 있다. 금와왕은 출생의 비밀을 지닌 채 탄생한 것이다. 뿐만 아니라 해부루의 태자가 되었고 뒤이어 동부여의 왕이 되었다. 금와왕은 거세공포 때문에 자신의 왕위가 늘 불안하다. 그런데 금와왕 앞에는 두 개의 사건이 일어난다. 유화부인의 출현도 그렇지만 유화부인이 '빛나는 알'을 분만한 것도 놀라운 일이다. 유화부인의 출현은 불우하게 죽어간 어머니를 연상시켰고 '빛나는 알'의 분만은 자신의 출생의 비밀을 환기시켰다. 금와왕은 두 가지 사건에 대하여 동일시 현상을 보이는데, 즉 연민과 증오, 또는 동정과 멸시의 기제가 바로 그것이다.

분노한 하백은 유화부인의 입술을 석 자나 늘려 우발수에 버린다. 우발수에 버려진 유화부인은 어부 강력부추의 어량의 물고기를 훔쳐 연명을 하게 된다. 유화부인은 두 명의 시녀를 거느리고 있었는데, 그 모습은 어룡을 연상시킨다. 어부가 그물을 던졌으나 찢어지므로 쇠그물을 던져 바위에 앉아 있는 유화부인을 얻었다. 그런데 이렇게 흉측한 유화부인이 해모수의 왕비인 것을 안 금와왕은 별궁에 유폐시킨다. 죽은 어머니 때문에 생겨난 억압 때문에 금와왕은 유화부인을 동정하지만 또 한편 증오하고 멸시한다. 금와왕은 유화부인을 융숭하게 대접한 것도 아니고 들판으로 추방한 것도 아니다.

유화부인이 겨드랑이로 닷 되들이 알을 낳았을 때 괴이하게 여겨 "사람이 새알을 낳았으니 상서롭지 못하다." 하여 마구간과 깊은 산에 버렸으나 말과 산짐승이 호위하고 돌보아 주므로 알을 유화부인에게 돌려준다. 이와 같이 금와왕은 알을 버려야 할 까닭을 조작하고 자신을 정당화한다.

　주몽이 뛰어난 사냥실력을 보여 주었을 때 금와왕의 태자 대소는, "주몽이란 자는 신통하고 용맹한 장사여서 눈초리가 비상하니 만일 일찍 도모하지 않으면 반드시 후환이 있을 것입니다."고 주몽 죽이기를 청하나, 금와왕은 자신의 비밀 때문에 주몽에게 말 기르는 일을 맡겨 그 뜻을 시험할 뿐이다. 또 주몽이 북부여를 탈출할 때 누가 내린 명령인지 확실하지는 않으나 추격병을 보낸 것으로 되어 있다. 그러나 주몽을 살해하지는 않았다.

　이와 같이 금와왕은 유화부인과 주몽에 대하여 늘 미온적인 태도를 취하는데, 타당한 이유를 조작하고 행동을 정당화시키는 합리화 기제를 보여 준다. 이는 개구리가 땅과 물 양쪽에서 살아가야 하는 양서류라는 점을 환기시키기도 한다.

　유화부인은 해모수가 쳐놓은 덫에 걸려 약탈혼을 당하고 만다. 하백이 술 취한 해모수를 유화부인과 함께 가죽부대에 넣어 하늘나라로 올려 보내려 하였으나 술이 깬 해모수는 유화부인의 금비녀로 가죽부대에 구멍을 뚫고 태양신답게 빠져나가 홀로 하늘나라로 올라가고 만다. 유화부인은 당연히 해모수에 대하여 복수심과 증오심을 가져야 한다. 그러나 유화부인은 해모수의 도망을 수용하고 만다. 분노한 하백이 유화부인의 입술을 잡아당겨 석 자나 되게 하여 우발수에 던져 버린다. 유화부인은 아버지 하백에 대하여 원한과 원망을 가져야 한다. 그러나 유화부인은 물의 신 하백의 분노를 수용하고 만다. 약탈혼에 의하여 원하지 않는 아기를 분만한 유화부인은 주몽을 증오하고 원망해야 옳다. 그러나 주몽이 말 키우는 일을 그만두고 남쪽으로 내려가 나라를 세우려 한다는 뜻을 밝히자 자식에 대한 사랑이 넘쳐 하백의 딸답지 않게 말의 혀에 바늘을 꽂는 술수를 마다하지 않는다.

　이와 같이 유화부인은 자신이 직면한 위협적 충격을 상반되는 충격으로 흡수한다. 즉 자신을 버린 해모수와 하백을 수용하는가 하면,

48

자신의 처지를 구렁텅이로 몰아넣은 원하지 않는 출생을 사랑으로 수용한다. 유화부인이 보여 주는 방어기제는 '반동'이다.

수신의 딸이요, 천제의 아들을 낳은 유화부인의 정체는 무엇일까. 유화부인과 해모수가 만나 남녀관계를 맺고 주몽을 출산하기까지의 주요 화소를 정리하면 아래와 같다.

A. 두 남녀가 성관계를 갖는다.
B. 두 남녀를 가죽부대에 가둔다.
C. 남자는 하늘로 도망가고 여자는 물에 버려진다.
D. 햇빛이 따라와 여자를 쬐인다.
E. 여자는 빛나는 알을 분만한다.

위에 정리한 다섯 개의 화소는 일반적으로 출생의례의 원형이라 할 수 있다. 그런데 위의 화소에서 '남자와 여자'를 만약 '볍씨'로 바꾸면 출생의례가 아니라 생산의례의 원형이 된다. 그러니까 유화부인은 출생과 생산을 담당한 어머니이며 대지의 딸이다. 왜 유화부인이 출생과 생산의 여신이 되는가. 단서는 주몽의 동부여 탈출에서 찾아야 한다. 유화부인은 동부여를 떠나는 주몽에게 오곡종자를 싸 준다. 뿐만 아니라 경황이 없어 잃어버렸던 보리종자를 비둘기로 하여금 전해 주게 한다. 유화부인이야말로 생명의 여신이다. 오곡의 씨앗을 품에 안고 물길을 머금고 햇빛을 받아 생명의 싹을 틔우는 대지의 여신이다. 하늘의 빛을 몸에 받아 이 땅에 '이도홍치'를 실현할 천제의 아들을 분만한 물의 딸이다. 생명을 잉태하는 씨앗이 어떻게 햇빛과 물을 마다할 수 있겠는가.

해모수가 유화를 약탈하자 하백은 중매의 법을 어기고 왜 방자한 짓을 하느냐고 질책한다. 해모수와 유화부인이 오룡거를 타고 물의 나라로 찾아왔을 때 수신인 장인과 천신인 사위 사이에 겨루기 입문의례를 치르게 되는데, 수신인 하백은 잉어·꿩·사슴이 되고 천신인 해모수는 수달·매·승냥이가 된다. 이러한 '대등의식'에서 누가 이기고 졌는가를 판가름하는 일은 어리석은 일이다. 해모수는 수렵과 농업을 주로 하며 산에 사는 천신족이고, 하백은 하천을 중심으로 어로와 관개농업을 주로 하여 가장 풍요한 생활을 누리는 수신족일 뿐이다. 천신인 해모수가 햇빛이 되어 돌아가자 분노한 하백은 아버지의 훈계를 따르지 않고 가문을 욕되게 하였다 하여 유화부인을 우발수에 던져 버린다. 얼핏 보면, 하백은 한국 신화에 나오는 우리 가정의 장자형 인물로 위장되어 있다. 그러나 하백은 받아들일 수 없는 자신의 욕망이나 충동을 다른 사람에게 던져 버린다는 의미에서 '투사'의 기제를 보여 준다.

그렇다면 물의 신인 하백은 잡아 놓을 수 없는 천신인 햇빛을 왜 가죽부대에 담아 두려 하며, 이미 햇빛을 받아 씨앗을 잉태한 유화부인을 왜 우발수에 던져 버리는 것일까. 하백은 물의 신이다. 햇빛을 받은 씨앗에다 하백은 물을 공급한다. 그러니까 하백은 해와 땅을 이어 주는 중신애비이고 자연의 섭리를 주관하는 삼승할망인 셈이다.

이제까지 물의 신인 하백과 그의 딸 유화부인과, 뭍과 물을 오가며 살아가는 금와왕의 방어기제를 살펴보았다. 다음은 천신인 해모수와 그의 아들 주몽, 그의 손자 유류왕의 방어기제를 살펴보기로 한다.

해모수는 천제의 아들이다. 천제의 명에 따라 해부루는 갈사나로 옮겨 가 동부여를 세우고 북부여 자리에는 해모수가 도읍한다.

『동국이상국집』 '동명왕편'에 등장하는 해모수는 태양을 의인화한 형태로 묘사되었다. 하늘에서 햇볕이 내려쬐는 형상을 '오룡거'를 타고 내려오는 것으로 묘사한다든가, 뒤따르는 빛살을 백여 명이 흰 고니를 탄 것 등으로 표현한 것이 그것이다. 또 해모수가 머리에는 오우관을 쓰고 허리에는 용광검을 찬 것으로 되어 있는데, 까마귀는 '金烏'라 하여 태양을 상징하며 龍光은 휘황찬란한 빛살을 표현한 것이다. 아침에 뜨고 저녁에 지는 해를 빗대어 해모수가 아침에는 정사를 보고 저물면 하늘로 올라가는 것으로 활유하고, 나아가 '천왕랑'이라고 이름까지 붙여 준다.

해모수는 사냥을 하다가 청하의 웅심연에서 노는 하백의 세 딸을 보고 후사를 볼 욕심을 낸다. 물가에 태양의 집인 구리집을 짓고 세 여자를 꾀어 그 가운데 유화를 취하여 관계를 맺는다. 하백이 술에 취한 해모수를 유화와 한 수레에 실어 하늘나라로 올려 보내려 하였으나 해모수는 유화의 금비녀로 가죽부대를 뚫고 도망치고 만다. 해모수는 욕구충족에는 급급하였으나 욕망이 충족되자 홀로 자신의 길을 가고 만다. 이는 어머니 중심 사회에서 볼 수 있는 혼인 풍속의 한 유습이라고 볼 수도 있다.

해모수는 유화와 한 부대에 갇혀 하늘나라로 올라가야만 하는 충격적 상황 아래서 유화를 거부하고 만다. 해모수는 가죽부대의 구멍을 뚫고 도피함으로써 현실적 불안을 모면한다. 이와 같이 해모수는 자신에게 고통스러운 현실에 대하여 눈을 감아 버림으로써 '거부'라는 방어기제를 보여 준다.

해모수는 누구인가. 천제의 아들로서 태양신이다. 햇볕은 때로는 만물을 말려 버리는 뙤약볕이 되기도 하지만 만물에 생기를 불어넣는 봄볕이 되기도 한다. 햇볕은 스스로 왔다가 스스로 돌아가니 잡아 두거나 묶어 둘 수가 없다. 해모수와 하백은 서로 미워하고 겨룬다. 뙤약볕이 물을 말릴 때는 서로 원수가 되지만 만물에 생명을 불어넣을 때는 서로 화합할 수밖에 없다. 해와 물은 서로 상극이지만 때로는 상생한다. 하백이 유화를 물에 던졌을 때 물먹은 씨앗을 따사롭게 보듬어 주듯 햇볕은 그녀를 싸안았다. 과연, 유화는 주몽을 분만하였다. 이와 같이 해와 물은 생명을 사이에 두고 생명의 순환고리를 거듭한다. 씨앗이 물을 머금어도 햇볕을 보지 못하면 재생과 부활을 꾀할 수 없다. 그러나 무엇보다도 해가 주는 재앙은 가뭄이고 물이 주는 재앙은 홍수라는 사실을 유념할 필요가 있다. 누구라도 가뭄과 홍수를 다스릴 수 있다면 그야말로 영웅이 되지 않을 수가 없다.

  앞에서 살핀 바와 같이 천제의 명에 따라 해부루가 갈사나, 지금의 훈춘에 천도하여 동부여가 되었다. 신채호는 갈사나를 이렇게 설명한다.

  우리 옛말에 숲을 '갓' 또는 '가시'라 하였는데, 고대에 지금의 함경도와 만주 길림의 동북부와 소련 연해주의 남쪽 끝에 나무가 울창하여 수천 리 끝이 없는 대삼림의 바다를 이루고 있어 이 지역을 '가시라'라 일컬었으니, '가시라'란 삼림국이라는 뜻이다. '가시라'를 이두문으로 갈사국(葛思國)·가슬라(加瑟羅)·가서라(迦西羅)·아서량(阿西良) 등으로 적는데, 이는 『삼국사기』 고구려 본기와 지리지에 보인 것이고, 또 혹 '가섭원기(迦葉原記)'라고도 하였으니, 이는 대각국사의 『삼국사』에 보인 것이다. 지나사에서는 '가시라'를 '옥저'라고 적었는데, 『만주원류고(滿洲源流考)』에 의하면 옥저는 '와지'의 번역이고, '와지'는 만주어의 숲이니, 예 곧 읍루는 만주족의 선조요, 읍루가 당시 조선 열국 중 말이 홀로 달라서 『삼국지』나 『북사』에 특기하였으니, 우리의 '가시라'를 예족은 '와지'라 불렀으므로 지나인들은 예어를 번역하여 옥저라고 한 것이다. 두만강 이북을 북갈사라 일컫고, 이남을 남갈사라 일컬었는데, 북갈사는 곧 북옥저요, 남갈사는 곧 남옥저이니 지금의 함경도는 남옥저에 해당된다.[21]

  유화부인은 남편 해모수로부터 버림받고 아버지 하백으로부터 우발수에 던져진다. 금와왕의 별궁에 유폐된 유화부인은 태양을 상징하는 닷 되들이 알을 왼쪽 겨드랑이로 나았는데 이가 바로 주몽이다. 이와 같이 겨드랑이로 아기를 분만하는 원형은 서사무가에 변이 전

---

21) 위의 책, 106쪽.

승된다. 덤받이로 금와왕의 궁전에서 태어난 주몽은 금와왕의 대소 등 일곱 아들과 겨루게 되는데 이는 주몽이 직면한 거세공포, 또는 추방공포라 할 수 있다. 금와왕의 사냥에 참가한 주몽이 대소 등 40여 명이 잡은 사슴보다 더 많은 사슴을 잡으므로 대소는 주몽을 나무에 묶고 사슴을 빼앗았다. 주몽은 나무를 뽑아 버리고 집으로 돌아간다. 주몽의 추방공포는 여기서 끝나지 않는다. 대소가 금와왕에게 후환이 두려워 주몽 죽이기를 청하니 금와왕은 주몽에게 말 키우는 일을 맡겨 시험하였다. 주몽은 출생의 비밀 때문에 필연적으로 겪어야만 하는 거세공포를 극복하고 유화부인의 술수로 얻은 명마를 타고 새로운 나라를 찾아 그루갈이 삶을 선택할 수밖에 없었다. 건국영웅 주몽으로부터 발견되는 방어기제는 승화와 퇴행이다. 천신 해모수와 수신 유화 사이에 태어난 주몽에게 승화기제가 보인다는 것은 당연하나 퇴행현상이 보인다는 것은 놀라운 일이 아닐 수 없다.

주몽에게 발견되는 승화는 하늘과 땅을 움직이는 신이한 능력과, 보통 인간이 행할 수 없는 비범한 능력으로 구분된다.

닷 되들이 알로 태어난 주몽을 마구간과 깊은 산 속에 버렸을 때 말과 산짐승이 주몽을 호위한 것은 주몽이 하늘로부터 보우를 받는 영웅이 될 것임을 암시한다. 과연, 금와왕의 부하들에게 쫓겨 수레를 타고 엄리대수에 이르렀을 때 채찍으로 하늘을 가리켜, "나는 천제의 손자요 하백의 외손인데 지금 난을 피하여 여기에 이르렀으니 황천과 후토는 외로운 아들을 불쌍히 여기시어 속히 배와 다리를 주소서."라고 빌며 활로 물을 치니 물고기와 자라가 나타나 다리를 놓아 주었다. 이것은 주몽이 하늘과 물을 감응시킨 첫 번째 기적이다.

주몽이 동부여를 떠날 때 유화부인은 오곡을 싸 주었으나 보리를 빠뜨려 비둘기로 하여금 주몽에게 종자를 전하게 하는 신이한 능력을 보여 주는데, 이는 유화부인과 주몽이 생산신으로 승화된 기제라 할 수 있다.

눈빛고라니를 잡아 거꾸로 매달고 하늘에 비를 비니 장대비가 이

레나 쏟아지는지라, 송양왕과 그의 백성이 곤경에 처하였으므로 다시 주몽이 채찍으로 물을 그으니 곧 멈추었다. 이는 주몽이 하늘을 감응시켜 비를 내리게도 하고 멈추게도 하는 신이한 이적을 행하는 승화기제라 할 수 있다.

하늘이 황룡을 내려 보내어 동명성왕을 맞이하므로 왕이 홀본 동쪽 산등성이에 이르러 용의 대가리를 밟고 하늘로 올라갔다. '광개토대왕비문'에 나타나는 동명성왕의 죽음에 대한 기록은 나라를 창건한 국조에 대한 최고의 승화라 할 수 있다.

이밖에 동명성왕은 보통인간보다 탁월한 능력을 보여 주는데, 이러한 그의 능력은 활쏘는 솜씨에서 승화로 드러난다. 주몽(朱蒙)은 만주어로 '주릴무얼'이니 '활을 잘 쏘는 자(善射者)'라는 뜻이다.

주몽이 어려서 유화부인에게 파리가 눈을 빨아서 잘 수가 없으니 활을 만들어 달라 하므로 대로 활을 만들어 주었더니 물레 위에 앉은 파리를 모조리 쏘아 맞추었다. 금와왕과 사냥에 나가 적은 화살로 그의 왕자 일행이 잡은 사슴보다 더 많은 사슴을 잡았다. 엄리대수에 이르러 하늘에 빌고 활로 물을 치니 물고기와 자라가 나타나 다리를 놓아 주었다. 송양왕과 백보 밖의 사슴그림을 붙여 놓고 활을 쏘아 배꼽을 맞히기로 하였는데, 송양왕은 힘겨워 하였으나 동명성왕은 일백 보 밖에 반지를 달아매고 쏘았는데 기왓장 부서지듯 깨어졌다.

주몽은 말을 기르고 다루는 솜씨가 있다.

주몽은 동부여에서 졸본으로 가는 도중 여러 인재를 만나 거느리게 된다. 주몽이 동부여를 떠날 때 마리(摩離)·오이(烏伊)·협부(陜父)가 동행하는데, 이는 글자 뜻으로 보아 야금(冶金) 기술자와 조류 등 목축 기술자와 책사 등으로 보인다. 실제로 협부는 사냥에 골몰한 유류왕에게 간언을 드리다 쫓겨나 한강 남쪽에 나라를 건국한 온조를 찾아간다. 엄리대수를 건너가다가 베옷 입은 이[麻衣], 중옷 입은 이[衲衣], 물풀옷 입은 이[藻衣] 등을 만난다. 이들은 모두 무당으로 보이는데, 흰 빛깔의 베옷을 입은 사람은 천신에게 제사를 드리는 사람 같고, 검은 빛깔의 중옷 입은 사람은 지신에게 제사 지내는 사람 같고, 푸른빛의 물풀옷을 입은 사람은 수신에게 제사 지내고 사람이 아닌가 한다.

이러한 승화기제와는 반대로 주몽에게는 어린아이 같은 장난기와 나이든 여인들에 대한 지나친 의존 등 퇴행증상이 나타난다.

대도를 가르칠 아버지가 없었던 주몽은 앞에서 살펴본 바와 같이 어머니 유화부인에게 지나치게 의존적이다. 덤받이 신세로 금와왕의 궁전에서 대소 등 일곱 왕자와 긴장 상태로 자라난 주몽에게는 어머니 유화부인의 각별한 배려와 사랑이 자연스러운 현상처럼 보인다. 그러나 주몽이 동부여를 떠날 때 유화부인이 보여 준 명마의 혀에 바늘을 꽂는 술수는 주몽으로 하여금 어린아이 같은 장난기를 발동하게 만든다. 보리씨를 물고 온 비둘기를 활로 쏘아 떨어뜨리고 목구멍으로부터 보리씨를 빼낸 다음 다시 물을 뿌려 비둘기를 살려 보내는 이적은 장난질이 지나치다. 오래된 목재로 궁전을 지어 송양왕보다 주몽이 먼저 터전을 잡은 것처럼 속인 것은 그렇다고 치자. 부분노가 송양왕의 고각(鼓角)을 훔쳐 왔을 때 검은 칠을 하여 송양왕을 속이는 장난은 왕도로 보기 힘들다.

졸본천에 이르러 땅이 기름지며 아름답고 산하가 험고하므로 드디어 도읍을 정하였다. 아직 궁실을 지을 겨를이 없어 다만 비류수 위에 집을 짓고 살며 국호를 고구려라 하고 고(高)를 성으로 삼았다. 이때 주몽 나이 스물두 살이었다. 『삼국사기』 주석에 의하면 주몽이 졸본부여에 이르렀을 때 그 왕은 아들이 없었는데 주몽이 보통사람이 아닌 것을 알고 그 딸을 그의 아내로 삼고 왕이 돌아가자 주몽이 왕위를 이었다고 한다.

신채호에 의하면 주몽이 졸본부여에 이르니 이곳의 소서노라는 미인이 아버지 연타발의 많은 재산을 물려받아서 해부루 왕의 서손 우태의 아내가 되어 비류 · 온조 두 아들을 낳고 우태가 죽어 과부로 있었는데, 나이 서른일곱 살이었다고 한다. 주몽을 보자 서로 사랑하여 결혼하였는데 주몽은 그 재산을 가지고 뛰어난 장수 부분노 등을 끌어들이고 민심을 거두어 나라를 경영하여 홀승골의 산 위에 도읍을 세우고 나라 이름을 '가우리'라 하였다. 가우리는 이두자로 고구려라 쓰니, 중경 또는 중국이라는 뜻이었다.[22]

주몽이 고구려를 건국할 때 나이가 스물둘이고 소서노의 나이는 서른일곱이니 나이 차이가 무려 열다섯 살이나 된다. 말하자면 소서노야말로 유화부인의 또 다른 변신이니, 나이 많은 여자에 대한 의존이 지나치다고 할 수 있다.

주몽의 퇴행현상은 여기에 머물지 않고 일종의 과대망상으로 발전하는 것을 볼 수 있다.

『동국이상국집』 동명왕편에는 7월에 검은 구름이 골령에 일어나서 사람들이 그 산은 보지 못하고 오직 수천 명 사람의 소리가 토목공사를 하는 것같이 들렸다는 부분이 있다. 실제로 많은 백성들을 동원하여 축성을 하고 있다는 것을 알 수 있다. 그런데 동명성왕은 "하늘이 나를 위하여 성을 쌓는 것이다."고 하였는데 7일 만에 운무가 걷히고 성곽과 궁실 누대가 저절로 이루어졌다. 마땅히 동명성왕은 백성들을 치하해야 옳았으나 황천에게 감사하고 들어가 살았다 하니, 지나친 과대망상이 아닐 수 없다. 이는 콩쥐가 곡식의 껍질을 벗겨 주는 하인들을 참새로 보는 것과 같은 기제이다.

이상에서 동명성왕의 방어기제 가운데 승화와 퇴행기제를 살펴보았다. 그러니까 동명성왕은 고구려를 건국한 신이한 능력을 지닌 건국영웅이기도 하지만 덤받이로 태어난 출생의 비밀 때문에 보통 인간 이하의 어릿광대 모습을 보여 주기도 한다. 그렇다면 이러한 동명성왕이 보여 준 이도홍치 국가이념이란 과연 무엇일까. 해답은 『삼국지』 위지 동이전 부여편에서 찾아야 한다.

옛 부여의 풍속에는 가뭄이나 홍수가 계속되어 오곡이 여물지 않

---

22) 위의 책, 111쪽.

으면 그 허물을 왕에게 돌려 왕을 내쫓거나 죽인다고 하였다.[23] 그러니까 왕이 내쫓기지 않고 백성들에게 죽음을 당하지 않으려면 가뭄과 홍수를 잘 조절하고 곡식을 잘 익게 하는 신이한 능력을 지니고 있어야만 한다. 그러면 동명성왕에게 과연 그러한 이도홍치 능력이 있었는가.

천신인 해모수의 아들이요 수신인 하백의 외손자며 수신의 딸인 유화부인의 아들이었던 동명성왕은, 하늘과 물을 감응시키고 비를 내리고 긋는 탁월한 능력을 지니고 있었다. 동명성왕이 흰 고라니를 희생으로 바치고 비류에 비를 내려 도성과 변방을 표몰시키도록 기도하니 송양의 나라에 홍수가 났다. 채찍을 들어 물을 그으니 곧 멈추었다.

생산신인 어머니로부터 오곡을 전해 받고 그가 새로 건국한 나라에 씨뿌리기를 잘하여 수확을 거두었으리라는 사실은 자명하다. 또한 백성들이 편안하게 살도록 여러 인재를 등용하였다는 사실도 앞에서 살펴본 바와 같다.

동부여와 고구려의 산업은 목축과 농업으로 볼 수 있는데 동명성왕은 활 쏘는 솜씨와 말을 기르고 가려 내는 탁월한 능력을 지니고 있어 백성들의 생업을 돕고 국토를 넓혀 나가 정복사업을 원활히 수행하였을 터이다.

동명성왕이 사용하는 채찍과 활은 단순한 무기가 아니라 왕권의 상징이요, 하늘과 통하는 신기인 셈이다. 주몽이 엄리대수에 이르러 활로 물을 치니 자라와 물고기가 다리를 놓았다. 주몽은 송양왕과 활 쏘기 내기를 하였다. 1백보 거리에 그림 사슴을 걸어 놓았는데 송양왕은 맞추지 못하였으나 주몽은 1백보 밖에 옥가락지를 걸어 놓고 활을 쏘아 기왓장 부서지듯 맞추었다.

훔치기는 하였지만 고각(鼓角)을 갖춤으로써 동명성왕은 국가의

---

23) 앞의 책, 부여조목.

기틀을 공고히 다져나갔다.

이렇게 본다면 동명성왕은 고구려 건국기 전반에 걸쳐 이도홍치의 국가통치이념을 제대로 실천한 셈이다.

그러나 북부여의 수도였던 하얼빈과 동부여의 수도였던 훈춘, 동명성왕이 터전을 잡은 졸본을 잇는 국토운용계획은 후대의 통치자들에게 넘겨진 숙제였을 터이다. 이러한 과제를 완성한 군주가 바로 광개토대왕이라는 사실은 누구나 잘 알고 있다.

동명성왕이 보여 준 퇴행기제는 소서노가 비류와 온조를 거느리고 한강 이남으로 내려가 백제를 건국함으로써 새로운 불씨를 남겨 놓게 된다. 동명성왕은 유류왕을 버리고 온조를 선택했어야 옳았다.

앞에서 살펴본 바와 같이 '광개토대왕비문'에는 "세자 유류왕에게 도로써 (백성이) 기뻐하도록 다스리라고 고명하시었다."고 기록되어 있다. 그렇다면 이러한 동명성왕의 고명인 '이도홍치'의 국가이념을 유류왕은 얼마나 잘 계승하여 통치이념으로 삼았을까.『동국이상국집』동명왕편과『삼국사기』의 기록에는 유류왕이 이러한 '이도홍치'의 국가이념을 제대로 실천하였다기보다 늘 미봉책에 급급하였다는 여러 사료들이 발견된다. 유류왕은 불안한 국가과제를 정면으로 돌파하기보다 만만한 왕자들이나 신하들에게 불안기제를 이동시켜 충동을 해소하는 치환기제를 보여 준다. 말하자면 유류왕은 "종로에서 뺨맞고 한강에서 눈흘긴다."는 속담을 실천한 셈이다.

이러한 유류왕의 치환기제는 어디에서 온 것일까. 동명성왕의 뒤를 이어 왕위에 오른 유류왕도 아비 없는 '후레자식'으로 유년시절을 보내게 된다. 동부여에 남아 예씨 부인의 슬하에서 자라난 유류는 아버지처럼 활쏘기를 좋아하여 한 부인이 이고 가는 물동이를 뚫었는데, 부인이 질책하여 말하기를 "아비도 없는 자식이 내 물동이를 쏘아 뚫었다."고 하였다. 부끄러워 진흙 탄환을 쏘아 구멍을 막아 주고 집으로 돌아와 예씨 부인에게 아버지가 누구냐고 묻자 부인이 장난삼아 "너는 일정한 아버지가 없다."고 답하니, 아비 없는 자식이 살아서 무엇 하느냐고 칼로 목을 찌르려 하였다. 여기서 예씨 부인이 장난삼아 한 말이 진담일지도 모른다는 사실을 환기하도록 하자. 정색한 예씨 부인은 동명성왕의 사실을 들려주고 주몽이 남겨 놓은 '일곱 고개 일곱 골짜기 돌 위 소나무 위에 감춰 둔 물건'을 찾으라는 수수께끼를 들려주게 된다. 여기서 유류가 주몽이 남긴 수수께끼를 푸는 과정은 유류의 성장의례라고 볼 수 있다. 유류가 동명성왕을 찾아가 칼도막을 맞추어 부절이 부합함을 보고서도 동명성왕은 유류에게 신성한 징험을 요구하니, 유류는 바로 몸을 날려 창구멍의 햇빛을 막아 신이한 신성을 보였다. 동명성왕이 유류를 태자로 봉한 까닭은 단순히 적자이기 때문이 아니라 '이도홍치'를 할 수 있는 하늘에 대한 감응능력 때문이라 할 수 있다.

이제까지 유류 태자의 유년시절을 살펴본 바에 의하면 불안과 억압기제가 지배적이라는 것을 알 수 있다. 유류는 어려서부터 아버지로부터 왕도를 배운 것도 아니고 어머니 예씨 부인으로부터 정도를 배운 것도 아니라는 사실이 확인된다. 더구나 어머니 중심 사회의 유습인 '후레자식' 콤플렉스는 유류로 하여금 거세공포와 추방공포로부터 자유롭지 못하게 하였다는 사실도 확인된다. 유류 태자가 태자로 봉해진 다음 소서노가 두 아들을 데리고 남쪽으로 내려가 온조가 백제를 건국하니, 이는 유류왕의 무능을 또 한 번 증명한 셈이 되었다.

유류왕은 국가간의 외교문제나 국가 중대사를 정면으로 돌파하여 해결하지 못하고 만만한 태자들을 희생양으로 삼는 치환기제를 보여주는데, 이러한 기제 때문에 태자 도절과 해명이 희생을 당하고 무휼은 유류왕이 이미 늙어 희생을 모면하게 된다.

동부여왕 대소가 사신을 파견하여 수교하며 볼모를 교환하자고 요청하였을 때, 도절이 듣지 아니하자 왕이 크게 노하여 도절이 울분으로 병이 나서 죽고 말았다.

태자 해명이 고도 졸본에 머물 때 황룡국왕이 강궁을 보냈는데 태자가 당겨 꺾어 버렸다. 유류왕은 이를 듣고 태자가 불효하다 하여 황룡국왕에게 태자를 죽이도록 청하였으나 국왕이 태자를 만나 본 후 예로써 돌려보냈다. 유류왕은 이웃나라와 원한을 맺었다 하여 태자 해명으로 하여금 자결하도록 하였다. 유류왕은 황룡국왕의 위협을 정면으로 막아 내지 못하고 만만한 태자를 죽임으로써 자신의 거세 공포를 해소하려 하였다.

동부여왕 대소가 유류왕에게 항복을 권하였을 때 유류왕은 이를 받아들여 굴복하려 하였으나 태자 무휼이 동부여의 사자를 꾸짖어 보내고 침략한 동부여 군사를 산곡에 복병하였다가 학반령에서 물리쳤다.

동명성왕의 사료에는 신하를 받아들인 기록은 있으나 버린 기록은 없다. 그러나 유류왕의 사료에는 신하를 받아들이기도 하고 내치기도 하는 기록이 아울러 공존한다.

유류가 동부여를 떠날 때 글자뜻으로 보아 집을 짓는 목수로 보이는 옥지(屋智), 나라를 맡아 다스리는 책사로 보이는 구추(句鄒), 도성을 짓는 기술자로 보이는 도조(都祖)와 동행한다.

국내를 살펴보고 돌아오는 길에 한 장부가 연못 위의 돌에 앉았다가 신하되기를 청하니, 받아들여 위(位)씨 성을 주었다.

유류왕이 기산에 사냥 갔다 돌아오는 길에 양 겨드랑이에 날개 난 사람을 만났는데 우(羽)씨 성을 주고 조정에 등용한 뒤 왕녀와 혼인시켰다.

동명성왕의 신하인 오이, 마리를 기용하여 군사 2만을 거느리고 서쪽으로 양맥을 정벌하고 한(漢)의 고구려현을 습격하였다.

이상은 유류왕을 따라 순명한 신하들의 기록이거니와 이와는 반대로 대보 협보는 유류왕의 지나친 사냥에 대하여 간언을 드리다 쫓겨나 한강 이남으로 온조를 찾아간다. 또 제천의 희생으로 쓸 흰 돼지가 도망을 쳤는데 탁리(託利)와 사비(斯卑)가 쫓아가 잡았으나 돼지의 두 다리를 끊어 놓았다. 유류왕은 "제천의 희생을 어찌 상할 수 있느냐." 하여 두 신하를 구덩이에 던져 죽였다.

유류왕은 순명하는 신하에 대해서는 별다른 조치가 없으나 간언을 드리거나 거역을 하는 신하의 경우는 혹독하고 잔인하게 처벌하였다.

또 유류왕은 동부여왕 대소나 황룡국왕에 대해서는 전쟁 등 강력한 대응을 하지 못하고 굴욕적인 저자세를 보이면서 사냥으로 자신의 불안기제를 해소하려 한다. 유류왕 2년 9월 나라의 서쪽으로 사냥을 나가 흰 노루를 잡았다. 22년 12월 질산 북쪽에서 사냥을 하느라고 5일 동안 돌아오지 않았다. 24년 9월에 기산의 들로 사냥을 나가 겨드랑이에 날개 달린 이상한 사람을 만났다.

이상의 유류왕에 관한 사료를 검토할 때 동명왕이 고명한 '이도흥치'의 이념을 제대로 실천하였다기보다는 만만한 왕자를 죽이거나 신하들을 혹독하게 처벌하고 전쟁 대신 사냥으로 자신의 억압과 불안을 해소한 방안 호랑이라고 볼 수 있다.

대보 협보와는 달리 부분노는 계략으로 선비를 치고 나서 왕이 주는 시급을 거절하였는데, 이는 부분노가 유류왕의 치환기제를 꿰뚫어 보았기 때문일 것이다.

그렇다면 동명성왕이 천명한 건국이념인 '이도흥치'의 정신이 후대 고구려 제왕들에게는 어떻게 계승되었을까. 이미 살펴본 바와 같이 이러한 건국이념이 전성기를 맞이한 시기는 광개토대왕 때이며, 용장 을지문덕이 수의 대군을 물리쳤던 때라는 사실을 강조한 바 있다. 642년 연개소문은 영류왕을 시해하고 보장왕을 세운 다음 스스로 막리지가 되었고, 666년 사망할 때까지 5년 동안의 대당전쟁을 수행하는데, 이 역시 '이도흥치'의 건국이념을 실천한 것이라 할 수 있다. 그러나 연개소문이 죽고 나서 장남 남생이 대막리지가 되었는데, 형제인 남건·남산과 불화하여 남생이 당나라에 투항하였다. 고구려에 사신으로 갔던 시어사 가언충이 당 고종에게 말하기를, "남생 형제는 틈이 생겨 우리를 향도하며 그들의 정상을 모두 알게 되었다."

는 부분은 사리사욕을 앞세운 형제간의 내분이 고구려를 멸망시키는 한 원인이 되었다는 사실을 일깨운다. 또 중 신성은 당군과 몰래 내통하고 평양성문을 열어 주니, 900년의 고구려 역사는 마침내 종말을 고하고 우리 겨레는 대륙의 역사무대에서 사라지고 만다. 이는 동명성왕이 보여 주었던 퇴행증상과 유류왕이 보여 주었던 치환 기제가 고구려 역사 가운데 잠복 변수로나마 마침내 폭발하고 만 산 증거라 할 수 있다.

(3) 덤받이 온조 백제를 세우다

일반적으로 백제의 건국시조는 비류·온조·구태 등으로 보고 있으나 신채호는 백제의 건국시조를 소서노로 본다. 소서노는 동명성왕이 고구려를 건국하는 데 재력을 기울여 헌신적으로 도왔으나 유류 태자가 고구려를 계승하게 되자 비류와 온조 두 아들을 거느리고 하북 위례성에 도읍을 정하였다. 소서노가 죽은 뒤 비류는 미추홀에, 온조는 하남 위례홀에 도읍을 정하였다는 것이다. 『삼국사기』 '백제본기' 온조왕 13년에 온조왕의 어머니 소서노가 예순하나로 죽었다는 기사가 보인다.

백제 건국기는 신이성이나 탁월한 신통력이 나타나지 않는 까닭에 신화로는 볼 수 없고 일종의 건국실기로 보아야 한다. 그러나 백제 건국기에는 "인민을 편안히 살게 한다(人民安泰).", "백성이 즐겁게 따르도록 한다(百姓樂從)."는 건국이념이 나타나며, 비류와 온조가 덤받이로 출생하였다는 출생 화소는 백제의 부흥이나 다물을 화소로 삼는 '밤에 온 이'(이하에서는 '밤온이'라 부른다) 입말 이야기의 설화소가 된다는 점에서 눈길을 끈다. 따라서 이 글에서는 백제 건국실기에 나타나는 출생 화소가 무왕과 견훤을 둘러싼 밤온이 이야기 속에서 어떤 설화소로 기능을 하며, 그것이 백제의 건국이념과 어떻게 손잡고 있는지를 밝혀 보고자 한다.

먼저 『삼국사기』에 나타나는 온조 시조 건국기를 살펴보기로 한다.

　백제의 시조는 온조왕(溫祚王)으로 그 부친은 추모(鄒牟) 혹은 주몽(朱夢)이라고 한다. 주몽이 북부여로부터 난을 피하여 졸본부여에 이르렀는데 부여왕은 아들이 없고 다만 세 딸이 있어 근심 중 주몽을 보고 비상한 사람임을 알아 둘째 딸로써 그의 아내를 삼았다. 얼마 아니 하여 부여왕이 돌아가므로 주몽이 왕위를 잇고 두 아들을 낳았는데, 장자는 비류(沸流)라 하고 차자는 온조라 하였다. 그런데 주몽이 북부여에 있을 때에 낳았던 아들이 와서 태자를 삼으므로 비류와 온조는 그들이 태자로 용납되지 않는 것을 두려워하여 드디어는 오간(烏干)·마려(馬黎) 등 10신(臣)과 남쪽으로 떠나니 백성들 중 이들을 따라나서는 사람이 많았다. 그들은 드디어 한산(漢山)에 이르러 부아악(負兒嶽)에 올라 가히 살 수 있는 땅을 바라보았는데, 비류는 해빈(海濱)으로 가서 살고자 하므로, 10신(臣)이 간하기를 "생각하건대 이 하남(河南)의 땅은 북으로 한수(漢水)를 끼고 동으로 고악(高岳)에 의거하고 남으로 옥택(沃澤)을 바라보고 서쪽은 대해(大海)로 가로막혔으니, 그 천험의 지리를 이루어 얻기 어려운 형세입니다. 여기에 도읍을 이룩하는 것이 좋지 않으리까?" 하였다.

　비류는 이 말을 듣지 아니하고 그 백성을 나눠 가지고 미추홀(彌鄒忽)로 가서 살므로 온조는 하남 위례성(下南慰禮城)에 도읍을 정하고 10신(臣)으로써 보익(輔翼)을 삼고 국호를 십제(十濟)라 하였는데, 이때는 진한(前漢) 성제(成帝) 홍가(鴻嘉) 3년이다. 비류는 미추홀의 땅이 습하고 물이 짜서 편히 살 수가 없으므로 위례성으로 돌아와 보니, 도읍을 새로 정하고 인민이 편안히 살므로 드디어 부끄러워하고 뉘우치며 죽으므로, 그 신민(臣民)들은 모두 위례성으로 모였다. 그 뒤로부터 날로 백성들이 즐겁게 따르므로 국호를 백제

(百濟)라고 했는데, 그 세계(世系)는 고구려와 한가지로 부여에서
나온 까닭으로 부여로 성씨를 삼았다.[24]

위와 같은 온조왕 건국기에는 어떠한 신이성이나 온조왕 자신의
신통력도 나타나지 않는다. 심지어 그의 부왕인 동명성왕의 행적에
도 초능력이나 탁월한 능력이 나타나 있지 않다. 동명왕 건국기는 탄
생·건국·통합 등 세 개의 화소로 나누어져 있다.

비류와 온조는 출생문제로 볼 때 동부이복으로 볼 수 있다. 주몽의
혼인은 정당하다기보다는 부득이한 것이었다. 앞에서 살펴본 바와
같이 주몽은 동부여의 금와왕으로부터 탈출하여 졸본부여를 건국하
였다. 그러나 위와 같은 자료에는 주몽이 북부여에서 도망하여 졸본
에 이르러 졸본왕의 둘째 딸과 혼인한 것으로 되어 있다. 물론 주몽
이 졸본부여왕의 둘째 딸과 혼인하게 된 계기는 그의 비상한 사람됨
때문이었다. 졸본부여왕이 죽자 주몽이 왕위를 잇고 두 아들을 낳았
는데 장남은 비류이고 차남이 온조라는 것이다. 그런데 주몽의 전처
인 예씨 부인이 아들 유류를 데리고 나타난다. 더구나 유류를 태자로
삼게 되자 두 왕자는 태자가 되지 못함을 원망하여 무리를 거느리고
남쪽으로 떠나게 된다. 비류와 온조의 대탈출은 주몽의 부득이한 혼
인문제에서 발생한다. 동부이복으로 출생하여 전처소생인 유류 태자
에게 쫓겨나게 된다. 두 왕자는 제물같이 삶을 청산하고 그루같이 삶
을 선택할 수밖에 없었다. 두 형제 앞에는 새로운 땅이 기다리고 있
었다.

아버지와 형제로부터 버림받은 비류와 온조는 새로운 터전을 잡는
일과 새로운 삶의 목표를 세우는 일이 중요한 과제였다. 이러한 목표
지향은 두 사람이 왕자인 까닭에 도읍을 정하는 일과 건국이념을 설
정하는 일로 나타난다. 두 가지 과제를 놓고 비류는 실패하고 온조는

---

24)『삼국사기』, 권23, 백제본기 제1.

성공한다. 온조는 신하들의 권유를 받아들여 하남 위례성에 도읍을 정하고 '인민안태'와 '백성낙종'을 국가이념으로 삼게 된다.

다음으로 비류 시조 건국기를 살펴보기로 한다.

또는 말하기를 시조는 비류왕으로 그 부친은 우태(優台)로 북부여왕 해부루의 서손(庶孫)이고 그 모친은 소서노(召西奴)로 졸본사람 연타발(延陁勃)의 딸이다. 그가 처음 우태에게로 와서 두 아들을 낳았는데 장자는 비류이고 차자는 온조로 우태가 죽자 졸본으로 와서 살았다. 뒤에 주몽을 부여에서 용납하지 않으므로 전한(前漢) 건소(健昭) 2년 2월에 남쪽 졸본으로 달아나서 도읍을 정하고 나라를 세워 국호를 고구려라 하였다. 이어 주몽은 소서노를 아내로 맞아 왕비로 삼았는데 그녀는 창업의 기반을 열 때 자못 내조가 있었으므로 주몽은 그녀를 총애하고 특별히 후대하며 비류 등도 자기의 아들과 같이 하였다. 그런데 주몽이 부여에 있을 때 예씨에게서 난 아들 유류가 오자 이를 세워 태자로 삼고 드디어는 왕위를 계승함에 이르렀다. 이때 비류는 아우 온조에게 말하기를, "처음에 대왕이 부여에서 난을 피해 도망하여 이곳에 이르렀으므로 우리 모친은 집안의 재산을 기울여 나라의 기업을 조성하는 데 힘썼는데 지금에 이르러 우리에게 세사(世嗣)함을 싫어하고 나라를 유류에게 넘겨주게 하니 우리들은 여기 헛되이 있으면서 울적하게 근심하는 것보다 모친을 모시고 남쪽으로 가 좋은 땅을 찾아 따로 나라를 세우고 도읍하는 것만 같지 못하다." 하고 드디어는 아우 온조와 그 무리들을 거느리고 패수와 대수의 두 강을 건너 미추홀에 이르러 여기서 살게 되었다.[25]

백제 건국시조를 비류로 볼 경우 비류와 온조는 명백한 덤받이가 된다. 비류와 온조 두 형제의 아버지는 우태가 되는데, 우태는 북부

---

25) 위의 책.

여왕 해부루의 서손이다. 또 두 형제의 어머니는 소서노인데, 졸본사람 연타발의 딸로서 우태에게 시집 가 두 아이를 출산한 것이다. 연타발이 죽자 과부가 된 소서노는 졸본으로 돌아와 연타발의 막대한 재산을 물려받은 37세의 과부로 살고 있었다. 이때, 동부여 금와왕에게 쫓겨난 주몽은 졸본으로 들어와 고구려를 건국하는데, 나이는 22세였다. 주몽이 나라를 창업할 때 소서노는 막대한 재물을 기울여 내조하였으므로 왕비가 되고, 주몽은 두 아들을 자식처럼 총애하였다. 그런데 주몽이 부여에 있을 때 예씨와의 사이에서 난 유류가 돌아와 태자가 되고, 나라를 물려받게 되었다. 신채호에 의하면, 이러한 왕자의 난에 직면한 소서노는 동명왕과 정식으로 결별하고 많은 재물을 나누어 수레에 싣고 두 왕자를 데리고 남쪽으로 내려와 백제를 건국하게 되었다고 말한다. 위의 자료에는 비류가 불만을 온조에게 말하고 "우리 형제가 여기서 울적하게 근심하는 것보다는 어머니를 모시고 남쪽으로 가 좋은 땅을 찾아 나라를 세우고 도읍하는 것(南遊卜址 別立國都)만 같지 못하다."고 말하고 남쪽으로 내려가 백제를 세운 것으로 되어 있다.

비류 시조 건국기에 의하면 왕자의 난은 덤받이 출생문제에 의한 것이고, 탄생문제로 발생한 그루갈이 삶의 목표는 다분히 대상적인 것이 된다. 이러한 대상적인 것은 당연히 자기합리화를 하게 되는데, 그리하여 백제 건국이념이 겨우 남쪽으로 가 좋은 땅을 찾아 나라를 세우고 도읍하는 것(南遊卜址 別立國都)이 되고, 국가이념은 대의명분론과 일정한 거리를 두게 된다.

중국측 사서에는 백제의 시조를 구태로 본다. 즉 『북사』와 『수서』에 의하면, 동명의 후예 구태가 있었는데, 인신(仁信)이 독실하여 대방의 고지에 나라를 세우고, 요동 태수 공손도는 그의 딸을 아내로 주었는데, 드디어 동이가 강성하게 되었다고 하였다. 이러한 『수서』의 백제에 대한 기록은 사료로서 별반 신빙성이 없으므로 여기서는 더 이상 논의 대상으로 삼지 않는다.

이렇게 보면 백제의 시조는 온조와 비류로 좁아든다. 그런데 비류는 왜 건국에 실패한 것일까. 비류는 위례에 도읍하자 하는 신하들의 뜻을 거절하고 미추홀로 가서 도읍을 한다. 미추홀은 땅이 습하고 물이 짜서 편히 살 수가 없으므로 위례성으로 돌아온다. 이러한 사료에서 비류가 왜 건국에 실패하였는가를 짐작하여 볼 수 있다. 비류는 위로는 신하의 뜻을 수용하지 못하고 아래로는 민심을 얻지 못하였다. 미추홀도 넓은 땅인데 습지와 소금기가 많은 땅만을 찾아다니며 병을 얻었다는 주장은 믿기 어렵다. 비류는 현지 주민들로부터 따돌림을 당한 것이다. 그리하여 위례성에 돌아온 비류는 온조의 '인민안태와 백성낙종'이라는 국가정책을 부러워하며 후회한다.

한편, 온조는 건국기 주변의 낙랑·말갈·마한의 끊임없는 도전을 받으면서도 영토확장정책을 수행하여 북으로는 패하(오늘날 대동강), 동으로는 주양(오늘날 춘천), 남으로는 웅천(오늘날 공주)을 확보하고, 다시 온조 18년에는 마한을 멸망시켜 그 영토가 호남에까지 이르렀다. 이러한 백제의 영토확장정책은 근초고왕에 이르러 절정기에 도달하게 되는데, 왕은 평양성을 공략하여 고국원왕을 전사시킨다.

이러한 온조·비류 건국기 이야기 화소는 '밤온이' 이야기로 전승변이되면서 백제의 중흥이나 부흥과정에서 인민 여론을 정치적으로 선전선동하는 데 십분 활용된다. 백제가 누란의 위기에 처하거나 멸망하였을 때 '밤온이' 이야기 화소는 백제인의 집단심리를 자극하는 뇌관 구실을 한다. 백제의 위기 한가운데서 나라를 다시 일으켜 세우려 한 인물이 무왕이고 백제를 다시 건국하려 했던 인물이 견훤이다. 그들은 '밤온이' 이야기를 민중을 선동하는 데 적절하게 활용하고 있다.

그렇다면 '밤온이' 이야기 화소가 어째서 백제인의 집단심리를 자극하는 뇌관 구실을 하는 것일까. 아는 바와 같이 '밤온이' 이야기는 관서지방을 뺀 한반도 전역에서 발견된다. 손진태가 '밤온이' 이야기를 찾아 낸 고장은 경북 문경, 전남 광주, 강원도 횡성, 전남 금산, 경남 동래, 회령 성진 등이었다.[26] 한편, 장덕순[27]은 충남 연기군 남면 쌍유리에서 밤온이 이야기를 캐내어 학계에 보고한 바 있다. 정신문화연구원이 펴낸 『한국구비문학대계』에 실려 있는 밤온이 이야기는 전국 각 지역에 골고루 분포되어 있다. 강원도 양양읍에는 '거북과 결혼한 여인'이 있다. 경북 상주군 화서면에는 '견훤 전설'·'지렁이 아들 견훤'이 있는데, 이곳은 견훤의 출생지로 보이는 지역이라 눈길을 끈다. 영덕 달산에는 '소금산 지렁이', 월성 감포에는 '지렁이 아들', 성주 월항에는 '길씨 성의 유래', 월성 현곡에는 '개구리의 아들로 태어난 아이'·'조개의 아들로 태어난 아이'가 있다. 경남 밀양 삼동에는 '지렁이 자손', 김해 진영에는 '지렁이 아들'·'함안 조씨 내력', 거창 웅양에는 '허지 이야기'가 있다. 전남 함평군 신광면에는 '견훤과 지렁이', 고흥 동강에는 '평강 오씨 시조 전설'이 있다. 전북 남원군 이백면에는 '뱀 신랑의 복수', 대강면에는 '견훤이는 천상에서 귀양 온 지네 아들'이 있다. 충남 대덕군 기성면에는 '산삼의 변신'이 있다. 충북 영동군 삼촌면에는 '견씨의 유래', 중원 상모에는 '염 바다 들 유래', 충주시 안림동에는 '계족산의 유래'가 있다. 경기 의정부시 가능동에는 '수달피 후손', 여주군 접동면에는 '창령 조씨 조계룡'이 있다. 제주 남제주군 안덕면에는 '김통정 장군 지네와 결혼한 이야기'가 있다.

밤온이 입말 이야기를 화소별로 정리하면 이러하다. 당한 이는 양반집 처녀나 부잣집 처녀가 가장 많고, 농가 처녀나 과부는 적은 편이다. 밤온이는 적의동자·청의동자·초립동이 등이 가장 많고 커다란 짐승 형태로 나타나기도 하는데, 잠근 문을 소리 없이 열고 들어와 처녀와 관계를 하고 성명이나 거처를 물어도 대답 없이 돌아간다.

---

26) 손진태, 『조선민족설화의 연구』(을유문화사, 1947).
27) 장덕순, 『한국설화문학연구』(서울대학교출판부, 1978), 199~212쪽.

또 여자가 습지·수채·꽃밭 등지에 오줌을 누고 임신하는 경우도 있다. 이른 이는 아버지나 어머니가 가장 많고 중일 경우도 있는데 실을 꿴 바늘을 짐승인 경우에는 등에, 사람인 경우에는 옷섶에 꽂아 두라고 이른다. 다음날 아버지가 머슴이나 종을 대동하고 실꾸리를 따라가며, 동굴이나 연못에서 지렁이·자라·조개·개구리·수달·구렁이·뱀·지네·산삼 등을 찾게 된다. 열 달이 지나 처녀는 총명한 아기나 지렁이·구렁이·뱀 등을 분만한다. 동물일 경우에는 박멸되나 아들인 경우 아비 없는 자식으로 어렵게 커서 견훤, 조·오씨의 조상, 왕, 장수 등이 된다.

다음은 충청북도 영동군 상촌면 유곡리에서 채록한 '견씨의 유래' 담이다.

질그릇 견자. 그 견씨(甄氏)가 있죠? 서녘 서(西)변에 흙 토(土)하고 기와 와(瓦)한 자 그 본이 황간입니다. 우리 게에 견중랑(甄中郎)이라고 있어요. 유곡 진들이라는 데가 있어요. 거게 한 집이 있는데 거 장성한 처자가 있었드라는 기라. 처자가 있는데 그 집에 늘 저 젊은 초립동이가 오드라는 거여. 밤 밤이 되면 오는데 초립동이가 오는데 인자 그러다 보니께 자연히 그 초립동이고 처녀하고 관계가 됐단 말이라. 관계가 돼서 십삭이 되니께 아가 배서 배가 부르단 말여.

"그 이 괴변이다." 해서 그 집안서 야단치지마는 무남독녀로 키운 것이기에 어떡할 수 없어 그냥 두고 아 십삭이 돼서 그냥 아를 낳는 기라. 이게 누 아들인지 모른단 말여.

그런데 그 처녀가 관계를 하고 몇 번 관계를 하고 하두 이상해서 나중에 갈 때에 바늘에다가 실을 꿰 가지구 그 두루매기인가 저고리인가 그 등에다 꽂아 놨드라. 꽂아 놨는데 이게 얼마 안 가드니 그친다는 거여. 그래서 아 이런 얘길 듣고 먼저 그 관계한 내력을 부모가 다 듣고 그 실을 따라가서 가보니께 서낭댕이 속으로 들어갔다는 기

여. 서낭 속으로. 들어갔는데 파 보니까 커다란 지렁이여. 지렁이가
바늘에 꼽혀서 죽었더라 이거여. 그래서 그 반드시 원체 그 바늘은
그 총각한테다 꼽았는데 죽은겨. 가서 보니께 지렁이니.

　"이 지렁이가 틀림없다. 그러니 이 참 이 괴변이오." 황간 원한테
다 갔다가 이런 사실을 얘기해 가지고, "이 아이 성을 거 저 거시기
해주시오." 하니 인제 황간 원이, 거 황간서 그 짝이 서남이오. "서
쪽 돌담 돌담풀 속에서 아버지가 나와 가지고 낳았으니, 서(西), 토,
와자 해가지고 견가를 맹글어라." 그래 사성 견을 줬어. 그래서 황간
견가가 생겼다는 거요. 그런데 그 아들이 그 낳은 애가 중랑 견중랑
이라고 고려 때인 모양이오. 고려시댄데 견중랑이라는 벼슬을 했는
데, 지금 뫼가 지금도 있습니다. 거게 견중랑묘라고 상굿 내려오는
데 그 뫼는 벌초 안 해도 언제든지 깨끗이 있어. 지금까지 상굿 그래
내려오고 있어요.[28]

　상촌면 유곡리는 황간면 백화산에서 출발하여 황학산·민주지
산·덕유산으로 이어지는 황학산 서북산 자락에 자리잡은 마을이다.
황학산에는 나제관문(羅齊關門)이 있는데 아자개 군대가 한때 주둔
했다는 전설이 전해지는 곳이다. 따옴글에 나오는 황간 견씨가 고려
때 견중랑이라는 벼슬을 했다고 하였으나 이 사람이 바로 견훤인지
는 확인할 수 없다. 다만, 이야기 화소가 견훤처럼 지렁이로 되어 있
고 사성 내력을 "서쪽 돌담 아래서 아버지가 나왔다." 하여 견(甄)이
라 하였다는 부분이 눈길을 끈다. 또 말한이는 '견(甄)'을 '질그릇
견'이라 하였는데, 견훤 이야기에서 밤에 온 이의 직업이 벽돌이나
질그릇을 굽는 옹기장이가 아닐까 싶다. 옹기나 지렁이의 빛깔이 모
두 자줏빛이어서 그 해석이 함축적이다.
　위에서 살펴본 바와 같이 밤온이 이야기는 한반도 전역에 분포되

---

28) 한국정신문화연구원편, 『한국구비문학대계』(3－4, 1984), 751～752쪽.

어 있다. 일본·중국 등지에도 밤온이 입말 이야기는 발견된다. 한반도 남반부에서는 영동과 영남지방에 집중적으로 분포되어 있다. 오히려 견훤이 거병한 호남지방에서는 밤온이 이야기의 숫자가 적을 뿐만 아니라 이야기 화소의 본질에서도 상당히 벗어나 있다. 그런데도 무왕과 견훤은 밤온이 이야기 화소를 정치적으로 활용하고 있다. 밤온이 이야기 화소가 백제인의 집단무의식을 자극하여 공감대를 형성하는 어떤 요인이 있는 것일까. 그 빌미를 건국기 화소에서 찾지 않으면 안 된다. 백제 건국기 화소는 부여와 고구려 신화소가 뒤섞여 있다. 따라서 이러한 신화소가 백제 건국기 화소에 어떤 영향을 끼쳤는지를 획일적으로 규명하기는 쉽지 않다. 이러한 문제점을 승인하면서 백제 건국기 화소를 추려 내면 이러하다.

온조 시조 건국기 화소는 '홀어미·어룡·황룡' 화소로 볼 수 있다. 유화나 소서노가 모두 홀어미이다. 유화가 해모수로부터 버림받았을 때 하백은 유화를 우발수에 버리니, 입술이 석 자나 늘어난 유화는 물고기를 잡아먹고 사는데 이는 바로 어룡의 형상이다. 동명성왕은 황룡의 대가리를 밟고 승천하였다. 이렇게 온조왕은 고구려계 신화소를 전승하여 무왕에게 이월한다. 무왕의 어머니는 과부가 되어 서울 남쪽 못가에 집을 짓고 살았는데 그 못의 용과 정을 통하여 무왕을 낳았다. 말하자면 무왕은 '홀어미·용' 화소를 백제 중흥을 위한 집단심리의 뇌관으로 활용한 셈이다.

비류 시조 건국기 화소는 '덤받이·개구리' 화소로 볼 수 있다. 소서노는 우태의 미망인으로 비류와 온조를 데리고 주몽과 혼인을 한다. 비류와 온조는 우태의 소생으로 덤받이인 셈이다. 그런데 우태는 북부여 해모수의 서자라고 하였다. 해부루는 곤연에 이르러 큰 바위 아래서 금빛 개구리 아기를 거두어 오니 이가 바로 동부여의 금와왕이다. 개구리는 수달·지렁이와 더불어 양서류 동물로 동격이다. 그러나 지렁이는 비 온 때를 만나야 세상에 나올 수 있는 시운을 타는 동물이다. 이러한 점에서 견훤은 시대가 요구한 영웅이다. 비류는 부여

계 신화소를 견훤에게 이월한다. 견훤도 '덤받이·지렁이' 화소를 지
닌 역사적 주인공이다. 백제가 멸망한 뒤 200여 년 후에 거병한 견훤
이 비류계 신화소를 이월하였다는 주장을 불신할지도 모른다. 그러
나 지금도 호남을 정치적 기반으로 삼는 정당의 경우 백제 성왕이 사
용하였던 황색 깃발을 그대로 쓰고 있다. 신화소는 시간을 초월한다.
　내부 개혁을 단행하고 영토확장에 나섰던 성왕은 신라의 진흥왕과
함께 고구려가 점령하였던 한강 유역을 회복한다. 553년 한강 하류를
진흥왕에게 빼앗긴 성왕은 554년 관산성전투에 야습을 나갔다가 신
라 김무력의 매복에 걸려 2만 9천6백여 명의 병사와 함께 전사하고
만다. 무령왕의 왕릉부지 문제로 웅천의 귀족들과 갈등을 겪던 성왕
은 사비로 천도하였는데, 성왕이 죽고 나서도 대성 8족, 사(沙)씨·
연(燕)씨·협(協)씨·해(解)씨·진(眞)씨·국(國)씨·목(木)씨·백
(苩)씨 등은 많은 전사자를 내고 신라에 패한 성왕을 성토하면서 왕
위에 오른 위덕왕을 겁박하였다. 위덕왕은 중국의 진·후주·수나라
등과 외교관계를 맺고 웅천을 침략한 고구려를 물리친다. 신라를 두
차례 공격하였으나 모두 패하고 말았다. 재위 45년에 위덕왕이 죽고
나자 뒤이어 등극한 혜왕, 법왕 등은 재위 2년 만에 죽는다. 북쪽의
고구려에 밀려 수도를 위례성·웅진·사비로 천도하여 마한을 압박
하며 남하하던 백제는, 북으로 한강 유역을 빼앗기고 동북으로 가야
마저 신라에게 내주며 최대의 위기를 맞게 된다. 이때 백제 중흥을
꿈꾸며 무왕이 등장한다. 무왕은 몰락한 왕족으로 위덕왕 때 익산 왕
궁평에서 서동으로 소년기를 보낸다. 무왕은 재위 42년 동안 중국의
수·당과 선린외교를 전개하는 한편 신라와는 무려 열두 번이나 전
쟁을 수행한다.
　그 동안 학계에서는 서동(薯童)이 무왕이 아니라 무령왕이라는 주
장이 있어 왔다. 이러한 주장의 발단은 『삼국유사』에서 중 일연이
"『古本』에는 무강(武康)이라 하였으나 잘못이다. 백제에는 무강(武
康)이 없다."고 쓴 부분에서 비롯된다. 그러나 중국 육조시대에 편찬

되고 일본에서 발견된 『관세음응험기』에는 백제 무광왕(武廣王)이 '지모밀지(枳慕蜜地)'로 천도했다는 기록이 보이는데, 여기서 지모밀지는 당시 왕궁평 옛 지명인 '지마마지(只馬馬地)'의 오기로 보인다. 이러한 기록에 의하면 사비에서 익산군 왕궁평으로 도읍을 옮긴 사람이 무광왕이 된다. 같은 기록에 제석정사 사탑에 불사리·채수정경·금강반야경을 안치하였다고 하였는데, 익산 왕궁리 5층석탑을 해체 복원하는 과정에서 이러한 유물이 발견됨으로써 『관세음응험기』의 역사적 사실성이 증명되었다. 또 익산의 왕궁평 등지에는 서동 입말 이야기가 널리 분포되어 있어 이러한 입말 이야기가 백제 무왕과 관련이 깊은 것으로 나타난다. 따라서 '무강'이나 '무광'은 무왕의 이명(異名)으로 추정된다. 그 동안 전라북도 '익산지구 문화유적지 관리사업소'는 1980년부터 현재까지 미륵사지와 왕궁평을 발굴, 복원하고 있는데 이를 한 방송국에서 두 차례나 방영한 바 있다.[29] 익산군 금마면 용화산 아래 미륵사지가 자리잡고 있다. 익산 미륵사지에서 남동쪽으로 2km 떨어진 곳에 왕궁평이 자리잡고 있으며, 미륵사지 남쪽 서광동에 무왕과 선화공주의 무덤으로 보이는 쌍릉이 있다.

발굴조사 결과를 중심으로 하여 온조 건국기 '홀어미·어룡·황룡' 화소가 무왕의 백제 중흥기 '홀어미·지룡(池龍)' 화소로 어떻게 활용되었는지를 살펴보기로 한다.

『삼국유사』에 '무왕'의 기사는 모두 네 갈래로 나눠 볼 수 있다. 무왕의 신이한 출생과 관습을 초월한 혼인, 졸지에 금을 캐어 부자가 되고 왕위에 오르며 다시 미륵삼존불의 환영을 보고 미륵사를 세우는 등, 무왕의 영웅적 생애는 역동적으로 전개된다. 무왕은 과연 어떤 인물인가.

---

29) 한국방송공사, 「미륵사는 무왕의 승부수였다」, 〈역사스페셜〉(1999).
　　한국방송공사, 「신라탑에 백제 금강경이 들어 있는 까닭」, 〈역사스페셜〉(2005).

무왕의 이름은 장(璋)이다. 『삼국사기』에는 위풍이 뛰어나고 지기가 호걸답다고 서술되어 있다. 『삼국유사』에는 도량이 커서 헤아리기가 어렵다고 하였다. 『삼국사기』에는 법왕의 아들로 되어 있는데 이러한 기록을 신용한다면 무왕은 위덕왕의 친손자가 된다.

3월에 왕은 좌우의 신하들을 거느리고 사비하의 북포에서 연회를 베풀고 놀았다. 이 포구의 양쪽 언덕에 기암과 괴석을 세우고 그 사이에 기이한 꽃과 이상한 풀을 심었는데 마치 한 폭의 그림과도 같았다. 왕은 술을 마시고 흥이 극도에 이르러 북을 치고 거문고를 뜯으며 스스로 노래를 부르고 신하들은 번갈아 춤을 추니, 이때 사람들은 그곳을 대왕포라고 말하였다.[30]

따온 글에서 보는 바와 같이 무왕은 풍류를 질탕하게 즐기며 친화력으로 신하들을 하나로 묶는 호방한 지도력을 지닌 인물임을 알 수 있다. 스스로 북을 치고 거문고를 뜯으며 노래를 불렀다는 무왕의 풍류는 결국 서동 시절의 참요를 지어 부른 실력에서 온 것으로 보인다. 그런데 이러한 무왕이 출생의 비밀을 지닌 채 탄생한다. 무왕의 어머니는 과부가 되어 서울 남쪽 못가에 집을 짓고 살았는데 그 연못의 용과 정을 통하여 장을 낳고 아이 이름을 서동이라 하였다는 것이다. 연못가에 집을 짓고 살았던 무왕 어머니의 생업은 무엇이었을까. 밤이면 서동 어머니를 찾아온 연못에 사는 용의 정체는 무엇일까.

백제의 서른 번째 임금이신 무왕의 어머니가 과부가 되어 서울 남지가에 집을 짓고 살았을 때의 일이다.
밤마다 잠자는 밤중에 불그스름한 옷을 입은 이름도 성도 말하지 않는 고운 사나이 하나가 아무 소리도 없이 어느 틈에 들어와서는

---

30) 앞의 책, 무왕조목.

과부의 자는 잠자리 속으로 살그머니 들어와 자고는 밤이 새기 전에 나가고는 하는 것이었다. 그 과부는 부끄럽고 또 한편으로는 남이 알까 두렵기도 하여 이러한 이야기를 감히 입 밖에 내지 못하였다. 그러다가 자기의 몸이 이상하여지고 또 배가 점점 불러오므로 이 일을 끝내 숨길 수 없어서 하루는 친정아버지에게 사실대로 아뢰었더니 그 아버지는 참으로 이상한 일이다 하고 말하기를 "그러면 그 사나이가 오늘 밤에도 또 올 것이니 실패에다 많은 실을 감고 또 바늘을 꿰어 두었다가 그 사나이가 돌아갈 때쯤 해서 옷자락에 찔러 두어라." 하고 가르쳐 주므로 그 과부는 그날 밤 친정아버지가 시키는 대로 옷자락에다 살그머니 바늘을 찔렀더니, 그 사나이는 대경실색을 하고는 황급히 달아나 버리었다. 그 이튿날 새벽 일찍이 그 실의 끝 간 데를 찾으니 그것이 남지못 속에 들어가 있었다. 그 과부는 더욱 이상하여 그 실을 살금살금 잡아당기니 큰 어룡 하나가 나오는데 보니까 그 허리 쪽에 바늘이 찔리어 있었다.

그 뒤 과부는 달이 차서 한 사내아이를 낳았는데, 점점 자라매 비범하여 도량을 헤아리기 어려웠고 항상 마를 캐어 팔아서 살았으므로 인하여 나라 사람들이 그를 맛둥이라 하였다고 한다.[31]

따온 글은 밤온이 이야기 화소를 온전히 갖추고 있다. 온조 건국시조 화소처럼 '홀어미 · 어룡' 화소를 완벽하게 갖추고 있다. 무왕의 어머니인 홀어미는 누구일까. 따온 글에 보면 서울 남지가에 집을 짓고 살았다고 한다. 『동국여지승람』 익산군 산천조에는 오금산 남쪽 백보에 위치한 곳에 무왕의 어머니가 집을 짓고 살았다는 기록이 보인다. 실제로 오금산 아래에 있는 마룡지 연못가를 발굴한 결과 축실지가 발견된 바 있다. 과부가 연못가에 집을 짓고 살았다면 연못에서 생산되는 어획물과 관련이 있는 생업을 가진 백성이 아닐까. 모든 밤

---

31) 최상수, 『한국민간전설집』(통문관, 1958), 120~122쪽.

온이 이야기 화소처럼 과부는 옷자락에 실 달린 바늘을 꽂는다. 다시 실을 당겨 확인한 결과 허리에 바늘이 꽂힌 어룡이 발견된다. 이럴 경우 지렁이나 어룡은 바늘 독 때문에 죽는 것으로 되어 있다. 여기서 어룡이나 지렁이가 죽었다는 것은 무슨 뜻일까. 밤온이가 더 이상 나타나지 않는다는 뜻이다. 밤온이는 왜 다시 과부를 찾지 못하는 것일까. 밤온이의 정체는 그 당시 기피인물이거나 정치적으로 소외된 인물일 것이다. 이야기 속에서 어룡은 적어도 왕족을 뜻한다. 그렇다면 무왕의 아버지인 어룡은 사연은 정확히 알 수 없으나 어떤 정치적 사정 때문에 숨어 사는 왕족일 가능성이 높다. 더 이상 자신의 신분이 노출되는 것을 꺼려한 왕족은 과부와 인연을 끊는다. 서동은 필연적으로 홀어미 슬하에서 마를 캐며 생업을 이어갈 수밖에 없다. 민중 가운데서 왕도를 수행하여 나간 것이다. 이렇게 민중 한가운데서 민중과 더불어 서동으로 살아갔다는 말통대왕 이야기는 백제 백성들에게 민중 선동력을 갖는 화소가 아닐까. 그것은 '연못가에 사는 홀어미·파락호'라는 화소와 더불어 백제의 일반 백성들에게는 동일시가 빚어 내는 충격이었을 것이다.

이때, 서동은 신라 진평왕의 셋째 딸 선화공주가 아름답다는 소문을 듣게 된다. 머리를 깎고 승려의 복색으로 변장한 서동은 익산에서 무주를 거쳐 덕유산을 넘고 대가야의 도읍지인 고령을 거쳐 경주로 잠입하였을 것이다. 서동의 이러한 여행은 대단한 의미를 갖는다. 밑바닥 백성들의 삶을 직접 체험하고 신라와 전쟁을 수행할 격전지를 살펴보면서 새로운 신부를 찾아 멀고도 험한 긴 여행을 떠났기 때문이다. 경주에 도착한 서동은 마를 가지고 가 동네아이들에게 먹이니 아이들이 친하여져 따르게 되었다. 서동은 희대의 참요를 지어 아이들에게 부르게 하였다. 김상억 교수는 「서동요」를 이렇게 옮겨 놓았다.

선화공쥬니믄
남 그즈시 어러두고

맛둥방을
바메 몰 안고 가다

善化公主主隱
他 密只 嫁良 置古
薯童房乙
夜矣 卯乙 抱遣 去如

　그러니까 선화공주님은 남몰래 시집 가 놓고 맛둥방을 밤에 몰래
안고 간다는 것이다. 김상억 교수는 「서동요」의 성격을 다음과 같이
밝혀 놓고 있다.

　　이 노래는 분명히 고대 민요의 하나다. 그러나 일반 고대 민요와
　좀 다른 면을 가지고 있다. 물론 일반 고대 민요가 그 모습대로 전하
　여지지 않아 비교하여 구체적으로 말할 수는 없으나, 이 「서동요」
　주변의 설화와 본문을 볼 때, 일반 민요의 원칙적 개념과 다른 점이
　인정된다. 민요의 일반 성질은 생활과 그 속에서의 희로애락을 소박
　한 가락에 얹어 부르는 것이 예사이나, 이 「서동요」는 이와 같은 성
　질의 노래가 아니다. 세상이나 궁중의 일을 넌지시 빗대어, 풍유 예
　시한 노래다. 이런 성질의 노래를 참요라고 한다. 어느 시대에나 있
　었다. 그러므로 이 노래의 내용엔 민요가 일반적으로 가지고 있는
　기본서정과 기본서술이 적고, 얼핏 밑도 끝도 없는 것 같은 서술로
　되어 있다. 이는 곧 이 「서동요」가 참요 성질을 가진 민요임을, 단적
　으로 보이고 있다.[32]

　김상억 교수는 「서동요」를 "밑도 끝도 없는 참요"라고 하였다. 맞

---

32) 김상억, 『향가』(명문당, 1988), 293~294쪽.

는 말이다. 서동이 지어 부른 노래 하나가 대관이 진평왕에게 선화공주를 궁궐 밖으로 내어 쫓으라고 간언을 하게 하였으니 말이다. 그뿐인가. 노래를 지어 부른 주인공이 서동인 줄도 모르고, 또 서동이 어디서 왔는지도 모르고 서동이 나타나 호위하여 가려 하자 선화공주는 믿고 기뻐하며 따라가 함께 살았으니 말이다. 남녀관계란 그런 것이다. 누가 그 끝 간 데를 알겠는가.

그렇다면 무명 잡초에 지나지 않는 일개 서동이 어떻게 백제의 왕이 되었을까. 우선, 서동의 능력과 자질을 평가하여야 한다. 서동은 마를 캐는 생업으로 백제 백성의 민생을 몸소 체험한 바 있다. 그뿐인가. 중의 행색으로 위장한 서동은 신라에 잠입하여 적정을 상세히 살피게 되니, 옛 대가야 지역이 바로 무왕의 격전지가 된다. 서동은 노래 한 편으로 신라의 궁중을 쥐락펴락하였으며 마침내 구중궁궐의 선화공주를 얻어 혼인까지 하게 된다. 뒤에서 살펴보겠지만 무왕은 세속을 지배하는 제왕의 자리에 만족하지 않고 종교적 절대 지배자의 전륜성왕이 되어 용화세상을 꿈꾸게 된다. 이는 궁예가 행한 신격화 운동의 전범이 된다.

무왕의 절대적인 지원자는 선화공주이다. 선화공주는 궁중에서 자라나 왕도가 무엇인가를 체험하고 아버지 진평왕이 금력으로 신라의 귀족층을 어떻게 지배하는가를 체험한 바 있다. 신라 왕궁에서 가져온 금 한 말과 서동이 마를 캘 때 발견한 황금을 유효적절하게 감은 장애기처럼 활용한다. 서동이 모아 온 금을 둥그렇게 쌓아 놓고 용화산 사자사 지명법사의 신통력을 빌려 아버지 진평왕에게 황금을 수송하는데, 이는 부녀의 도리이기도 하지만 진평왕의 후원을 얻어 서동을 등극시키려는 선화공주의 복심이기도 하다. 선화공주는 대성팔족뿐만 아니라 승려와 일반 백성에게도 골고루 황금을 나누어 줌으로써 민심을 얻어 서동이 왕위에 오를 수 있도록 조력하였을 것이다.

초기에 서동은 지명법사 등 승려계급의 후원을 받으며, 왕위에 오른 뒤에는 이러한 승려계급을 왕권을 강화하는 데 활용한다.

대성 팔족 등 백제의 호족·귀족세력은 자신들이 무난히 장악할 수 있는 서동이 왕위에 등극하는 것을 반대하지 않았다. 왕위에 오른 무왕도 호족·귀족세력의 권력을 나누어 맡음으로써 세력충돌을 피해 나갔다. 이러한 무왕의 정책은 호족을 완전 장악하려 했던 견훤의 지방 토호세력 억압정책과 대비되는 것이다.

이렇게 왕위에 등극한 무왕은 '홀어미·지룡' 화소를 어떻게 정치적으로 활용하였으며, 백제 중흥을 위하여 어떻게 형상화하였을까. 이러한 화소를 맨 먼저 형상화한 무왕의 야심작이 왕흥사의 건립이다. 왕흥사는 무왕 35년에 완공되는데 이 절 이름을 미륵사라고도 한다. 『삼국사기』에는 무왕의 원대한 지룡 형상화를 다음과 같이 서술하고 있다.

> 왕 35년(634) 2월에 왕흥사가 이룩되었는데 그 절을 물에 임하여 짓고, 채색 등은 장엄하고 화려하게 꾸몄다. 왕은 늘 배를 타고 절로 들어가서 향을 피웠다. 3월에는 궁성의 남쪽에 연못을 파고 20여 리에서 물을 들이고, 사방의 언덕에 버드나무를 심고 연못 속에 섬을 만들었는데 방장 선산을 모방하였다.[33]

따온 글에서 보는 바와 같이 지룡 형상화를 위하여 왕흥사를 짓고, 백제 중흥계획을 실천하기 위하여 궁성을 지었다는 사실을 알 수 있다. 미륵사에서 동남으로 2km 떨어진 왕궁평에 무려 5만여 평의 별도(別都)를 건립하여 신라 원정의 전초기지로 삼은 것이다.

미륵사를 짓게 된 동기는 무왕과 선화공주가 용화산 사자사를 가다가 큰 못가를 지날 때, 못 가운데 미륵삼존이 나타나 보이므로 수레를 멈추고 경배하였는데 왕비가 절 짓기를 발원하였다고 한다. 연

---

33) 앞의 책.

못 메우는 일을 지명법사에게 상의하였더니 지명법사가 신통력을 발휘하여 하룻밤 사이에 산을 무너뜨려 못을 메워 평지를 만들었다고 한다. 미륵사 안에는 미륵삼존과 회전·탑·행랑을 각각 세 곳에 세웠다고 한다.

미륵사 발굴조사단의 보고에 의하면 현존하는 14m 미륵사지석탑은 원래 9층으로 28m에 이른다. 이 탑은 원래 쌍탑으로 조성되었고 두 석탑 가운데 50~60m의 목탑이 있었다고 한다. 금당은 모두 세 채인데, 가운데 금당이 2층이고 키가 큰 초석 옆에 금당 지하로 드나드는 입구가 있는데, 이 입구는 연못으로 통하는 배수구와 연결이 되어 있다. 따온 글 『삼국사기』에서 보는 바와 같이 무왕은 연못에서 배를 타고 배수구 지점에서 내려 금당으로 들어가 향불을 피웠다. 무왕은 지룡 화소를 백제 중흥의 구심점인 미륵사로 형상화하고 무왕 스스로 지룡 행세를 하였던 것이다. 지룡은 늪에 사는 용인데 인도어로 '나가'라고 하며, 이를 번역하면 용수(龍藪)라고 한다. 무왕은 미래불인 미륵이고 미륵이 열어 가는 용화세상을 다스리는 왕이 전륜성왕인데, 무왕은 바로 전륜성왕으로 행세한 것이다.

미륵사가 백제 중흥의 정신적 구심점이라면 왕궁평 5만여 평의 대지에 건립한 왕궁과 성채는 신라를 원정하기 위한 백제 중흥의 전초기지가 되는 셈이다. 김정호는 『대동지지』에서 "익산은 무왕의 별도였다."고 기록하고 있다.

무왕의 뒤를 이은 의자왕은 '해동증자'라고 불릴 만큼 현명하여 왕 2년에 신라의 미후성 등 40여 성을 함락시키고, 백제 장군 윤충은 대야성을 공격하여 김춘추의 사위인 품석을 죽이는 등 전과를 올렸다.

김유신이 파견한 첩자에게 포섭된 좌평 임자와 무당 금화는 의자왕과 상좌평 성충을 격리 투옥하는 데 성공한다. 한편, 대의명분에 침몰한 성충은 윤충·홍수·계백·의직을 주축으로 하여 연개소문처럼 의자왕을 축출하고 무왕의 조카인 복신을 옹립하지 못하고 옥사하고 만다. 성충의 유서에 "만일 적병이 침입하거든 육로로는 탄현에서 막고, 수로로는 백강에서 막아 험한 곳에 웅거해 싸워야 합니다."고 하였는데, 신채호는 '탄현'을 보은의 '탄현'으로 보고 '백강'은 서천의 '기벌포'로 보았다. 그러나 탄현을 충남 금산군 소재 탄현으로 보는 견해도 있다.

　　삼년산성은 통일전쟁시 백제 공격을 위한 전략 거점으로서 중요한 역할을 했던 곳이다. 김유신 군대는 삼년산성 → 산계리토성(옥천) → 장군재(옥천) → 구진벼루(옥천) → 군서(옥천) → 마전 금산 → 탄현을 경유하여 황산벌로 진격하여 계백이 거느린 백제군과 치열한 접전을 벌인다.[34]

나당연합군의 침입을 받은 의자왕은 정신이 혼미하여 과단성 있는 판단력을 잃고 우왕좌왕하다가 백제가 망하게 되자 당나라의 포로로 끌려가고 만다.

백제의 다물에 나섰던 복신은 왕자 풍을 세워 왕을 삼고 백제의 옛 땅을 거의 회복하였으나 풍의 배신으로 백제의 다물은 실패로 돌아간다.

백제가 망한 이백여 년 뒤 892년 견훤은 오늘날 광주인 무진주에서 후백제 건국을 선언하며 거병한다. 비류 시조 건국 화소인 '덤받이·개구리'의 동격인 '덤받이·지렁이'를 계승한 견훤은 스스로 지렁이 아들임을 자임하고 나선다. '甄萱'의 甄은 '질그릇 구울 진' 또는 '질그릇 구울 견'으로도 읽는다. 견훤이라는 이름은 진훤에서 왔으니 견훤이 스스로 지렁이 아들임을 자처한 것이다. 900년 견훤은 오늘날 전주인 완산주에 후백제의 도읍을 정하고 건국이념을 선포한다. 견훤의 완산주 선언에는 두 가지 주요한 세계관이 드러난다. 첫

---

34) 『삼국통일의 격전지 충북의 성곽을 찾아서』(충청북도 충북학연구소, 2000), 195~196쪽.

째, "백제는 금마산에서 개국하여 600년이나 되었다(於是百濟開國金馬山六百餘年)."는 세계관인데, 백제의 발상지가 하남 위례성이 아니라 금마산으로 보는 점이다. 금마산에 별도(別都)를 세운 이는 바로 무왕이다. 견훤은 백제 600년을 무왕이 도읍한 익산을 중심으로 보고 있다. 둘째는 "지금 내 완산에 도읍을 세우고 의자왕의 오랜 원한을 풀어 주겠다(今予敢不立都於完 以雪義慈宿憤乎)."고 하였는데, 비류의 도피기제보다는 공격적이다. 견훤은 이미 200여 년 전에 망한 백제와 죽은 의자왕을 일깨워 백제 유민의 연대성을 선동하고 있다. 그렇다면 견훤은 왜 무왕과 의자왕을 하나의 공감대로 묶어 백제 유민을 불러일으켜 세운 것일까. 단서가 출생의 비밀에 숨어 있을지도 모른다. 무왕과 의자왕, 그리고 견훤은 어떤 혈연관계를 맺고 있는지도 모른다.

『삼국사기』에 견훤은 상주 가은현 사람으로 본래 성은 이씨였으나 뒤에 견씨로 고쳤다 한다. 여기에서 '상주군 가은현'은 오늘날 '문경시 가은읍'이다. 문경시 가은면에는 '금하굴' 전설이 있고, 문경시 농암면에는 '말바위' 전설이 있다.

문경군 가은면 갈동의 아차동이 견훤이 출생한 곳이라는 전설이 있다. 아차동의 한 부유한 가정에 미혼의 규중처녀가 있었는데, 밤이면 가만히 처녀 방에 이목이 수려한 초립동이 나타나서 처녀와 같이 정담을 나누고 동침하다가 새벽이 되면 흔적도 없이 사라지고 다시 밤이 되면 나타나고 하기를 무릇 수개월 만에 처녀가 잉태하여 배가 부르게 되니 어쩔 수 없이 사실을 부모에게 실토하였다. 처녀의 부모는 그 말을 듣고 깜짝 놀라서 딸에게 이르기를 그 사나이가 오거든 이번에도 평상시와 같이 동침하다가 그 사나이 모르게 옷소매에 실 꿴 바늘을 꽂아 두라고 하였다. 이윽고 밤이 되어 가만히 엿보니 정말 이목이 수려한 초립동인지라 하회를 기다리기 위하여 그대로 두고 새벽에 초립동이 사라진 후 실을 따라서 찾아가 보니 금

하굴로 들어간지라 굴 속으로 들어가 본즉 커다란 지렁이의 몸에 실
이 감기어 있었다.
　그후로는 초립동이 나타나지 않았는데 처녀는 열 달이 지난 후에
옥동자를 분만하였으니 이가 곧 견훤이라 전한다.[35]

　위와 같은 밤온이 입말 이야기는 앞에서 살펴본 여러 이야기와 화
소가 같다. 당한 이의 신분은 양반집 처녀가 아니라 부유한 집 규중
처녀로 되어 있다. 밤온이는 자줏빛 옷을 입은 것이 아니라 초립동이
로 되어 있다. 처녀는 밤온이에 대한 사실을 부모에게 말하자 부모는
바늘을 옷소매에 꽂아 두라고 이른다. 이튿날 실을 따라가 보니 실은
금하굴 속의 지렁이 몸에 감겨 있었다. 지렁이가 죽었다는 말은 없으
나 다른 이야기에서 보는 바와 같이 바늘 독으로 죽은 것으로 보아야
할 것 같다.
　농암면 말바위 전설은 이렇다. 말바위에서 용마가 나왔는데 견훤
이 활을 쏘고 활을 따라 용마를 타고 달려갔으나 화살을 발견하지 못
하였다. 견훤은 칼을 뽑아 활보다 느린 말의 목을 베었는데 목을 베
고 나자 화살이 떨어졌으므로 이 마을을 아차마을이라고 한다.[36]
　견훤의 탄생담에 등장하는 밤온이인 초립동이는 누구일까. 왜 그
는 한밤중에 담을 넘어 문을 열고 들어와 규중처녀와 관계를 맺고는
몰래 돌아가는 것일까. 무왕의 탄생담을 해명하면서 밤온이는 '기피
인물'이거나 '정치적으로 소외된 인물'이라고 밝힌 바 있다. 견훤의
탄생담에 등장하는 밤온이는 '숨어 사는 왕족'일 가능성이 높다. 한
방송국의 방영물에서 견훤의 아버지인 아자개가 백제 왕족의 후손이
라고 주장한 바 있다.[37]
　완산 견씨 족보에 의하면, 견훤의 아버지 아자개는 의자왕의 후손

---

35) 유증선 펴냄, 『영남의 전설』(형설출판사, 1971), 172~173쪽.
36) 위의 책, 165~166쪽.
37) 한국방송공사, 「후백제 대왕 견훤 왜 몰락했나」, 〈역사스페셜〉(2006).

이라고 한다. 아자개 조상은 백제 의자왕의 태자인 융의 8대 손이라는 것이다. 백제가 망한 뒤 의자왕과 주요 신하들은 당나라의 포로로 잡혀 가고 일부 귀족과 백성들은 신라의 포로가 되었으며 몇몇 왕자와 귀족들은 일본으로 망명한 바 있다. 국내에 남아 있던 왕족이나 귀족집단들은 자연스럽게 산간벽지나 오지마을로 은거하였을 터이다. 태자 융의 후손이 문경시 가은읍과 같은 산골마을에 은거하였을 가능성은 매우 높다. 그들은 '숨어사는 왕족'으로 신분을 숨기며 산골에 숨어 살아야 했을 것이다. 완산 견씨 족보에 나타난 바와 같이 견훤의 아버지 아자개가 백제의 후손이 아니라 밤온이인 초립동이를 융의 후손으로 보아야만 논리적 설득력을 얻게 된다. 그들은 '숨어사는 왕족'이었기 때문에 한밤중에 규중처녀를 찾아가 관계를 맺고 몰래 사라질 수밖에 없었다. 그러나 그들의 정사는 완벽한 비밀로 끝나지 못하였다. 지렁이 몸에 바늘을 꽂았다든가, 바늘에 꽂힌 지렁이가 독 때문에 죽었다는 이야기의 화소는, 힘을 가진 장자나 양반 세도가에 의하여 사적 처벌을 받고 죽음을 당했다는 상징으로 보아야 할 것이다. 그래서 견훤은 아버지 아자개의 성인 이씨 성을 버리고 '지렁이'음에 가까운 견씨로 행세하였을 것이다.

지렁이 아기를 임신한 규중처녀는 어떻게 되었을까. 부유한 집 규중처녀나 양반집 무남독녀가 아비 없는 자식을 임신하였을 경우 신분이 미천하거나 몰락한 양반집 아들에게 시집을 가야 하는데, 이럴 경우 신부는 막대한 재물을 지참하여야만 한다. 견훤을 임신한 규중처녀는 농민인 이원선에게 시집을 가게 되는데, 이원선이 누구인지 살펴보자. 아자개는 농군으로 살아가다가 가세를 일으켜 장군이 되었다.

『삼국유사』에 의하면, '이비가기(李碑家記)'에 진흥대왕의 비 사도의 시호는 백융부인이다. 그의 셋째 아들 구륜공의 아들인 파진간 선품의 아들 각간 작진이 왕교파리를 아내로 맞아 각간 원선을 낳으니 이가 아자개라는 것이다. 이러한 기록을 신뢰한다면 아자개는 신라 귀족의 후예인 셈이다. 자개의 첫째 처는 상원부인이고 둘째 처는 남원부인으로 5남 1녀를 낳았다. 맏아들은 곧 상보 훤이요, 둘째 아들은 장군 능애며, 셋째 아들은 장군 용개고, 넷째 아들은 보개, 다섯째 아들은 장군 소개며, 딸 하나는 대주도금이다.

위와 같은 기록을 상세히 살펴보면 이씨 가문에 일대 파란이 일어났음을 알 수 있다. 즉 아버지 이원선이 이씨 성을 버리고 아자개로 개명을 하였으며 장남 훤도 이씨 성을 버리고 견씨로 성을 삼은 일대 분란이 일어났음을 알 수 있다. 무엇 때문일까. 혹시 덤받이 견훤의 문제로 이원선이 가문에서 파문을 당하여 부자관계를 끊는 절륜(絶倫) 행위가 일어난 것은 아닐까. 이러한 조짐은 여러 자료에 나타난다. 우선, 다음과 같은 기록을 살펴보자.

처음 견훤이 나서 강보에 싸였을 때, 그 부친은 들에서 밭을 갈고, 그 모친은 식사를 가져와 일을 돕느라고 아이를 수풀 밑에 두었는데, 호랑이가 와서 아이에게 젖을 먹였으므로, 고을사람들은 이 말을 듣고 이상한 일이라 하였다.[38]

정사인 『삼국사기』에 한 개인에 대한 신이성이 이렇게 기록된 것은 다소 의외라고 할 수 있다. 이러한 이야기는 견훤이 이미 어려서부터 큰 인물이 될 것이라는 기대를 갖게도 한다. 또 호랑이가 아기에게 젖을 먹이는 화소의 민담은 전라북도 남원군 대강면에 '견훤이는 천상에서 귀양 온 지네 아들'이라는 이야기에서도 발견된다. 그러나 이러한 이야기는 반대로 견훤이 어렸을 때 버려진 아기로 자라났다는 방증 자료이기도 하다.

성장한 견훤은 경주로 파견되는데, 이것은 상수리제도에 의한 인질이 아닌가 한다. 아자개가 덤받이인 견훤을 포기한 것은 아닐까.

---

38) 앞의 책, 견훤조목.

버려진 견훤은 필연적으로 그루갈이 삶을 선택할 수밖에 없었다. 그리하여 무기를 베고 적을 기다리는 등 남다른 면모를 보여 줌으로써 서남해안을 방비하는 비장이 될 수 있었다.

왕건 원년(932년) 상주군 사불성에서 거병하여 상주 일대를 관할하던 아자개는 고려에 투항하고 만다. 930년 안동의 세 호족인 김선평·장길·권행 등이 고려에 귀부한 이래 932년 견훤의 심복인 공직마저 고려에 귀부하고 만다. 따라서 아자개의 귀부는 자신의 영토와 백성에 대한 독자성을 왕건에게 승인받기 위한 보장책일 수도 있다. 그러나 아자개와 견훤이 부자지간이라면 고려와 신라를 연결하는 상주군 일대를 왕건에게 넘긴 것은 이미 부자지간을 끊은 산 증거로 볼 수 있다. 견훤은 아자개의 아들이라기보다는 숨어 사는 백제 왕족의 아들일 가능성이 높다. 비류계의 건국 화소 개구리의 동격인 지렁이 화소를 활용하여 백제 집단심리인 뇌관에 불을 붙임으로써 견훤은 후백제 다물의 최전선에 서게 된다. 금마산 아래에 600년의 백제를 부흥하고 의자왕의 묵은 원한을 갚아 주겠다고 선언한다. 그런데『삼국유사』에는 이러한 논의를 뒤엎을 만한 또 다른 밤온이 이야기가 실려 있다.

『고기(古記)』에는 이런 말이 있다. 옛날에 한 부자가 광주 북촌에 살았는데 딸 하나가 용모가 단정하였다. 그의 부친에게 말하기를 "매양 자주색 의복을 입은 남자가 침실에 와서 관계합니다." 아버지가 말했다. "네가 긴 실을 바늘에 꿰어 그 (남자의) 옷에 꿰매어 두어라."(그 딸이) 그 말대로 하였다. 날이 밝아 실을 찾아보니 바늘이 북쪽 담 아래의 큰 지렁이 허리에 꽂혀 있었다. 그후 임신하여 한 사내아이를 낳으니 나이 15세에 자칭 견훤이라 하였다.[39]

---

39) 위의 책.

『삼국유사』의 밤온이 이야기는 같은 이야기 가운데 가장 세련되고 체계적인 것이다. 밤온이와 관계를 맺은 이가 부잣집 처녀라든가, 밤온이가 자줏빛 옷을 입고 있다든가, 바늘에 꽂힌 지렁이가 담 아래에서 발견된다든가 하는 화소는 대단히 전형적인 것이다. 그런데 앞에서 살핀 바와 같이 견훤의 출생지는 문경시 가은읍으로 되어 있는데 여기서는 광주 북촌으로 되어 있다는 점이다. 견훤의 출생지는 어디일까. 문경시인가, 아니면 광주시인가.

서남해안인 순천에 비장으로 파견된 견훤은 후에 인가별감이 되는 김총과 사위인 박영규를 규합하여 견훤군의 초기 세력을 형성한다. 드디어 서남해안에서 거병하니 5천의 군사가 호응하여 요원의 불길처럼 무진주로 진격하였다. 이때가 후백제 건국 원년인 892년이다. 밤온이의 이야기 배경이 광주 북촌으로 되어 있는 것은 견훤의 실제 출생지라기보다는 정치적인 출생지로 보아야 할 것이다.

견훤은 탁월한 군사전략가였다. 판단력이 신속 정확하였으며 과단성 있는 제왕이었다. 927년 견훤군은 공산성에서 왕건의 고려군 5천여 명을 전멸시키고 신숭겸과 김낙을 주살하니 왕건은 필마단기로 도주하였다. 견훤은 왕건에게 보낸 편지글에서 "평양성 다락에 활을 걸고 말에게 패강의 물을 먹이는 것"이 포부라 하였다. 929년 후백제의 최대 영토는 북으로 청주 고마갈이성과 대구의 공산성, 부산의 고자군을 활등으로 잇는 땅이었다.

실제로 견훤이 멸망한 까닭은 935년에 일어난 왕자의 난 때문이었다. 견훤이 배다른 형제인 금강을 계승자로 삼자, 본처 소생인 신검 · 양검 · 용검 등이 군사를 동원하여 견훤을 금산사에 유폐시킴으로써 왕자의 난은 절정에 도달한다.

왕자의 난이 단순한 왕권 쟁탈전인가, 아니면 일종의 노선 차이인가는 불분명하다. 그러나 분명한 것은 승승장구하던 후백제가 930년을 기점으로 하여 영토가 축소되는 등 수세에 몰리게 되었다는 사실이다.

930년 고창(지금의 안동)전투에서 견훤은 왕건에게 패하여 8천여 명의 전사자를 냈을 뿐만 아니라, 경북지역의 30개 군현과 강릉에서 울산에 이르는 110여 성을 잃고 말았다. 김선평·장길·권행 등 지방 호족이 왕건에게 귀부하였기 때문이다.

932년 심복이던 공직마저 왕건에게 귀부하고 만다.

군사적 요충일 뿐만 아니라 해상무역의 중심지였던 나주의 해상세력이 왕건에게 귀부하자 909년 왕건의 화공책에 패한 견훤은 군사적 열세를 모면할 수 없게 되었다.

이렇게 후백제가 몰락하게 된 것은 견훤의 군사적·정치적 무능 때문이라기보다는 지방호족이 자신의 영토와 백성에 대한 독자성을 왕건에게 승인받기 위하여 귀부하였기 때문이다. 견훤이 지방호족의 특권을 부정하고 강력한 왕권국가를 이룩하려 한 데는 자신의 능력을 과신한 데서 비롯된 것이기도 하지만, 중간 착취 지배세력인 호족을 제거함으로써 인민안태라는 국가이념을 실천하려 한 까닭으로 보인다.

스스로 지렁이 아들임을 자임하고 일어서서 백제의 묵은 원한을 갚고 후백제를 건국하려 했던 견훤의 꿈은 현실적인 벽에 부딪쳐 무너지고 만다. 여기서 현실적인 벽이란 토호 귀족들의 수구·보수적 경향인데, 견훤도 결국 그 벽을 넘어서지 못하고 통일제국의 꿈을 잃고 말았다. 그러나 백제땅에 휘날리던 황색 깃발은 아직도 펄럭이고 있다.

(4) 업둥이 박혁거세 신라를 세우다

박혁거세신화는 그냥 신화인가, 아니면 역사적 현실성을 띤 사실일까. 2002년 5월부터 시작하여 3년이 지난 지금까지 발굴된 나정의 유물·유적은『삼국사기』와『삼국유사』의 사료와 거의 일치하여 세상사람들을 놀라게 하고 있다.

박혁거세의 탄생지로 알려진 나정(蘿井)은 원래 숲에 둘러싸인 우물이라는 뜻이다. 우물 위에는 거대한 비각이 있고 이 비각은 돌담과 목책으로 둘러싸여 있으며, 다시 우물에서 5m 떨어진 곳에 도랑으로 둘러싸여 있다. 신궁터로 보이는 팔각 건물지도 발견되었는데 기단의 한 변은 8m, 폭은 20m, 전체 면적은 90여 평이다. 술잔·등잔·두형토기 등의 유물이 발견되는 것으로 보아 이곳이 시조신에게 제사를 올리던 사당으로 보인다.

이러한 사실로 미루어 박혁거세의 신화는 그냥 신화가 아니라 일정한 역사적 현실성을 지닌 것으로 보인다. 물론, 역사적 고증이 이루어지기 위해서는 좀더 발굴성과를 기다려 보아야 할 터이다.

박혁거세신화의 서막은 여섯 마을 촌장의 탄생신화로부터 시작된다. 신화의 주인공은 박혁거세와 그의 부인 알영이지만 두 시조신을 탄생시킨 대모는 서술성모로 보인다. 석탈해와 김알지의 신화는 박혁거세신화의 대단원이면서 새로운 서막이다.

박혁거세가 나라를 건국하는 데 배경이 되었던 육촌과 시조의 탄생신화는『삼국사기』와『삼국유사』에 사료가 발견되는데 앞의 기사가 소략하고 뒤의 기사가 상세하다. 오늘날 경주시 지역에 해당되는 진한의 산곡간에 조선의 유민이 들어와 여섯 마을을 이루고 살았다. 육촌의 시조는 모두 하늘에서 내려왔으며 노례왕 9년에 성씨를 주었다.

첫째 마을은 알천의 양산촌이니, 촌장은 알평이고 사량부 이씨의 조상이 되었다.

둘째 마을은 돌산의 고허촌으로, 촌장은 소벌도리이고 사량부 정씨의 조상이 되었다.

셋째 마을은 무산의 대수촌으로, 촌장은 구례마이고 정량부 혹은 모량부 손씨의 조상이 되었다.

넷째 마을은 자산의 진지촌인데, 촌장은 지백호라 하고 본피부 최씨의 조상이 되었다.

다섯째 마을은 금산의 가리촌으로, 촌장은 지타이고 한지부 배씨의 조상이 되었다.

여섯째 마을은 명활산의 고야촌으로, 촌장은 호진이고 습비부 설씨의 조상이 되었다.

이들 육촌은 일종의 부족공동체와 같은 정치체제를 갖추고 있었으며, 샘을 파는 기술을 터득한 결과 삼국에 마을을 이루고 청동기문명을 바탕으로 농업에 종사하고 있었다. 그런데 전한 지절 원년 임자 3월에 육부의 조상들이 알천의 언덕 위에 모여 일종의 화백회의를 열었다. 화백회의의 내용은 무엇이었을까. 육촌장은 "우리는 위로 백성을 다스릴 군주가 없으므로 백성들이 모두 방자하여 제 마음대로 하니 어찌 덕 있는 사람을 찾아 임금으로 삼아 나라를 세우고 도읍을 정하지 아니하겠는가?"라고 하였다. 육촌장이 군주를 세우는 까닭은 백성이 방자하다는 데 있었고, 그러므로 "덕 있는 자를 임금으로 삼겠다(有德人 爲之君王)."고 선언한 것이다. 육촌장은 신라의 건국이념으로 위덕정치(爲德政治)를 표방하였다. 과연, 육촌장이 밝힌 바와 같이 나라를 건국한 까닭이 백성이 방자한 데 있었을까. 부족연맹체의 힘만으로 해결할 수 없는 어떤 국가과제가 부여된 것은 아닐까. 육촌의 시조신들이 모두 하늘에서 내려온 천신들임에도 불구하고 새로운 군주의 덕목으로 '有德人'을 내세우는 까닭은 무엇일까. 육촌의 부족연맹으로서는 해결할 수 없는 어떤 위기의식이 조성되었는지도 모른다. 말하자면 왜구나 마한의 침략 따위가 그것이다. 과연, 귀화인 호공(瓠公)이 이 무렵 토함산 아래 봉강(峰岡)에 주거를 마련하고 정착하게 된다. 호공은 누구인가.

박혁거세 왕력 38년에 호공에 관한 기사가 처음으로 나타난다. 호공이란 사람은 그 족성이 상세하지 않으나, 본래 왜인으로서 처음에 표주박을 허리에 차고 바다를 건너온 까닭으로 호공이라고 이름하였다. 박꼭지 부분에 구멍을 뚫고 물을 넣어 박 속을 썩혀 내면 속이 텅 빈 뒤웅박이 된다. 내륙지방에서는 이를 씨앗을 갈무리하는 살림살이로 이용하고, 제주도 해녀들은 이를 태왁이라 하여 일종의 부표로 사용하였다. 호공이 일본에서 신라로 귀화할 때 배를 타고 와 해안지역에서만 표주박을 사용하였는지는 확인되지 않는다. 이렇게 귀화한 호공을 박혁거세가 중용하여 마한의 사신으로 파견하는데, 호공은 그 임무를 당당히 수행한다.

진변이 마한의 속국인데 조공하지 않음을 마한왕이 트집잡자 호공은, "우리나라는 두 성인이 나라를 이룩한 후로부터 인사가 바로잡히고, 천시가 고르고, 곡식이 창고에 가득하여 인민들이 서로 공경하고 사양하므로, 진한 유민으로부터 변한·낙랑·왜인들에 이르기까지 두려워하는 마음을 품지 아니하는 자가 없습니다. 그러나 우리 임금께서는 겸허하셔서 저를 파견하여 수교하시니 이는 가히 과분한 예의라고 할 수 있겠는데, 대왕께서는 도리어 노하시고 군사로써 위협하니 이는 어떠한 뜻입니까?"라고 말하자 마한왕이 성내어 호공을 죽이려 하였다. 그러나 주변 사람이 만류하여 죽이지 않고 귀국하게 하였다. 또 호공은 석탈해와 악연을 맺게 된다. 석탈해가 지팡이를 끌며 두 종을 데리고 토함산에 올라가 성중에 살 만한 곳을 살펴보았다. 마침 오래 살 만한 초생달처럼 둥근 봉강을 찾았는데 여기에 호공이 살고 있었다. 석탈해는 속임수를 써서 그 집에 숫돌과 숯을 묻고 호공과 다투게 되었는데 관가에 나아가 "우리는 본래 대장장이였는데 잠시 이웃 시골에 간 동안 다른 사람이 빼앗아 살고 있으니 그 땅을 파보면 알 것이오."라고 하여 호공의 집을 빼앗아 살았다.

이때 남해왕이 탈해의 슬기 있음을 알고 맏공주로 아내를 삼게 하니 이가 아니부인이었다. 다시, 호공은 석탈해와 선연을 맺게 되니 왕 2년 8월에 호공을 대보로 삼은 것이 그것이다.

호공은 신라의 세 번째 시조인 김알지를 계림에서 거두어 안고 대궐로 돌아온다.

호공은 건국신화에 등장하는 주인공은 아니다. 그러나 신라를 건국한 박혁거세·석탈해·김알지 등과 깊은 인연을 맺은 직능인이다. 그는 박혁거세 거서간과 석탈해 이사금 사이에 중용되어 나라 건국에 이바지한 역사적 인물이다. 호공이 표주박을 차고 왜에서 건너왔는데 진한 사람들은 표주박을 박이라 하였고, 혁거세가 난 그 알의 모양이 표주박과 같이 생겼으므로 이를 인연으로 하여 박으로써 성을 정하였다고 한다. 박혁거세와 호공은 군신관계를 넘어서 의부관계인지도 모른다. 서술신모의 붉은 비단옷을 입은 남편이 혹시 호공이 아닐까.

그렇다면 박혁거세를 탄생시킨 어머니는 누구일까. 박혁거세신화에는 동명신화에 해당하는 유화부인 부분이 탈락되어 있다. 신화의 변이·전승과정에서 자연스럽게 탈락한 것인지, 아니면 앞에서 살펴본 바와 같이 박혁거세가 '有德人' 또는 '神德人'으로 찬양되었기 때문에 더 이상의 신성화가 불필요하여 사관이 의도적으로 삭제한 것인지는 불분명하다. 『삼국사기』와 『삼국유사』 본문 기사에 박혁거세의 어머니로 보이는 서술신모의 신화는 나타나지 않는다. 다만 『삼국유사』 주석 부분에 서술신모에 관한 빌미가 엿보일 뿐이다.

향언일 듯한데, 弗矩內(불구내)라 하니 광명으로 세상을 다스린다는 말이다. 펴낸 이는 원래 "서술신모가 두 아이를 낳았다."는 것이 옳다고 본다. 옛날 중국인이 선도성모를 찬하여 '신현조방(娠賢肇邦)'이라 말한 것이 그것이다. 이에 이르러 계룡이 알영을 낳으니 상서로운 일이다. 또 어찌 알영이 서술성모의 현신이 아니랴?[40]

따온 글의 문맥에 나타나는 중요한 사실은, 서술신모가 박혁거세

---

40) 위의 책, 신라시조 혁거세왕조목.
　　盖鄕言也 或作弗矩內王 言光明理世也 說者元 是西述聖母之所誕也. 故中華人讚
　　仙桃聖母. 有娠賢肇邦之語也 乃至鷄龍見瑞產閼英 又焉知非西述聖母之所現耶.

와 알영을 낳았다는 것과, 서술신모를 중국에서는 선도성모라 하고 "어진 사람을 낳아 나라를 창시하였다(娠賢肇邦)."고 찬양하였다는 것이다. 이러한 『삼국유사』의 사료를 승인한다면, 박혁거세와 알영이 오누이로 근친혼을 하였다는 것과, 박혁거세신화의 신성화를 위하여 천신 대신 모신을 중국 제실에서 차용한 것을 알 수 있다.

또한 박혁거세를 佛矩內라 하였는데, 이는 '光明理世' 라는 뜻으로 보았다. 그러니까 신라의 건국통치이념은 "광명으로 세상을 다스린다."가 되고, 이를 구체적으로 실천할 덕목을 '有德人'·'神德人'이라 보았던 것이다. 이러한 '광명이세' 라는 신라의 건국통치이념은 고조선의 건국이념인 '재세이화(在世理化)' 나 '성통광명(性通光明)'과 별반 다르지 않다. 이에 앞서 지적한 바와 같이 조선의 유민이 육촌을 이루고 살았다는 점을 상기할 필요가 있다. 즉 고조선의 유민은 몸만 옮겨 온 것이 아니라 건국이념까지도 옮겨 온 것이다.

과연 박혁거세와 알영의 대모로 보이는 서술신모는 누구이며 어디서 온 것일까. 하나의 추론을 제시한 것은 김부식이다. 즉 『삼국사기』 권12 경순왕조에 보면 고려 때 상서 이자량이 송에 조공을 드리러 갈 때 김부식이 문한으로 따라갔다가 우신관에서 한 여선상을 보았는데, 관반학사 왕보로부터 내력을 듣게 된다.

"옛날에 어떤 제실(帝室)에 여자가 있었는데 부군(夫君)이 없이 아이를 배어 사람들의 의심하는 바 되자, 곧 배를 타고 진한(辰韓)에 이르러서 아들을 낳았다. 이가 해동(海東)의 시주(始主)가 되고 제녀(帝女)는 지선(地仙)이 되어 오래도록 선도산(仙桃山)에 있었다고 하는바, 이것이 곧 그 상(像)이다." 하였다. 나는 또 대송국신사 왕양(大宋國信使王襄)이 지은 동신성모제문(東神聖母祭文)에 "어진 사람을 낳아 나라를 창시하였다."는 구절을 보았는데, 이 동신(東神)이란 곧 선도산신(仙桃山神)의 성자(聖者)임을 알 수 있으나, 그 아들이 왕이 되었다는 것이 어느 때의 일인지 알지 못하겠다.[41]

따온 글에서 보는 바와 같이 『삼국유사』에 나타난 "어진 사람을 낳아 나라를 창시하였다(娠賢肇邦)."는 부분의 출전이 『삼국사기』라는 사실이 확인된다. 이러한 출전을 근거로 하여 선도성모의 신원을 확인해 보면 중국 제실의 왕녀라는 것과, 부군 없이 임신하여 사람들로부터 의심을 받게 되어 배를 타고 진한으로 들어와 아들을 낳았는데 해동의 시주가 되었다는 것이다. 이러한 신화소는 천신이 감응하여 임신하였다는 부분 대신 중국 제실이 차용된 변이 화소로 볼 수 있다. 다시 한 번 확인할 사항은 선도성모의 부군이 불확실하다는 사실이다. 해동 시주가 될 선도성모의 아들은 출생의 비밀을 지닌 채 덤받이로 진한에 들어온다. 진한에 들어온 선도성모는 어느 곳에 정착하게 되는 것일까. 닭 우는 소리가 김알지의 탄생을 알려 주고 까치 소리가 석탈해의 소재를 알려 준 것처럼 소리개는 서술성모가 좌정할 경주서악 380m 선도산으로 이끄는 신화소가 된다. 이야기의 속편은 『삼국유사』로 이어진다. 중국의 황제는 소리개 발에 매가 머무는 곳에 집을 지으라는 내용의 편지를 부쳐 보냈다. 선도산에 날아와 멈추므로 드디어 거기에 가서 살며 지선이 되었다. 일찍이 신선의 술법을 배워 신라에 온 신모는 오랫동안 이 산에 와서 웅거하며 나라를 보호하였는데 신령스러운 일이 매우 많았다.

이러한 『삼국유사』의 기록은 천신이 산신으로 하강하여 좌정하는 과정을 보여 준다. 즉 소도의 바지랑대 끝에는 새를 조형하였는데 이는 천신이 바지랑대를 타고 내려와 산신이나 지신으로 좌정하는 상징이다. 소리개의 의미는 여기서 끝나지 않는다. 경명왕이 사냥을 하다가 매를 잃어버렸는데, 신모에게 매를 찾아 주면 벼슬을 주겠다고 기도하자 매가 왕의 의자에 날아와 앉았다. 왕은 서술신모에게 대왕의 벼슬을 주었다. 여기서 경명왕의 매는 사냥을 상징한다. 따라서 서술신모는 천신이고 산신이며, 나아가 수렵신의 성격까지를 아우르

---

41) 위의 책.

고 있다. 일연은 이러한 서술신모가 처음 진한에 와서 동국의 왕이 된 박혁거세와 알영을 낳았을 것으로 추정한다. 계룡·계림·백마 등은 서쪽을 뜻하므로 서술신모와 관련 있을 것으로 본다.

그렇다면 서술신모는 누구일까. 이제까지 살펴본 서술신모는 천신이고 산신이며 일종의 수렵신이었다. 그런데『삼국유사』감통편에서는 서술신모의 또 다른 성격을 보여 준다. 진평왕 때 비구니 지혜는 불전을 수리하다 힘이 모자라 중지하였는데 죽은 서술신모가 금 열 근을 시주하며 다음과 같이 지시하였다.

주존삼상을 장식하고, 벽 위에는 53불과 육류성중과 여러 천신과 널리 오악의 신군을 그리고 해마다 봄·가을의 10일에 선남선녀를 모아 일체 중생을 위하여 점찰법회(占察法會)를 베풀어 일정한 규정을 삼아라 하였다.[42]

이러한 서술신모의 시주 성격을 일연은 "부처를 뵙고 옥황이 되었도다."고 하였는데 정확한 지적이다. 서술신모의 지시 내용에는 불교의 부처와 보살뿐만 아니라 무속신인 천신과 오악신이 뒤섞여 있다. 일종의 불교와 무속의 뒤섞임이라고 볼 수 있다.

즉 '주존삼상', '53불', '육류성중' 등은 불교의 부처나 보살들이다. 삼존불의 경우 본존에 석가모니를 모시고 좌우에 아미타불·약사여래불·관세음보살 등 협시보살을 모시는 것이 보통이다. 53불은 법신·보신·화신의 삼신불과 사방여래의 7불탱을 중심으로 구성한 탱화를 말한다. 육류성중은 본불을 따라다니는 여러 성자를 이른다.

'천신'과 '오악의 신군'은 무속신이다. 여기서 오악이란 신라 때 동쪽 토함산, 남쪽 지리산, 북쪽 태백산, 중은 부악 또는 공산, 서쪽 계룡, 즉 선도산을 말한다.

---

42) 위의 책, 감통조목.

그런데 서술신모는 이러한 불교의 부처와 보살뿐만 아니라 무속신인 천신과 오악신을 모시고 해마다 봄·가을의 10일에 선남선녀를 모아 일체 중생을 위하여 점찰법회를 베풀라고 암중 교시한 것이다. 점찰법회란 무엇인가. 통일신라 때 진표율사가 창시한 점찰법회는 전생의 업보를 간자로 알아 내 전생과 현생의 과실을 참회하는 수행 방법이다. 그러니까 서술신모는 일체 중생을 광명이세하기 위하여 점찰법회를 베푼 것으로, 불교나 무속 어느 쪽에도 기울지 않고 함께 아울러 냄으로써 일연이 지적한 바와 같이 옥황, 즉 생명의 여신이 되었던 것이다. 서술신모를 사소(娑蘇)라고도 불렀는데 이는 "사바 세계의 중생을 소생시키는 자"라는 뜻이니 바리공주처럼 생명의 여신이고 무조의 시조인 셈이다. 서술신모는 노고할매나 마고할매처럼 산신이면서 무당이다.

그런데 이러한 서술신모가 바람이 났다. 일찍이 서술신모는 제천의 선녀에게 비단을 짜게 하여 붉은색으로 물들여 남편에게 입혔다는 『삼국유사』의 기록이 바로 그것이다. 서술신모의 직녀적 성격을 드러낸 일면이기도 하다. 박혁거세와 알영 쌍둥이 남매를 분만한 서술신모는, 정체는 불확실하나 어떤 남자에게 반하여 빨간 비단 조복을 입혀 서라벌 장안에 선을 보인 것이다. 박혁거세와 알영 남매는 자연스럽게 덤받이가 되었으니 바람난 사소와 새장가를 든 빨간 조복의 남편에게는 눈엣가시로 보였을 것이다. 여기서 어떤 음모가 일어났는지는 짐작할 수 없다.

갓난 두 쌍둥아기는 우물가에 버려진다. 박혁거세는 양산 아래 나정에 버려지고 알영은 사량리 알영정에 버려진다. 우물이란 무엇인가. 이제까지 강변에서 물을 사용하여 생활을 영위하던 인간들은 샘을 파는 기술을 터득함으로써 내륙 깊숙이 생활의 터전을 옮길 수 있었다. 예나 지금이나 우물에서는 여인네가 밥 지을 물을 긷고 채소 등 식물을 씻는 곳이다. 여인네들의 생활공간이므로 갓난아기를 쉽게 발견하여 업둥이로 거둘 수 있는 곳이다. 아기를 버린 부모의 도덕성을 탓할 수는 없다. 당시는 고조선이 무너져 유민이 이리저리 떠도는 형편이었으니 기아라는 현상이 불가피하였을 것이다. 석탈해는 알로 태어나 상서롭지 못하다고 하여 바다에 띄워 버렸다. 김알지는 궤에 넣어 나뭇가지 끝에 걸어 놓았다. 김수로 등 육가야의 시조는 붉은 끈에 매달린 금합 속에 담겨 버려진다. 남쪽의 시조신들은 동부여의 금와왕처럼 버려진 아기로 변이 전승된다. 박혁거세와 알영이 버려진 아기라 하여 하등 이상할 것은 없다. 이렇게 버려진 아기들은 업둥이로 입양된다. 김수로 등 육가야 시조신은 아도가 거두어 기르고 김알지는 호공이 거두어 궁전으로 데리고 간다. 석탈해는 박혁거세의 고기잡이 할미인 아진의선이 거두어 기른다. 박혁거세와 알영은 『삼국유사』에는 남산 서쪽 기슭에 궁실을 짓고 두 성아를 받들어 기른 것으로 되어 있다. 그러나 『삼국사기』에 의하면 박혁거세는 사량부 소벌공 정씨에게 입양된다. 서라벌·서벌·사라·사로라는 국호가 여기에서 나왔다. 알영은 한 노파가 거두어 기른 것으로 되어 있다.

여기서 박혁거세신화 가운데 서술신모 화소가 왜 탈락되었는지를 짐작해 볼 만한 단서가 발견된다. 버려진 오누이라는 사실이 박혁거세신화의 신성화 과정에서 장애물이 되었던 것이다. 서술신모가 덤받이인 두 아이를 버렸다는 것이나 오누이 남매가 근친혼인을 하였다는 후세의 금기사항이 모두 시조신에 대한 모독으로 보였던 것이다. 오누이 근친혼은 당대로서는 이상할 것이 없다. 제우스와 헤라는 오누이인데도 부부가 되었다. 복희씨와 여와씨도 오누이인데 부부가 되었다. 함경도의 한 신화에 의하면 홍수 뒤에 오누이가 부부가 되었다고 한다. 이러한 출생의 비밀을 밝혀 줄 만한 의미심장한 단서가 『삼국유사』에서 발견된다.

혹은 거서간이라고도 하는데 그가 처음 입을 열 때에 스스로 "알지거서간이 한 번 일어난다." 하였으므로 그 말로 해서 왕자의 존칭

이 되었다.[43]

　따온 글에서 중핵 화소가 되는 부분은 "한 번 일어난다."는 뜻의 '一起'에 있다. 박혁거세가 신라의 시조신이라는 측면에서 본다면 그것은 "나라를 건국한다."는 상징적인 의미가 될 터이다. 그러나 출생의 비밀 측면에서 본다면 무서운 저주의 맹세가 될 것이다. 그럴 경우, 여기서 '一起'는 "두고 보아라. 내가 일어나리라."는 의미로 해석될 수 있지 않을까.
　이러한 박혁거세와 알영의 탄생담이 신성화 과정을 거쳐 신화로 변모하는 과정을 살펴보기로 한다. 먼저, 두 신화의 주인공의 출생을 목격한 자가 누구인지를 살펴보자. 『삼국사기』에는 고허촌장 소벌공 한 사람이 박혁거세의 탄생 모습을 본 것으로 되어 있다. 그러나 『삼국유사』에는 육촌장과 그의 자제들이 높은 곳에서 나정을 내려다본 것으로 되어 있다. 그들은 왕을 뽑으려고 알천의 언덕에서 화백회의를 여는 중이었다. 말하자면 삼국유사의 목격자들은 육촌의 지도자들이고, 높은 곳에서 현장을 입체적으로 조명한 관계로 신뢰감을 줄 뿐만 아니라 극적 효과를 자아내고 있다.

　이때 높은 곳에 올라 남쪽을 바라보니 양산 밑 나정 곁에 번개빛 같은 이상한 기운이 땅에 드리워 있었다. 한 마리 백마가 무릎을 꿇고 엎드려 절하고 있었다. 그곳을 찾아가 살펴보니 자줏빛 알이 있었다. (혹은 푸른빛 큰 알이라고도 한다) 말이 사람을 보자 길게 울고 하늘로 올라갔다. 그 알을 깨 보니 모습이 단아하고 아름다운 동자가 나왔다.[44]

---

43) 或作居西干 初開口之時 自稱云 閼智居西干 一起. 因其言稱之. 自後爲王者之尊稱.
44) 위의 책, 기이조목.

따온 글뿐만 아니라 박혁거세신화를 해명하는 데 '번개빛 같은 이상한 기운(異紀如傳光)'을 '天氣'로 보느냐, 아니면 '地氣'로 보느냐에 따라 신화의 성격이 달라질 수 있다. 만약 '異氣'를 '天氣'로 볼 경우 유화부인이 햇빛을 감응하여 주몽을 낳은 신화소처럼 번개빛이 백마에 감응하여 자줏빛 알을 낳은 것으로 볼 수 있으며, 어떤 학자는 이러한 주장을 하기도 한다. 이렇듯 무리한 주장을 하는 까닭은 박혁거세를 태양의 아들로 신성화하려는 데서 비롯된 것 같다. 그러나 문맥을 아무리 꼼꼼히 읽어 보아도 '異氣'를 '天氣'로 볼 만한 근거는 보이지 않는다. 오히려 여기서 異氣는 '나정·백마·자줏빛 알'이 뿜어 내는 분위기로 보이며, 좀더 정확히 말하면 자줏빛 알이 자아내는 일종의 서기로 보인다는 점이다. 이렇게 볼 경우도 박혁거세는 여전히 태양의 아들이 된다. 왜 태양의 아들일까.

박혁거세를 태양의 아들로 보아야 하는 까닭은 백마와 자줏빛 알 때문이다. 아는 바와 같이, 용마 또는 백마는 천신의 뜻을 인간세상에 전달하는 사자이고, 아기장수가 출생했을 때 아기를 태우고 승천하여 민중혁명을 인도하는 신령한 동물로 여겨져 왔다. 박혁거세신화에서 백마는 천신의 뜻을 받들어 하늘나라에서 자줏빛 알을 싣고 온 사자로 보아야 한다. 그리하여 자줏빛 알을 모셔 놓고 무릎을 꿇고 절하며 알을 거두어 줄 사람들을 기다리고 있다. 육촌장과 그의 자제들이 나타났을 때 백마는 스스로의 임무를 다한 까닭에 길게 울고 하늘로 올라갔다. 자줏빛 알은 동명신화에서 보는 바와 같이 태양의 아들을 상징하며 기이한 출생을 예시하고 있다. 그런데 따온 글에서 자줏빛 알을 괄호 속에서는 "혹은 푸른빛 큰 알"이라 하였다. 같은 알의 빛깔이 왜 정반대로 왔다갔다하는 것일까. 번개빛은 원래 무색이다. 그러나 구름의 빛깔에 따라 밝은 자줏빛으로 보일 수도 있고 남자줏빛으로 보일 수도 있다. 그렇다면 자줏빛깔은 왜 본문으로 처리하고 '푸른빛'은 괄호 속에 묶어 처리하였을까. 자줏빛은 제왕의 빛깔이다. 동명성왕의 무덤벽화도 자줏빛으로 그려져 있다. 김알지가 담겨진 나뭇가지에 걸린 황금궤는 '자줏빛 구름〔紫雲〕'이 하늘에서 땅으로 뻗쳐 있었다. 김수로 등 육가야 시조 탄생신화에는 '붉은 폭〔紅幅〕'에 싸인 금합이 '자줏빛 줄〔紫繩〕'에 매달려 있었다. 이와 같이 자줏빛은 제왕의 탄생과 죽음을 의미한다. 그런데 괄호 속에 들어 있는 '푸른빛'은 무엇을 뜻하는 것일까. 이는 번개빛에 대한 착시 현상이기도 하지만 박혁거세의 생산신적 의미를 상징하기도 한다.

박혁거세에게는 여러 가지 존호가 바쳐져 있다. 그러나 이러한 여러 가지 존호는 모두 태양에서 비롯되었다. 즉 '붉은 해'를 훈차한 것이 혁거세(赫居世)요, '붉은 해'를 음차한 것이 불구내(弗矩內)이다. 붉은 해를 본받아 광명이세하려는 존호가 거슬한(居瑟邯), 또는 거서간(居西干)이다.

알영(閼英)신화에도 또한 '태양의 딸' 신화소가 보인다.

이날 사량리(沙梁里) 알영정(閼英井, 혹 娥利英井이라 함)가에 계룡(鷄龍)이 나타나 왼편 갈비에서 동녀(童女) 하나를 탄생(誕生)하니(혹은 龍이 나타나 죽으매 그 배를 갈라 童女를 얻었다 한다) 자태(姿態)와 얼굴은 유달리 고왔으나 입술이 닭의 부리와 같았다.[45]

따온 글에서 알영이 '계룡'의 '왼편 갈비'로 탄생하였으며, 입술이 '닭의 부리〔鷄觜〕'와 같았다는 점을 주목할 필요가 있다. 계룡은 대가리는 닭이고 몸뚱이는 용으로 되어 있는, 반은 천신이고 반은 수신인 신령한 동물이다. 그런데 알영은 계룡의 왼편 갈비뼈에서 출생한다. 알영뿐만 아니라 석가모니도 마야부인의 오른쪽 겨드랑이에서 출생하며, 서사무가의 주인공들도 이런 방법으로 출생한다. 이는 아버지가 사용하는 어머니의 성기를 피하여 불경을 모면하려는 형태로 보인다. 이렇게 계룡의 갈비뼈에서 출생한 알영은 입술이 닭의 부리

와 같았다고 하였는데 닭은 신라의 토템으로 보인다. 김알지가 계림에서 탄생할 때도 흰 닭이 운 것으로 되어 있다. 신라에서 닭은 서쪽을 의미하며 "닭이 울면 날이 밝는다." 하여 태양을 부르는 길조로 여겨 왔다.

중국 중남민족대 교수 김인희의 주장에 의하면 진한인의 머리 모양은 납작머리〔扁頭〕였다고 한다. 진한인은 아이를 낳으면 머리를 돌로 눌러 납작머리를 만들었는데 이는 진한인이 태양조를 숭배하고 있었기 때문이라고 한다.[46] 그러니까 얼굴 전면이 새의 부리처럼 튀어나오는 모양새인 것이다.

어째서 사람들이 죽은 용의 배를 가르고 알영을 꺼냈는지는 불확실하다. 그러나 원형에 가까울수록 신화는 잔인하고 혹독한 법이다.

박혁거세와 알영은 이와 같이 천신적 신화소를 가질 뿐만 아니라 수신적인 성격도 아울러 갖추고 있다. 앞에서 이미 지적한 바와 같이 박혁거세는 나정에서 출생하고 알영은 알영정 또는 아리영정에서 출생한다. 청동기시대 샘을 파는 기술을 터득한 결과 이제까지 강물 중심의 관개농업에서 내륙 깊숙이 공간을 넓혀 샘물을 이용한 관개농업을 시작함으로써 농업혁명을 가져왔다. 박혁거세신화에서 샘물이야말로 이러한 시대의 화두였을 뿐만 아니라 신앙의 진원지였다. 박혁거세를 동천에서 목욕시키니 몸에서 광채가 나고, 새와 짐승이 따라 춤추며 천지가 진동하고 해와 달이 청명해졌다고 한다. 알영을 월성의 북천에 가서 목욕시키니 그 부리가 떨어져 그 때문에 발천이라 하였다고 한다. 이는 일종의 물로 부정씻기인데 출생의례로 볼 수 있으며 민속에서는 계불(禊祓)이라고 한다.

또한 박혁거세신화는 대지신화소를 갖고 있다. 박혁거세는 처음 입을 열 때에 "알지거서간이 한 번 일어난다."고 하여 스스로 '알지'라고 한 바 있다. 알영은 아리영이라고도 한다. 김알지신화의 주인공

---

46) 임종업 기자, 「신라왕 두개골은 새 모양」(『한겨레』, 2006년 12월 14일자).

도 이름이 '알지'로 되어 있다. 그렇다면 '알지', '알영', '아리영'이란 무엇을 의미하는가. 『삼국유사』에서 '알지'는 '소아(小兒)'를 말한다고 하였다. 여기서 소아는 '소동(小童)'을 말하며, 소동이란 '씨아이', 또는 '씨혼령'을 말한다. 따라서 '알지', '알영', '아리영' 등은 '씨알', '알맹이', '송아리'의 상징체계로 농업사회의 대지신화소를 지니고 있다.

『삼국유사』에는 두 성아를 남산 서쪽 기슭에 궁실을 세워 격리시킨 것으로 되어 있는데, 이는 발아를 위해 씨앗을 땅 속에 묻어 두는 것처럼 혼인을 앞둔 처녀들을 어두운 공간에 유폐시키는 것과 같은 일종의 성인의례로 볼 수 있다. 이는 이미 단군신화에서 검토한 바 있다. 과연, 박혁거세와 알영은 13세를 맞이하여 혼인하였다.

『삼국유사』에 의하면 박혁거세가 하늘로 올라간 지 7일 만에 유체가 땅에 떨어졌다고 한다. 나라사람들이 합장하고자 하니 큰 뱀이 쫓아와 방해하여 오체를 각각 장사지냈으므로 오릉이라고도 하고 또 사릉이라고도 한다. 하늘로 올라갔던 박혁거세의 유체가 오체로 갈라져 떨어진 것은 오곡을 상징한다. 또 흩어진 유체를 모아 합장하려 할 때 큰 뱀이 방해를 하였는데, 뱀은 다산성을 상징하므로 역시 박혁거세의 농업생산신적 화소를 나타낸 것으로 볼 수 있다. 그리스신화에서도 뱀을 대지의 자궁이라 하여 소생이나 생산을 의미하고 있다.

박혁거세신화는 주몽신화처럼 해·물·땅에 관한 이야기이다. 천신의 아들인 박혁거세와 수신의 딸인 알영이 혼인함으로써 농업생산신적 신화소를 보여 준다. 박혁거세는 죽어서 하늘나라로 올라갔으나 7일 만에 다시 저승에서 이승으로 돌아와 영원한 농업생산신이 되었다. 박혁거세의 통치이념은 '광명이세'라고 할 수 있는데, 정치체제는 대체로 신정정치에 머물러 있었던 것 같다. 『삼국사기』의 다음과 같은 사료를 살펴보기로 한다.

A. 8년에 왜인들이 군사를 이끌고 변경을 침범하려 하였으나 시조의 신덕이 있다는 말을 듣고 곧 돌아갔다.[47]

B. 17년에 왕이 육부를 돌아다니면서 민정을 보살피는데 알영 왕비도 함께 행차하셨다. 이때 농업과 양잠을 장려하며 토지를 잘 다루어 생산에 힘쓰도록 하였다.[48]

C. 이때 낙랑사람들이 군사를 이끌고 침입하였는데, 이 지방 사람들이 밤에도 문을 닫지 아니하고 노적가리를 그대로 들에 쌓아 둔 것을 보고는 말하기를 "이 지방 사람들은 서로 도둑질을 하지 않으니 가히 도의가 있는 나라다."[49]

D. 마한왕이 죽었을 때 신하가 마한을 치기를 권고하였으나, "남의 불행한 것을 다행으로 여기는 것은 아주 어질지 못한 일이다." 하여, 그 말을 좇지 않고 곧 사신을 파견하여 그들을 조위하였다.[50]

따온 글을 중심으로 박혁거세의 통치이념이었던 광명이세의 정신이 실제로 어떻게 정치에 반영되었는지를 살펴보자. 따온 글 A는 침략해 온 왜구를 신덕(神德)으로 물리쳤다는 기사이고, C는 낙랑군이 침략하였을 때 박혁거세의 유도(有道)정치에 놀라 낙랑군이 스스로 물러났다는 기사이다. D는 호공이 마한의 사신으로 갔다가 욕을 본 적이 있는데, 마침 마한왕이 죽으므로 이때를 이용하여 마한을 치자는 신하의 권고를 박혁거세는 불인(不仁)이라 하여 거절하는 기사내용이다. 그러니까 박혁거세의 광명이세란 '神德', '有道', '有仁'을 바탕으로 한 B에 나타나는 바와 같은 권농정치라고 할 수 있다. 이러한 인의정치가 실제로 박혁거세의 통치이념이었는지, 아니면 김부식의 사필에서 비롯된 것인지는 확인되지 않는다. 그러나 건국기 박혁

---

47) 앞의 책, 시조 혁거세거서간조목.
48) 위의 책.
49) 위의 책.
50) 위의 책.

거세의 통치이념은 마한·왜·낙랑 등 외부세력의 침략으로 끊임없
는 시련을 맞게 되며, 이러한 정치현실적 상황 때문에 유덕정치로 변
화를 겪을 수밖에 없었다.

맨 앞에서 박혁거세신화는 단순한 신화가 아니라 역사적 현실성을
띤 사실이라고 지적한 바 있다. 박혁거세신화에 등장하는 백마는 주
몽신화에 등장하는 말처럼 수렵·목축·유목을 생업으로 삼는 천신
집단의 신화소이다. 수렵·목축을 생업으로 삼는 박혁거세 외래집단
은 우수한 철기문명을 가지고 나정 주변의 육촌집단을 통합한다. 육
촌집단은 이미 청동기를 바탕으로 잉여농산물을 생산할 수 있는 경
제적 부를 축적하였으며, 지석묘를 세울 정도로 통치세력이 확보되
어 있었다. 박혁거세는 알영집단과 혼인정책을 통하여 세력을 확장
함으로써 고대국가의 기틀을 마련하였을 것이다.

1977년 경주 조양동의 한 절개지에서 토광묘 흔적이 발견되어
1980년부터 발굴을 시작하였는데, 철구·와질토기·동경 등이 발견
되었다. 철제쇠스랑·철낫 등의 농기구와 둥근 항아리·손잡이 달린
토기 등 와질토기의 발굴은 당시 발달된 농업 형태를 보여 주며, 중
국 전한에서 수입한 동경은 이미 고대국가 체제를 갖추고 무역을 했
다는 것을 말해 주고 있다. 이러한 유물은 기원전 1세기경의 것으로
신라가 고대국가를 건국한 기원전 57년과 거의 일치하는 것이다.

다시 본론으로 돌아간다. 박혁거세의 뒤를 이어 남해 차차웅이 후
사를 잇고 유리 이사금이 3대 왕이 되었다. 남해 차차웅은 석탈해가
어질다는 말을 듣고(王聞脫解之賢) 맏딸 아효를 시집 보내 사위로 삼
았다. 여기서 남해 차차웅이 석탈해를 '어질다(賢)'고 인정한 점을
유의하기로 하자. 다시 왕은 석탈해를 대보로 삼았다. 유리 이사금
때에 이르러 탈해가 덕망이 있다(有德望) 하여 왕위를 사양하려고 하
였다. 탈해가 말하기를 "성스럽고 지혜 있는 이[聖智人]는 이가 많다
하오니 떡을 물어 시험합시다."고 하였다. 시험한즉 유리의 잇금이
많은지라 왕이 되었다. 유리 이사금이 유언하기를 "탈해는 그 신분이

나라의 친척이 되고 벼슬이 보신 자리에 있으면서 여러 번 공명을 떨쳤다.”하여 양위하니 탈해 이사금이 4대 왕이 되었다.

　이상을 요약하면 석탈해는 ‘현인(賢人)’이요, ‘덕망인(德望人)’이요, ‘성지인(聖智人)’이다. 이러한 석탈해의 덕목은 박혁거세의 정치이념에 비하여 현실적이고 기능적이다. 석탈해에게 ‘賢’과 ‘德’을 요구할 만큼 신라는 이미 변모하고 있었다. 과연 석탈해의 덕목인 ‘賢’과 ‘德’은 신라의 정체성과 어떤 관련을 맺는 것일까. 또 석탈해의 어떤 언행을 두고 ‘賢’과 ‘德’이라고 하였을까.

　호공의 행적을 추적하다 보면 석탈해의 ‘賢’과 ‘德’이 무엇인지를 짐작해 볼 수 있는 단서를 발견한다. 호공은 박혁거세 재위시절에 마한의 사신으로 파견되어 그 업무를 당당히 수행한 적이 있다. 그러나 남해 차차웅과 유리 이사금의 편력에는 호공의 사적이 발견되지 않는다. 그러다가 탈해 이사금 2년에 호공이 대보로 기용되는 기사를 발견할 수 있다. 이러한 사료의 막간에 어떤 비밀이 숨겨져 있는지는 정확히 짐작할 수 없다. 더구나 석탈해는 호공의 초생달같이 둥근 봉강에 있는 집을 술수를 써서 빼앗은 적이 있다. 그런데 무슨 사유로 석탈해가 왕위에 즉위하자마자 이제까지 재야였던 호공을 대보로 기용하는 것일까. 이는 석탈해와 호공 사이에 어떤 흥정이 존재했음을 확인시켜 준다. 석탈해는 필요에 따라 호공을 취하기도 하고 버리기도 한다. 석탈해는 박혁거세에 비하여 보다 현실적이고 실리적인 책략을 가지고 있었다.

　호공과 석탈해의 연합전선은 여기서 끝나지 않는다.『삼국사기』에 의하면 석탈해는 금성 서쪽 시림에서 닭 우는 소리를 듣고 호공으로 하여금 김알지를 거두어들인 것으로 되어 있다.『삼국유사』에는 호공이 서리를 가다가 광명을 보고 석탈해에게 보고한 다음 김알지를 거두어들인 것으로 되어 있다. 김알지가 성장함에 따라 총명하고 영리하여 태자로 봉하였으나 왕위를 파사에게 사양하였다. 이러한 사료를 읽노라면 석탈해의 신라 기초다지기 밑그림을 짐작하여 볼 수 있다. 호공과 연합하여 박씨세력을 제어하고 토착세력인 김씨세력을 영입하여 자신의 왕권을 공고히 하려는 어떤 야심 같은 것을 읽어 낼 수 있는 것이다.

서기 57년 탈해가 즉위하였는데, 그 나이 62세요, 성은 昔씨고, 부인은 아효부인이다.

탈해 선단이 한반도 남단 금관국에 도착하였을 때의 형편에 대한 『삼국사기』와 『삼국유사』의 서술은 미묘한 차이를 보이고 있다. 『삼국사기』에 의하면, 탈해의 궤짝이 금관국에 이르렀을 때 괴이하게 여겨 거두지 아니하므로 다시 바다에 떠서 진한의 아진포에 이르렀다고 한다. 이때가 박혁거세 재위 39년이라는 것이다. 그러니까 금관국 사람들은 탈해 선단을 의심스러운 눈초리로 바라보고 있는 것이다. 『삼국유사』에는 수로왕이 백성들과 함께 북을 치고 맞아들여 머물게 하려 했으나, 배가 곧 달아나 계림 동쪽 하서지촌의 아진포에 이르렀다고 서술하고 있다. 그러나 이와 같은 문장 가운데 북을 쳤다는 부분과 탈해 선단이 달아났다는 부분에서 금관국 백성들이 탈해 선단을 역시 경계하였다는 것을 알 수 있다. 이러한 사정은 『삼국유사』의 「가락국기」에 보다 여실하게 드러난다. 탈해는 흔연히 수로왕의 대궐에 들어가, "내가 왕의 자리를 뺏으려고 왔소이다."고 말하니, 왕이 천명을 어기어 왕위를 내어줄 수 없다 하자 탈해는 기술로 겨루기를 청하였다. 하백과 해모수가 서로 겨루기를 하였던 것처럼 탈해가 매가 되니 수로왕은 독수리가 되었고, 탈해가 참새가 되니 수로왕은 새매가 되었다. 탈해가 본모습으로 변하여 항복하여 말하기를, 자신이 술법에 져서 죽음을 면한 것은 성인의 인덕 때문이라 하고 배를 타고 도망하였다. 왕은 탈해가 머물면서 난을 꾸밀까 염려하여 주사 5백 척을 내어 탈해 선단을 쫓아 버리니, 탈해의 선단 규모가 어마어마하였음을 시사하여 준다. 탈해 선단이 한반도 남단에 정착하는 과정에서 왜 이렇게 도전적이고 무모한 술수를 쓰는 것일까. 어떤 단서를 찾으려면 역시 출생의 비밀을 밝혀 볼 필요가 있다.

탈해는 『삼국사기』에 의하면 '다파나국' 사람이다. 다파나국은 왜국의 동북 1천 리 되는 곳에 있다고 한다. 『삼국유사』에는 탈해 일행이 아진의선 집에 머물며 7일 동안 음식을 대접받은 다음에야 자신이 '용성국' 사람임을 밝히고 있다. 용성국은 스물여덟 왕이 사람의 태에서 나와 5세부터 왕위에 올라 성명을 바르게 하였고 팔품의 성골이 있으나 이를 무시하고 왕위에 오르는 나라라고 하였다. 용성국이 어디인가에 대해서는 여러 가지 주장이 있다. 서해안의 낙랑과 마한이라고 주장하는 이도 있고, 동해안의 동예라고 하는 이가 있는가 하면 심지어 제주도라고 주장하는 이도 있으나, 동해안에 있는 어떤 섬나라라는 막연한 주장이 정설로 되어 있는 형편이다. 문제는 다파나국이나 용성국의 출처가 아니라 석탈해의 출생의 비밀이다.

다파나국 또는 용성국의 국왕은, 『삼국사기』에 의하면 '여인국(女人國)', 『삼국유사』에 의하면 '적녀국(積女國)'의 왕녀를 맞이하여 결혼을 한다. 그러나 결혼한 지 7년이 지나도록 아들이 없다. 기도한 끝에 7년 만에 큰 알을 낳았다. 국왕이 사람으로서 알을 낳는 일은 고금에 없는 일이니, 『삼국사기』에는 "상서롭지 못하다(不祥也)." 하고, 『삼국유사』에는 "불길한 징조이다(非吉祥).' 하여 궤 안에 칠보와 노비를 가득 실어 바다에 띄워 버렸다. 석탈해가 왕권쟁탈에 밀려 쫓겨난 것으로 보기는 힘들다. 왜냐하면 석탈해를 넣은 궤 안에 가득 실은 보물의 정체를 해명할 수 없기 때문이다. 기도 끝에 7년 만에 큰 알을 낳았다는 사실을 눈여겨보면 일종의 출생의 비밀이 뒤엉켜 있는 것이 아닌가 싶다. 그리하여 석탈해 선단은 『삼국사기』에 의하면 진한의 아진포, 『삼국유사』에 의하면 계림 동쪽 하서지촌의 아진포에 도착하였다 하였으니, '아진포'라는 사실만은 공통된다.

박혁거세의 고기잡이 할미 아진의선에게 석탈해의 도착을 알려 준 것은 까치였다. 『삼국사기』에 따르면 아진의선은 밧줄로 궤를 매어 해안으로 끌어올린 것으로 되어 있다. 궤의 규모를 적게 본 것이다. 『삼국유사』에 따르면 아진의선은 "이 바다 가운데 본래 바위가 없었는데 까치가 모여들어 우는 것은 무슨 일인가?" 하고 배를 끌고 가서 찾아보니 까치가 배 위에 모여들었다. 궤의 규모를 선단으로 본 것이다. 배 위에 실려 있는 궤의 규모는 길이가 20척이요, 너비가 13자나 되었다. 아진의선은 배를 끌어다 나무 숲 아래 두고 하늘에 길흉을 물었다. 아진의선이 궤를 열어 보니 단정한 남아와 아울러 칠보와 노비가 가득 차 있었다. 『삼국사기』에 따르면 아진의선의 집으로 들어온 석탈해는 어미를 도와 고기잡이를 직업으로 삼고 그 어미를 봉양하였다. 아진의선이 "너는 보통사람이 아니며 골상이 특수하게 다르니 마땅히 학문을 닦음으로써 공명을 세우는 것이 옳을 것이다."고 권하므로 학문에 정진하였는데, 특히 지리에 밝았다.

그렇다면 석탈해신화의 성격은 무엇일까. 결론부터 말하면 천신과 수신적 신화소는 보이나 곡신적 신화소는 보이지 않는다는 것이 특징이다.

『삼국사기』와 『삼국유사』에는 모두 석탈해가 난생으로 되어 있다. 이는 주몽신화나 박혁거세신화처럼 석탈해도 천신인 태양신의 아들이라는 것을 말해 준다. 용성국이나 다파나국은 바다로 둘러싸인 섬나라로서 수신적 성격이 강한 나라인데, 오히려 석탈해는 태양신적 신화소를 지니고 태어남으로써 바다에 버려지게 된다. 또 석탈해 선단이 계림 동쪽 하서지촌의 아진포에 이르렀을 때 까치가 아진의선에게 도착을 알려 준다. 까치는 주몽신화의 비둘기나, 박혁거세신화의 백마나, 김알지신화의 흰 닭과 같이 천신의 뜻을 인간에게 전달하는 하늘의 사자 역할을 하고 있다. 까치는 우리나라에서 반가운 소식을 전하는 길조로 아침을 상징하고 있다. 더구나 석탈해가 성씨를 석씨로 삼은 것은 '鵲'에서 석을 취한 것으로 되어 있다. 물론, 호공의 집을 빼앗았으므로 성을 昔으로 삼았다고도 한다. 왕 3년에 석탈해가 토함산에 올라가니 검은 구름이 방석같이 왕의 머리 위에 오래도록 덮여 있다가 흩어졌다고 한다. 이러한 사료는 석탈해신화의 천신적 성격을 보여 준다.

서술신모처럼 천신으로 강림한 석탈해는 산신으로 좌정하게 된다. 아진의선에게 7일 동안 대접을 받은 석탈해는 지팡이를 끌고 두 종을 데리고 토함산으로 올라간다. 여기서 석탈해가 지팡이를 짚은 까닭은 지팡이에 몸을 의지할 만큼 나이가 어린 탓일 것이다. 토함산에 올라가 석총을 짓고 7일 동안 성중에 살 만한 곳이 있는가를 찾는다. 마침내 초생달같이 둥근 봉강을 찾아 내고 술수를 써서 호공의 집을 빼앗게 된다. 여기서 석탈해는 호공의 집에 숫돌과 숯을 묻어 자기의 조상이 야장이라고 주장한다. 석탈해는 선진 철기문명을 가지고 경주의 중심인 월성으로 진출하였다. 야장이란 두 가지 성격을 갖는다. 칼과 창을 벼린다면 전쟁의 신이 될 것이요, 쇠낫과 쇠스랑을 만든다면 씨혼령이 될 것이다. 이렇게 술수와 책략을 써서 권력의 중심부에 섰던 석탈해는 죽어서도 호들갑을 떨며 동악신이 된다. 왕이 죽어 소천구에 장사를 지냈으나 신조가 있어 그 뼈를 소상으로 만들어 궐내에 두었다가 다시 현몽이 있어 동악에 묻고 제사 지냈다.

석탈해는 섬나라에서 출생한 관계로 수신적 성격도 지니게 된다. 석탈해 선단이 용성국을 떠날 때 적룡이 앞서 석탈해를 인도한다. 물을 뜨러 간 백의가 먼저 맛을 보자 뿔잔을 백의의 입에 붙여 버리는 것 등은 석탈해의 수신적 신이성이다. 그러나 석탈해신화에서 수신적 성격을 살펴보기 위해서는 아진의선을 주목하여야 한다. 아진의선은 유화나 서술신모처럼 석탈해의 대모이다. 아진의선은 박혁거세의 고기잡이 할미로 아진포에 근거를 두고 해산물을 경영하여 선단을 구성할 만큼 상당한 부를 축적한 인물로 보인다. 『삼국사기』에 의하면 석탈해가 아진포에 이르러 고기잡이를 직업으로 삼고 어머니를 봉양하였는데 조금도 게으른 빛이 없었다고 한다. 석탈해는 사실상 아진의선의 부와 도움에 힘입어 권력의 중심부에 진출하게 된다.

이러한 석탈해의 술수와 책략을 인정한 남해 거서간은 석탈해가 현명하다 하여 아효와 혼인시키고 대보로 삼았다. 탈해 이사금은 재위 23년 동안 마한·가야·왜 등의 침입을 받아 모두 패전하였으며

백제와는 이기기도 하고 지기도 하는 전쟁을 다섯 번이나 거듭하였
다. 부족국가인 신라가 고대국가 체제를 갖춘 백제와 맞섰다는 이러
한 기록은 대단한 과장으로 보인다. 이와 같이 탈해 이사금에 이르러
이웃 나라와 전투를 거듭하니 박혁거세의 통치지도이념인 광명이세
보다는 '賢'과 '德'을 중심으로 한 현실적 실리정책이 긴박한 국가지
도이념으로 등장하게 된다.

김알지 신화소는 천신 성격이 강하나 수신의 성격은 발견되지 않
으며 일부 곡신적 성격이 엿보일 뿐이다. 『삼국사기』에는 탈해 이사
금이 금성 서쪽 시림에서 닭 우는 소리를 듣고 호공을 보낸 것으로
되어 있다. 『삼국유사』에는 영평 3년 경신 8월 4일에 호공이 밤에 월
성의 서리를 가다가 큰 광명을 보고 탈해 이사금에게 알린 것으로 되
어 있다.

> 자줏빛 구름이 하늘 끝에서 땅에 드리워 있는데 구름 가운데 황금
> 궤가 나뭇가지에 걸려 있었다. 그 빛이 궤에서 나오며 또 흰 닭이 나
> 무 밑에서 울어 이를 왕에게 아뢰었다. 왕이 수레를 타고 숲에 가서
> 궤를 열어 보니 그 속에 동남 하나가 누워 있다가 일어났다. 마치 혁
> 거세의 고사와 같으므로, 그 말로 인하여 알지라 이름 붙였다. 알지
> 는 곧 우리말에 소아를 말한다. 동남을 안고 대궐로 돌아오니 새와
> 짐승들이 서로 따르며 기뻐 뛰며 춤추었다.[51]

따온 글에서 보는 바와 같이 김알지신화는 박혁거세신화의 고사와
거의 일치한다. 서술형식이 같고 내용이나 상징성이 같다. 박혁거세
신화의 목격자는 육촌장과 자제, 또는 소벌공이다. 김알지신화에서
닭 우는 소리를 들은 사람은 석탈해이고 월성의 서리를 가다가 광명
을 본 것은 호공이다. 두 신화 모두가 신뢰할 만한 인물들이 보고 들

---

51) 위의 책, 탈해왕대 김알지조목.

은 것으로 되어 있어 신화의 신빙성을 높여 주고 있다. 또한 이러한 목격자나 청취자들은 보고 듣는 데서 끝나지 않고 신화소에 직접 참여를 하게 된다. 소벌공이 박혁거세를 거두어 기른다거나 육촌장과 그 자제들이 박혁거세와 알영을 거두어 대궐을 짓고 기르는 것 등이 그것이다. 김알지신화에는 석탈해가 금성 서쪽 시림에서 닭 우는 소리를 듣는다. 호공의 보고를 들은 석탈해는 『삼국사기』에 의하면 사람을 시켜 황금궤를 가져오게 한 다음 직접 열어 보고 동남이 있음을 확인한다. 『삼국유사』에 의하면 호공의 보고를 받은 석탈해가 수레를 타고 숲에 가서 직접 궤를 열어 보니 동남 하나가 누워 있다가 일어나는 것을 본다. 호공은, 『삼국사기』에 의하면 왕의 명을 받고 시림에 가서 본 뒤 왕에게 알린다. 『삼국유사』에 의하면 호공이 월성의 서리를 가다가 직접 광명을 본다. 그러나 아기를 안고 대궐로 들어온 사람이 호공인지는 불명확하다. 『삼국사기』에는 사람을 시켜 황금궤를 가져온 것으로 되어 있고, 『삼국유사』에는 아기를 안고 온 주어가 빠져 있다. 『삼국유사』에서 아기를 안고 온 주체가 석탈해인지는 분명하지 않으나, 황금궤를 열어 보고 알지라고 이름을 붙인 것은 석탈해이므로 출생의례를 석탈해가 직접 행함으로써 김알지를 태자로 삼을 것임을 암시하고 있다.

　김알지신화에서 호공이 시림에서 본 것은 '大光明'이고 박혁거세 신화에서 육촌장이 알천의 언덕에서 본 것은 '異氣如電光'으로 모두 빛을 통하여 발견된다. 김알지는 자줏빛 구름에 싸인 황금궤에서 동남으로 출생하고 박혁거세는 자줏빛 알에서 동남으로 출생하였으므로 향언에 어린 아기를 알지라 하니 두 아기를 모두 알지라고 이름 붙였다. 자줏빛은 제왕의 빛깔이고 알지는 '씨아이', '씨혼령'을 상징하여 곡신적 성격을 지니게 된다. 김알지는 황금궤에서 탄생하였고 박혁거세는 자줏빛 알에서 탄생하였는데, 이는 모두 난생으로 태양의 아들임을 상징한다. 김알지신화의 흰 닭이나 박혁거세신화의 백마는 모두 하늘의 뜻을 전달하는 사자이므로 두 아이가 모두 하늘의 아들로서 천신적 신화소를 지니고 있다. 김알지신화에서 황금궤가 걸려 있던 나무는 단군신화에 나오는 '신단수', 또는 소도의 '바지랑대'로 하늘의 뜻을 전달하는 신목이다. 박혁거세는 나정이라는 샘물가에서 탄생하는데, 그 당대 샘물의 중요성은 앞에서 지적한 바 있다.

박혁거세는 소벌공의 업둥이로 입양되어 나라이름을 '서라벌·서벌', 또는 '사라·사로'라고 하였다. 왕후 알영이 계정(鷄井)에서 탄생하였으므로 나라이름을 계림(鷄林)이라고도 하였다. 혹은 김알지가 탄생할 때 닭이 숲속에서 울었으므로 국호를 계림이라 하였다 한다. 후대에 나라이름을 신라라 정하니 어느 때인지는 정확하지 않다. 그러나 이제 신라는 정복국가로 성장하면서 덕업을 일신하고(德業日新) 사방을 망라하여(網羅四方) 한강을 점령하고 북관으로 진출하게 된다.

법흥왕이 율령을 공포한 이래 진흥왕은 '망라사방'의 국가정책에 따라 영토를 확장하였다. 진흥왕순수비 가운데 555년 창녕에 세운 순수비에는 '사방군주(四方軍主)'라는 말이 나온다. 사방군주란 광주의 한성 군주, 안변의 비리성 군주, 개령의 감문 군주, 창녕의 비자벌 군주를 말한다. 여기서 '사방'이란 최전방 군사기지이며, '군주'란 야전군사령관, 또는 신라가 점령한 영토의 지배자를 이른다. 또한 사방이란 경주를 중심에 둔 진흥왕의 세계관이며, 신라가 천하의 중심이라는 우주관을 이름이다.

이러한 진흥왕의 영토팽창정책에 따라 551년 진흥왕과 백제의 성왕은 고구려가 점령하고 있던 한강 유역을 공략한다. 그러나 553년 진흥왕은 백제와 신라가 백 년 동안 지켜 오던 나제동맹을 일방적으로 파기하고 백제가 점령하고 있던 한강 하류를 점령한다. 이를 만회하기 위하여 554년 성왕은 관산성을 기습하나 김무력의 매복에 걸려 백제군 2만 9천6백 명과 더불어 전사하고 만다.

도설지란 이름은 단양 적성비에는 '道設智'로 쓰여 있고 창녕비에는 '都設智'로 나타난다. 도설지는 대가야 이뇌왕(異腦王)과 신라 귀족 출신 어머니 사이에서 태어난 월광 태자를 말한다. 대가야의 외교 노선이 백제의 성왕에게로 현저히 기울어지자 태자를 어머니의 나라 신라로 망명시켜 장군의 벼슬을 준다. 562년 대가야를 정복한 진흥왕은 월광 태자를 대가야의 인심무마용 일시 괴뢰왕으로 임명하였다가 인심이 무마되자 축출한다. 월광 태자는 월광사에서 쓸쓸한 최후를 맞는다.

진흥왕은 "토끼를 사냥하고 나서 사냥개를 삶아먹는다(兎死狗烹)."는 냉혹한 정복정책을 취한 반면 정복민에 대하여 포용정책과 교화정책도 아울러 펼쳤다.

법흥왕은 울진 법흥왕비에서 정복민을 '노인(奴人)'이라 하여 노예로 취급하였는데, 진흥왕은 "옛 백성과 정복지의 백성은 모두 같은 백성(新古黎庶)"이라 하여 정복민에 대한 포용정책을 시행하였다.

많은 신료들의 반대에도 불구하고 우륵을 받아들여 음악으로 정복민을 교화시키려고 하였다.[52]

이러한 진흥왕의 '사방군주'라는 냉혹한 영토팽창정책은 김춘추와 김유신에 이르러 혹독한 복수와 정복정책으로 이어진다. 백제 장군 윤충이 대야성을 점령하고 사위인 품석과 그의 딸을 죽였다는 비보에 접한 김춘추는, 기둥에 기대어 종일토록 눈도 깜짝하지 않고 사람들이나 어떤 것이 그 앞으로 지나가도 알지 못하더니, 얼마 후에 말하기를 "슬프다 사나이 대장부로서 어찌 백제를 능히 멸망시키지 못하겠느냐." 하고 고구려에 들어가 구원병을 청하였으나 실패한다.

당나라에 들어간 김춘추는 아들 김법민과 김인문을 인질로 잡히고 당나라의 연호와 관복을 사용하는 등 사대외교를 취하여 나당연합군을 결성하고 660년에 백제를 멸망시킨다. 당나라가 고구려를 침략하자 식량을 공급하고 협공하여 668년 고구려마저 멸망시킨다.

---

52) 노용필, 『신라진흥왕순수비연구』(일조각, 1996년).

　　백전백승의 용맹한 장군이요, 탁월한 전략가로 알려진 김유신을
신채호는 이렇게 평가한다.

　　대개 김유신은 지용(智勇)있는 명장이 아니요 음험취한(陰險驚
悍)한 정치가며, 그 평생의 대공이 전장에 있지 않고 음모로 이웃나
라를 난(亂)한 자이다.[53]

　　그리하여 신채호는 김유신이 백제 귀족 임자 집에 신라 포로로 잡
혀 갔던 조미곤을 포섭 이용하여, 무당 금화로 하여금 의자왕과 백제
의 상층 지도부인 성충·윤충·흥수·복신·계백 등을 이간질해 죽
이거나 유배를 보냄으로써 백제를 멸망시키고 말았다는 것이다.
　　문무왕 때 신라가 점령 통일한 영토는 대동강과 원산만을 잇는 이
남의 땅이다. 신라의 지도층은 백제와 고구려의 유민을 포용하여 전
열을 가다듬고 그 창끝을 당나라로 돌려 겨누지 못하였다. 그리하여
우리나라의 역사무대는 대륙에서 멀어지고 말았다. 박혁거세가 주창
하였던 광명이세의 국가 통치지도이념으로 돌아가 나라와 겨레를 다
시 보았던들 이런 비극에 직면하지는 않았을 것이다.

(5) 업둥이 김수로왕 가야를 세우다

　　김수로왕이 세운 가락국은 9간이 거느리는 1백 호 7만 5천 명을 배
경으로 건국되었다. 그들의 주업은 산야를 개간하는 농업이었으며,
샘을 파는 기술을 터득하고 있었다는 점에서 신라의 건국기 모습과
일치한다. 개벽 이후 아직 나라가 건국되지 않았으며 군신의 칭호도

---

53) 앞의 책, 321쪽.

없었는데, 다만 아홉 명의 추장이 부락을 나누어 다스리고 있었다.

이러한 부락을 신채호는 가야라 하고, 정치형태는 백성이 스스로 다스리는 자치부로 보고 있다.

'가라'란 대소(大沼)의 뜻이니 각 부가 각각 제방을 쌓아서 냇물을 막아 대소를 만들고 그 부근에 자치부를 설치하여 그 부명을 가라라 칭하였다. '가라'를 이두자로 가라(加羅), 가락(加洛), 가야(加耶), 구야(狗琊), 가야(伽倻) 등으로 썼나니 야(耶), 야(琊), 야(倻)들은 옛 음을 다 '라'로 읽은 것이고, '가라'를 곧 관국(官國)이라 칭하니 관(官)은 그 음의 초성·중성을 떼어 '가'로 칭하고 국(國)은 그 뜻의 초성·중성을 떼어 '라'로 칭한 것이다. 기원 42년경에 각 가라의 자치부원·아도간(萩刀干)·여도간(汝刀干)·피도간(彼刀干)·오도간(五刀干)·유수간(留水干)·유천간(留天干)·신천간(神天干)·신귀간(神鬼干)·오천간(五天干) 등이 지금의 김해읍 귀지봉 위에 모여 대계(大稧 : 당시 자치회의 명)를 베풀었고 김수로 여섯 형제를 추대하여 여섯 '가라' 임금을 삼을 새, 김수로는 제1가라 곧 김해를 주(主)하여 '신가라'를 일컬으니 '신'은 대(大)의 의미이며 수(首)의 의미이다. '신가라'는 전사(前史)에 금관국(金官國)이라 쓴 것이 적당하니 가락(駕洛) 혹은 구아(狗牙)라 썼으나 양자가 다 '가라'의 이두자인즉 이로써 육가라를 가리켜 총칭함은 가(可)하나 다만 신가라를 사칭함은 부당하다. 둘째 가야는 '밈라가라'니 오늘의 고령의 앞내를 막아 가라를 만들고 이두자로 미마나(彌摩那) 혹은 임나(任那)라 쓴 것으로서 육가라 중 그 후손이 가장 강대하였으므로 전사에 대가라 혹은 대가야라 기록하였으며 셋째는 '안라가라'니 오늘의 함안의 앞내를 막아 가라를 만들고 이두자로 안라(安羅), 아니라(阿尼羅) 혹은 아니량(阿尼良)이라 기록한 것인데 아니량이 나중에 와전하여 아시라(阿尸羅)가 되고 아시라가 다시 와전하여 아라가 되니라. 넷째는 '고링가라'니 지금의 함창으로 또

한 앞내를 막아 가라를 만들고 이두자로 기록한 것인데 '고링가라'
가 와전하여 '공갈'이 되었나니 지금의 '공갈못'이 그 유적이다. 육
가라 고적 중 오직 이것 하나만 전하며 그 물에는 연꽃·연잎이 오
히려 수천 년 전의 풍경을 말하는 듯하더니 이조 광무연간에 총신
이채연(李采淵)이 논을 만들려 하여 그 제방을 터 아주 폐허가 되게
하니라. 다섯째는 '별뫼가라'이니 '별뫼가라'는 별뫼라는 산 중에
조성(鑿成)한 가라니 지금의 성주다. 이두자로 '성산가라(星山加
羅)' 혹 '변진가라(變珍加羅)'로 기록한 것이요, 여섯째는 '구지가
라'니 지금 고성중도(固城中島)니 또한 내를 막아 가라를 만들고 이
두자로 '고자가라(古資伽羅)'라 기록한 것인데 육가라 중에 가장 작
은 나라이므로 '소가야'라 칭하니 육가락국이 처음에는 형제의 연맹
국이었으나 그 뒤에 연대가 내려갈수록 촌수가 멀어져 각자의 독립
국이 되어 각자의 행동을 취하였는데 『삼국사기』에 이미 육가라 본
기를 빼고 오직 신라본기와 열전에서 신라와 관계된 가라의 일만 기
한 중에 신가라를 금관국이라 쓴 이외에는 기타 오가라는 거의 구별
이 없이 모두 가야라 써 그 가야가 어떤 가라를 가리킨 것인지 모르
게 된 것이 많은지라….54)

신채호는 가락국의 연원을 '큰 늪', '큰 연못'에서 찾으니 이를 대
소(大沼)라 하였다. 대소는 냇물을 막아 제방을 쌓고 인근에 자치부
를 설치하였는데 이두자로 '가라', '가락', '가야(加耶)', '구야',
'가야(伽倻)'라고 적었다는 것이다. 청동기의 농업은 강가나 냇가에
서 흐르는 물을 이용한 자연관개농업이었는데, 샘을 파는 기술을 터
득한 결과 사람들은 내륙 깊숙이 진출하여 인공관개농업을 시작하게
되었다. 흐르는 물을 막아 제방을 쌓고 식수나 생활용수를 마련하며
대소의 물을 이용하여 농업을 개선한 결과 잉여농산물을 축적하게

---

54) 앞의 책, 132~134쪽.

되었다. 이렇게 생산량이 증가함에 따라 잉여농산물이 축적되고, 이러한 경제적 기반을 바탕으로 부족연맹체를 벗어나 국가 형태를 갖추게 되는데, 이때를 신채호는 기원 42년으로 보고 비로소 가락국이 건국되었다고 본다. 이는 신라보다 약 100년 뒤의 일이다. 앞에서 살펴본 바와 같이 박혁거세나 알영이 모두 나정이나 알영정을 기반으로 하여 정치권력을 확장한 바 있다. 신라 육촌장이 알천언덕에 모여 왕을 뽑으려고 화백회의를 열었던 것처럼 가야의 9관은 구지봉에 모여 대계를 베풀고 있는데, 이는 가락국왕 추대와 밀접한 관련이 있는 것 같다.

또 신채호는 김수로 여섯 형제가 금관가야 등 육가야의 왕이 되어 일종의 부족연맹체를 형성하였다고 본다. 그리하여 김해의 금관가야, 함안의 아라가야, 고령의 대가야, 고성의 소가야, 함창의 고령가야, 성주의 성산가야 등 육가야가 형성되었다는 것이다. 이러한 가락국 건국과정을 그린 신화가 김수로왕신화이다. 김수로왕신화는 박혁거세신화나 김알지신화처럼 9관이 신화의 목격자이자 증언자이고 신화에 직접 관여하는 참여자로 되어 있다. 물론 이는 신화의 신이성이나 신빙성을 높여 주기 위한 서술 장치일 터이다.

김수로왕신화는 여느 건국신화처럼 신이하게 출생하여 추대받아 왕위에 오르고 준비된 존귀한 여인과 결혼하고 장수한 뒤에 죽는다는 신화소를 머금고 있다. 또한 김수로왕신화는 김수로왕의 탄생신화이며 농업생산신화이다. 따라서 「구지가」를 제대로 해명하기 위해서는 두 가지 성격이 아울러 조명되어야 한다.

단군신화, 주몽신화, 박혁거세신화, 석탈해신화는 곰·유화·서술신모·적녀국 왕녀 등 천신의 감응을 받는 중간 단계의 숙주가 있으나, 김알지신화와 김수로왕신화는 이러한 중간 숙주가 생략되고 하늘과 땅이 직접 감응하여 김수로왕을 탄생시키는 천강·지신·감응신화이다. 김수로왕 탄생신화는 탄생의례라는 상징성이 반영되어야만 신화소를 제대로 해명할 수 있다.

건국신화에는 곰·호랑이·말·비둘기·백마·까치·흰 닭 등 토템이 등장한다. 김수로왕신화에는 토템이 직접 등장하지는 않지만, 신령한 거북이가 신화의 배경 토템으로 자리잡고 있다. 거북은 고구려 무덤벽화에서 뱀과 더불어 북쪽을 지키는 수호신으로 현무(玄武)라고 불려 왔다. 거북은 장수와 다산성을 상징한다. 또한 뱀·지렁이·개구리·수달 등과 같이 수신이면서 양서류 동물로서 땅에서도 위력을 발휘하고 있다. 빗돌을 조성할 때 귀부에서 보는 바와 같이 거북은 중단 없는 전진과 굳건한 기반을 상징하기도 한다. 이러한 거북이 가야인의 토템이라는 사실은 너무나 당연하다.

혼돈이다. 천지창조와 같은 혼돈은 아니지만 김수로왕신화에는 일정한 혼돈이 자리잡고 있다. 왜냐하면 하늘이 직접 내려와 땅을 덮고 있기 때문이다. 하늘이 내려와 땅을 덮은 때는 건무 18년인데, 신채호는 이때를 기원 42년으로 보고 있다. 계절은 3월 3일, 불결한 몸을 물로 씻는 '씻김굿'〔禊祓〕을 행하는 계욕일(禊浴日)이다. 물이란 무엇인가. 완전한 죽음과 소멸 뒤에 삼라만상을 소생시키고 유정·무정 등 모든 사물에 생명을 불어넣는 신비한 창조신이다. 계욕일에 가야사람들은 밭을 갈아 씨부침이 끝난 뒤 물가에 나아가 목욕하고 새 옷을 갈아입고 계절음식을 먹으며 춤추고 노래하였다. 또한 물은 부정을 씻어 생명을 정화하는 탁월한 능력을 가지고 있다. 앞에서 살펴본 바와 같이 박혁거세가 탄생한 뒤 동천에 목욕시키니 몸에서 광채가 나고 새와 짐승이 따라 춤추며 천지가 진동하고 해와 달이 청명해졌다고 한다. 알영이 탄생한 뒤 월성의 북천에 가서 목욕시키니 그 부리가 떨어지므로 북천을 발천이라 이름하였다고 한다. 물이란 이런 것이다.

이러한 계욕일에 가야의 하늘이 땅으로 내려온 것이다. 그런데 하늘이 비틀거리고 있다. 구지봉 북쪽, 거북의 수호신 방위인 현무에서 수상한 소리가 들린 것이다. 마을사람 2,3백 명이 이곳에 모여 들으니, 사람의 소리가 나는 듯하되 그 형상은 보이지 않고 소리만 났다.

가야인 2,3백 명이 모여 수상한 하늘 소리를 들은 곳은 구지봉이다. 구지봉은 10붕(朋)이 엎드린 형상과 같으므로 구지라 하였다 한다. 구지봉은 가야인의 자궁이며 배꼽이다. 구지봉은 단군신화에 나오는 삼위태백이나 박혁거세신화에 나오는 서술산, 석탈해신화에 나오는 토함산, 김알지신화에 나오는 계림처럼 가야인의 성산이다. 그런데 가야인은 구지봉에서 "형상은 보지 못하고 소리만(隱其形 而發其 音)" 들은 것이다. 이른바 '빈 하늘 소리'를 들은 것이다. 『삼국유사』 에는 곳곳에서 빈 하늘 소리가 들린다. 빈 하늘 소리는 정확할 뿐만 아니라 뚜렷한 지시를 하고 있다. 지금, 가야에 내려와 구지봉 일대 를 내려 덮고 있는 하늘은 비틀거릴 뿐만 아니라 의식마저 몽롱하다. 하늘이 물었다. "여기에 사람이 있느냐?" "우리들이 여기 있습니다." 9간들이 대답하였다. "내가 있는 곳이 어딘가?" "구지입니다." 이러 한 문답을 듣고 있노라면 사람들보다 하늘이 더 어리벙벙하다는 느 낌을 받는다. 왜 구지봉에 내려온 가야의 하늘은 이렇게 어리벙벙한 것일까. 가야의 하늘은 무엇엔가 홀렸거나 골몰한 것 같다.

하늘은 몇 가지 지시를 한다. 우선, "하늘이 나에게 명하기를 이곳 에 와서 나라를 새롭게 하여 임금이 되라 하였다."는 것이다. 여기서 가야의 국가이념이 제시된다. 가야의 국가지도이념은 "나라를 새롭 게 하여 임금이 되는 일(惟新家邦 爲君后)"이다. 여기서 '家邦'은 9 간이 다스리고 있는 씨족연맹체를 가리키는 것 같다. 그러니까 김수 로왕의 임무는 기왕에 존재하고 있는 씨족연맹체를 묶어 일종의 부 족연맹체 국가를 건설하는 일로 보인다. 좀더 정확히 말하면 김수로 왕은 석탈해와 겨루기를 통하여 천명한바, "나라를 편안히 하고 백성 을 편안하게 돌보는 일(安中國 而綏下民)"이 황천이 수로왕에게 부 여한 소임이다.

먼저, 하늘은 "구지봉 꼭대기 흙을 파서 모으라(掘峯頂撮土)."는 지시를 한다. 이 지시문을 제대로 해석하기 위해서는 가야인의 성산 이 구지봉이라는 점을 승인하여야 한다. 또한 여기서 '撮土'는 흙을

파서 모은다는 관용구로 보아야 한다. 그렇다면 가야인의 성산인 구
지봉의 흙을 파서 모으는 일이란 무엇을 상징하는 것일까. 김수로왕
탄생신화로 본다면, '攝土'는 구지봉 정상의 흙을 모아 대지의 자궁
을 만들라는 지시로 보인다. 하늘의 뿌리가 내려와 대지 깊숙이 뿌리
박고 씨앗을 뿌릴 자궁을 마련하라는 것이다. 농업생산신화로 본다
면, 그것은 "밭을 갈아 이랑을 짓고 씨를 뿌릴 준비를 하라."로 해석
할 수 있다. 원래 씨앗뿌리기는 하늘이 바람을 부려 하는 일이다. 지
금 가야의 하늘이 내려와 가야의 성산인 구지봉에 대지의 자궁인 이
랑을 만들고 씨앗 뿌릴 준비를 하라고 천명을 내린 것이다.

　다음으로 하늘은 가야 백성들에게 주술적 노동요를 부르라고 강요
한다. 그 노래는 이러하다.

　　龜何龜何
　　首其現也
　　若不現也
　　燔灼而喫也

이를 우리말로 뒤치면 아래와 같다.

　　거북아 거북아
　　대가리를 내밀어라
　　대가리를 내밀지 않으면
　　구워먹을래

「구지가」의 중핵 화소는 '거북아[龜何]'와 '대가리[首]'에 있다.
이 부분을 놓고 한국의 학자들은 이러저러한 의견을 내놓고 나름대
로 해석을 해왔다. 구지가의 해석은 종료형이 아니라 진행형이다. 거
북은 가야인의 토템이고 가야인의 하늘이며 땅이다. 대가리와 다리

120

를 몸 안으로 집어넣을 때 거북은 둥근 하늘이 된다. 그런데 지금 가야의 하늘, 가야의 토템인 거북이 하늘에서 내려오고 있다. 가야의 하늘은 가야의 백성들에게 명령하기를 "거북아 대가리를 내밀어라."는 노래를 부르도록 강요하고 있다. 하늘의 뿌리인 남근을 어서 내밀라고, 주술적 노동요를 부르라고 명령한다. 가죽주머니에서 밧줄처럼 꼬인 붉은 송곳을 어서 내밀라고, 대가리가 구부러진 당나귀의 그것처럼 거북의 대가리가 몸통인 하늘에서 어서 내려오라고 노래 부른다. 만약 대가리를 내밀지 않으면 구워먹겠다고 위협·협박·기원을 하고 있다. 탄생신화 측면에서 볼 때 「구지가」는 이렇게 해석될 것이다. 그러나 농업생산신화 측면에서 볼 때는 씨앗이 어서 싹트라는 농민의 간곡한 기원이 될 터이다.

씨알아 씨알아
떡잎을 내밀어라
떡잎을 내밀지 않으면
구워먹을래

바람에 밀려 대지에 떨어진 씨앗은 긴 겨울을 저승과도 같은 땅 속의 어둠 속에서 반 년을 보낸다. 계욕일에 이르러 물을 머금어야만 씨앗은 비로소 싹을 틔울 준비를 한다. 물을 머금은 씨앗은 물의 힘만으로 싹을 틔울 수는 없다. 천신인 태양이 대지를 덮듯 애무할 때만 씨앗은 떡잎을 가르고 세상으로 나온다.

또 하늘이 가야인에게 명령하기를 "땅을 밟으며 춤을 추라(蹈舞)."는 부분을 어떻게 해석할 것인가라는 문제가 뒤따른다. 김수로왕 탄생신화로 볼 때 그것은 성행위 동작이다. 농업생산신화로 볼 때 그것은 씨앗을 뿌리고 흙을 덮은 다음 발로 밟는 동작을 의미한다. 논자의 고향은 충청북도 증평군 덕상리인데, 이곳 우리 고향사람들은 돼지나 소를 교미시킬 때 이를 '앙군다'고 하고, 논두렁을 짓기 위하여

진흙을 발라 발로 밟거나 못자리를 위해 흙을 삶을 때 이를 '앙군다' 고 하였다. 물론 여기서 '앙군다'는 기본동사 '앙구다'일 터이다. 여 기서 '蹈舞'는 바로 기본동사 '앙구다'로 보아야 한다. 그러니까 '앙 구다'는 짐승들의 교미행위를 의미하며, 씨앗을 뿌릴 땅을 발로 밟아 삶는 행위를 의미한다. 또한 줄임동사 '딛다'의 기본동사는 '디디다' 이다. '디디다' 역시 '앙군다'처럼 복합적 의미를 갖는데, 이는 마한 의 제천의식인 '군무(群舞)'를 연상시킨다.

혼돈과도 같은 가야의 하늘이 비틀거리며 구지봉에 내려와 대지인 어머니와 한 덩어리가 되었다. 김수로왕신화에는 중간 숙주가 없다. 하늘과 땅이 바로 한 덩어리가 되어 김수로왕을 탄생시키고 가야땅 에 씨앗을 뿌린 것이다.

과연 구간 등이 그 말대로 모두 즐겁게 노래하며 춤추다가 하늘을 보니 자줏빛줄이 하늘에서 내려와 땅에 닿았다. 여기서 '자줏빛 밧줄 〔紫繩〕'은 하늘의 뿌리로 보아야 한다. 자줏빛은 박혁거세신화와 김 알지신화 등에서 본 바와 같이 제왕의 빛깔이다. 가야인의 주술적 노 동요에 힘입어 하늘 뿌리가 스스로 내려와 구지봉의 자궁에 이른 것 이다. 그런데 하늘 뿌리 끝에는 '붉은 보에 싸인 금합(紅幅裏金合 子)'이 달려 있었고, 열어 보니 해와 같이 둥근 여섯 개의 황금알이 있었다. 붉은 보에 싸인 금합은 가야인이 하늘을 향해 기원한 하늘 뿌리의 대가리이고, 금합 속에 담긴 여섯 개의 황금알은 가야의 여섯 임금을 잉태할 씨앗이다. 금합을 향하여 수없이 절하고 탑 위에 두고 각기 흩어졌다. 열두 시를 지나 이튿날 아침에 무리가 다시 모여 함 을 열어 보니, 여섯 알이 화하여 동자가 되었는데 용모가 매우 깨끗 하였다고 한다.

그렇다면 과연 김수로왕은 어떻게 탄생한 것일까. 앞에서 살펴본 바와 같이 하늘에서 내려온 태양의 아들일까. 신화의 내용으로 보아 김수로왕은 버려진 아기로 보아야 한다. 좀더 현실적으로 보자면, 김 수로왕을 외래인 집단의 아들로 보아야 한다. 김수로왕은 정교한 철기로 보이는 금합에 싸인 여섯 개의 황금알로 나타났다. 김수로왕 집단은 발달한 철기문명을 누리고 있었다. 이러한 철기문명을 누리는 김수로왕 집단이 청동기문명을 바탕으로 우물을 파서 농사를 짓던 구지봉 집단을 통합 내지 정복하고 새로운 부족국가를 세우게 된다. 이러한 과정에서 김수로왕은 출생의 비밀을 지닌 채 세상에 태어나게 된다. 다음과 같은 『동국여지승람』을 정확히 읽어 보면 김수로왕의 탄생에 얽힌 어떤 비밀의 단서를 찾을지도 모른다.

본래 대가야국(大伽倻國) 시조 이진아시왕(伊珍阿豉王, 內珍朱智)이라고도 한다. 그로부터 도설지왕(道設智王)까지 대략 16대 5백 20년이다. 최치원(崔致遠)의 중〔釋〕 이정(利貞)의 전기를 살펴보면, 가야산신 정견모주(正見母主)는 곧 천신 이비가(夷毗詞)에 응감한 바 되어, 대가야의 왕 뇌질주일(惱窒朱日)과 금관국(金官國)의 왕 뇌질청예(惱窒靑裔) 두 사람을 낳았는데, 뇌질주일은 이진아시왕의 별칭이고, 청예는 수로왕(首露王)의 별칭이라 하였으나, 가락국(駕洛國) 옛 기록의 여섯 알〔六卵〕의 전설과 더불어 모두 허황한 것으로서 믿을 수 없다.[55]

『동국여지승람』의 기록자는 위와 같은 사료를 허황하여 믿을 바가 못 된다 하였다. 김수로왕신화와 『동국여지승람』의 시차는 무려 1천5백 년이나 된다. 이러한 시차적 역사적 오류를 승인하면서 사료를 분석하여 보면, 정견모주가 산신 내지 무당이라는 것과, 아마도 구지봉을 중심으로 한 신정을 책임진 군장이라는 사실을 확인할 수 있다. 박혁거세신화에서 살펴본 바와 같이 서술신모신화에 등장하는 마고할매와 노고할매처럼 정견모주는 구지봉할매였을 것이다. 그런데 구지봉할매가 두 아들을 낳는다. 첫아들은 태양의 아들인 뇌질주일이

---

55) 『신증동국여지승람』, 권29, 고령현조목.

고 대가야의 왕이 되니 이름하여 이진아시왕이라 하였다. 둘째 아들은 하늘의 아들인 뇌질청예이고 금관가야의 왕이 되니 이름하여 수로왕이라 하였다. '가락국기'에도 김수로왕이 여섯 동자 가운데 장남이라는 단서는 발견되지 않는다. 그런데 문제는 정견모주가 두 아들을 낳을 때 천신인 이비가의 음감을 받아 두 아들을 낳는다는 점이다. 해모수가 유화부인에게 감응하여 주몽을 탄생시킨 것처럼 이비가도 정견모주에게 응감하여 주일과 청예 두 형제를 출생시킨다. 주몽을 잉태한 채로 유화부인이 금와왕에게 잡혀 간 것처럼 정견모주도 이비가의 감응을 받아 두 아이를 낳게 되니 아비가 불분명하게 된다. 말하자면 주일과 청예는 아비 없는 자식으로 태어나 정치적 지위를 누리고 있던 정견모주에게는 일종의 부담이 되었을 것이다. 그리하여 정견모주가 어떤 음모를 꾸며 두 형제를 구지봉에 버리게 되는지는 알 수 없다.

이러한 출생의 비밀을 지닌 채 알에서 깨어난 김수로왕은 10일 만에 키가 9척이나 되고 보름 만에 왕위에 등극하게 된다. 이는 빠른 성장 모티프로 일종의 재생의례로 볼 수 있다.

이렇게 등극한 김수로왕은 아주 현실적인 국가이념과 백성을 다스리는 근본적인 정책을 수행하게 된다. 앞의 보기가 '유신가방'이고 뒤의 보기가 "나라를 편안히 하고 백성을 편안하게 돌보는 일(安中國而綏下民)"이다. 이러한 김수로왕의 구체적인 정책은 다음과 같이 나타난다.

먼저, 가궁을 지었는데 동명성왕처럼 질박하고 검소하여 지붕을 자르지 않았으며 흙계단은 겨우 석 자였다.

다음으로 즉위 2년에 서울을 신답평에 정하고, 산악을 사방으로 돌아보고 나서 이 땅이 요엽(蓼葉)과 같이 협소하나 산천이 수이(秀異)하여 16나한이 살 만하고, 1에서 3을 이루고 3에서 7을 이루니 칠성이 살 만한 곳이라 하였다. 이러한 증언에 따르면 신답평의 지형은 여뀌 풀 잎새처럼 폭이 좁고 남북이 긴 지세라는 것을 알 수 있다. 또 풍수에서 북은 1, 6 水, 동 3, 8 木, 서 4, 9 金, 남 2, 7 火, 중앙은 5, 10 土를 이루었을 때 완벽한 산봉우리를 갖춘 것으로 본다. 그런데 신답평은 북의 산봉우리가 1, 동의 산봉우리가 3, 남의 산봉우리가 7로 되어 있으니 7성이 살 만한 곳으로 보았다. 이 경우 서쪽이 틔어 있는데, 서쪽으로 강물이 흘러 나가거나 들어오는 경우로 볼 수 있다. 또는 북의 산봉우리를 1, 중앙의 산봉우리를 3으로 보고 남을 7로 볼 수도 있는데, 중앙의 3은 임금 왕(王)의 형세를 취하며, 이런 경우는 묘자리에 해당된다. 어떤 경우에도 중앙을 5, 10 土로 보는데 이는 동서남북과의 연결고리를 말한다. 성·궁궐·전당·청사·무고·창름을 장정 인부와 공장을 징용하여 지었으나 모두 농사가 시작되기 전인 3월 이전에 마쳤다. 궁궐과 옥사의 건축은 모두 농한기를 이용하였다.

셋째로 김수로왕은 지혜와 신통력으로 석탈해를 물리치면서 나라를 편안히 하고 백성을 편안하게 하려는 자신의 포부를 밝혔다.

넷째로 김수로왕과 허황옥의 혼인은 건국 초기 경제적 기반을 마련하기 위한 현실적 타개책으로 보인다. 김수로왕은 9관 등이 그들의 딸 중 좋은 사람을 뽑아 배필로 삼을 것을 권하였으나 자신의 배필을 정하는 일은 하늘의 뜻이라 하여 거절한다. 아유타국의 공주 허황옥을 배필로 맞이하는데 허황옥이 지참한 재물은 금수능라·의상필단·금은주옥·경구복완기 등 헤아릴 수 없었다. 당시 허황옥의 나이를 '二八'이라 기록하여 16세로 보는 학자가 있으나 이는 오류이다. 두 사람의 나이 차이는 9세이므로 허황옥의 나이를 28세로 보아야 김수로왕의 나이는 19세가 된다.

허황옥이 죽으니 157세였다. 김수로왕이 슬퍼하다가 10년 뒤에 죽으니 158세였다.

서기 532년 법흥왕 19년에 가야 구해왕이 왕비와 세 아들 노종·무덕·무력과 함께 신라에 항복하였다. 백성을 다치거나 죽이지 않는 조건으로 왕이 항복하니 이를 '이수하민'으로 볼 수 있는지는 모르겠다.

3. 서사무가에도 '아비 없는 아이'가 나온다

(1) 해와 달을 좌정시킨 아비 없는 세 아들 이승과 저승을 갈라 맡다

언제 하늘과 땅이 처음 열리고 사람이 세상에 태어났는지는 알 수 없다. 천지개벽신화가 처음으로 나타나는 서사무가는 함흥지역의 「창세가」(말한이 김쌍돌이)·「셍굿」(말한이 강춘옥), 제주도 지방의 「큰 굿」의 '배포도업침'(말한이 안사인) 등이다. 이 가운데「창세가」에 나타난 개벽신화 부분을 따다 적으면 아래와 같다.

> 한을과 싸이 생길 적에
> 미륵(彌勒)님이 탄생(誕生)한즉,
> 한을과 싸이 서로부터,
> 싸러지지 안이 하소아,
> 한을은 북개꼭지차럼 도도라지고,
> 싸는 사(四)귀에 구리기동을 세우고.[56]

---

56) 손진태, 『조선신가유편』(향토문학사, 1930), 1~13쪽.

126

　따온 글에서 보는 바와 같이 처음에는 하늘과 땅이 떨어지지 않고 붙어 있었는데 하늘은 마치 소두방 같았다고 한다. 이러한 하늘과 땅을 미륵이 갈라놓고 다시 붙지 않도록 사방에 구리기둥을 세웠다는 것이다.

　이렇게 생겨난 하늘과 땅에서 사람이 난 모습을 「창세가」와 「셍굿」에서는 아래와 같이 말하고 있다.

　(1)
　옛날 옛 시절에,
　미륵님이 한짝 손에 은쟁반 들고,
　한짝 손에 금쟁반 들고,
　한을에 축사하니,
　한을에서 벌기 떠러저,
　금쟁반에도 다섯이오,
　은쟁반에도 다섯이라.
　그 벌기 질이와서,
　금벌기는 사나희 되고,
　은벌기는 게집으로 마련하고,
　금벌기 은벌기 자리와서,
　부부로 마련하야,
　세상사람이 나엿서라.[57]

　(2)
　사람이라 옛날에 생기 적에 어디서 생겼읍니까
　천지 압녹산에 가 황토라는 흙을 모다서 남자를 만들어 노니
　여자 어찌 생산될까
　여자를 만들었읍니다.[58]

---

57) 위의 책.

「창세가」에 의하면 해와 달에서 내려온 벌레가 변하여 사람이 되었다고 하고, 「셍굿」에 의하면 흙으로 사람을 만들었다고 한다.

이렇게 하늘과 땅이 처음 열리고 남녀의 사람이 생겨난 이래 출생의 비밀이 최초로 나타나는 서사무가는 「시루말」과 「천지왕본풀이」이다. 여기서는 「시루말」을 살펴보기 위하여 오산본(말한이 배경재)을 보기글로 삼는다. 제주도 지방의 「천지왕본풀이」를 해명하기 위하여 박봉춘본을 보기글로 삼고, 안사인본과 고대중본을 도움글로 삼고자 한다.

먼저 「시루말」의 화소를 분류하면 아래와 같다.

A. 천하궁 당칠성이 지하궁전 내려와서 집집마다 부정을 살피고 인물을 찾아다니다가 동쪽에 뜬 달이 서쪽으로 지므로 한 곳에 불빛이 보이거늘 듣고 살피는 사자를 보내어 알아본즉 매화부인의 집이라는 것을 알게 된다.

B. 당칠성이 매화부인과 동침할 때, 오른쪽 어깨에 해가 돋고 왼쪽 어깨에 달이 솟고 청룡 황룡이 얼클어지는 꿈을 꾸고 당칠성에게 해몽을 하라 하니 해는 당칠성의 직성이고 달은 매화부인 직성이고 쌍룡은 형제들 꿈이라고 말한 뒤 하늘로 올라간다.

C. 지극한 태교 뒤에 형제를 낳으니 먼저 난 것은 선문이, 뒤에 난 것은 후문이라 이름하였다.

D. 10여 세의 두 형제가 글방에 갔다가 동접 학동들로부터 아비 없는 자식이란 놀림을 받고 매화부인을 졸라 자신들의 아버지가 당칠성이라는 것을 알게 된다.

E. 하늘로 올라간 두 형제는 자신들이 당칠성의 자식임을 확인하고 선문이는 대한국을 지녀먹고, 후문이는 소한국 지녀먹게 된다.

F. 옛날에는 해도 둘, 달도 둘이 돋았는데, 두 형제가 철궁에 살을

---

58) 임석재 · 장주근, 『관북지방무가(추가)』(문교부, 1966), 2쪽.

128

먹여 해 하나 쏘아 제석궁에 걸어 두고 달 하나 쏘아 명모궁에 걸어
두니 이때부터 해와 달이 하나씩이 되었다.

위의 화소에서 보는 바와 같이 「시루말」은 대표적인 창세무가라고
할 수 있다. 천신인 당칠성이 세상을 살피러 내려왔다가 지신인 매화
부인과 인연을 맺는다는 점이나, 인연을 맺은 뒤 천신은 하늘로 돌아
가고 매화부인 홀로 자식을 분만하고 양육한다는 점이 그러하다. 또
두 아들이 자라나 천신인 아버지를 찾아가 자신들의 정체성을 회복
하고 대한국, 소한국 등 신책을 맡은 뒤 세상사람들을 위하여 해와
달을 조정하여 주는 점 등도 그러하다.

아울러 「시루말」은 앞으로 살펴볼 서사무가 가운데 출생의 비밀을
다룬 뿌리 화소를 지닌 서사무가라고 할 수 있다. D 화소에 나타나는
바와 같이 일정하게 성장한 두 아들이 글방에 공부하러 갔다가 같은
동접 학동들로부터 '아비 없는 자식' 또는 '아비 없는 후레자식'이라
는 놀림을 받게 되는데, 이는 출생의 비밀을 다룬 서사무가 가운데
대표적인 발단 화소라고 할 수 있다. 여태까지 키워 준 어머니를 미
련 없이 버리고 아버지를 찾아가 자기 정체성을 회복하는 화소야말
로 전통적이고 전형적인 서사무가의 본질이라고 할 수 있다.

이러한 서사무가 「시루말」은 단군이나 주몽과 같은 건국시조신화
의 변이 전승이며, 앞으로 살펴볼 「천지왕본풀이」·「제석본풀이」의
원형이라고 할 수 있다.

「시루말」에 드러난 출생의 비밀이 「천지왕본풀이」에서는 어떻게
변이 전승되는지를 살펴보기로 한다.

A. 무도막심한 수명장자가 말 아홉 마리, 소 아홉 마리, 개 아홉
마리를 끌고 다니며 사람들을 괴롭혔으나 아무도 어쩌지 못하니, 수
명장자는 천지왕을 향하여 "이 세상에 나를 잡아갈 자 있으랴."고
호언을 하였다.

B. 천지왕은 일만 군사를 거느리고 내려와 수명장자를 징치하였
으나 두려워하지 않는지라 머리에 쇠고랑을 채워 죄니, 수명장자가
종을 불러 "머리가 아프니 도끼로 머리를 깨라."고 호언하므로 천지
왕도 어쩌지 못하고 돌아선다.

C. 늙은 할망집에서 하룻밤을 묵게 된 천지왕은 옥얼래빗으로 머
리를 빗는 딸과 동침하고 사흘 뒤 하늘로 올라가며 아들 이름을 지
어 놓고 박씨 두 낱을 주고 간다.

D. 형제가 일곱 살 때 아버지가 누구냐는 물음에 어머니 박이왕이
천지왕이 아버지라고 대답하자 박씨 두 낱을 심어 넝쿨을 따라 하늘
로 올라간다.

E. 천지왕이 자신의 아들임을 확인한 뒤 은대야에 꽃을 심어 잘
자라는 사람은 인간세상을 차지하고 시드는 사람은 지옥을 차지하
라고 한다.

F. 형의 꽃은 잘 자라고 아우의 꽃은 시드니 아우가 잠을 자자고
청한 뒤 꽃을 바꾸어 놓았으나 이를 천지왕이 알면 벌을 내릴 것이
라고 하니 아우가 사죄한다.

G. 수수께끼 내기를 하여 형이 지자 지옥을 다스리러 간다.

H. 인간세상을 차지한 아우는 수명장자를 벌주고 세상을 다스린다.

위의 단락에서 출생의 비밀이 드러나는 화소는 D이다. 보통 출생
의 비밀이 드러나는 때는 '왕구녁'이 찬 15세쯤이고, 서당에 간 아들
이 동접 학동들로부터 '아비 없는 후레자식'이라는 놀림을 받는 데서
비롯된다. D 화소는 출생의 비밀을 다룬 여느 화소가 상당히 탈락되
어 있다. 대별왕과 소별왕 형제가 아버지가 누구냐고 어머니에게 묻
자 박이왕은 천지왕 옥황이라고 대답한다. 문제는 형제가 출생의 비
밀을 지닌 채 태어나게 된 발단 화소이다. 여기서 수명장자라는 독특
한 인물이 확인된다. 그는 수렵생활에서 목축생활로 넘어가는 과도
기에 이미 말 아홉 마리, 소 아홉 마리, 개 아홉 마리를 길들여 집에

서 기르고 있다. 능력이 과중하여 이러한 짐승들을 이끌고 다니면서 사람들을 괴롭혔으나 아무도 저항하지 못하였다. 기고만장한 그는 하늘을 향해 "이 세상에 나를 잡아갈 자 있으랴."고 호언하였다. 천지왕이 가만히 있을 리가 없다. 천지왕은 일만의 군사를 거느리고 내려와 청버드나무 가지에 앉아 권도를 휘둘렀다. 마침내 수명장자가 기르던 소가 지붕 위로 올라가 행악을 하고 밥솥과 주걱이 문 밖으로 나와 걸어다닌 것이다. 수명장자가 조금도 무서워하지 않으니 천지왕은 수명장자 머리에 쇠고랑을 채워 죄었다. 수명장자는 종을 불러 "머리가 아프니 도끼로 머리를 깨라."고 호언하므로 천지왕도 어이가 없어 돌아서고 만다. 천지왕도 대가 찬 수명장자에게 손을 들고 만 것이다. 이 일 때문에 천지왕은 늙은 할망집에 머물게 되는데, 마침 옆방에서 옥얼래빗으로 머리를 빗는 천하절색의 할망 딸을 보게 된다. 여기서 출생의 비밀이 발생한 것이다. 그러나 아비 없는 자식으로 태어난 대별왕과 소별왕은 아버지를 찾아가 정체성을 회복하고 꽃 심기 내기를 하여 형은 인간세상을 맡기로 하고 아우는 지옥을 맡기로 한다.

형의 꽃동이는 잘 자라났으나 아우의 꽃동이는 시들게 되니 아우가 잠을 청하고 형이 깊은 잠을 자는 사이에 꽃동이를 바꿔 버린다. 이 사실을 알게 된 형은 아우에게 "천지왕이 이를 알면 너를 죽일 것이다."고 위협하니 아우가 사죄하였다. 이러한 화소는 이미 「창세가」에 나타나 있다. 미륵과 부처가 꽃 키우기 내기를 하였으나 잠을 자는 사이 부처가 미륵의 꽃을 꺾어다 자신의 무릎에 꽂은 적이 있다.

그러나 이야기는 반전된다. 소별왕이 생각하기를 대별왕이 인간세상을 맡으면 수명장자를 벌주지 못할 것이라 하여 수수께끼 내기를 건다. 박봉춘본에는 수수께끼 내기에서 아우가 주도권을 잡는 것으로 되어 있다.

인간세상을 맡은 소별왕은 수명장자를 형틀에 걸어 작두로 '참지 전지'를 한 뒤 뼈와 고기를 빻어서 허풍바람에 날려 보내니 목이 파리·빈대·각다귀가 되어 날아가 인간세상의 해충이 되고 말았다. 이렇게 수명장자를 파가망신시킨 뒤 인간의 버릇을 고치고 복록을 마련하여 선악을 구별하고 인간세상을 다스리게 된다. 그러나 형과의 인간세상 차지하기 내기에서 여러 가지 편법을 동원하여 승리한 아우가 다스리는 세상은 선악이 분명하지 않은 혼란한 세상이 되고 만다.

다음에는 안사인본 「천지왕본풀이」를 살펴보기로 한다.

A. 옥황상제 천지왕이 해도 둘, 달도 둘 세상에 내보내니 사람들이 낮에는 뜨거워서 말라죽고 밤에는 추워서 얼어죽는데, 하루는 해와 달이 하나씩인 꿈을 꾸고 땅에 내려와 총멩부인과 천상배필을 맺게 된다.

B. 천지왕 내외가 총멩부인 집으로 오니 가난한 총멩부인은 저녁지을 쌀이 없어 수명장자에게 백모래 섞인 쌀을 꾸어다 아홉 번 열번 일어 밥을 지어 올렸으나 내외가 첫 숟가락을 뜨자마자 모래를 씹게 된다.

C. 천지왕이 까닭을 물으니 총멩부인은 수명장자와 아들 딸들의 행악상을 낱낱이 고해 바친다.

D. 분노한 천지왕은 벼락장군·올레장군·화덕장군을 내보내 대문을 닫아 놓고 불을 지른 뒤 죽은 사람들은 일곱 신당에서 얻어먹고 불찍사자도 얻어먹게 마련한 뒤 딸은 팥벌레로 만들고 아들은 소리개로 만들어 징치한다.

E. 천지왕은 총멩부인과 배필을 맺은 뒤 아들을 낳으면 대별왕, 소별왕이라 이름 지으라 하고 박씨 두 낱을 주고 하늘로 올라간다.

F. 두 아들이 15세가 되어 서당에 갔는데 동접 학동이 '아비 없는 후레자식'이라고 놀려대므로 어머니를 졸라 아버지가 천지왕임을 알게 되고, 정월 12일 박씨를 심어 뻗어가는 넝쿨을 따라 하늘나라로 아버지를 찾아간다.

G. 하늘나라로 올라갔더니 천지왕은 없고 빈 용상만 있는지라 용상을 타고 앉아 질책하다가 왼뿔이 부러져 지국성으로 떨어진다.

H. 해도 둘, 달도 둘이라 사람들이 살 수 없으니 대별왕과 소별왕은 천근활 백근살로 뒤에 오는 해, 뒤에 오는 달을 활로 쏘아 동해바다와 서해바다에 버린다.

I. 형제가 인간세상을 서로 차지하려고 다투다가 수수께끼 내기, 꽃 피우기 내기를 하였으나 형을 속인 동생은 이승을 차지하고 형은 저승을 다스리게 된다.

위의 단락에서 출생의 비밀이 드러나는 화소는 F이다. 두 아들이 15세가 되어 서당에 갔을 때 동접 학동들로부터 '아비 없는 후레자식'이라는 놀림을 받는 화소는 여느 일반 화소와 같다. 역시 태양을 향하여 뻗어가는 박 넝쿨을 따라 천신인 아버지를 찾아가는 화소도 여느 화소와 같다. 그러나 형제가 정작 하늘나라에 올라가 아버지 천지왕을 만나지 못하고 용상을 타고 앉아 질책하다가 왼뿔이 땅으로 떨어지므로 형제가 세상으로 내려오는 화소는 독특하다.

천지왕이 총멩부인과 백년가약을 맺어 형제를 두게 된 발단 화소는 자신이 세상에 내보낸 두 개의 해와 달이 하나가 되는 꿈을 꾸고 하강하는 것으로 되어 있다. 총멩부인이 가난하여 수명장자에게 쌀을 꾸어 왔는데 백모래가 섞여 있었다. 아홉 번 열 번 물에 일어 밥을 지었으나 천지왕 내외가 첫술을 뜨자마자 모래를 씹게 된다. 까닭을 물으니 총멩부인은 수명장자의 죄악상을 낱낱이 일러바치게 된다.

수명장자는 쌀을 꾸러 온 사람들에게 백모래와 흙모래를 섞어 줄 뿐만 아니라 큰 말로 받고 작은 말로 주어 부자가 되었다. 마소에게 물을 먹여 오라 하면 수명장자 아들들은 마소의 발굽에 오줌을 갈긴 뒤 끌고 오고 김을 맨 사람들에게 딸들은 긁은 장을 주고 좋은 장은 자신들이 먹어 부자가 되었다. 분노한 천지왕은 벼락장군·우레장군·화덕장군을 불러 올레문을 닫아 두고 수명장자의 집을 불태운

뒤 딸들은 팥벌레를 만들고 아들들은 소리개를 만들어 비 그친 뒤 날
개에 묻은 물을 받아먹게 하였다.

H 단락은 대별왕과 소별왕이 해와 달을 활로 쏘아 해와 달을 하나
로 조정하는 화소이다. I 단락에는 두 형제가 인간세상을 차지하는
내기를 하는 화소인데 여기서는 형이 주도권을 잡고 있다.

(형) 어떤 나무는 주야평생 잎이 안 지고 어떤 나무는 잎이 지느냐?

(아우) 오곡이라 짧게 자란 짧은 나무는 주야평생 잎이 아니 지고,
오곡이라 속이 빈 나무는 주야평생 잎이 집니다.

(형) 청대 갈대는 마디마디 속이 비어도 청대 잎이 안 진다.

(형) 동산에 풀포기는 왜 짧게 자라고 구렁에 풀은 왜 길게 자라
느냐?

(아우) 삼사월에 봄 샛비가 오더니 동산에 흙이 구렁으로 가서 동
산에 풀은 짧아지고 구렁에 풀포기는 길어집니다.

(형) 어째서 사람 머리는 길어지고 발등의 털은 짧은가?

이러한 안사인본 수수께끼 내기는 박봉춘본보다 내용이 구체적일
뿐만 아니라 형의 반격이 날카롭다.

B 화소에서 보는 바와 같이 천지왕이 총맹부인과 백년가약을 맺으
려고 내려왔을 때 천지왕 내외가 내려온 것으로 되어 있다. 본부인과
함께 내려와 천지왕은 총맹부인과 관계를 맺으니 부끄러움을 모르는
짐승이나 다를 바가 없다. 두 사람 사이에 태어난 대별왕과 소별왕은
얼받이가 되고 만다.

「천지왕본풀이」에 나타나는 산업 형태를 살펴보기 위하여 고대중
본에 나타난 수수께끼 내기를 다시 한 번 살펴보기로 한다.

(아우) 어떤 일로 어떤 나뭇잎은 이삼사월 녹음방초에 꽃과 잎이
번성했다가 구시월 설한풍을 당하면 어떤 나뭇잎은 떨어지며 어떤

134

나뭇잎은 안 떨어집니까? 춘하추동 사시절에 잎이 번성되는 나무는
어떤 나무입니까?

(형) 속이 빈 나무는 잎이 지고 속이 여문 나무는 잎이 아니 지니
춘하추동 사시절에 잎이 번성하느니라.

(아우) 왕대 죽대 자죽대는 속이 텅텅 비었어도 춘하추동 사시절
에 잎이 아니 지고 새 속잎이 납니까?

(형) 왕대 죽대 자죽대는 속은 텅텅 비었어도 마디마디 여물어지
니 잎이 아니 지느니라.

(아우) 어떤 일로 동산의 풀은 모가 짧고 구렁의 풀은 걸게 잘 자
랍니까?

(형) 동산 위의 풀은 큰비가 쏟아져 내릴 때 동산의 건 물이 구렁
으로 씻겨 내려가니 구렁의 풀은 걸게 잘 자라고 동산 위의 풀은 짧
으니라.

(아우) 어떤 일로 인간백성은 허리 위의 두상은 쉰대 자나 머리가
나고 발등의 터럭은 짧습니까?

(형) 인간백성을 삼신할매가 낼 때 일곱 달에 남녀를 구별하고 아
홉 열 달을 가득 채워 이 세상에 자손을 낼 때 머리끝을 먼저 드러내
어서 자손을 내시니, 허리 위의 두상은 쉰대 자나 머리가 나고 발등
의 터럭은 짧으니라.

대별왕과 소별왕 형제가 나눈 수수께끼 내기를 통하여 서사무가
「천지왕본풀이」에 나타나는 사회 형태는 꽃과 나무에 관심을 갖고 이
러한 수목과 사람을 동일시하는 애니미즘 현상이 나타나는 것을 확
인할 수 있다. 상록수와 활엽수에 대한 구별, 농사가 안 되는 산꼭대
기 동산과 농사가 잘 되는 산기슭에 대한 차별 등을 놓고 형제가 수
수께끼 내기를 하는 것은 당대 사회가 초기 농업사회라는 사실을 짐
작하게 한다.

수명장자와 아들딸들이 목축과 농업에 일찍부터 눈떠 부를 축적하

고 이웃사람들을 이용하여 재산을 늘려가는 과정을 통해 권도를 잡았다는 것도 알 수 있다. 수명장자는 말·소·개 등 야생동물을 길들여 집에서 기르는 목축을 시작하였으며, 농지를 개간하여 쌀을 생산하고 쌀에다 모래를 섞어 가난한 사람에게 꾸어 주는 방법으로 부를 축적한다. 또 수명장자의 아들들은 마소의 물을 먹이는 일을 담당하는데 이를 게을리하여 말발굽에 오줌을 갈기고 물을 준 것처럼 꾸미는데, 그들은 일찍부터 아버지의 목축사업에 동참하였다는 것을 알 수 있다. 수명장자의 딸들은 김을 맨 사람들에게 정당한 보수를 주지 않고 곯은 장을 나누어 주는 등 이웃을 속여 부를 축적하였다는 것을 알 수 있다.

그러나 「시루말」과 「천지왕본풀이」는 생산신화라기보다는 창세신화로 보아야 할 것이다. 「시루말」의 선문이와 후문이, 「천지왕본풀이」의 대별왕과 소별왕의 중요한 임무는 두 개의 해와 두 개의 달을 하나로 조정하여 사람들이 필연적으로 겪어야 하는 가뭄과 홍수, 추위와 기아로부터 해방시키는 일이었다. 또 수명장자를 징치하려고 천지왕이 지상으로 내려왔을 때 청버드나무 가지에 내려와 앉는데, 이는 청버드나무가 당대의 우주목이란 사실을 짐작하여 볼 수 있다.

결국 선문이와 후문이 형제, 대별왕과 소별왕 형제는 아비 없는 아들로 출생의 비밀을 지닌 채 세상에 태어나거나 얼받이로 태어나는데, 이는 단군이나 주몽과 같은 건국시조신화가 「천지왕본풀이」로 변이 전승된 것임을 암시한다.

(2) 생명의 여신 꽃밭나라에서 돌아오다

서사무가 「바리공주」는 한반도 전역에 퍼져 있는데, 지금까지 캐낸 총수는 40여 편이다. 바리공주는 '바리데기', '오구풀이', '칠공주' 등 다른 이름이 있으며, 죽은 이를 저승으로 천도하는 무가적 성격을 지니고 있다. 이를 지역별로 살펴보면 중서부지역 16, 함남지역 2, 동해안지역 11, 호남지역 14편이 발견된다.

「바리공주」의 화소는 '출생·죽음·재생'으로 되어 있다. 딸 많은 나라의 일곱 번째 공주로 출생하여 버림받고, 아버지의 생명수를 구하기 위하여 꽃밭나라로 가는 죽음의 길을 떠나며, 다시 생명의 물과 꽃을 찾아 들고 이승으로 재생하여 돌아온다. 이러한 서사무가 바리공주의 화소는 한반도에서 제주도로 건너가 「이공본풀이」와 「원천강본풀이」로 변이 전승된다. 세 편의 서사무가에서 등장하는 바리공주·한락궁이·오늘이는 불우하게 출생하여 이승에서 고난을 겪고 죽음의 세계인 꽃밭나라를 다녀와 사람의 생명을 살리는 신이한 능력을 지니게 된다. 서사무가의 주인공들은 이승에서 저승을 거쳐 다시 이승으로 돌아오는 입문의례를 통하여 대지의 신, 생명의 신으로 부활한다. 또한 그들은 농업생산신이다. 그리스신화에서 곡신 데메테르 여신의 딸 페르세포네는 하데스의 궁전인 저승에서 6개월을 머물고 다시 이승으로 돌아와 6개월 동안 재생한다. 바리공주는 물론 한락궁이와 오늘이가 저승 꽃밭나라로 가는 시간은 사실은 땅 속의 씨앗으로 머무르는 겨울이고, 이승으로 재생하는 의례는 생명의 싹을 틔우는 여름에 해당된다. 따라서 서사무가 「바리공주」는 생명부활 신화이며 농업생산신화이다.

바리공주가 왜 버림을 받는가를 살펴보기 위하여 서사무가 「바리공주」의 배경이 되는 사회구조를 살펴보기로 한다. 여기서는 「바리공주」본 가운데 변이가 비교적 적은 것으로 보이는 배경재본[59]과 문덕순본[60]을 보기글로 삼는다.

바리공주는 금거북 자물쇠를 어슷비슷 채운 '옥함'에 담겨 피바다

---

59) 서대석·박경신 역주, 『한국고전문학전집 30 — 서사무가 I』(고려대학교 민족문화연구소, 1996), 212~253쪽.
60) 김태곤 편, 『한국무가집 1』(집문당, 1971), 60~84쪽.

에 버려진다. 석가세존은 버려진 바리공주를 구원하기 위하여 '돌배'를 타고 간다. 이로 미루어 당시에는 간석기가 사용되었음을 알 수 있다.

바리공주는 서방정토 극락세계로 생명수를 구하려고 '무쇠장군', '무쇠질방', '무쇠주령', '무쇠신'을 갖추고 떠나는데, 이로 미루어 당시 사회가 철기시대라는 것을 알 수 있다.

김복순본에 의하면 바리공주는 서방정토 극락세계로 가는 길을 알아보기 위하여 쟁기로 한 노인의 논을 갈아 주는데, 여기서 농경사회라는 것을 알 수 있다.

또 같은 본에 의하면 바리공주는 한 노파의 검은 빨래를 희게, 흰 빨래를 검게 빨아 주는데, 여기서 당시의 길쌈문화가 상당히 발전하였다는 것을 알 수 있다. 또 바리공주는 서방정토 극락세계로 출발할 때 비단 창옷 한 죽, 비단 고의 한 죽, 사승포 고의적삼, 오승포 두루마기 등을 갖추어 떠나는데, 이 역시 위의 사실을 방증한다.

업비대왕이 문복을 할 때 복채로 생깁 석 자, 생진주 서 되 서 홉, 금돈 닷 돈, 은돈 닷 돈 등을 현물 화폐로 사용하는 것으로 보아 왕권을 성립시키기에 충분한 경제체계를 가지고 있었고, 업비대왕이 길대부인에게 장가 가는 날, 길 아래 삼천, 길 위에 오천 명의 군사가 호위하는 것으로 보아 일정한 군사조직을 갖추었으며, 관료제도도 정비된 것으로 보인다.

위와 같은 사실로 미루어 서사무가 「바리공주」의 배경사회는 비록 정벌국가는 아닐지라도 어느 정도의 체계를 갖춘 군주국가라는 사실을 알 수 있다. 그럼에도 「바리공주」의 주인공이 한 나라의 공주 신분인지, 아니면 평범한 한 가정의 바리데기인지를 반문하지 않을 수 없다.

물론 서사무가 속에서 바리공주는 업비대왕과 길대부인의 일곱째 공주로 출생한다. 무가 첫머리를 보면, 무가의 공간이 해동 조선국이며, 조선국의 창업주는 이씨이고, 이씨의 본관은 함경도 영흥·단천이라고 서술함으로써 업비대왕이 조선왕가의 혈통을 이은 것처럼 꾸며 놓고 있다.

'바리공주'를 보통명사로 보는 까닭은 업비대왕을 보통명사로 보는 까닭과 같다. 배경재본에서는 국왕을 '어뷔대왕'이라고 표기하였고, 문덕순본에서는 '업비대왕'이라고 표기하고 있는데, 이를 '업보'의 와전으로 보는 것이 논자의 기본 입장이다. 따라서 업비대왕도 '바리공주'도 보통명사로 보아야 한다.

또 국왕 부부의 병세가 위중하여 백관신료와 여섯 공주를 모아 놓고 서방정토 극락세계로 약려수를 구하러 갈 사람을 구하나, 모두 묵묵부답이거나 완강히 거부하고 만다. 즉 왕권도 친권도 없다. 이 문제는 뒤에서 보다 깊이 있게 상론하기로 한다.

무가의 발단은 신화 가운데 최고신인 옥황상제가 석가세존과 무장신선을 통하여 이미 예정한 운명을 업비대왕이 거부하는 데서 비롯된다. 이는 제정분리시대에 왕권과 신권의 길항관계로 볼 수 있다.

즉 업비대왕이 길대부인과 혼인 길일을 문복한 결과, 정산에 이르기를 대개년에 길례를 하면 삼동궁을 볼 것이요, 폐길년에 길례를 하면 칠공주를 본다 하였으나 왕은 이를 무시하고 폐길년에 혼사를 하여 일곱 공주를 보게 된다.

또 바리공주를 잉태할 때 길대부인이 오른손에는 보라매, 왼손에는 흰매, 무릎에는 금거북이 앉아 보이고, 양 어깨에는 해와 달이 돋아 보이고, 대들보에는 청룡·황룡이 얽히어 보이는 몽사를 얻는다. 그런데 업비대왕은 이렇게 하늘에서 점지한 아기를 역증 때문에 피바다에 버리고 만다. 그 결과 국왕 부부는 한날 한시에 승하하게 되는 징벌을 받게 된다. 한편, 일곱째 딸로 태어난 바리공주는 딸로 태어났기 때문에 아버지 업비대왕으로부터, 그리고 중생을 구제하는 석가세존으로부터도 철저히 버림을 받는다.

업비대왕은 세자대군을 얻어 종묘사직·만민조정·만민백성 등을 세습시키려 하나, 공주에게는 후사를 전할 수 없어 일단 후원에 버리게 된다. 목련존자와 가섭존자를 대동하여 석가세존이 사해를 구경하고 인간을 점지하러 오던 도중 까막까치가 지저귀는 서기반공 한 곳에 옥함을 발견하나 "남자 같으면 데려다가 제자를 삼으련만 여자이니까 부질없다."고 하며 비리공덕할아비와 비리공덕할미에게 바리공주를 기르라고 권한다.

바리공주의 입문의례는 업비대왕이 화증 때문에 그녀를 후원에 버리는 데서부터 시작한다. 그러나 버려진 아기를 까막까치가 날아와서 한 날개를 깔아 주고 한 날개를 덮어 준다. 따스한 봄날 국왕이 무예청 대전별감을 대동하고 후원 꽃구경을 할 때 동편을 바라보니 서기반공하고 까막까치 소란히 짖는지라 까닭을 물으니 후원에 버린 아기가 은은히 울기 때문이라 하였다. 길대부인이 아기를 안아 오라 하여 보니 귀에는 왕개미가 가득하고 입에는 금개미가 가득하고 눈에는 실개미가 가득하였다. 다시 국왕은 아기를 옥함에 넣어 피바다에 버리라고 명한다.

그러나 김복순본에 의하면 길대부인이 산중에 아기를 버리고 가자 청학·백학이 날아와 바위에 뉘어 놓고, 한쪽 날개는 깔고 한쪽 날개는 덮어 아기 젖을 먹여 15세까지 키운다. 바리공주는 호화로운 궁전에서 공주로 성장한 것이 아니라 아기 때 버려져 자연의 도움을 받아 '대지의 딸'로 성장한 것이다.

'대지의 딸'로 성장해 가는 과정은 석가세존이 비리공덕할아비와 비리공덕할미에게 아기를 기르라고 권유하는 데서부터 좀더 구체화된다. 산신 양주가 봄·여름·가을은 들에서 살고 겨울에는 굴 속에서 살아 아기를 기를 수 없다고 사양하니, 석가세존은 아기를 기르게 되면 먹을 것, 입을 것, 초가 한 칸도 저절로 생길 것이라고 말한 뒤 사라진다. 그리하여 두 노인은 옥함을 열어 눈에는 불개미가 가득하고 허리에는 지렁이·배암이 감긴 아기를 장류수 흐르는 물에 거꾸로 씻어 거두게 된다. 8, 9세에 바리공주는 상천통문·하달지리·육도삼략을 통달하고 마침내 부모의 출처를 묻게 되니, 두 노인이 자신

140

들이 부모라 하나 곧이듣지 않는다. 다시 전라도 왕대나무는 아버지
요 뒷동산 모구나무는 어머니라 하니, 전라도 왕대밭에는 삼시문안
들지 못하나 뒷동산 모구나무에는 삼시문안을 극진하게 하며, 열다
섯 '대지의 딸' 로 성장한다.

　이렇게 성장한 바리공주는 생명수를 구하려고 서방정토 극락세계
무장신선이 주관하는 꽃밭나라에 이르러 백년가약을 제안하는 무장
신선의 권유에 따라 부부가 된다. 바리공주는 천지로 장막 삼고 등칡
으로 베개 삼고 잔디로 요를 삼고 떼구름으로 차일 삼고 샛별로 등촉
을 삼아 드디어 부부가 되니 일곱 아들 산전을 받게 된다. 마침내 바
리공주는 '대지의 아내' 가 되고 '대지의 어머니' 가 된 것이다.

　위와 같이 '바리공주' 와 '업비대왕' 이 보통명사라면 서사무가 「바
리공주」는 조선의 착한 소녀 심청이처럼 육신공양을 하는 효행무가
로 볼 수 있다. 무가의 기본 화소는 "버려진 딸이 어렵게 생명수를 구
하여 죽은 아버지를 살려 낸다."이다. 따라서 위에서 살펴본 정치사
회적 접근방법은 종속변수일 가능성이 높다.

　겉으로 볼 때 바리공주는 병환이 위중한 아버지를 위하여 조건 없
이 약려수를 구하러 서방정토 극락세계로 출발하는 것처럼 보인다.
그러나 자세히 살펴보면 국왕 부부와 바리공주, 또는 여섯 공주와 바
리공주 사이에 미묘한 갈등과 대립이 숨어 있다는 것을 알 수 있다.

　국왕 부부는 "하날이 아는 아기를 내다 발이신 죄"로 옥황상제의
명에 따라 한날 한시에 풍도지옥에 끌려갈 중병에 걸린다. 꿈속에 나
타난 청의동자 말에 따르면, 버린 아기를 찾아와 삼신산 불사약, 무
장신선 약려수, 동해용왕 비례주, 봉래산 가얌초, 안아산 수루취 중
에 하나를 구하여 먹으면 회춘한다 하였다. 그러나 만조백관을 불러
"버린 아기를 찾아오라, 불사약을 구해 오라." 하고 명하나 모두 묵
묵부답, 죽어도 못 간다고 한다. 겨우 국록대신 가운데 하나가 부절
을 가지고 태양서촌을 찾아가 바리공주를 데려온다.

　배경재본에는 국왕 부부가 여섯 공주에게 일일이 부모 효행 갈 의

사가 있는가를 물어 보나 서로 핑계 대며 못 간다고 한다.

문덕순본에는 바리공주가 "아흔아홉 집장 속에 청사 도듬 흑사 이불 진주 안석에 귀히 길넌 여섯 형님 내 어찌 부모 효향 못 가리라 하던잇가."라고 물으니, "뒷동산 후원 안에 꽃구경 가삿다가 동서남북을 분간치 못하고 대명전을 찾지 못하여 못 가넌이다." 하고 악머구리 울 듯한다.

김복순본에는 맏딸 천상금은 옥새나 달라 하고, 둘째 딸 지상금은 토지나 달라 하고, 셋째 딸 해금이는 만삭이라 못 간다 하고, 넷째 딸 달금이는 시아버지 삼재라 못 간다 하고, 다섯째 딸 별금이는 시누이 시집 갈 준비차 못 간다 하고, 여섯째 딸은 신랑과 사랑 깊어 못 간다고 한다.

그런데 버려진 아기 바리공주는 "국가에 은혜를 받은 적도 없고 신세를 진 바도 없지만 어마마마 배 안에 열 달 들어 있던 공으로 소녀 가오리다." 하고 선뜻 나서 서방정토 극락세계로 향한다.

실로 어이없는 일이 아닐 수 없다. 죽으라고 두 차례나 버려진 바리공주가 아버지의 목숨을 구하려고 나선 것이다. 이것은 국왕 부부나 여섯 언니에 대한 반면충격이며, 마땅히 그들은 자괴감에 빠져야 옳다.

고난과 역경을 헤쳐 나간 바리공주는 서방정토 극락세계에 이르러 무장신선에게 나무 삼 년 하여 주고 불 삼 년 때주고 물 삼 년을 길어 주고 무장 신선의 일곱 아들 산전을 받아 주고, 금장군에 약려수 담아 지고, 뼈살이·살살이·피살이·삼색도화를 손에 들고, 일곱 아들 거느리고, 마침내 죽은 아버지를 살리려고 서둘러 돌아온다. 제주도에서 농사짓는 아지망 모습과 꼭 같다.

바리공주의 귀향길 역시 순탄치가 않다. 저승길의 장애물을 뛰어넘고 현실세계의 고난과 역경을 헤쳐 나가야만 하였다. 현실적 고난이란, 바리공주가 서방정토 극락세계로 약려수를 구하러 간 사이에 여섯 명의 딸과 여섯 명의 사위가 담합하여 길대부인을 연금하고 업비대왕의 장례를 서둘러 치른 다음 정권을 탈취하려는 음모가 진행된 것을 말한다. 이러한 사정은 김복순본에 잘 나타나 있다. 삼천의 군사를 동원하여 바리공주의 귀향길을 두 차례나 저지하는가 하면, 국왕의 상여에 접근을 금지하고 여섯 명의 딸과 사위가 가마를 타고 시위를 하고, 바리공주를 잡아 가두려 한다. 떡잎을 가르고 세상에 나와 날씨와 싸우는 곡물과 꼭 같다. 그리고 그때마다 바리공주는 관음보살이 준 책에 나오는 진언을 외워 위기를 모면한다.

마침내 바리공주는 흰 꽃으로 국왕의 뼈를 모아 푸른 꽃으로 살을 살리고 붉은 꽃으로 피를 돌게 한 다음 생명수를 입에 흘려 넣어 숨통을 트게 한다. 또 바리공주는 거적자리 깔고 작두날에 목을 늘여 부모 효행 다녀오다 무장산신 일곱 아들 산전 받아 온 죄를 국왕 부부에게 청하나, 외손봉사도 좋다 하여 업비대왕은 오히려 일곱 손자를 받아들인다.

뼉다구 대왕은 살아나 통명전에 좌정하여 바리공주에게 신책을 주는 자리에서 나라의 반을 주고 사대문에 드는 재산의 반을 준다고 하자 바리공주는, "나라도 지녀야 나라고, 재산도 지녀야 재산이로소이다."는 의미심장한 답변을 한다. 이 같은 바리공주의 답변은 왕위 계승을 반대한 것인지, 아니면 또 다른 의미가 있는 것인지를 반문할 필요가 있다. 왜냐하면 왕위도 재산도 모두 허구이기 때문이다. 따라서 바리공주는 공주가 아니라 바리데기라는 보통명사로 보아야 한다.

위와 같은 윤리·도덕적 접근방법은 서사무가 「바리공주」의 공간이 현실적인 군왕국가가 아니라, 환상적 '만신나라'라는 결론을 강요받는다. 업비대왕의 제안은 바리공주의 답변 가운데 모두 허풍이라는 사실이 증명된다. 현실적으로 지녀야 할 나라도 없고, 지녀야 할 재산도 없는 마당에 무엇을 주고받는단 말인가. 바리공주는 업비대왕의 제안을 모두 거부하고, 자청하여 '만신의 인위왕'이 된다 하고 (배경재본), '인도국왕 보살'이 된다 하였다(문덕순본). 이들은 모두

'만신몸주', 즉 무조신의 다른 이름이다.

배경재본과 문덕순본에서 국왕은 '업비대왕'이나, 김복순본 이하 다른 이본에는 모두 '오귀대왕' 또는 '오구대왕'으로 되어 있다. '오귀대왕'에서 '귀'는 '구 + ㅣ'인데 여기서 'ㅣ'는 주격조사이므로 오귀대왕은 결국 오구대왕이 된다. 오구대왕은 누구인가. '오구굿', 또는 '씻김굿'에 좌정한 주신이다. 결국 바리공주는 '오구굿', 또는 '씻김굿'의 좌정신인 주신에 복귀하여 자신의 정체성을 회복한 것이다.

이러한 결론은 서사무가「바리공주」 말미에 나오는 신책을 주는 부분에서 업비대왕의 뒤를 이어 왕위를 물려받은 인물이 아무도 없다는 사실로 증명된다. 배경재·문덕순본을 종합하여 보면, 업비대왕이 비리공덕할아비는 벌초납향·노제·길제 받게 하고, 비리공덕할미는 쇠문·시양문 별베를 받게 하며, 바리공주 일곱 아들은 불전을 받게 한다.

그렇다면 '바리공주'는 누구인가. 앞에서 살펴본 바와 같이, 바리공주는 자청하여 '만신의 인위왕', '인도 국왕보살'이 된다 하였다. 만신몸주 무조신의 모습은 어떤 것인가. '위에는 수저고리 아래는 입단치마 발에는 수당혜로 치장하고, 다시 무당 굿복인 은아 몽두리 입고, 손에는 쥘쇠방울과 쉰대 한림 거머잡고 허리에는 넓은 홍띠' 두른 모습이다. 만신몸주 바리공주가 하는 일은 무엇인가. 죽은 이를 왕생 천도하는 일이다.

그러면 바리공주는 어떤 입문의례를 거쳐 만신몸주가 된 것일까. 바리공주는 이승에서 서방정토 극락세계로 가는 일종의 '죽음'과 서방정토 극락세계에서 이승으로 돌아오는 일종의 '재생'이라는 입문의례를 통하여 만신몸주로 좌정하게 된다.

바리공주는 무쇠장군을 무쇠질방에 걸어 어깨에 지고 머리에는 쇠패랭이 쓰고 발에 무쇠신발 신은 다음 손에 쇠주령을 들어 한 번 휘둘러 천 리를 가고 두 번에 이천 리, 세 번에 삼사천 리를 간다. 머리는 바위덕석이 되고 바랑은 쇠덕석이 되었다. 그런데 이러한 고난과 역경의 행군 가운데 죄인 귀신들을 왕생천도시킨다. 지장보살과 바둑을 두던 석가세존은 바리공주에게 비단꽃과 금주령을 준다. 바리공주가 금주령을 끌고 가니 험한 길은 평지 되고 큰 바다는 육지가 된다. 비단꽃을 흔드니 철성은 무너져 평지가 된다. 눈 없는 죄인·팔 없는 죄인·다리 없는 죄인·목 없는 죄인들을 합한 귀졸 귀신이 바리공주에게 고혼을 제도하라 청하니, 바리공주는 "서방정토 극락세계 삼십육만인 십일만 구천오백 동명 동호 대자비 아미타불 극락세계"라는 주문을 외고, 저승 갈 이는 저승 가고 극락 갈 이는 극락 가라고 왕생천도를 시킨다.

마침내 서방정토 극락세계에 이르러 "키는 하늘에 닿을 듯하고 얼굴은 쟁반만 하고, 눈은 등잔만 하고 코는 절편 매단 것 같고, 손은 솥뚜껑만 하고, 발은 석 자 세 치"인 무장산신과 결혼한 후에 약려수를 구하여 이승으로 돌아온다.

황천강에 이르러 무자귀신, 해산 길에 간 망제, 선왕제·사십구재·사자삼성·지노귀의 젯밥도 못 받고 길을 잃은 채 세계를 몰라 임자 없이 배에 얹혀 오는 온갖 귀신을 왕생천도시킨다.

이상에서 종교·사회적 관점으로 살펴본 결과 바리공주는 지장보살과 같은 자리에 좌정한 만신몸주인 것을 알 수 있다.

「바리공주」는 가장 오랜 역사를 지닌 무격신앙의 골격을 갖춘 전통적인 서사무가이다. 이본이 40여 편이나 발견될 정도로 '오구굿'과 '씻김굿'에서 광범하게 구연되었다. 외래 종교의 전래과정에서 서사무가 「바리공주」는 심한 뒤섞임이 일어난다. 최고신으로 불교의 제석천이 아닌 도교의 옥황상제가 좌정하고, 옥황상제 아래 석가세존이 아란존자·가섭존자·목련존자·지장보살을 거느리고 이승과 저승을 연결하는 고리 구실을 한다. 옥황상제가 보낸 무장신선은 서방정토 극락세계를 주관하고 바리공주와 일곱 산전을 받아 이승으로 돌아와 산신으로 좌정한다. 「바리공주」의 공간을 지배하는 우주는 업보대왕이 지배하는 전생과 유교문화가 지배하는 현실세계로 갈라진다. 저승세계로 안내하는 길나장이는 석가세존이고 서방정토를 주관하는 주신은 옥황상제가 보낸 무장신선이다.

딸 많은 집의 일곱째 딸로 태어나 버려진 바리공주는 대지의 딸로 자라나 대지의 아내가 되고 대지의 어머니가 된다. 이승에서 서방정토 극락세계로, 극락세계에서 이승으로 죽음과 재생이라는 입문의례를 통하여 죄 많은 영혼은 천도하고 억울한 영혼은 왕생시키는 만신 몸주, 농업생산신으로 우리 곁에 서 있다.

홀어미 원강아미의 아들로 태어나 천년장자의 머슴노릇을 하는 한락궁이의 출생이야말로 고난과 역경의 연속이다. 천년장자는 한락궁이로 하여금 하루에 나무 오십 바리를 하게 하고, 새끼 오십 발씩 꼬게 하였다. 뒷산에 올라가 나무를 베고 밭을 만든 다음 조 한 가마를 뿌리라 하더니 다시 조를 모아 오라 하였다. 개미가 조를 모두 물어다 모았으나 천년장자가 헤아린 다음 조 한 알이 모자란다 하였는데 왕개미가 물고 온다.

어머니 원강아미는 낮에 물명주 다섯 동을 매고 밤에는 물명주 세 동을 짜라 하였다.

산 속에서 만난 바둑 두는 신선의 권유에 따라 한락궁이는 흰 사슴을 타고 고난을 겪으며 꽃감관이 된 아버지를 찾아간다. 무릎까지 차는 흰 강을 건너고 허리까지 차는 노란 강물을 건너고 마침내 목까지 차는 빨간 물을 건너 꽃밭나라에 이른다. 꽃밭나라에서 아버지를 만났을 때 한락궁이가 건너온 세 가지 물은 어머니 원강아미가 천년장자로부터 죽음을 당할 때 흘린 눈물이라는 말을 듣고 꽃을 얻은 다음 이승으로 돌아온다. 이승에 돌아온 한락궁이는 천년장자 일가에게 보복을 한 다음 막내딸의 안내를 받아 어머니 주검을 버린 청대밭으로 간다. 뼈 오를 꽃을 뿌리니 뼈가 붙고, 살 오를 꽃을 뿌리니 살이 피어오르고, 피 오를 꽃을 뿌리니 피가 돌았다. 때죽나무로 어머니 몸을 세 번 때리니 죽은 어머니가 일어나 앉았다. 「이공본풀이」는 이렇게 죽음·재생의 화소가 한락궁이로 하여금 생명의 신이 되게 하고 다시 아버지를 찾아가 저승의 꽃감관이 됨으로써 생명의 신으로 거듭난다.

「원천강본풀이」의 주인공 오늘이는 부모도 생일도 이름도 모르고 들판에 버려진 채 살아가다가 백씨 부인의 권유로 꽃밭나라로 부모를 찾아간다. 청의동자·연꽃나무·이무기·매일처자·옥황선녀의 부탁과 안내를 받고 오늘이는 마침내 부모가 사는 원천강 꽃밭나라에 이르러 부모를 만나고 해결책을 얻어 돌아온다. 매일처자를 데리고 가서 청의동자와 혼인시키고, 세 개의 야광주 가운데 하나만을 취한 이무기는 등천을 한다. 맨 윗가지 연꽃을 꺾어 오늘이에게 주자 가지마다 연꽃이 피어난다. 오늘이는 죽음·재생이라는 입문의례를 통하여 베풀고 버림으로써 마침내 옥황신녀의 자리에 오르게 된다.

(3) 버려진 일곱 아기 북두칠성이 되다

기자치성을 들여 일곱 아들을 낳았으나, 금수도 아닌 사람이 한꺼번에 일곱 아들을 낳았다 하여 일곱 아들을 버린 서사무가가 「칠성굿」 또는 「칠성풀이」이다. 「칠성풀이」는 관북지방에서는 「살풀이」, 관서지방에서는 「성신굿」, 호남지방에서는 「칠성풀이」, 제주도에서는 「문전본풀이」 등으로 불렸다.

「칠성풀이」는 모계중심 사회에서 부계중심 사회로 넘어가는 사회변동 과정 속에서 일어난 가정문제를 다룬 가정신화이다. 모계중심 사회에서는 수신이 주신으로 좌정하고, 부계중심 사회에서는 천신이 주신으로 좌정하는 것이 특징이다. 그러나 「칠성풀이」에서는 수신과 천신이 뒤섞여 나타나는데, 이는 모계중심 사회에서 부계중심 사회로 변동하는 과정에서 나타나는 과도기적 현상이다.

「칠성풀이」에 나타나는 덤받이 문제들을 해명하기 위해서는 이러한 사회변동 과정 속에서 출생의 문제를 어머니를 중심에 놓고 해결하느냐, 아니면 아버지를 중심에 놓고 해결하느냐는 관점을 중심으로 접근하는 것이 본질을 해명하는 첩경이 될 터이다. 여기서는 「칠성풀이」가 백제계 서사무가라는 점을 감안하여 아래와 같은 몇 개의 판본을 보기글로 삼아 문제를 해명하고자 한다.

번호	무가 이름	전승 지역	말하는이	발표지	발표 연도
(1)	살풀이	함남 함흥	강춘옥	관북지방무가	1966
(2)	성신굿	평남 평양	정운학	관서지방무가	1966
(3)	칠성굿	충남 부여	이어인년	한국무가집 1	1971
(4)	칠성풀이 I	전북 줄포	성씨	줄포무악	1970
(5)	칠성풀이 II	전북 줄포	박소녀	줄포무악	1970
(6)	칠성풀이	전북 전주		한국민속종합조사보고서	1971
(7)	칠성마지석	전북 전주		한국민속종합조사보고서	1971
(8)	문전본	제주도 제주시	고대중	제주도무속자료사전	1980
(9)	칠성풀이	전북 김제	이춘복	전라북도 김제시	

위의 아홉 개 판본 가운데 화소가 일치하는 단락은 모두 일곱 개이다. 이를 화소별로 정리하면 아래와 같다.

A. 천하궁 칠성님과 지하궁 매화부인이 혼인을 한다.
B. 혼인한 지 십 년이 넘어도 후사가 없자 절간에 기자치성을 드리고 일곱 아들을 낳는다.
C. 금수도 아닌 사람이 일곱 아들을 낳았다 하여 칠성님은 부인을 소박하고, 천하궁 옥녀부인과 재혼한다.

D. 아비 없는 아들이라 하여 매화부인이 일곱 아들을 물에 띄워 보내려 하자, 옥황상제가 용왕에게 부탁하여 아이들의 목숨을 구하도록 한다.

E. 일곱 아들은 서당에서 동접 학동들에게 아비 없는 후레자식이라는 놀림을 받고, 천하궁으로 아버지를 찾아간다.

F. 일곱 아들이 아버지로부터 지나친 총애를 받자, 계모는 일곱 아들을 죽일 음모를 꾸민다.

G. 금사슴이나 멧돼지의 도움으로 위기를 모면한 일곱 아들은 계모를 징치하고, 죽은 어머니를 살려 낸다.

위와 같은 화소 분류는 대체적인 것에 불과하다. 예를 들면, 판본에는 '매화부인'과 '옥녀부인'이 뒤바뀐 경우도 있고, 두 부인의 이름이 모두 옥녀부인으로 나타나는 등 판본의 정확성 자체가 의심스럽기 때문이다.

출생의 비밀을 문제삼을 경우, A·B 단락은 별반 문제가 되지 않기 때문에 여기서는 지역별 판본을 중심으로 C·D·E·F·G 단락만을 논의 대상으로 삼는다.

관북본 「살풀이」는 남신이 천신인 '해달왕님'이 수신인 '구실부인'에게 장가를 들어 세 아들을 낳는 것으로 되어 있다. 여기서 구실부인을 수신으로 보는 까닭은 그녀가 죽어 옥황으로 올라가 물 긷는 사제가 된 까닭이다. 이는 모계중심 사회의 주신인 수신이 부계중심 사회의 천신으로 편입되는 과정을 보이는 신화라고 할 수 있다. 또, 해달왕님이 '매일부인'과 재혼을 하는데, '매일부인'이라는 이름으로 보아 천신계 아내를 맞은 것으로 보인다.

매일부인이 아들을 낳고 '천지복술'과 '지리무당'에게 금전을 주고 인간의 간 세 보가 약이라고 문복할 것을 부탁한다. 해달왕님은 전처 아들 삼형제를 죽여 후처인 매일부인의 병을 고치려고 아들들과 어머니 분상 앞에서 만나기로 약속한다.

갈등의 해결 화소는 세 아들이 어머니의 분상 앞에서 어머니에게 진정한 것이 아니라 옥황상제에게 하소연하는 데 있다. 옥황상제는 선녀를 보내 진상을 파악하여 해달왕님은 정배를 보내고 계모인 매일부인에게는 '살'을 먹인다.

이와 같이 관서본 「살풀이」는 천신 중심으로 신화가 전개될 뿐만 아니라 아들의 경우 어머니에게도 아버지에게도 지향성을 보이지 않는다. 이는 관북지역이 산악지대인 관계로 살벌한 삶의 반영이 아닌가 한다. 또 관북지방은 옥저의 고토인데 옥저가 부여나 고구려 어느 쪽으로부터 신화의 영향을 받았는지는 확인할 수 없다.

관서본 「성신굿」은 성신님이 청실부인에게 장가 들어 일곱 아들을 낳았으나 청실부인이 병들어 죽고 성신님은 최씨 부인에게 재취장가 가는 것으로 되어 있다.

남신인 '성신님'은 본이 '금석산'이고 벼슬을 하여 금천왕님이 되었다 하였는데, 막연하나마 그 신격이 천신인 것을 알 수 있으나 본부인인 '청실부인'이나 재취장가를 든 최씨 부인은 지신인지 수신인지 그 신격을 확인할 수 없다.

관서본에서는 계모 최씨가 딸 셋을 두고 단산을 한 것으로 되어 있는데, 최씨 부인은 아버지의 대를 아들에게 잇는 제미(濟美)가 두려워 세 딸을 불러 문복장이 '천문박사'와 일곱 아들을 제거할 음모를 꾸미게 된다. 일곱 아들의 애를 먹어야 최씨 부인의 병이 낫는다 하여 성신님은 아들들을 산으로 끌고 가나 산중처사의 일깨움을 받고 아들들을 서울로 보낸 다음 멧돼지 간을 내어 최씨 부인에게 준다. 서울로 간 일곱 아들이 문관·무관에 급제하여 고향으로 돌아와 최씨 부인을 징치할 때, 여섯 아들은 '아버지의 벗'이라 하여 활쏘기를 저어하나 일곱째 아들이 활을 쏘니 최씨 부인은 돼지가 되고 세 딸은 혼이 빠져 접동새가 되었다.

출생의 문제를 푸는 방식에서 일곱 아들 스스로가 주체가 될 뿐 아버지 중심으로 문제를 푸는 것도 아니고 죽은 어머니에 대한 관심은

아예 없다. 신격도 불분명하여 관서본 서사무가가 부여나 고구려의
영향을 받았는지도 확인되지 않는다. 다만, 일곱째 아들이 계모 최씨
를 징치하는 방식이 제주도 「문전본풀이」처럼 잔혹한 것이 특징이다.
　관북본 「살풀이」, 관서본 「성신굿」이 부여·전주·줄포·김제 등
백제 고토에서는 어떻게 변이 전승되는지를 살펴보기로 한다.
　남신 '칠성님'은 모든 본에서 천하궁에 사는 천신으로 좌정하고
있다. 대개 열일곱에 화려한 신랑치레를 한 다음 지하궁 매화부인에
게 장가 가나 십 년이 넘도록 후사가 없다. 지극한 기자치성을 드린
후에 매화부인은 일곱 아들을 낳게 되나 한 손에 먹필 들고 한 손에
종이 들고 자식 이름 지으러 거동했던 칠성님은 진자리에서 매화부
인을 소박한다. 그 까닭은 판본마다 약간씩 상이하나 대략 칠성님이
매화부인을 소박하면서 "가막까치 새 짐승도 새끼 일곱 낳기가 극난
인디 사람의 민생이 새끼 일곱이 웬일이오." 또는 "개 짐승이나 새끼
일곱을 낳지 사람이 한 뱃속에 새끼 일곱을 낳는단 말씀인가."라고
심한 면박을 준 뒤, 천하궁 옥녀부인에게 후실장가를 간다. 이와 같
이 칠성님이 매화부인을 소박하는 까닭을 "아이고 징그러워 아이고
놀라워 무서워서 못 살긋소."라고 겉치레를 하지만 사실은 "젖 없어
못 키우고 밥 없어 못 키우것소."라는 말로 미루어 어려운 살림사정
인 것 같다.
　일곱 아들이 천하궁으로 칠성님을 찾아갔을 때 열지나 절지를 하
는 등 친자인가를 확인하고 석 자 세 치 나막신을 신고 잠근 대문을
통과하라는 등 입문의례를 거친 다음 독서당을 차려 놓고 자식들 글
공부에 열중하여 후실부인에게는 육 개월이나 일 년에 한 번쯤 찾아
간다. 이것이 화근이 되어 옥녀부인은 일곱 아들을 없앨 음모를 꾸미
게 된다. 칠성님이 나서 문복을 하고 일곱 아들의 애를 내려고 산 속
으로 들어갈 때 칼을 들고 자식을 손수 죽이려 하는 등 악역을 담당
하기도 한다.
　매화부인은 일곱 아들을 낳고 칠성님으로부터 소박을 받자 일곱

아들을 물에 버리려고 나선다. 그런데 매화부인이 아기들을 물고기 밥으로 물에 띄워 보내려 하자 이를 만류하는 신들의 모습이 다양하게 나타난다. 줄포 박소녀본에서는 도승이 나타나 만류하고, 부여본과 줄포 성씨본에서는 하늘에서 소리가 들려 아기를 버리지 못하도록 하는가 하면, 김제본에서는 용왕이 물에 버린 아기를 받자 하늘에서 소리가 들려 만류하거나, 옥황상제가 직접 나타나 용왕에게 아기들을 살리라고 지시를 하기도 한다.

백제계 신화는 앞에서 살펴본 바와 같이 무왕이 용왕의 아들이고 견훤은 지렁이 아들로서 수신이 주신이다. 위에서 살펴본 판본에는 하늘이나 옥황상제와 같은 천신과, 용왕과 같은 수신이 뒤섞여 나타나는데 천신이 주도적 역할을 하고 수신은 보조적 역할을 한다. 이를 미루어 볼 때 이 지역의 신화는 모계중심의 수신이 부계중심의 천신으로 편입되는 과정의 신화로 볼 수 있다.

부여본 「칠성풀이」에서는 일곱 아들을 낳고 매화부인이 죽는 것으로 되어 있다. 다른 판본에서는 일곱 아들이 천하궁으로 아버지를 찾아 떠나자 가장 잃고 자식 잃은 매화부인은 애절복통 끝에 연당에 빠져 죽는데, 줄포 박소녀본에서는 "나는 죽어 너그를 살릴 터니 너그는 나를 와서 움이나 보고 싹이나 보아라."는 유서를 남겨 결말 화소에 어머니가 등장할 것임을 예시한다.

일곱 아들이 죽게 되자 금사슴으로 화신한 어머니는 자신의 간을 내어 주고 아들들의 목숨을 건진다. 옥녀부인의 음모를 알게 된 칠성님과 일곱 아들은 마침내 지하궁으로 매화부인을 찾아가나 집은 쑥대밭이 되고 초당만 남아 있다. 물에 빠져 죽은 어머니의 혼령을 부르며 일곱 아들이 손가락에 연비를 하자 연당물은 받아지고 어머니 시신이 나타난다. 살살이꽃, 뼈살이꽃, 숨트임꽃으로 어머니 시신을 쓰다듬자 사대 육천 맥이 돌아서며 숨이 덜컥 쉬어진다.

소서노는 덤받이 비류와 온조를 거느리고 백제를 건국한다. 백제 고토에서 캐낸 이러한 신화는 일곱 아들과 어머니를 중심으로 출생의 비밀을 풀어 나간다. 이러한 단락은 백제계 신화의 대표적인 화소로 볼 수 있다.

칠성님은 지하궁 매화부인을 소박하고 천하궁 옥녀부인에게 후실 장가를 간다. 옥녀부인은 처음부터 악녀가 아니다. 일곱 아들이 천하궁을 찾아갔을 때 옥녀부인은 동편 고문 열다섯 칸에 백리 만 석도 준다 하고, 남편 곳간 스물두 칸 나락 천 석도 준다 하고, 서편 곳간 서른두 칸, 북편 곳간 마흔두 칸, 중앙 곳간 쉰두 칸 쌓인 곡식도 준다 하였다. 그런데 일곱 아들이 돌아온 뒤 칠성님은 독서당을 차리고 자식들 교육에만 골몰하여 살림도 돌아보지 않고 일 년에 한 번이나 육 개월에 한 번씩 옥녀부인을 찾게 된다. 옥녀부인은 심화로 병이 나서 밤낮으로 앓게 되고 문복장이와 짠 뒤 일곱 아들을 죽일 음모를 꾸민다.

출생의 비밀이라는 관점에서 볼 때 「칠성풀이」의 발단 화소는 일곱 아들이 '아비 없는 후레자식'이라고 놀림을 받는 데서 비롯된다. 모든 판본에서는 훈장이 자리를 비운 사이 서당의 동접으로부터 "느그는 아비 없는 후레자식이 공부하여 정승 되려 하느냐." 또는 "너그는 얼굴도 관옥이요, 풍채도 두목이요, 글이 이태백이라도 이름 성명 없고 아비 없는 후레자식이다."는 놀림을 받는다. 어머니를 졸라 출생의 비밀을 알게 된 일곱 아들은 칠성님을 찾아가 자신들의 정체성을 회복한다. 문복장이가 일곱 애기 애를 먹으면 옥녀부인 회춘한다는 점괘를 듣고 칠성님이 갈등에 빠졌을 때 일곱 아들은 "아버지, 부모님은 한 번 가면 다시 못 오시는 길입니다. 자손은 낳으면 자손이오. 저그 애를 잡수소서." 또는 "부모님은 죽어지면 움도 싹도 아니 나고, 자식은 죽어지면 또 낳으면 자식이오."라고 갸륵하게 말한다. 참으로 착한 조선의 소년들이다.

징치를 하는 부분도 아름답다. 계모에게는 죄가 없다 하여 칼자루 물고 비단방석에 앉게 하고 자신들은 칼날을 물고 뜰 앞에 엎어진다. 청명같이 맑은 날에 날벼락이 치더니 칼자루를 문 계모 입에서는 붉은 피가 철철 흘러나고 칼날 문 일곱 애기 입에서는 동화꽃도 피어나고 해당화도 피어난다.

계모는 실뱀·두더지·개구리가 되고, 일곱 아들은 북두칠성이 된다. 칠성님과 매화부인은 견우직녀가 되어 일 년에 한 번씩만 만나게 된다.

서사무가 「칠성풀이」는 좁게 볼 때 혼인과 출생, 축첩과 갈등 등 가정사를 다룬 가정신화이다. 그러나 신화를 보다 크게 보면 천지만물 사이에 생겨나고 사라지는 생명의 신화인 셈이다. 「칠성풀이」는 산신의 이야기고 농투성이들의 생산신 이야기이다.

천하궁 칠성님은 지하궁 매화부인과 혼인한다. '매화부인'은 땅 속에 묻힌 일종의 씨앗으로 지신이고 칠성님은 하늘의 천신인 태양이다. 그들의 혼인이야말로 땅 속 깊이 묻혀 있는 씨앗을 향하여 스며드는 일종의 햇빛이고 바람이다. 씨앗이 떡잎을 가르고 꽃이 핀 다음 일곱 개의 열매는 땅 속이나 물 속으로 떨어져 돌아간다. 신화에는 매화부인이 일곱 아들을 물에 띄워 버리는 것처럼 상징화되어 있다. 옥황상제나 용왕이 일곱 아기를 거두어 키우라는 명령은 생명의 외경감을 일깨우는 일종의 경고인 셈이다. 열매가 떨어진 초목은 시들어 자연으로 돌아가는데 그것은 매화부인이 연당에 빠져 죽는 것으로 상징화된다.

씨앗을 거둔 작물에는 더 이상 천신인 햇빛이 소용이 없다. 그리하여 칠성님은 천상으로 돌아가 천하궁의 옥녀부인과 혼인을 한다. 그러나 천신과 천신 사이의 혼인은 씨앗을 생산할 수 없다. 관서지방의 「성신굿」에만 옥녀부인이 세 딸을 둔 것으로 되어 있는데 그것은 상징성에 불과하다.

일정하게 성장한 일곱 아들이 '아비 없는 후레자식'이라는 동접학동의 놀림을 받고 천상의 아버지를 찾아가는 행위야말로 또 하나의 생명창조인 셈이다. 일곱 아들은 씨앗·곡물·과일일 수도 있다. 과도로 잘 익은 과일의 껍질을 벗기는 계모를 악녀라고 질책할 수는 없다. 과일의 씨앗을 칼로 도려 낸다고 하여 칠성님을 나쁜 아버지라고 질책할 필요도 없다. 그리하여 일곱 아들의 '애'를 요구하는 계모나 일곱 아들을 죽이려고 칼질을 하는 아버지는 양심의 가책이나 죄책감으로부터 자유로울 수 있다.

금사슴은 일종의 희생으로 옛날부터 인류가 하늘과 땅에 올린 일종의 제례의식이다. 계모의 화신인 실뱀·두더지·개구리 등은 금기가 아니라 우리와 함께 살아가는 또 다른 생명일 뿐이다.

다시 칠성님과 일곱 아들은 물에 빠져 죽은 매화부인을 살려 내는데 이는 영원한 생명의 순환고리를 의미한다. 그러니까 신화란 사람이 신의 이름을 빌려 말하는 일종의 사람들의 이야기인 셈이다.

천신계인 관북과 관서지방의 「살풀이」와 「성신굿」이 수신계인 백제의 고토에서 「칠성풀이」를 거쳐 다시 제주도로 흘러들어간 다음 어떻게 「문전본풀이」로 변이 계승되는지를 살펴보기로 한다.

「문전본풀이」는 그 서술양식이 사실적이어서 생동감이 넘치나 구성상 신화적 화소 때문에 맹점을 보이기도 한다. 예를 들면 예산국이 남선비를 찾아갔을 때 자신의 아내를 선뜻 알아보지 못한다든가, 예산국을 죽인 노일저대구일의 딸이 어머니의 옷을 입고 나타났을 때 일곱 아들 역시 선뜻 알아보지 못하는 것 등이 그것이다.

남선비의 아버지는 달만국이고 어머니는 해만국이다. 말하자면 남선비는 해와 달의 아들인 셈이다. 남선비는 건답에는 마른 벼 심어 먹고, 차답에는 찰벼를 심어 먹고 살았다. 예산국과 혼인하여 일곱 아들을 두었는데 가난하여 일곱 아들이 밥 달라고 젖 달라고 울어 대므로 햇미역을 받아 배에 싣고 육지로 장사를 나가는 것으로 보아 반농·반어로 생계를 꾸려 가지만 대체로 남선비의 신격은 수신으로 보아야 할 것 같다.

오동나라 고을에 배를 댄 남선비는 노일저대구일의 딸과 투전 장기를 두어 전배독선을 떼이고 만다. 노일저대구일의 딸이 함께 살자하니 오고갈 곳이 없는 남선비는 대축나무 꼭까마귀 집을 짓고 거적

문을 외돌쩌귀에 달고 몬독불을 앞에 놓고 체죽단지 옆에 차고 노일
저대구일의 딸이 남의 집 맷돌을 갈아 주고 등겨를 얻어다 겨죽을 쑤
어 준 것으로 구명도생을 하게 된다. 남선비가 보여 준 첫 번째 무능
이다. 남선비는 여기에 머물지 않고 다시 노일저대구일의 딸의 꾀임
에 넘어가 일곱 아들을 죽이는 음모에 빠지는 바보짓을 하게 된다.

　남선비가 숫돌에 칼을 갈고 있을 때 불을 담으러 왔던 청태산이 마
고할망이 까닭을 물으니, "우리집이 예팬 배가 아파 죽을 사경이 당
하니 문점하난 아들 일곱 성제 애 내영 멕여야 신병 좋기에 하기로
아들 일곱 성제 애를 내젠 칼을 갈암수다."고 답하는데 마치 돼지나
잡으려는 듯한 말투이다. 이때 마고할망이 이런 사정을 일곱 아들에
게 말해 주니 여섯 아들은 울기만 하나 일곱째 아들 녹디는 여섯 아
들을 올래문에 세워 놓고 자신은 아버지를 찾아가 갈아 놓은 칼을 달
라고 말한다. 즉 "성님네 데리고 산중에 가서 애 내영 오랑 먹어방 아
니 낫거든 날라근 아바님 손으로 애를 내영 맥입소서."라고 그럴싸하
게 아버지를 꾄다. 그 까닭을 밝혀 말하되 집에서 애를 내면 일곱 짐
을 지어다 버려야 하고 흙을 한 삽씩 덮어도 일곱 삽이요 두 삽씩 덮
으면 열네 삽이니 칼을 자신에게 달라고 말하는 것이다. 이러한 녹디
의 제안에 대하여 아버지는 간단하게 "걸랑 그리 허라."고 말하는데,
이는 제주도 돌하르방의 어리벙벙한 성격을 그대로 드러내 보인다.

　「칠성풀이」에서 칠성님은 매화부인을 소박하고 천하궁으로 올라가
옥녀부인과 재혼하는 것으로 되어 있다. 그러나 「문전본풀이」에서 남
선비는 햇미역장사를 떠났다가 전배독선을 노일저대구일의 딸에게
노름에 떼이고 장기간 고향으로 돌아오지 못한다. 가장의 가출과 부
재는 예산국으로 하여금 일곱 아들이 삼아 준 일곱 켤레 짚신을 신고
짚신이 다 닳아 해지도록 선창과 갯가를 바장이게 만든다. 용살짝을
가는 실에 메어 바다에 던지면서 죽었으면 머리터럭이라도 걸려나오
라고 빌었으나 그도 소용이 없었다. 마침내 거룻배를 지어 가장을 찾
아나서니 순풍에 쫓겨 오동국 고을로 들어가게 된다. 배에서 내려 오

동국 고을로 들어가니 기장밭에서 새 보는 아이들이 아래와 같은 풍
요를 불렀다.

> 이새 저새 역은 체를 말라.
> 밥주리 역은 깐에도 아이 맺인
> 구물에 들고 남선비 역은 깐에도 노일저대구일의 딸
> 호탕에 들어 전배독선을 망하여
> 노일저대구일의 딸을 얻어 대축나무 꼭까마귀 집을 짓고
> 외돌쩌귀에 거적문을 달고 사느리라.
> 이새 저새 역은 체를 말라.

　위의 풍요에서 '역은 체'는 약은 체라는 뜻이고 '밥주리'는 참새를
말한다. 그러니까 약은 체하는 참새도 아이들이 친 그물에 걸리고 약
은 체하는 남선비도 노일저대구일의 딸이 친 호탕에 들어 대축나무
꼭까마귀 집에 살고 있다는 뜻이 된다. 풍요를 부르는 아이들에게 댕
기를 준 다음 남선비의 거처를 알아 낸 예산국은 남편을 찾아가 쌀밥
을 지어 주니 남선비는 비로소 눈을 크게 뜨고 아내를 알아보았다.
때마침 나타난 노일저대구일의 딸이 한바다를 넘어왔으니 때인들 묻
지 않았겠느냐라고 유혹하여 예산국을 주천강 연내못으로 끌고 가
등을 밀어 준다 하면서 강물에 거꾸로 밀어 넣고 만다. 예산국은 수
중고혼이 되고 말았다.
　남선비가 오동국 고을로 전배독선을 몰고 들어왔을 때 노일저대구
일의 딸은 투전 장기를 두어 배를 빼앗고 만다. 하는 수 없이 둘은 살
림을 차리게 되니 노일저대구일의 딸은 매양 남의 집 맷돌로 곡식을
갈아 주고 얻은 등겨 한 줌으로 죽을 쑤어 연명을 하게 된다. 여기까
지 보면 노일저대구일의 딸은 남선비를 마음에 두고 자신의 곁에 머
물게 하기 위하여 온갖 수단을 동원하지만 등겨죽이나마 구명도생을
하는 것으로 보아 본성이 악한 것 같지는 않다. 그러나 예산국의 출

현은 노일저대구일의 딸로 하여금 질투의 화신이 되도록 만든다. 예산국을 수장시킨 노일저대구일의 딸은 예산국이 남긴 옷을 주워 입고 예산국 행세를 하면서 남선비와 함께 예산국이 타고 온 거룻배를 타고 남선 고을로 돌아간다. 자신이 예산국이 아님을 막내아들 녹디에게 들키자 난데없이 배가 아프다고 뒹굴면서 남선비로 하여금 두 차례나 문복을 하게 한 다음 일곱 아들의 간을 내어 먹을 음모를 꾸민다.

남선비와 노일저대구일의 딸이 거룻배를 타고 남산골로 돌아오자 여섯 아들은 갓·망건·두루마기·저고리·행전·신을 벗어 다리를 놓아 주나, 막내아들 녹디는 칼선다리를 놓는다. 여섯 아들은 귀향하는 아버지에게 정장 한 벌을 마련하여 드렸으나 막내 녹디는 노일저대구일의 딸이 자신의 어머니가 아니라는 불길한 예감 때문에 칼선다리를 놓은 것이다. 「문전본풀이」 원본에는 막내아들 녹디는 '녹디성인'이라 하였으나 사실인즉 '성인'이라고 부를 만한 신이 못 된다. 여기서는 그냥 '막내아들 녹디'라고 부르기로 한다. 막내아들 녹디를 주도면밀한 성격의 신일 뿐만 아니라 포학무도한 신이기도 하다.

노일저대구일의 딸이 자신의 어머니가 아니라는 의심은 가나 확실하게 확인하기 위하여 노일저대구일의 딸을 앞세우고 집을 찾아가도록 하니, 과연 이 골목 저 골목을 헤맬 뿐만 아니라 아버지가 받던 상과 아들이 받던 상을 바꾸어 놓았다. 또 앞에서 살핀 바와 같이 녹디는 선수를 써서 아버지가 갈아 놓은 칼을 앗아 버리고 산 속에 들어가 노루가 자신은 산신백관이라고 말하면서 새끼 일곱 들은 산돼지를 잡아 애를 내어가라는 제안을 했을 때도 노루볼기에 종이쪽을 붙여 표적으로 삼는 등 주도면밀한 성격을 그대로 드러낸다. 녹디는 팥죽 같은 용심을 내어 칡덩굴 같은 팔다시를 걷어붙이고 대가리 같은 손 주먹을 바로 쥐고 어금니를 꽉 깨물고 계모의 머리채를 잡아 방구석에 몰아넣고 초석을 걸어 애 여섯을 찾아 낸다. 다시 지붕 위로 올라가 마을사람들을 향하여 다슴애기(덤받이) 다슴부모 둔 어른들은 자신들의 경우를 보고 조심하라는 경고까지 한다. 여섯 형제가 총과 활을 겨누고 계모를 포위하니 벽장 밑을 파고 나가 측간에 가서 쉰다섯 자나 되는 머리를, 디딜팡에 목을 매어 죽는다. 남선비는 깜짝 놀라 올래문 주목나무 기둥에 머리가 부딪혀 죽고 만다.

「문전본풀이」는 연이 백제계 「칠성풀이」처럼 죽은 어머니와 일곱 아들이 중심이 되어 출생의 비밀을 풀어간다. 일곱 아들은 오동국 고을 주천강 연못으로 가서 물이 밭아지기를 천신과 지신에게 비니 물이 점점 잦아들어 개펄 속에 묻힌 예산국의 뼈를 찾아 낸다. 대충 뼈를 맞춘 다음 바리공주나 자청비처럼 힘 오를 꽃·번성 꽃·환생 꽃·살 오를 꽃·오장육부 생길 꽃·말 가릴 꽃·웃음 웃을 꽃을 놓으니 벙삭벙삭 웃기만 하고 일어나지를 못하였다. 소나무 막대기로 세 번 때리니 비로소 와들짝 일어난다. 어머니가 누웠던 개펄 흙을 들어내어 가지고 와 질그릇 동이를 만들고 여섯 형제가 차례로 구멍을 뚫으니 막내 녹디가 용심이 나 가운데 구멍을 푹 뚫어 시루를 만든다. 이는 예산국이 앞으로 '조왕신'이 될 것임을 암시하는 복선이다. 과연 예산국이 추운 물 속에 오래 있었다 하여 따뜻한 부엌 조왕신이 되고 녹디는 스스로 문전신이 되었다. 남선비는 올래문(정낭) 나무목신이 되고 노일저대구일의 딸은 측간신이 되었다. 여섯 아들은 동·서·남·북·중앙과 뒷문의 신으로 좌정한다.

이러한 신책을 놓고 볼 때, 기능상 일문전신을 맡은 녹디와 조왕신을 맡은 어머니를 무가의 중심에 놓으려는 경향이 있다. 물론 일문전신인 녹디가 받아먹을 것이 많고 받다 남은 것을 조왕신에게 준다는 실질적인 중요성 때문일 것이다. 그러나 전위수비를 맡은 올래문 목신 아버지가 무너지면 일문전이 무사할 리가 없다. 또 측간에서 똥돼지를 기르는 제주도 풍속상 측간신을 맡은 노일저대구일의 딸의 소임이 가볍다고 볼 수만은 없다. 선악만으로 신책을 가늠하여 본다는 것은 위험하기 짝이 없다. 왜냐하면 노일저대구일의 딸이 사악하다면 녹디는 악독하기 때문이다.

입에 올리기는 좀 거북하지만, 일곱 형제가 모여 쉰댓자 머리로 측간 디딜팡에 목을 매고 죽은 노일저대구일의 딸을 어떻게 징치하는가를 눈여겨볼 필요가 있다. 두 다리를 잘라 내어 측간 디딜팡을 놓고, 두 팔은 떼어 내어 돼지우리를 짓고, 양 눈은 도려 내어 바다에 던지니 소라로 환생하고, 손톱 발톱을 깎아 바다에 던지니 딱지조개로 환생하고, 똥구멍을 도려내어 바다에 던지니 말문주리로 환생하고, 부끄러운 그것을 도려 내어 바다에 던지니 전복이 되고, 대가리는 잘라다가 돼지 먹이그릇을 만든다. 보복이 처참한 만큼 환생도 다양하다. 말하자면 노일저대구일의 딸은 전신을 조각내어 생명으로 환생시켰다. 그것도 제주도민의 모든 먹거리를 위하여 최후의 모든 것을 바친 셈이다. 그러니 노일저대구일의 딸은 죽어서나마 생산신이 된 것이다.

(4) 아비 없는 세 아들 생산신이 되다

규중에 갇혀 있는 처녀에게 한 중이 나타나 씨를 뿌리고 돌아간 뒤 출생한 세 아들은 아비 없는 자식으로 성장하게 되는데, 이러한 출생의 비밀을 다룬 서사무가를 한반도 일대에서는 「제석본풀이」·「세존굿」이라고 부르고, 제주도에서는 「세경본풀이」 또는 「초공본풀이」라고 부른다. 농경사회를 바탕으로 한 이러한 서사무가는 한반도 일대에서 약 40여 종이 발견되는데, 이를 지역별로 살펴보면 관북 1편, 관서 2편, 서울·경기 7편, 강원 4편, 영남 5편, 호남 7편, 제주 6편 등으로 나타난다. 「제석본풀이」의 지역별 특성을 살펴보면 한반도 북부와 동해안 지방에서는 한 스님이 나타나 자고 가기를 청하고 별당에서 딸아기와 잠을 자고 태몽을 꾸고 해몽을 한 뒤 중이 사라지는 것으로 되어 있으며, 한반도 남서와 제주도 지방에서는 한 중이 나타나 딸아기의 손목을 잡아 보거나 쌀 세 톨을 먹이고 사라지는 것으로 되어 있다. 집을 비웠던 부모가 돌아와 딸아기를 징치하는 내용도 한반도 북부와 동해안 지방에서는 토굴에 가둔 뒤 세 아기를 출산하는 것으로 되어 있고, 한반도 남서와 제주도 지방에서는 임신한 딸아기를 내쫓는 것으로 되어 있다.

여기서는 출생의 비밀을 보다 기능적으로 해명하기 위하여 영일본(말한이 김석출)을 보기글로 삼되, 변이 전승과정을 살펴보기 위하여 양평본(말한이 김용식)과 「초공본풀이」(말한이 고대중)를 도움글로 삼는다.

영일본 「세존굿」의 발단 화소는 서천 서역국에서 오십삼 불이 돌배를 타고 강원도 고성 앞 포자에 배를 엎어 놓고 금강산으로 들어가서 돌 끝, 나무 끝마다 올라 앉아 돌비 삼 년, 흙배 삼 년, 날비 삼 년 맞은 뒤에 개골산에 법당·종각·너수·일주문을 세우고 재맞이를 한 후 한 중이 재미쌀이 없어 당금아기에게 재미동냥 가는 데서 비롯된다.

영일본 「세존굿」의 화소를 정리하면 아래와 같다.

A. 동냥 나온 한 중이 열두 담장 열두 대문 당금아가씨 집에 이르러 시주 동냥을 청하니 당금아가씨는 옥단춘, 명상금을 내보내 확인한 뒤 온갖 치장치레를 하고 문틈으로 내다보다 눈이 마주치자 중이 그렇게 하면 구천 지옥을 못 면하고 못된 벌레가 된다고 경고하여 문을 열고 나서자 중은 그 모습에 반한다.

B. 아버지는 천상공사 가고 어머니는 지하공사 가고 아홉 오라버니는 말공부·글공부 가서 집에 아무도 없으니 곳간문을 열지 못하여 동냥 줄 수 없다고 말하자, 중은 개문경을 외워 곳간문을 열어 주고 아버지 먹던 쌀 말고 어머니 먹던 쌀 말고 아홉 오라버니 먹던 쌀 말고 당금아가씨 먹던 쌀 한 바릿대만 떠다 시주할 것을 청한다.

C. 중이 당금아가씨와 하룻밤을 자고 가려고 꾀를 내어 바랑 끝을

대칼로 터 놓아 시주 쌀이 쏟아지니, 당금아가씨가 비로 쓸어 모아 키로 까불어 담아 주려 하나 중은 개똥나무로 젓가락을 만들어 주워 담아 달라고 한다.

D. 날이 저물어 어서 떠나라 하니 오히려 중은 하룻밤 묵어 가기를 청하여 아버지 방에서 자고 가라 하니 땀내 인내가 나서 싫다 하고 어머니 방에서 자고 가라 하니 피비린내가 나서 싫다 하고 아홉 오라버니들 방에서 자고 가라 하니 누린내 땀내가 나서 싫다 하자, 그러면 봉당·마룻방·장지·마구간·해우간에 자고 가라 하니 오히려 중은 별당아가씨 방에 인물 병풍 둘러치고 방 가운데 물 세 그릇 떠다 놓고 손 안 대고 고이 자고 가겠노라 한다.

E. 중이 거짓 자는 체하자 당금아가씨도 이내 잠이 들고, 중은 발가벗고 왕거미가 되어 병풍을 넘어가 한쪽 팔을 아가씨 머리에 베개로 베고 한짝 다리로 허리에 두르고 덮은 듯이 꽉 껴안았다.

F. 당금아가씨가 중을 나무라자 중이 "귀 위에 고깔이 중이지 귀 아래 붕알조차도 중이겠소." 하면서 당금아가씨는 중 가장 볼 사주라 하니 당금아가씨도 팔자직명으로 여기고 백년가약을 맺는다.

G. 당금아가씨가 한쪽 어깨는 해가 돋고 한쪽 어깨는 달이 솟고, 또 하늘에서 별 세 개가 떨어져 치마 앞에 쌓여 보이고, 구슬 세 개가 떨어져 입으로 들어가 뵈는 꿈을 꾸고 중에게 해몽해 달라 하니, 중이 "해는 중의 직성이고 달은 아가씨의 직성이고 별이 치마폭에 쌓여 보이는 것은 삼신이 굽어본 것이고 구슬 세 개 입으로 들어간 것은 아들 삼형제 둘 꿈"이라 해몽하고, 다음날 사라졌던 중이 다시 나타나 박씨 세 낱을 주며 세 아기가 아비를 찾으면 박씨를 심어 그 넝쿨을 따라오면 중을 만난다 말한 뒤 사라진다.

H. 부모와 아홉 오라비가 돌아와 부증병 걸린 딸을 위해 하늘에 옥녀 무당과 지하에 필여 무당에게 점을 치니 삼태를 낳을 것이라 하므로, 귀먹은 영감과 상의하다 들통이 나 아홉 오라비가 당금아기를 작두날로 목을 자르려 하자 하늘에서 뇌성벽력이 치고 돌비·흙

162

비가 쏟아지므로 뒷동산 돌함에 가두기로 한다.

I. 당금아가씨를 가둔 돌함 위로 무지개가 뻗어 보이고 청학·백학이 나는지라 어머니가 찾아가 보니 세 아기를 낳았는데 청학·백학이 세 마리 내려와 아기를 깔아 주고 덮어 주는지라 어머니가 별당에 아가씨와 세 아이를 거두어 키우기로 하고 집으로 데리고 온다.

J. 세 아들이 일곱 살이 되어 서당에 가니 동접 학동이 "애비 없는 호로자식"이라고 애를 달구니, 어머니에게 아버지가 누구냐고 조르자 대나무와 밤나무가 아버지라고 거짓말을 하였으나 곧이듣지 않고 다시 졸라대므로 박씨 한 낱을 심어 뻗어 나가는 넝쿨을 따라가서 아버지를 찾게 된다.

K. 중은 세 아들의 여러 가지 능력을 시험하고 피를 섞어 본 뒤 자신의 아들임을 확인하고 큰아들은 태산, 둘째는 평택, 셋째는 한강이라는 이름을 지어 준다.

L. 큰아들은 태백산 문수보살 되고 둘째 아들은 사해용왕, 셋째 아들은 골메기 성황 등의 신책을 맡고 어머니는 삼신이 된다.

위와 같은 영일본 화소 단락을 전국적인 「제석본풀이」 공통 단락과 비교하여 탈락된 부분을 정리하면 다음과 같다.

A. 스님은 딸아기를 놓고 선비들과 내기를 건다.
B. 딸아기를 징치하여 내쫓는다.
C. 내쫓긴 딸아기는 임신한 몸으로 스님을 찾아간다.
D. 스님은 중노릇을 그만두고 딸아기와 살림을 차린다.
E. 세 아들이 서울로 올라가 장원급제를 하나 선비들의 방해로 실패한다.

그러면 「제석본풀이」를 영일본 「세존굿」을 중심으로 하여 본질적인 성격을 살펴보기로 한다.

「제석본풀이」의 첫머리나 가운데 어디쯤 사주·관상·성주 때문에 "중의 사위를 볼 것이다."는 예언이 행하여진다. 따라서 서사무가 「제석본풀이」에서는 출생의 비밀 문제가 다루어질 것이라는 암시를 준다. 그 암시는 "가족 가운데 중요한 몇 사람이 부재중이다."는 발단 화소로부터 시작된다. 구체적으로 부재중인 사람은 늙은 부모나 젊은 사람일 수도 있지만 아예 부모의 죽음으로 나타나기도 한다. 가장인 아버지는 천상공사 가고 어머니는 지하공사 가고 아홉 오라버니는 말공부·글공부 가서 집에 아무도 없으니 동냥을 줄 수 없다는 당금아가씨 말 가운데 발단 화소가 확인된다.

집을 떠날 때 부모님은 금지를 행하는데, 유럽의 경우는 '밖에 나가지 말라' 이고, 영일본에서는 다만 곳간을 잠가 놓았을 뿐 별다른 금지는 나타나지 않는다. 그러나 제주본(말한이 고대중)에서는 부모님이 집을 떠날 때 하녀에게 "애기씨를 우리 오도록만 구멍으로만 밥을 주고 구멍으로만 옷을 주어 키워 주면 우리 오면 너를 종 해방시켜 주마."라는 금지를 행하는 것으로 되어 있다.

뿐만 아니라 집을 떠나는 부모님은 남아 있는 딸을 땅 속이나 지하실, 또는 다락방에 철저히 유폐시키기도 한다. 공포의 대상인 숲·공기·어둠으로부터 차단하여 깊은 지하실에 가두거나 높은 돌탑 속에 철저히 유폐시킨다. 심지어 땅을 깊이 파고 먹을 것과 함께 딸을 땅속에 묻은 다음 지붕을 덮고 다시 흙을 평평하게 고르기도 한다. 이러한 유폐는 신적인 존재와의 결혼과 함께 신적인 아이가 출생할 것임을 암시한다. 과연 용이나 바람, 또는 햇빛이 문틈으로 들어와 딸을 납치하거나 임신시킨 뒤 사라진다. 유럽의 어느 공주는 높은 돌탑 위에 갇혀 있었는데 유일한 창문으로 우유와 마른 빵이 공급되었다고 한다.

지금 분석대상으로 삼고 있는 보기글 「세존굿」에서는 당금아가씨가 열두 담장 열두 대문 안에 철저히 유폐되어 있다는 사실을 확인할 수 있다. 제주도 「초공본풀이」에서는 아버지 임정국 대감님이 천하공사 떠나고 어머니 짐진국 부인님이 지하공사 떠날 때 모래담장을 빗 골장으로 채워 놓고, 아가씨를 궁 안에 가둔다. 열두 대문은 쌍거슴 퉁쇠로 잠가 놓고 개철을 두 사람이 맞바꾸어 가지고 간다.

금지는 위반되며 감금은 어이없게도 풀리고 만다. 방해자인 바람·빛·용이나 신이 나타난 것이다.

모든 「제석본풀이」에 나타나는 방해자는 중으로 되어 있다. 중은 개문경을 외워 열두 대문 빗장을 벗기고 금기를 통과한다. 그럴듯한 말로 당금아가씨를 유인하고 여러 가지 꾀를 내어 당금아가씨와 자고 가는데, 지역의 판본에 따라 남녀관계를 맺는 장면이 상징적이기도 하고 직설적이기도 하다.

동북지역 영일본에는 중이 한 마리 거미가 되어 병풍 너머로 엉금 엉금 넘어가 한쪽 다리는 아가씨 허리에 둘러 있고 한쪽 팔은 아가씨의 베개가 되어서 꽉 껴안은 것으로 되어 있다. 울진본에는 왕거미가 되어 당금애기 단잠 들어 자는데 가서 안고 눕는다. 양평본에서는 별안간 광풍이 일더니만 중의 장삼 펄펄 날려 아가씨 어깨 위에 얹혀 있고, 당금아가씨 치마폭이 중의 어깨에 얹힌 것으로 되어 있다.

서남지역 화성본(말한이 김수희)에는 쌀 세 톨을 주워 먹고, 부여본(말한이 이어인년)에는 중이 아가씨의 손목을 잡고, 광주본(말한이 김주)에는 팔뚝을 세 번 잡았다. 제주본에는 중의 손이 아가씨의 쌍가마를 연 세 번 쓰다듬는 것으로 되어 있다.

금지를 어긴 당금아가씨는 징치를 받는다. 출타 중이던 부모와 아홉 오라비가 돌아와, 영일본에서는 당금아가씨를 작두로 목을 자르려 하자 뇌성벽력에 번갯불이 번뜩이고 흙비·돌비가 쏟아짐으로 짐진국 부인의 중재로 딸을 뒷동산 돌함에 가두게 된다. 제주본에도 부모가 자강놈 불러 자지명아가씨 목을 치려 하였으나, 하녀를 포함한 다섯 목숨을 한꺼번에 죽일 수 없다 하여 밖으로 내쫓게 된다.

여기서 「제석본풀이」의 전개 양식은 두 갈래로 갈라진다. 하나는 이제까지의 유폐에서 또 다른 유폐로 옮겨 가는 전개 양식이고, 다른 하나는 일종의 출발의 양식이다. 앞의 양식이 영일본이고 뒤의 양식이 제주본이다.

부모나 아홉 오라비로부터 징치를 모면한 차선책으로 당금아가씨는 '토굴' 또는 '돌함'에 다시 유폐된다. 영일본에서는 당금아가씨가 유폐된 돌함 밖에 무지개가 뻗어 보이고 청학·백학이 나는지라, 어머니 짐진국 부인이 딸이 죽은 줄 알고 돌함을 찾아간다. 그러나 청학·백학 세 마리가 날아와 세 아이를 깔고 덮어 주는지라 짐진국 부인은 당금아가씨와 세 아들을 별당에 가두어 구멍밥을 먹이기로 하고 네 사람과 함께 하산한다.

정작 당금아가씨가 세 차례의 유폐에서 벗어날 수 있었던 것은 세 아들이 일곱 살 날 무렵이었는데, 서당의 동접 학동이 세 아이를 '아비 없는 호로자식'이라고 놀렸기 때문이다. 아버지가 누구냐고 물었을 때, 당금아가씨는 저 건너 '대나무' 또는 저 건너 '밤나무'가 아버지라 하였으나 곧이듣지 않아, 마침내 중이 준 세 낱 박씨를 땅에 심어 뻗어가는 넝쿨을 따라 아버지를 찾아가게 된다. 두 아들이 멘 가마를 타고 당금아가씨는 중을 찾아가는데, 맨 뒤에는 또 하나의 아들이 보따리를 들고 뒤따라간다.

제주본에서 자지명아가씨는 암소에 짐을 싣고 하녀를 거느리고 중을 찾아가 세 아들을 낳아 기른다. 재주가 출중한 세 아들은 두 차례나 급제를 하지만 선비들이 중의 아들이라 모함하여 마침내 아버지에게 돌아와 신책을 맡는다. 그렇다면 「제석본풀이」의 의미와 기능을 살펴보기로 한다.

'당금아가씨'는 판본에 따라 당금아기·단금각씨·서장애기·시준아기·세주애기·자지명애기 등으로 불리나 대개의 경우 '당금아가씨'로 불리고 있다. 따라서 여기서는 당금아가씨를 보통 대명사로 보고 그 의미와 기능을 구명하여 보기로 한다.

우선, 당금아가씨의 의미와 기능을 구명하기 위해서는 영일본에서 보는 바와 같이 세 차례나 철저히 유폐되어 있다는 사실을 주목할 필요가 있다. 영일본에서는 열두 담장 열두 대문 안에 갇혀 있다. 제주본에서는 그 유폐가 더욱 철저하다. 모래담장을 빗장으로 채워 놓고, 아가씨를 궁 안에 가둔다. 열두 대문을 통쇠로 잠가 놓고 열쇠는 부모가 서로 바꾸어 가지고 간다. 그뿐만이 아니다. 하녀가 구멍을 통하여 옷가지를 넣어 주고 음식을 공급한다. 어둠, 공기, 빛 등 공포의 대상으로부터 철저히 차단시킨 것이다.

당금아가씨에 대한 두 번째 유폐는 밖에 나갔던 부모가 돌아와 당금아가씨가 중의 아들을 가진 것을 알고 돌함이나 토굴에 가두는 것으로 되어 있다. 물론 아버지나 아홉 오라비가 집 안의 명예를 위하여 당금아가씨를 작두날로 목을 자르겠다는 강경책에 대한 차선책이다. 이러한 중재안을 내세운 어머니 짐진국 부인도 사실은 딸이 굴 안에서 굶어죽기를 바라는 형편이다. 그러나 딸이 갇힌 굴에서 무지개가 뻗어 보이고 청학·백학이 날고 있다. 심지어 두 마리 학은 딸이 분만한 세 아들을 깔고 덮어 준다.

당금아가씨의 세 번째 유폐는 그가 생활하던 별당으로 한정되는데, 그 기간은 약 일곱 해 동안이고 구멍밥을 먹을 정도로 철저한 것이다. 이렇게 볼 때, '당금아가씨'는 대지의 땅 속에 묻힌 하나의 '씨앗'을 상징화하는 것으로 볼 수 있다. '돌함'이나 '토굴'도 역시 씨앗이 묻혀 있는 땅 속을 상징한다. 효과적인 발아를 위하여 햇빛이나 공기는 철저히 차단된다. 그렇다면 당금아가씨는 일종의 땅의 여신인 셈이다.

당금아가씨의 '당금'은 '돈＋곰'으로 '壇＋神'을 의미한다. 여기서 '壇'은 천지신명을 위한 일종의 흙제단을 말한다. 그러니까 당금아가씨는 대지의 여신으로 일종의 산신이고 생산신인 셈이다.

영일본에 나오는 '중'은 다른 이본에는 '제석' 또는 '세존'으로 불리는데 이는 무조신과 불교의 뒤섞임으로 보아야 할 것이다. 부여본에서는 '천왕세존', 양평본에서는 '제석천왕'으로, '천왕'과 '세존·제석' 등이 뒤섞여 사용되는 것으로 보아 이는 본래의 무조신인 '천왕'의 신격에 '세존'이나 '제석'을 덧붙여 쓴 경우라 할 수 있다. 그러니까 '제석굿' 또는 '세존굿' 등으로 불리는 '제석본풀이'는 사실상 '천왕굿'인 셈이다. 양평본에서 '제석천왕'이 거처하는 곳은 '황금산' '황금사'이고, '제석천왕'을 '황금대사'로 부르는 것으로 보아 여기서 '황금'은 일종의 '붉다'의 뜻으로서 '태양신'이라고 볼 수 있다.

태양신인 '제석천왕'은 구멍으로 옷과 음식을 공급받는 당금아가씨를 바깥세상으로 불러 내고 후원별당으로 보내, 싸리나무 젓가락 스물한 개를 만들어 오게도 한다. 진언이나 개문경을 외울 필요도 없이 열두 대문을 통과하고 통쇠를 벗길 수도 있는 것이다. 수고롭게도 한 마리 거미가 되어 병풍을 넘어가 당금아가씨에게 실례를 할 필요가 없다. 손목이나 팔을 슬쩍 만져 보아도 좋고 쌍가마를 한번 쓸어 보기만 하여도 햇빛이 비친 곳에는 움이 트고 싹이 돋는 법이다.

아비 없는 세 아들이 아비를 찾아 내려고 졸라 댈 때에도 박씨를 심어 태양을 향하여 기어가는 박순을 따라가기만 하면 아비를 만날 수 있는 것이다. 아비 없는 아이에게 주고 간 박씨는 일종의 '붉'이니, 태양을 향하여 가는 징검다리이다.

제석천왕은 태양신인 동시에 천신으로서 농업생산신이기도 하다. 중의 손이 자지명아가씨의 쌍가마를 연 세 번 쓰다듬은 결과 아기를 갖게 되고, 집에서 쫓겨나 중을 찾아갔을 때 일종의 입문의례에 해당되는 문제를 제시한다. 찰벼 세 동이를 자지명아가씨에게 내어 주고 싸래기 없이 껍질을 벗기라고 한다. 손톱으로 까려 하나 손톱 아파 못 까고 이빨로 까려 하나 쌀이 삭아서 안 되니, 앙천통곡하던 자지명아가씨는 잠이 들고 만다. 온갖 새가 나타나 알알이 벼를 깐 뒤 날갯짓으로 겨를 날려 보내니 세 동이 쌀만 남게 된다.

제주본에서 삼형제는 중의 아들이라 하여 급제에 실패하고 마지막으로 중을 찾아갔을 때 중은 친자식임을 확인하기 위하여 능력을 시험한다. 하나는 산 잉어를 잡아다 회를 해먹고 산 잉어를 토해 놓으라고 한다. 삼 년 묵은 소뼈를 모아 산 소를 만들어서 거꾸로 타고 오라고 한다. 문종이로 버선을 만들어 신고 물 위를 걸어다녀도 물이 안 묻고 종이버선이 안 처져야 내 자식이라고 한다. 짚으로 북과 닭을 만들어 소리가 나고 홰를 쳐야 한다고 한다.

문제에 등장하는 잉어나 소, 물이나 짚을 다루는 기술은 모두 농업 생산력과 관계가 깊다. 말하자면 중인 아버지는 세 아들에게 농업생산신이 될 수 있는 신격을 확인한 셈이다.

산신인 어머니 당금아가씨와 농업생산신인 아버지 제석천왕 사이에 난 세 아들이 생산신이 된다는 신화적 결말은 너무나도 당연하다.

4, 입말 이야기에도 '출생의 비밀'은 있다

한국정신문화연구원편 『한국구비문학대계』에서 뽑은 출생의 비밀 관련 입말 문학은 모두 12편이다. 이를 지역별로 살펴보면 경기 1, 강원 3, 충북 2, 전북 1, 전남 2, 경북 1, 경남 2 등으로 「모밀꽃 필 무렵」의 고향인 강원도가 으뜸이다.

이야기의 발단 화소가 모두 소나기가 내리는 여름날이고, 소나기를 피하려고 길을 가던 나그네가 원두막·새막·동굴 등으로 들어가 처녀나 과부와 남녀관계를 맺는 사연이 모두 공통된다. 나그네는 떠나고 처녀나 과부는 집에서 쫓겨나 홀로 아기를 분만하는데, 모두 사내아이를 출산한다. 일정하게 성장한 다음 서당에서 공부를 하게 되는데, 재주가 출중하여 같은 학동으로부터 미움을 받게 되고 '아비 없는 후레자식' 이라는 놀림을 받는다. 집에 돌아온 아이는 어머니를 강박하여 드디어 출생의 비밀을 알게 되고, 홀의 자식은 마침내 아버지를 찾아나서게 된다. 여기서 아버지를 찾는 방법을 놓고 이야기는 두 가지 유형으로 갈라진다. 하나는 어머니와 아버지가 처음으로 만나게 된 소나기가 빌미가 되어 일정한 장소에서 아버지를 찾게 되는 유형이고, 다른 하나는 가진 돈을 모두 점쟁이에게 주고 문복을 한 다음 점쟁이의 점괘대로 아버지를 찾는 유형이다. 앞의 유형 이야기는 모두 6편이고 뒤의 유형 이야기도 모두 6편이다. 그런데 이야기 가운데 등장하는 나그네는 거의 박문수 등 실존인물이 많다는 것이 특징이다.

홀의 자식이 어머니와 아버지가 만난 비슷한 상황 속에서 아버지를 찾는 이야기 유형은 아래 표와 같다.

제목	지역	말한이	들은이	발표지
ㄱ. 어려서 아버지를 찾은 정도전	충북 단양군 단양읍	조성구 남. 68	김영진	3-3 55~57쪽
ㄴ. 정삼봉 탄생담	강원 영월군 영월읍	엄기복 남. 73	김선풍 외	2-8 730~732쪽
ㄷ. 벼슬한 종의 아들 '서거창'	전남 신안군 지도읍	조이형 남. 60	최덕원	6-6 231~234쪽
ㄹ. 소금장수 아버지 찾은 어린 서기	충북 영동군 양강면	정원길 남. 60	김영진	3-3 396~398쪽
ㅁ. 박문수가 아들 얻은 이야기	전남 고흥군 점암면	신판휴 남. 71	김승찬 외	6-3 460~463쪽
ㅂ. 아버지 찾은 아이	경남 밀양군 산내면	민외주 여. 61	정상박 외	8-8 581~584쪽

부모가 만난 같은 장소에서 같은 상황 때문에 아버지를 찾는 이야기를 보다 효과적으로 살펴보기 위하여 위의 표 가운데 ㄱ의 사례를 따오기로 한다. 정도전의 출생담은 충북 단양을 근거지로 삼고 있는데, 경북 봉화 사는 정 선비가 역동(易東) 우탁(禹倬)의 노비와 비 오는 날 원두막에서 기이한 인연을 맺는다는 사연이 이채롭다. 정도전과 우탁은 충북 단양을 다 같이 연고지로 삼으면서도 악연이다. 조선

의 개국공신이었던 정도전은 고려의 마지막 충신이었던 우탁의 세 아들에게 곤장을 내려 죽게 만들었다. 따온 글에서 보는 바와 같이 만약 정도전이 우탁의 노비 몸에서 출생하였다면 아래의 이야기는 출생의 비밀 때문에 상전에게 보복을 한 결정적인 치부로 볼 수 있다. 어린 정도전이 아버지를 찾기 위하여 원두막이 있는 길 주변에서 한양으로 과거를 보러 가는 선비들의 동태를 일일이 관찰하는 모습은 어려서부터 정도전이 영악스러웠다는 일면을 보여 준다.

정삼봉 공적을 이야기하자면 우리나라 개국공신의 한 사람이 아닙니까? 정도전이라구. 호는, 삼봉이고 정삼봉인데, 우리나라 개국공신인데 그 참 돌아가시기는 방원이한테 돌아가셨지만 이 유래하기 좀 안됐습니다. 왜냐하면 그 정삼봉의 어머니가 우역동의 비비로 있었어요.

조금 있었는데, 그때 아마 원두막에 있다가 참 비를 막 졸지에 참 우뢰 소리가 나고 소낙비가 내려 때리는데, 그때 어떤 선비 하나가 지내 가다가 비를 피할래니 피할 수가 없어서 그분도 그 원두막 밑에 섰다가, 가만 보니께 비가 자꾸 밑에서 풍치니까니 그 위로 올라 갔어요.

올라가니간 그 위에 더듬다 껌껌해서, 이 더듬더듬 해보니까, 아 사람이 있는데 가만 보니까, 아 처녀가 들어 누운 것 같더라는겨. 그래 그걸 건드렸어요. 건드렸는데 그래 인제 참 뭐 건드리고 나니까 비가 멈추고 그러기에 자기는 인제 자기 볼일 보려고 나올려고 하는데 그 여자가 꼭 붙잡드라는 겨요. 붙잡고서 하는 말이,

"나는 나이가 과년 찬데 당신도 도대체 과년 찬데 혹 뭐가 생길찌 모르니 어린애가 생길찌 모르니 성명을 갈쳐 달라."

고. 이렇게 붙잡으니까니 졸지에 물으니 자기도 속일래야 속일 수 없고 할 수 없이,

"나 봉화 있다."

하더니,

"성은 뭐냐?"

고 하니,

"정가라."

고 하였던 모양이여. 그래,

"어디 가느냐?"

고 물으니깐,

"지금 서울 과거 보러 가는 길인데 하여간 봉화 정가 집인 줄이나 알어라."

인제 그 갔는데 그이 과거를 못 봐서, 낙방을 했던 모양이여.

그 이듬해, 한 몇 해 후에 역시 과거를 또 보러 그때 그 길을 행로를 지내다가, 근데 그 정삼봉이가 어려서 요만한 게 서너살 먹어서부터, 고때서부터 인제 과거 볼 때만 되면 나가서 앞길에 나와서 애들하고 놀고 그래는 거여. 그래서 머리가 좀 영리했던 모양이요.

그래 인저 가는 사람을 유심히 다른 사람 참 양반 같은 저 행색이 이상하면 그애가 유심히 보더래요. 보는데 어떤 사람이 지나가다 씩 씩 웃고 가거든요.

그 원두막 그걸 보고서루매. 그래 이놈이 쫓아가서 꼭 붙잡고서매,

"거 왜 웃고 가느냐?"

고 묻더라는 모양이요.

"아 너 알 거 아니다."

"아 왜 하필 웃고 가느냐?"

말여. 대라 말이여. 그래 물으니까 할 수 없이 대답하기를,

"나 그런 게 아니라 내가 몇 해 전에 일로 과거 보러 지내다가 어떤, 비가 막 놀라게 와서 피해다 보니 원두막 위로 올라서 갔는데 가보니 어떤 여자가 있드라. 그래서 장난한 생각이 나서 그런다."

"아 바로 우리 어머니입니다. 우리 어머니니까 우리 아버지라."

고. 그래 아버지를 찾았다는 그런 얘기가 있어요.[61]

　표 가운데 ㄴ 이야기는 ㄱ의 변이로 보인다. 이야기가 단양과 같은 생활권인 영월에서 채록된 것으로 보아 ㄴ의 변이는 자연스러운 것이다. ㄴ에 의하면 봉화 선비 정이 삼봉의 어머니와 인연을 맺은 곳은 원두막이 아니라 새막으로 되어 있다. 인연을 맺을 당시 처녀는 도담삼봉이 입으로 들어가는 꿈을 꾸고 삼을 삼으며 새를 보고 있었으며, 노비의 이름은 '구황'으로 밝혀져 있다.

　ㄷ의 주인공은 서거창이고 ㄹ의 주인공은 서고청인데, 서거창은 서고청의 와전으로 보인다. 고청(孤靑) 서기(徐起)는 조선 중기 때 천민 학자이다. 『매옹한록(梅翁閑錄)』과 『해동이적(海東異蹟)』에 수록된 문헌자료와 전북 부안, 충남 당진·공주에서 채록된 입말 이야기에 의하면 고청의 어머니는 이 진사 집 노비로 문둥병에 걸려 쫓겨났는데 유성 온천 근방 공암이라는 바윗굴에서 낮잠을 자다가 비를 피하여 들어온 소금장수와 관계를 맺는다. 아이를 임신한 고청의 어머니는 문둥병이 나아서 다시 주인집으로 돌아가 아들을 낳는다. 종노릇을 하던 고청은 어깨너머로 공부를 하였는데 고청의 재주를 인정한 주인이 공부를 시켰다. '아비 없는 놈'이라고 서동이 놀리자 어머니에게 출생의 사연을 듣고 공암 근처에 주막을 낸 뒤, 지나가며 웃는 소금장수의 사연을 듣고 아버지를 찾게 된다.

　ㄷ에서 고청의 어머니는 노비인데 곰보에다 박색이었다. 하루는 주인집 텃밭으로 김칫거리를 장만하러 갔다가 소나기를 만나 밭 밑의 굴 속으로 들어간다. 지나던 소금장수가 비를 피하여 들어와 마침내 노비를 겁탈하였다. 10삭이 지나 아들을 낳았는데 천재였다.

　주인이 그런디 하로는,

---

61) 위의 책.

174

"아이, 샌님 배깥에서 뭐가 저 지붕에서 박순이 개가여. 뽁뽁 기
여가요."
학이 큰께 눈에 뵈이는 사람이란 말이여, 기여가는 것을.
"하하 이거 보통사람이 아니로구나."
그러고 섰더니,
"아따 저 종길이 새가 천길을 맞타가지고 아, 상공허요."
이러거든.
"니 오늘부터 글을 읽어라. 방으로 가서 서방님들허고 글을 읽어
라."[62]

따온 글에 의하면 고청은 천진하고 맑은 눈을 가지고 있다. 박순이
자라 담을 기어오르고 지붕 위로 타오르는 모습을 보고 "박순이 뽁뽁
기여가요."라고 말할 수 있었던 것은 말한이가 지적한 바와 같이 배
움이 큰 까닭일 것이다. 또 봄날 종달새가 하늘 높이 날며 우짖는 모
습을 보고 "천기(天氣)를 맞타가지고 상공한다."는 표현을 쓸 수 있
었던 것은 마음의 눈으로 우주만물의 생성원리를 단번에 깨친 까닭
일 터이다.
어머니로부터 출생의 비밀을 알게 된 고청은 주인에게 밭을 빌려
외를 놓고 지나는 사람들에게 외를 나누어 주며 아버지의 행방을 수
소문히던 끝에, 오륙 년이 지난 어느 날 소금장수 아버지를 상면하게
된다.
ㄷ의 채록지가 전남 신안군이고, ㄹ의 채록지가 충북 영동군임에
도 노비와 소금장수가 인연을 맺은 장소가 ㄷ은 굴 속, ㄹ은 바위 밑
인 것을 빼고는 모든 화소가 동일한 것으로 나타난다.
노비의 신분으로 조선시대의 학자가 되었던 고청은 양반의 자제를
가르칠 때 고개를 들지 못하였다 하니, 신분의 굴레를 뛰어넘지 못한

---

62) 위의 책. 232쪽.

고청의 신세가 슬프지 아니한가.

ㅁ은 암행어사 박문수가 가을비를 피하려고 새막에 들었다가 처녀
와 관계를 맺고 떠난 뒤 그녀는 아들을 분만한다. 서당에 간 아이의
재주가 출중하니 서동들은 "애비도 없는 새끼가 재주가 있다."고 미
워하면서 서당에서 내쫓는다. 어머니 앞에서 칼부림을 한 끝에 출생
의 비밀을 알게 되고 여비 몇 푼과 옷 두 벌을 싸들고 아버지를 찾아
한양으로 간다. 한양을 헤매던 도중 비를 만나 어느 사랑채로 들어갔
는데 때마침 바둑을 두던 박문수가 젊은 날 비 오던 날의 기이한 인
연을 털어놓아 마침내 아버지를 상면하게 된다. 두 남녀가 인연을 맺
고, 부자가 상면을 하게 된 화소가 모두 '비' 때문으로 된 대표적인
출생의 비밀담이다.

ㅂ은 집으로 돌아가던 서동이 담 밑에서 비를 피하던 도중 채전밭
에 갔다 오던 시누이와 올케를 만나 시누이와 인연을 맺고, 처녀는
서동의 뜯긴 창옷 한 자락을 보관하게 된다. 집에서 쫓겨난 처녀는
방아품을 팔아 연명하면서 아들을 낳는다. 서당 간 아이가 재주가 출
중하여 훈장이 매일 칭찬을 하니 아이들이 아비 없는 자식이라고 놀
리어 어머니 앞에서 칼부림 끝에 출생의 비밀을 알게 된다. 아비를
찾아 이리저리 헤매던 도중 비를 만나 한 집으로 들어가니 바둑을 두
던 한 노인이 젊은 시절 비 오던 날의 인연담을 털어놓게 되고, 드디
어 창옷 한 자락을 맞추어 본 결과 아버지임을 확인한다.

길을 가던 나그네가 새막이나 원두막을 지키던 처녀나 과부와 인
연을 맺어 낳은 아들이 문복을 하여 아버지를 찾는 경우는 아래 표와
같이 6편의 이야기가 있다.

제목	지역	말한이	들은이	발표지
A. 박문수 아들이 아버 지 찾아간 이야기	경북 영덕군 영덕읍	우원영 남. 76	조동일	7−7 804~807쪽

B. 아버지를 찾아 낸 박문수의 아들	전북 정읍군 이평면	조철인 남. 66	박순호 외	5-7 56~64쪽
C. 외밭에서 되찾은 아버지	강원 영월군 하동면	고갑덕 남. 71	김선풍	2-8 145~147쪽
D. 서울 김 서방집 찾기	강원 영월군 영월읍	엄병주 남. 75	김선풍 외	2-8 436~438쪽
E. 아버지 찾은 김 판서 아들	경남 거창군 거창읍	신종성 남. 58	최정여 외	8-8 371~377쪽
F. 성을 찾은 아이	경기 남양주군 와부읍	이상면 남. 71	조희웅 외	1-4 700~704쪽

　표에서 A와 B는 남자 나그네가 어사 박문수로 되어 있으며 원두막을 지키는 여자는 과년한 처녀나 과부로 되어 있다. 암행어사 박문수가 새막이나 원두막에서 여자를 보아 아들을 얻었다는 이야기는 전국적으로 분포되어 있다. 이는 암행어사 박문수가 전국을 누비며 암행사찰을 하였다는 데서 비롯된 것이기도 하고, 이름 없는 촌락의 부녀자가 암행어사 박문수와 관계를 맺어 아들을 데리고 박문수의 부인이 되었다는 화소는 민중의 신분상승 욕구를 반영한 것이기도 하다.

　어사 박문수는 경종 3년 문과에 급제하여 영조 3년 왕이 소론을 다시 등용할 때 조정에 출사하였다. 박문수는 세자시강원 사서가 되었다가 이인좌의 난을 진압(鎭壓)한 공로로 문무공신 2등 영성군에 봉해졌다. 1730년 대사성·대사간·도승지를 역임했으며, 충청도와 영남 등지에서 암행어사로 활동한 바 있다.

　이러한 이야기의 화소를 보다 효과적으로 파악하기 위하여 표 A 이야기 전문을 살펴보기로 한다.

그분이 팔도에 댕기실 때, 이리저리 댕기는데. 아들은 본데 없었던 모양이고. 여름에 대개 지내가면 머글때는 원두막 안 있입니까. 원두막에 인제 지내가다, 그 밑에 섰다. 소낙비가 오이 섰이이, 그 우에 처자가 머시기밧든, 막을 지키다가, 막을 문을 닫아 놓고 이랬다. 실실 기올라갔어. 비가 오이. 올라가이 한 분, 남자나 여자나 그 다 같그덩요. 그래 한 분이 주고, 잤뿌렛다.

잤뿌렛이어, 성이 먼지 모리지 머, 집에 가서, 그럭저럭 아를 났다 말이다. 길렀다. 길러 놓이, 처자가 아 있다. 그 여나문 살 먹었길래 그래제. 학교에 가, 서다아 가, 애비 없는 자식이라고 자꾸 투박을 조. 이눔우 사람 시껍할 짓 아이라. 그래 저 엄마인테 물른다.

"아부지 어디 기시냐?"

그이,

"니 아부지 어디 갔다."

그래만 댄다. 방아품도 팔고, 이래가 공부를 씨긴다. 아 이놈이 열 댓 살 먹었다. 인지는 칼 가주 대드는 판이라. 아부지 찾아 내라고. 사실 이 얘기를 했어. 이만저만하고 이랬이이.

"난 모른다."

카이, 이놈우 자식,

"돈을 여남 냥 준비해 달라."

칸다. 여남 냥 준비해 주이, 인제 어디든지 간다, 애비 찾으로 간다. 점하는 대로 가가, 문경새재를 넘어가가, 점은 하는 데 보이 떨어지게 한다 카그덩. 점을 떡, 복채를 닷 냥쭘 놓으려 했는데, 두 냥쭘 놓이, 점 안해 줄라 카그덩.

"그래 왜 안해 주냐?"

카이,

"닷냥 놀라 캐 놓고, 왜 두 냥 놀라 그노?"

다 났다. 놀라 크든거. 점해 보디, 흔들디이,

"니 성이 박가구나. 니 박 대감 아들이구나."

칸다. 박간지, 성을 모리지.

"니 애비 찾을라고 가나?"

"그렇다."

그이,

"저 일로 자꾸 가면, 며칠 가면 말이야, 서울 근교 근처에 어두불라 칼 때 나가면 봉사가 둘 나온다. 논둑에 나올챔이, 가서 논둑에 씰어여뿌리라. 그래면 알 도리가 있다. 봉사 둘이가 나온다. 나오면, 물에 쳐여뿌리가, 구캐(진흙탕)에다 쳐여뿌리라."

참 그래 놓고, 몇 날 서울 근교 가싸는데 봉사 둘이 참말로 나온다. 고마 봉사 한 놈 들어 조여뿌릿다. 머 푸푸푸 그며 나오면서,

"이놈우 자식이야, 이놈 박 대감 아들 아이가?"

지 애비인데, 대감인데 일러야 댄다고 간다. 이래이 실 따라갈 밖에. 따라가니 대감 앞에 가서 고함을 한다.

"대감님 사실 말씀 사뢸 거 있다고."

사실 이만저만하고, 그래 이 얘기를 하이께,

"나는 아들이 없다고."

"당신 아들이 이 눈 먼 봉사 불쌍은 것들 물에 쳐여 이만치 됐다고."

"나는 아들 없다."

칸다.

"곁에 문앞에 와 있다."

크는 판이라. 그래 청지를 불러가 내보내이, 아 하나 와 섰그덩. 불러 놓고,

"나는 자식이 없는데, 니가 어째, 봉사가 내 자식이라 카이, 그 이유가 머냐?"

절을, 다시 절을 하고서는, 사실 이 얘기를 했다,

"이만저만하고, 게 대감께서 혹 아무 데 아무 동네 지내간 일이 없느냐?"

가마 생각하이, 그 사람이 한 분 행방하거는 기억이 있지요.

"그런 것 같다."

"저가 부모가 업서가 주고."

사실 이 얘기를 다 했다.

"찾는 중에. 저 봉사, 저 문경새재 넘어 점을 하이게, 거 봉사가 나오그덩 물에 여라 캐 가주고 저 봉사 물에 였다고."

용하고말고. 글때 그래 그 자식을 찾았어요. 찾고, 그래 있었다는 말이 있어요. 박문수 병조판서꺼짐 했지요.[63]

따온 글에는 아버지를 찾는 해결 화소가 문복에 의존하는 것으로 되어 있다. 아버지를 찾아 나선 아들이 돈 닷 냥을 털어 주고 문경새 재에서 장님 점쟁이에게 점을 치고 점괘에 따라 서울에 올라온 아들 은 장님 두 사람을 논에 밀어넣는다. 자신들의 억울한 사정을 박문수 에게 진정하려고 나선 장님의 뒤를 따라간 아들은 자연스럽게 부자 상봉을 하게 된다. 문경 점쟁이나 서울의 장님 점쟁이도 모두 용한 점쟁이들이다. B에서 아버지를 찾아 나선 아들은 서울 장안에 들어 와 문복을 하고 점괘에 따라 장님의 지팡이를 부러뜨리고 장님을 넘 어뜨리자 산통을 흔들어 점을 친 장님은 그가 박문수의 아들이라는 사실을 발설하고 만다. 장님보다 먼저 박문수를 찾아간 아들은 전말 을 모두 이야기하고 박문수로부터 자신이 그의 아들이라는 사실을 확인한 다음 시골에 사는 어머니를 서울로 모셔 오게 된다.

C는 봉화에서 아버지를 찾아 나선 아들이 문성에 가서 영월 하동 예밀리에 육효점을 잘 치는 점쟁이가 있다는 말을 듣는 데서 해결 화 소가 제시된다. 어머니로부터 돈 한 냥을 받은 아들은 영월 점쟁이에 게 문복을 하고 점괘에 따라 떡 한 짐을 짊어지고 동대문 앞 여섯 번 째 외밭으로 간다. 외를 깎아 먹던 점잖은 여덟 명 노인 가운데 한 노

---

63) 위의 책.

인이 껄껄 웃으며 젊은 날 봉화에 암행어사로 내려갔다가 원두막에서 있었던 일을 실토하는 바람에 아버지를 상면하게 된다.

D는 점괘에 따라 아버지를 찾아 나선 아들이 장님을 회초리로 때리고 장님을 따라가 콩장수 아버지를 만나는 이야기다.

E에서는 아버지를 찾아 나선 아들이 어머니가 준 달비 판 돈 스물 닷 냥을 주고 문복을 한다. 점괘에 따라 세 명의 장님으로부터 지팡이를 빼앗고 넘어뜨리니 화가 난 세 명의 장님은 점괘에 따라 김 판서를 찾아가 항의를 하게 되어 마침내 아버지를 상면하게 된다.

F에서 아버지를 찾아 나선 아들은 청량리에서 문복을 하고 동대문으로 가라는 지시에 따라 동대문 장님에게 문복을 한다. 점괘에 따라 종로로 가서 세 명의 장님이 지나간 다음 네 번째 장님의 정강이를 몽둥이로 내려치니 장님은 자하문 밖 오막살이에 사는 아버지를 찾아 주게 된다.

비 내리는 들판 원두막이나 새막, 어두운 바위 밑이나 동굴 속에서 길을 가던 암행어사와 소금장수, 또는 콩장수와 이름 없는 총각이 과부나 과년한 처녀, 또는 박박 곰보의 추녀나 문둥병 걸린 노비와 인연을 맺고 아름다운 생명으로 출생한 홀의 자식과 얼받이는 정치·사회적인 냉대와 모멸 속에서 성장한다. 타고난 그들의 출중한 재주 때문에 서당 훈장들로부터 총애를 받기도 하지만 그를 미워하는 같은 서동늘로부더는 질시와 추방을 받기도 한다. 그러나 그들의 눈은 맑고 투명하다. 세상의 사물과 삼라만상의 운행법칙을 터득하기도 하고 탄생의 비밀을 탄식하기도 한다. 서러운 생애를 살아온 어머니 앞에서 출생의 비밀을 캐내기 위하여 칼부림을 하기도 하지만 자신도 어머니처럼 서글픈 존재임을 누구보다 잘 알고 있다. 옛날 아버지와 어머니가 처음 만났던 시간과 공간으로 돌아가 아버지를 상면하려는 노력은 어떻게 보면 그럴싸하고 현실적이기도 하다. 현실성 없는 문복이나 어이없는 장님들을 괴롭혀 아버지를 찾으려는 노력은 당대 사회풍조의 반영이라기보다는 절박한 절규의 몸짓일 터이다.

빈부와 반상과 적서의 차별이 엄격한 사회에서 들판에 버려진 생명
들이 양반가계의 얼받이로 재편되는 과정 속에는 민중 영웅의 강력
한 신분상승 욕구가 반영되기도 하였지만, 새로운 신분질서 속에서
얼받이 아들과 첩의 신세인 어머니가 마땅히 겪어야 할 차별과 갈등
은 숨은 그림으로 남아 있다.

5. 섬이 무던한 동이도 '덤받이'로 태어났다

(1) 현실도피인가, 자연순응인가

1917년 러시아 혁명과정에서 혁명을 국민생활의 필연적 발전으로 받아들이고, 혁명적 제재로 많은 작품을 창작하면서도 유물론적 변증법으로 무장한 마르크스주의자와는 일정한 거리를 유지하며 정치적으로는 중립적 태도를 취한 세라피온 형제를 트로츠키는 동반자작가라고 불렀다.

동반자라는 것은 프롤레타리아트 독재와 사회주의 사회의 목표에 동조히거나 아니면 적어도 이를 인정하는 부르주아지 작가, 비판적 리얼리즘 작가를 말한다. 동반자라는 용어는 그 당시의 소련 당국자들이 이러한 작가들을 사회주의 문학건설의 동맹자라고 생각했음을 말해 준다. 이 결정은 여러 해 동안의 격렬한 논쟁 끝에 채택되었다. 그러나 이 동맹관계를 인정한 1925년의 중앙위원회 결정은 곧이어 다수파가 된 라프(RAPP, 러시아 프롤레타리아 문학연맹)그룹에 의해 번복되었다. 이윽고 '명백한' 사회주의 작가들만이 '프롤레타리아적'이라고 인정받게 되었다(심지어 고리키와 숄로호프 자신도 공격의 대상이 되었다).

흔히 한국문학사에서는 유진오와 이효석을 동반자작가라고 말한다. 그렇다면 유진오와 이효석은 과연 동반자작가일까. 다음과 같은 김기진의 말을 들어 보자.

> 카프는 이와 같이 시시로 문제꺼리가 될 만한 여러 가지 문제를 쳐들고 나와서 광범하게 이론 투쟁을 해오는 동안에 문단 사람들에게 널리 영향을 미치어서 소위 동반자작가를 많이 획득하였었다. 1934년에 내가 열거한 동반자작가의 이름만 보더라도 유진오 · 유치진 · 이무영 · 홍효민 · 최정희 · 박화성 · 조용만 · 이효석 · 엄흥섭 · 채만식 · 조벽암 · 안함광 · 한인택 · 이흡 · 김해강 · 장혁주 · 안덕근…… 이상과 같이 다수하였다. 이 사람들은 카프의 조직체 안에 들어 있는 사람들은 아니면서도 카프의 맹원과 근사한 이데올로기로서 작품 행동을 하는 작가라 인정함에서 '동반자작가'라는 칭호를 붙이었던 것이다.[64]

김기진은 1934년에 활동한 유진오 · 유치진 · 이무영 · 홍효민 · 최정희 · 박화성 · 조용만 · 이효석 · 엄흥섭 · 채만식 · 조벽암 · 안함광 · 한인택 · 이흡 · 김해강 · 장혁주 · 안덕근 등으로 동반자작가를 광범하게 보고 있는데, 그는 카프 활동을 과대평가한 듯하다. 그리고 그가 이효석이 『노령근해』를 발행한 1931년을 기점으로 삼지 않았다는 점을 주목할 필요가 있다. 또한 동반자작가로 유진오와 이효석을 포함시켰을 뿐만 아니라, 동반자작가를 "카프의 조직체 안에 들어 있는 사람들은 아니면서도 카프의 맹원과 근사한 이데올로기로서 작품 행동을 하는 작가"로 규정하고 있다.

여기에 동반자작가라는 것이 생겨나게 되었다. 동반자작가란 무

---

64) 김기진, 「한국문단측면사」, 『사상계』(1956년 12월 송년호), 201쪽.

엇이냐. 이것도 외국에서부터 온 것인데 말하자면 그 과격한 정치적 문학운동단체에 직접 참여하지는 않더라도 옆에 그 운동에 동의하고 그 경향에 보조를 같이 하는 일군의 시인 작가들을 가리킨 것이다.

먼저 말한 바와 같이 프로문학의 성행시대에 그러한 시인 작가가 많았다. 그 중에서 가장 인정된 동반자작가로서 두 사람이 있었는데, 그것은 유진오와 이효석이다. 이 두 작가는 그때 경성제국대학 출신으로서 학생시대부터 그 경향의 작품을 발표하여 문단에 나온 사람들이다.[65]

백철은 동반자작가를 "과격한 정치적 문학운동단체에 직접 참여하지는 않더라도 옆에 그 운동에 동의하고 그 경향에 보조를 같이 하는 일군의 시인 작가"로 본다. 김기진과는 달리 백철이 동반자작가를 유진오와 이효석으로 한정한 것은 독특한 관점이며, 또한 그들이 경성제국대학생이라는 점을 강조하였다는 사실은 카프의 맹원과 일정한 변별력을 주려 한 듯하다.

이러한 동반자작가에 대한 개념 규정에 있어서 박영희도 김기진이나 백철과 같은 입장이다.

카프에서 보기에는 회원 아닌 작가가 카프가 가진 동일한 사상성을 가지고 어느 정도로 카프와 보조를 같이 하는 작가를 동반자작가라고 하였다. 순수하게 문학이란 점에서 본다면 동반자작가가 카프작가보다 훨씬 우수한 작품을 창작할 수도 있는 것이니 구태여 이러한 차별적인 이름을 쓸 필요가 없겠지마는, 카프가 보는 것은 문학도 문학이려니와 위선 작가가 가지고 있는 혁명의식과 그것의 실천성을 주요하게 생각하였으니 카프에 입회한다는 것은 직접 경찰과

---

65) 백철, 『신문학사조사』(민중서관, 1953), 277쪽.

싸운다는 것이며, 일본 정부와 그 일련의 자본가 계급에 대한 반항
성을 드러내는 투사의 생활을 하게 되는 것이라는 점에서 입회하지
아니한 작가를 차별한 것이었다. 그렇다고 회원이 된 작가들은 다
의식이 만점이냐고 하면 꼭 그런 것도 아니었으니, 결국 말하자면
당파적인 행동과 정책적인 용어에 불과하였다. 일찍이 유진오 씨가
어디선가 동반자작가란 말은 매우 불쾌한 말이라고 쓴 것을 본 생각
이 난다. 그러나 당파에 들지 아니한 작가들은 소시민적이니, 자유
주의적이니 하여 '아직 덜 되었다'는 의미로서 다만 동반자작가라고
불렀던 것이다.[66]

위에서 지적한 바와 같이 박영희는 동반자작가를 "카프가 가진 동
일한 사상성을 가지고 어느 정도로 카프와 보조를 같이하는 작가"로
보고 있다. 여기서 주목할 점은 박영희가 카프의 행동강령을 "혁명의
식과 그것의 실천성"으로 보고 있다는 점이다. 즉 동반자작가와는 달
리 카프의 맹원이 된다는 것은 "직접 경찰과 싸운다는 것이며, 일본
정부와 그 일련의 자본가 계급에 대한 반항성을 드러내는 투사의 생
활을 하게 되는 것"이라고 천명한다.
 이러한 카프맹원의 행동강령이 '반제·반봉건'이라는 박영희의 확
고부동한 선언적 입장에 대하여 유진오는 반론을 펴고 있다.

 동반[자]작가라는 말은 프로문학운동 조직에는 참가하지 않았지
만, 작품 경향은 프로문학과 비슷한 작가에게 붙여지는 명칭이었던
것으로 기억한다. 사실, 효석과 나는 여러 차례 프로문학운동에 가
담할 것을 권고받았다. 그러나 문학을 하는데 조직과 운동이 필요한
것인지, 우리는 이해할 수 없었을 뿐만 아니라, 일단 그 조직 속에
들어가면 동류 작가의 작품은 으레 칭찬하고 다른 작가의 작품은 으

---

66) 박영희, 「초창기의 문단측면사」, 『현대문학』(1960년 4월호), 227쪽.

레 까야 하고 하는 것이 싫어서, 끝내 그들의 권유를 물리치고 말았다. 효석과 나는 만나면, 당시의 우리 작가들의 문학적 치졸을 이야기하고는 하였다.[67]

이효석이나 유진오가 본격적인 문학활동을 하는 데 조직이나 운동이 불필요하며 당파성까지를 부정한 것은 시대정신을 외면한 구차한 기회주의적인 자기변명에 불과하다. 카프의 맹원들이 이효석이나 유진오가 주장하는 것처럼 예술적 자유주의나 유미주의를 몰랐던 것은 아니다. 그러나 그들에게 주어진 유일한 무기는 문학밖에 없었다. 문학활동을 조직화하고 병기화하는 일만이 '반제 · 반봉건'을 타도하는 유일한 길이었던 셈이다.

그러면 이효석은 자신이 동반자작가로 분류되는 데 대하여 어떠한 반응을 보이는가.

이때는 시대색도 뚜렷해서 누구나의 작품에나 일관된 채색이 있었다. 사실주의시대인지는 모르나 기실은 낭만주의시대였다. 자타를 막론하고 모두가 작품 속에서는 단일한 꿈을 꾸고 있었다. 요새 유(類인듯 : 따온이)로 작품을 유별평론하기에는 대단히 적호한 때였으나 그 대신 단조로운 감도 없지는 않았다. 도대체 문학의 조류란 한 세기에 한두 번 찾는 것이지 이것을 거의 해마다 성급히 찾으려 할 때 억지가 많은 듯하다.[68]

따온 글에서 보는 바와 같이 이효석은 마지못하여 시대정신에 동조하고는 있으나 프로문학에 대하여 상당한 불만을 가지고 있다. 그는 1930년대를 사실주의시대가 아니라 낭만주의시대로 보고 있을 뿐만 아니라, 프로비평의 도식성을 공격하고 급변하는 문예조류에 대

---

67) 유진오, 『젊음이 깃칠 때』(휘문출판사, 1978), 130쪽.
68) 이효석, 「노마의 십년」, 『문장』(1940. 2).

하여서도 비판적 입장을 취하고 있다.

　그러면 이효석이 김기진이나 백철, 박영희가 지적하는 바와 같이 과연 동반자작가인지를 구명하기 위해서는 그의 작품경향이 카프의 이데올로기와 유사성을 가지고 있는지 검증할 필요가 있다.

　그럼 프로문학이란 대체 무엇이냐, 하면 첫째로 그 의식성에 있어서, 먼저 것(경향주의문학 : 따온이)은 막연하게 빈궁과 반항의 문학인 데 대하여 뒤의 것은 확연하게 계급성의 것이오 명확한 정치의식을 내용으로 한 문학이다. 그 의식성을 그들은 소위 '목적의식'이라고 말했던 것이다. 따라서 그들은 먼저 것을 자연발생적인 문학인 대신에 뒷 것을 목적의식의 문학이라 했다. 말할 것도 없이, 그 의식이란 것은 그들의 정치의식을 가리킨 것이다.

　프로문학의 또 하나의 특색은 그 문학운동의 조직성이다. 먼저 말한 바 소위 '카프'라는 것은 단순한 친목의 뜻의 문학단체가 아니라 정치성을 강하게 띤 하나의 조직과 같은 것이다. 그들은 단순한 문학운동을 하는 것이 아니라 그 조직을 통하여 정치운동을 문학 예술 부문에서 실행한 것이며 따라서 그 조직과 문학실천을 통하여 대중에게 계몽 선전을 하고 또 그들을 조직하는 일을 겸했던 것이다.

　결국 프로문학이란 그 본질을 규정하면 정치문학이다. 그것은 문학 자체에 목적이 있는 것이 아니라 그 문학을 수단으로 정치의 목적을 거두는데 목표가 있는 것이다.[69]

　위와 같은 백철의 말을 요약하면 계급문학이란 결국 의식적으로는 계급성을 지닌 문학이며 조직적으로는 정치적 목적을 위한 계몽 선전, 즉 정치적 아지프로문학인 것이다. 그러니까 이효석이 동반자작가가 되려면 그의 작품이 계급문학과 유사한 이데올로기를, 즉 계급

---

69) 앞의 책, 269쪽.

성과 아지프로적 경향을 지니고 있어야 한다.

그러므로 이효석의 창작집 『노령근해』가 과연 동반자 문학인지를 평가하기 위해서는 그의 작품이 계급성과 아지프로적 경향을 가지고 있는지를 검토해 보아야 한다.

그의 처녀작으로 알려져 있는 「도시와 유령」이 발표된 1928년에서부터 『노령근해』가 발행된 1931년 사이의 주요한 역사적 사건을 살펴보면, 1925년 조선공산당이 창립되고 뒤이어 카프가 결성되었고, 1929년에는 원산부두 노동자의 총파업사건이 일어났으며, 1931년에는 카프 맹원인 박영희·김기진·임화·이기영·김남천 등 70여 명이 종로경찰서에 검거되었다.

이효석이 초기에 본격적인 작품활동을 할 무렵 작품을 발표하는 데는 김동환의 특별한 배려가 있었던 듯싶다.

　이런 전기를 지나 문단적으로 처음 소설이라고 썼던 것이 조선지광에 발표된 「도시와 유령」이었다. 파인의 호의적 인도에 힘입음이 많았다. 다음 동지에 「기우」를 발표했던 것도 역시 씨를 통해서였고 씨가 신문사를 나와 잡지 삼천리를 시간했을 때에는 동지를 통해서 「북국점경」 등 단편을 발표하게 되었다. 희곡도 시험해서 이때를 전후해 무수한 작품을 썼으나 사정에 의해 활자가 되지 못한 편도 많았다.[70]

따온 글에서 보는 바와 같이 이효석의 초기 단편 「도시와 유령」·「기우」를 『조선지광』에, 「북국점경」을 『삼천리』에 각각 발표하게 된 것은 김동환의 호의에 힘입은 바 큰 듯하다. 이 무렵 『조선지광』에는 이효석을 비롯한 유진오, 임화, 정지용, 선우전, 강매 등이 각각 작품을 발표한 바 있다.

---

70) 앞의 책, 299쪽.

『노령근해』에 수록된 여덟 편의 단편 가운데 「도시와 유령」을 뺀 나머지 일곱 편은 한 편의 소설을 무 자르듯 일곱 토막으로 갈라 놓은 콩트 형식의 소설이다.

「도시와 유령」은 도시의 '집 없는 불쌍한 모자'의 참담한 생활상을 미장이의 입을 빌려 형상화하였다는 점에서 일정한 계급성을 머금고는 있으나, 작가의 직접적인 개입선동으로 인하여 아지프로화는 미숙한 편이다.

나머지 일곱 편의 소설을 인과관계나 시간의 순차로 배열하면, 현재 연해주에 있는 것으로 보이는 말하는이가 조선에서 겪은 일을 형상화한 것이 「추억」이므로 순차적으로 가장 먼저이며, 과거와 현재가 겹쳐 있다는 점에서 「기우」가 두 번째 자리에 놓인다. 「노령근해」는 말하는이가 동해안 부두에서 연해주로 가는 배 안에서 벌어지는 사건을 형상화하고 있고, 「상륙」은 연해주에 도착한 바로 그 시점을, 「북국사신」은 도착 후 두어 주일이 넘은 시점에서 일어난 사건을 편지의 형식을 빌려 형상화한 작품이므로 그 다음의 순차에 놓인다. 「북국점경」과 「행진곡」은 말하는이가 연해주에 머무르면서 일어난 사건을 그리고 있다는 점에서 마지막 자리에 놓을 수 있다.

「추억」은 '내가 보고 말하기'인데, 보는 이 '나'는 크로포트킨·레닌·마르크스를 애독하는 사회주의 지식청년이다. 눈 내리는 러시아의 겨울밤 그는 페치카 옆에서 불을 쬐며 지금은 러시아를 떠난 로군과의 추억담을 떠올리고 있다. 조선에서 '조그만 회'의 운영경비를 위하여 P는 로군의 집에서 현금 100만 원과 재물을 훔치는데 로는 이러한 절도행위를 적극 방조하였고, P는 이러한 로의 열성과 노력에 감사하는 편지를 보낸다. 여기서 로가 대모테 안경을 쓰고 있다는 점을 눈여겨볼 필요가 있다.

「기우」는 7년을 두고 일어난 세 번의 기이한 해우를 '내가 보고 말하기'로 찬호라는 인물을 통해 그리고 있다. 서울 낙원동 여관집 딸인 계순에게 영어를 가르친 인연이 있는 찬호는 3년 후, 늙은 노파의 소개로 반찬가게를 하고 있는 계순을 다시 만나게 된다. 또 3년 후 그는 일본놈에게 팔려 갔다가 도망치는 계순이 사복에게 잡혀 가는 모습을 보게 된다. 그리고 1년 뒤, 하얼빈의 매음굴에서 그는 창녀로 팔려 온 계순을 만나 구원의 손길을 내미나 이미 병든 그녀는 자살하고 만다. 처음에 찬호는 계순에게 별다른 감정을 가지고 있지 않았으나 계순이 불행해질수록 연민과 사랑을 느낄 뿐만 아니라, 계순을 타락의 구렁텅이로 몰아넣은 세상에 대하여 분노와 원한을 느끼고 있다는 점에서 얼마간의 선동성을 머금고 있다.

「노령근해」는 「추억」에 등장한 대모테 안경의 사내와 러시아인 마우자가 소설의 첫머리와 끝에 등장한다는 점에서 액자소설이다. 「기우」의 찬호는 '기관실의 화부'로 숨어 있으며, 살롱의 '흰옷 입은 보이'는 뒤에서 살펴볼 「상륙」의 김군으로 보인다. 살롱에는 흰 탁자 위에 고기와 과일접시가 수없이 놓여 있고 술병과 유리잔이 쉴 새 없이 돌아다닌다. 그러나 두 층으로 된 삼등 선실에는 누덕 감발에 머리를 질끈 동이고 "부자도 없고 가난한 사람도 없고 다 같이 살기 좋은 나라"를 막연히 찾아가는 사람들로 가득 차 있으며, 기관실의 화부는 물 한 모금도 제대로 마시지 못하고 기맥이 쇠진하여 쓰러져 있다는 점에서 일정한 계급성을 지니고 있다.

「상륙」은 '노동자의 천국'인 러시아에 상륙한 감격과 초조를 일정하게 형상화한 소설이다. 「노령근해」의 선실에 편승하여 온 김군·박군·말하는이(찬호인 듯 : 따온이) 세 사람은 어머니가 지이 준 옷을 바다 속에 버리고 검은 루바슈카로 갈아입는다. 소설의 서사적 설득력은 약한 대신 선동성은 들떠 있다.

「북국사신」은 아시아의 동방 소비에트연방의 일단에 도착한 찬호로 보이는 말하는이가 R군(로군인 듯 : 따온이)에게 러시아의 밝은 풍경과 맑은 도시의 인상, 에피소드를 적은 사신이다. 여기서 에피소드란, 사아샤의 키스와 사랑을 얻은 것을 말한다. 물론, 김군과 박군도 '노동자의 천국'인 러시아에서 혁명동지로 활동하고 있다.

5. 섬이 무던한 동이도 '덤받이'로 태어났다　191

「북국점경」은 북국 러시아를 소묘한 것이며,「행진곡」은 봉천행 기차에서 호인에게 팔려 가던 한 소녀가 '나'를 본받아 혁명가로 성장한다는 내용이다. 이 소설 역시 "생각보다는 행동하자! 나가자! 일하자!"는 구호 수준에 머무르고 있어 아지프로가 미약하다.

이상에서 살핀 바와 같이, 이효석의 처녀창작집 『노령근해』에 등장하는 주요인물은 지식인이나 운동가 등으로 소설 속에서는 '나(=찬호)·P(=박)·김·R(=로)'로 형상화된다. 그들은 동해안 어느 항구를 출발하여 노령근해를 건너 노동자의 천국인 소비에트 러시아로 들어가 선진문물과 사회주의 분위기를 체험하고 중산층이나 기층민중과 혁명사업을 공유하나 계급성이 미약하다. 이는 사회주의적 리얼리즘보다는 당대 식민지 조선의 우익 지식인 세력에게 만연되어 있었던 브나로드의 영향인 듯하다. 또한 당시 이효석의 문학이 지니고 있는 아지프로적 기능도 경향파 문학의 그것을 능가하지는 못한다. 그러나 그의 문학이 당대 식민지 현실과 등을 돌리고 있다고 볼 수는 없으므로, 그가 동반자작가가 아니라고 보기는 힘들다.

이미 앞에서 살펴본 바와 같이, 카프는 1931년 1차검거 선풍 이래 1934년 '신건설사사건'으로 박영희·백철·이기영 등 24명이 기소되었고, 1935년 5월 김남천이 종로경찰서에 해산계를 제출함으로써 표면상의 활동을 마치고 만다. 이 시기 이효석의 작품경향은 두 가지로 갈라 볼 수 있다. 하나는 동반자작가로서 계급성과 아지프로적 기능을 전편에 밑칠하거나 부분적으로 초칠하는 경향인데,「수탉」·「계절」·「10월에 피는 능금꽃」·「오리온과 능금」·「수난」 등이 그것이며, 다른 하나는 동물적 성에 탐닉한다는 의미에서 자연주의적 경향을 띠는 것으로「마음의 의장」·「돈」 등이 그것이다.

「수탉」은 그 태반을 「약령기」(1930)로 보아야 하며, 그 가지가 되는 작품은「분녀」·「들」 등이다.「약령기」의 학수는 수업료 미납으로 정학을 당했으나 학우회 총회에 참석하여 '스포츠' 원정비의 적립을 반대하다 퇴학을 당한다. 딴 남자에게 시집 가게 된 약혼녀 금옥이 바다에 빠져 죽자 학수는 고향을 떠나 막연한 먼 곳으로 떠난다.

「수탉」의 을손은 학교의 과수원에서 능금을 따먹다가 무기정학을 당하게 되자, 장래를 약속한 복녀의 어머니로부터 더 이상 그녀를 만나지 말라는 통보를 받는다. 이는 을손이 학교를 졸업하면 금융조합 서기로 취직을 하게 되고 복녀도 면의 잠업지도생이 되어 장래를 보장받을 수 있었으나 학수의 실수로 이러한 꿈이 무산되었기 때문이다.

「계절」의 피아니스트 태규에게 버림받은 카페 여급 보배는 지식청년 건을 만나 계급적 각성을 하게 되고, 건은 다시 운동전선으로 돌아가 빈민굴에서 생활하게 된다.

「10월에 피는 능금꽃」은 일종의 편지투 소설인데, 「돈키호테」와 「햄릿」을 읽은 지식청년인 주인공 '나'가 농민운동을 하는 동무로부터 송기떡과 '인간 이하의 지옥의 길'을 걷는 농민의 참상에 관한 편지를 받고 절망에 빠졌다가, 벌판에 핀 능금꽃을 보고 전신에 감동을 받아 힘이 솟는 것을 느낀다는 내용이다.

이상 세 편의 소설에서는 작가가 아직도 희미하게나마 현실에 대하여 눈을 뜨고 있으나 「오리온과 능금」에서는 현실과 등을 돌린 채 계급성에 개칠을 하고 있으며, 마침내 「수난」에 이르러서는 부분적으로만 계급성을 초칠해 놓는다.

「오리온과 능금」에서는 백화점 점원 나오미가 노동자 학습을 하던 도중 지도원 청년에게 애정을 느끼고 왓시릿사의 '사업 제일, 연애 제이'라는 테제를 '사랑 제일, 사업 제이'라고 고치는데, 이는 현실을 보는 작가의 세계관이 수정되었음을 의미한다. 이제부터 이효석은 민중의 계급성이나 민중의 선동을 위한 아지프로적 역할에 대한 관심을 창작미학의 테두리 밖으로 추방한다. 이제까지 시류에 편승하던 작가는 기회주의적 가면을 벗고 총독부의 검거선풍이라는 공포로부터 벗어나, 계급이나 투쟁이라는 현실로부터 도피하여 성이나 자연이라는 안전가옥으로 피신하게 된다.

그리하여 「수난」에 이르면 이효석은 그가 이제까지 기용하였던 주의자 내지 운동가들이 스스로 몰락하고 추락하는 과정을 세밀하게 관찰하고 묘사할 뿐만 아니라, 현실과 등을 돌리고 스스로 자멸하는 그들에게 냉소를 퍼붓는다.

전직 운동가이며 잡지사 사원이었던 유라는 말하는이 '나'에게 여러 장의 편지와 넥타이 한 폭을 남기고 세상을 떠난다. 유라는 한때 아내의 어리석은 오해로 '나'와 복잡하고도 미묘한 관계였으며, 그녀를 둘러싼 남성들의 추태와 추문으로 인해 결국 희생당한 수난의 여주인공이다. 같은 편집실의 동료였던 A는 돌연히 사랑을 고백한 뒤 이를 치장된 함정으로 느낀 유라가 냉대를 하자 대중없는 중상과 풍문을 남기고 떠난다. 새로 들어온 B는 과거에 빛나던 투사였는데 사상적 지도를 빌미로 유라에게 접근하여 구애의 장서를 보냈으나 냉대당하자 역시 중상과 소문을 남기고 떠난다. 같은 동료였던 C는 사안이 있을 때마다 유라를 막아 주고 지켜 주는 관계였는데 '나'와 B까지의 관계가 뒤엉켜 복잡해진다. 또한 전직 운동가였던 D는 합법 운동의 최고 간부 E를 끌어들여 B를 함정에 빠뜨릴 전술을 세우고 잡지사로 달려가 B와 한바탕 활극을 벌이게 된다. 결국 유라에게 관심이 있던 F, G, H까지 가세하여 그녀는 도덕적 비난과 공격의 화살을 받게 된다.

이와 같이 이효석은 식민지 현실에서 등을 돌릴 뿐만 아니라 전직 운동가요 주의자들에 대하여 조롱과 냉소를 퍼붓고, 나아가 그들의 몰락 과정이 일제 관헌의 체포와 탄압 때문이었다는 사실을 철저히 외면한 채 식민지 현실을 호도하고 있다. 더구나 「수난」의 속편으로 볼 수 있는 「마음의 의장」에 이르면 이효석은 이러한 주의자와 운동가의 갈등관계마저 작품에서 완전히 끊어 버리고, 아내가 친정으로 병을 치료하러 간 사이 '나'와 유라의 애절하고도 가련한 사랑만을 밑칠을 하게 된다.

현실에서 등을 돌린 이효석은 주의자와 운동가가 미묘한 남녀관계의 연애사정에 침몰하는 과정을 조롱하다가 다시 자연주의로 눈을 돌리게 된다. 이효석의 자연주의는 그가 자연과학적 정확성을 문학관에 도입하였다기보다는 인간의 자유의지를 부정하고, 추악하고 야수적인 인간의 일면을 폭로했다는 의미에서 일종의 색정주의이며, 전원으로 귀환한다는 의미에서 전원주의를 뜻하기도 한다.

그러나 「돈」에 이르면, 이효석의 이러한 세계관은 더욱 오락가락한다. 일 년밖에 안 된 암톹을 종묘장에 끌고 가 씨톹과 접을 붙이는 장면을 마치 '황소 앞에 암탉'으로 비유하거나, 견디다 못해 도망간 암톹을 다시 말뚝에 꼼짝 못하게 얽어매고 씨톹에게 그짓을 시키면서 분이를 연상하는 장면은 자연주의의 극치라고 할 수 있다. 그러니까 원관념 암톹으로 보조관념 씨톹과 분이를 연상시켜 가탁물의 효용을 극대화시킨 것이다. 그런 가운데서도, 주인공 식이는 이러한 무모한 짓거리가 일기분 세금이나 가족들의 양식이 될 첫여름 감자 예산을 부담하기 위한 현실로 보고 있어, 작가의 세계관이 완전한 자연주의로 경사되었다고 보기는 힘들게 만든다. 더구나 매화분까지 사 준 분이가 도망친 것을 버스차장이나 여직공이 되기 위한 행위로 보며 식이가 농촌을 떠나 공장노동자가 되어 버는 돈을 달마다 고향에 부치면 면서기들에게 세금 못 냈다고 밥솥을 빼앗길 염려도 없어질 것이라는 공상을 하다가 달리는 기차에 도야지를 날리고 마는 장면은 삭가가 아직도 현실주의에 대한 초칠하는 버릇을 버리지 못했음을 보여 준다. 이와 같이 작가의 현실주의와 자연주의 사이에서 초칠하기와 개칠하기는 제3기로 이월된다.

1936년부터 이효석이 뇌막염으로 세상을 떠난 1942년까지는 중일전쟁이 일어나고 조선문인협회가 결성된 이른바 '국민문학' 시대로, 부왜친일이 문단의 주요한 화두로 떠올랐다.

1936년에 발표된 단편 「천사와 산문시」와 「인간산문」은 서사성보다는 산문성이 강하며, 같은 해 발표된 「석류」와 「고사리」는 소년기의 막연한 모험심과 영웅심을 상투적으로 그린 까닭으로 여기서는 논의하지 않기로 한다.

　나머지 세 편의 소설 「산」, 「들」, 「분녀」는 현실주의와 자연주의를 오락가락하면서도 현저하게 자연주의로 경사되어 간다는 점에서 가장 이효석다운 대표성을 가진다.

　「산」의 주인공 중실은 김 영감의 집에서 7, 8년 동안이나 머슴을 살았으나, 사경을 제대로 받아 본 적도 없고 옷이나 놀이채도 변변히 받아 본 적이 없다. 그러나 영감의 첩과 간통하였다는 혐의로 쫓겨나 지게 하나만을 진 채 산으로 들어온다. 중실은 지천으로 널린 개암을 주워 먹고 또 산불로 타죽은 노루고기를 먹고 일부는 보관하는가 하면, 담배연기로 벌을 쫓아 꿀을 따서 보관해 두고 옥수수 이삭을 불에 구워먹고 아그배와 산사자까지 따서 배불리 먹는다. 밤이면 나뭇잎을 모아 덮고 별을 헤며 잠이 든다. 아침에 일어나면 힘이 뻗쳐 하늘에라도 오를 듯하다. 사람은 그립지 않으나 소금이 그리운 중실은 나무를 팔아 감자와 조, 소금과 냄비를 산다. 그리고 용녀를 강제로라도 데려다 장가를 갈 계획을 세운다.

　얼핏 보면, 산처럼 순박한 중실은 세속에서 벗어나 때묻지 않은 자연에 순응하며 거침없이 사는 인간으로 보인다. 자연은 인간의 마지막 고향 같다. 김 영감의 첩 둥글개가 젊은 최 서기와 도망을 쳤다는 소문을 듣고서도 중실은 거리의 삶이 어수선하게 여겨질 뿐이다.

　그러나 이효석은 자연을 빙자하여 현실을 왜곡하고 있다. 임야에는 엄연히 소유권이 있으며 삼림을 관리하는 산감은 일제강점기뿐만 아니라 박정희 정권 때까지도 위세를 떨친 바 있다. 그런데 작가는 엄혹한 식민지 현실을 외면한 채 현실적인 삶의 토대를 잃은 민중에게 자연으로만 돌아가면 모든 문제가 해결될 것이라는 막연한 환상을 유포하고 있는 것이다. 소설이 코미디 소재라면 가치가 있을 것이다.

　「들」은 이효석이 이제까지 보여 주던 세 가지 요소인 자연주의 · 색정주의 · 현실주의가 공존하는 소설이다.

소설의 배경이 되는 초록의 바다·들은 「산」에서 그랬던 것처럼 인간에게 보리, 감자, 콩 등을 제공하는 자원의 보고일 뿐만 아니라 수많은 민물고기를 잡을 수 있는 공간이다. 그러나 무엇보다도 소설의 배경인 들이 하는 역할은 모든 사건과 인물을 싸안는 데 있다.

들로 돌아온 학보가 서울에서 다니던 학교를 왜 퇴학당하였는지는 분명치 않다. 그러나 앞에서 살펴본 「약령기」나 「수탉」에서처럼 독서회사건과 같은 모종의 사건에 연루되었을 것이라는 짐작을 할 수 있다. 왜냐하면 학보는 지금도 들에서 문수를 만나 독서토론을 하고 있기 때문이다. 학교에서 쫓겨난 학보와 문수는 들에서 살다시피 하면서 독서도 하고 씨름도 하고 천렵도 하고 야영도 한다.

그러나 소설은 이러한 자연주의나 현실주의보다는 현저히 색정주의로 경사되어 있다. 옥분과 학보의 관계가 급진전되는 것은 빨래를 하고 돌아가던 옥분이 한 자웅의 개에게 돌을 던지는 충동적인 사건에서 비롯된다. 천렵을 하던 문수가 학보의 등에 난 상처에 대하여 묻자, 학보는 버드나무숲에서 있었던 옥분과의 관계를 고백하게 되고 문수 역시 옥분과 풀밭에서 있었던 정사를 고백한다.

소설에 등장하는 학보와 문수는 붉은 책을 탐독하는 이른바 주의자와 운동가이다. 학교에서 퇴학당한 학보가 하는 일은 고작 들판에 나가 그물이나 족대로 물고기를 잡거나 남의 과수원에 들어가 능금과 딸기를 도적질하는 것이다. 또 여성의 심리를 야비하게 악용하여 옥분의 정조를 유린한다. 학보는 문수도 옥분과 그런 관계를 가졌다는 고백을 듣고 일종의 안심과 감사를 느낄 뿐만 아니라, 괴롭던 책임이 모면된 것 같고 무거운 짐을 벗은 듯한 홀가분함을 느낀다. 문수가 독서회사건으로 학교에서 퇴학을 당하자 학보는 책임감은커녕 '좋은 들의 동무'를 얻었다고 생각할 뿐이다.

이렇게 현실로부터 등을 돌린 이효석은 운동가와 주의자를 야비할 정도로 몰아세우고 비하하며 냉소를 퍼붓는다. 문수로 인해 사흘 동안 조사를 받고 나온 학보는 문수가 나오면 고작 풋콩과 기름종개를 먹이고, 씨름을 해서 몸을 불려 줄 작정을 할 뿐이다.

「분녀」는 운동가 상구가 등장하여 현실주의에 대한 일정한 개칠을 하였을 뿐, 이제까지 그가 보여 주었던 시류에 영합하는 해바라기 성향을 버리고 색정주의에 경도되어 자연주의의 본색을 드러낸 소설이다. 이효석의 「분녀」를 지배하는 행위기제는 인간에 대한 연민·돈·성적 욕구이다. 이효석이 신세를 지고 있는 플로베르나 모파상, 또는 에밀 졸라까지도 인간을 추악한 야수적 동물로 본다는 점에서 세계관이 일치한다. 이효석 소설에 등장하는 운동가나 주의자들은 적어도 성적 문제에 있어서만은 도덕적이거나 윤리적인 인물이 아니다. 엠마 보바리는 허영과 성적 욕구 때문에 이웃의 호색한 로돌프와 법률서기 레옹과 놀아나다가 비극적 종말을 맞이한다는 점에서 분녀와 일치한다. 『여자의 일생』에 등장하는 잔은 자신의 의지와는 상관없이 바람둥이 남편 쥘리앵과 방탕한 아들 폴로부터 철저히 버림받는데, 분녀도 역시 5명의 남자로부터 버림받는다. 나나 역시 인간에 대한 연민·돈·성적 욕구가 그녀의 주된 행위기제라는 점에서 분녀와 같다.

분녀는 몽마 상태에서 집채만한 묏도야지가 왈칵 덮쳐 금시 육신이 터지고 사지가 찢어지는 폭력적인 그 일을 당하고 만다. 처음에는 경풍할 부끄러움을 느끼나 차츰 그 일이 객쩍게 느껴지고 나중에는 천연스럽고 능청스러워진다. 뿐만 아니라, 그 묏도야지가 묘표 감독 박추나 군청 급사 섭춘이 아니라 기왕이면 인부 명준이었으면 하는 생각까지 한다. 도랑에서 분녀는 명준의 홀커맨 고름이 제 옷고름과 같다는 것을 발견하고 묏도야지가 바로 명준임을 알게 되나 그는 만주에 가서 금덩이를 지고 온다는 약속을 남긴 채 떠나고 만다.

그녀는 돈이 없으면서 만갑의 가게에 들어가 단오날 입고 갈 옷을 탐내다가 만갑에게 뒷방에서 두 번째로 그 일을 당하게 되자, 처음에는 무서워 가슴이 두근거리고 겁이 나서 울고 만다. 그러나 집에 돌아와 소매 갈피에서 넓고 푸른 지전 한 장이 떨어지자 군청 관사에 식모로 가서 버는 한 달 월급인 사 원보다도 많아 엄청나고 대견하였다. 어느 날 밤, 분녀는 만갑의 가게에 두고 온 옷을 찾으러 갔다가 그 일을 다시 당하고 마음이 한결 유하여진다.

만갑과의 두 번째 현장을 목격한 천수가 자신을 만갑으로 속여 분녀를 성 밑으로 불러낸 뒤 그 일을 치르고 나서, 분녀는 처음에는 천수의 뺨을 치나 지난 후에야 자취조차 없으니 하릴없는 노릇이라고 생각하고 날이 갈수록 괘씸한 마음이 스러진다. 명준이나 천수나 만갑이까지도 똑같다. 그 누구도 굳이 싫을 것도 무서운 것도 없다. 명준에게 준 몸을 만갑에게 못 줄 것 없고, 만갑에게 허락한 것을 천수에게 거절할 것이 없다. 다만 부끄러울 뿐, 세상의 사내는 다 정답다. 분녀는 오빠의 재판을 보러 갈 노자 때문에 만갑의 가게를 찾아갔을 때 오히려 천수가 지갑을 맡기자, 예측도 못한 정미에 눈물을 흘린다.

소설에서 유일한 운동가로 행세하는 상구와는 그가 지방학교를 마치고 ‘삼중훈도’나 ‘조합 견습생’이 아닌 서울의 윗 학교에 진학할 것을 생각하고 손가락 하나 까딱 못하게 한 처지였는데, 명준과 만갑에게 두 번이나 그 일을 당하고 나자 분녀는 그를 단념할 신세도 못 되고 겁과 부끄러움을 느낄 뿐이다. 상구가 붉은 책을 읽다가 경찰서에 잡혀 갔을 때, 분녀는 책을 태우고 나서 악착한 것 같아 눈앞이 어지러웠다. 그러나 날이 지남에 따라 무겁던 마음이 차차 홀가분하여지고 상구에 대하여 심드렁하게 느끼고 굴레를 벗은 것 같아 일신이 개운해졌다.

왕가 문제로 천수와 다투고 집안에 머무르며 찬 우물물로 욕망을 식히고 있던 어느 날, 관사에서 일본인 부부의 방사를 목격한 분녀는 경찰에 잡혀 갔던 상구가 달포 만에 나타나자 그와 뜨거운 관계를 나눈다. 다음 날 소문을 듣고 찾아온 상구는 욕설을 퍼붓고 떠난다. 그 일이 있은 뒤 분녀는 천연스러운 자신의 얼굴을 사특하게 여기고 떠난 상구를 그리워한다.

단오날, 그네를 타던 분녀는 수풀 속 왕가의 요절할 한 점의 광경을 목격한다. 그날 밤 왕가가 섰던 그 자리에서 결박을 당한 분녀는 이상한 감동에 몸이 잦아들어 몸을 주고 만다.

천수와 왕가를 거치는 동안 분녀는 몸이란 나루에서 나루로 멋대로 흘러가는 한 척의 배 같다고 여긴다. 왕가와의 그 일 후, 분녀는 완전히 눈을 뜨게 되었다. 왕가는 사내 이상의 특별한 인간이었고 그가 그리운 날이 많아 피가 수물거려 몸이 덥고 골이 땅하였다. 왕가 문제로 천수와 다투는 과정에서 분녀는 그에게 "너 옷섶이 얼마나 넓으냐. 내가 네게 매었단 말이냐. 왕가와 너와 못하고 나은 것이 무엇 있니."라고 말하여 윤리적 파탄의 절정을 보여 준다.

이렇게 분녀가 여러 고비를 넘기고 있을 때, 만주로 떠났던 상구가 3년 만에 돌아왔다. 그를 보자, 분녀는 허락만 한다면 마음잡고 평생을 같이하여 볼까 하고 생각해 본다.

이러한 이효석의 분녀를 놓고, 어떤 이는 "관능적인 감각과 인간 본연의 생명 감각이 혼용된 구조"라고 하고 또 어떤 이는 "전통적 윤리의식에 정면으로 대응하면서 인간 본연의 삶 의식을 추구하려는 원시적 생명감에 충만"한 소설이라고 평가하기도 한다. 이러한 평가는 소설이 발표된 1936년이 일제강점기라는 사실만 아니라면 거짓이라고 부정하기 힘들다. 또 자연주의 문학은 엄연한 그 한계에도 분명한 존재가치를 가지고 있다. 그럼에도 작가가 시대를 외면하고 성적 쾌락만을 위해 자연주의에 침몰할 때 작가는 민중을 우매화하여 결과적으로, 일제강점기 식민지정책에 협조하였다는 책임을 벗어나기 힘들다. 작가는 자신의 자유를 위하여 글을 쓰기도 하지만 때로는 민중의 자유를 위하여 글을 쓰기도 한다. 그것이 바로 역사에 이바지하는 길이다.

또 소설에 등장하는 유일한 운동가 상구마저도 분녀와의 그런 관계에 있어서는 예외가 아닌 존재로 도식화하여 조롱과 냉소를 퍼붓고 있다. 이것은 작가가 지니고 있는 일종의 동반자 콤플렉스로 보인다. 이는 작가의 시류에 편승하려는 일종의 우월감일 수도 있고, 또는 1931년 총독부에 취직하였다가 민족진영의 비난으로 함북 경성으로 낙향한 데 대한 반작용일 수도 있다.

이후 이효석은 자연주의 가운데 색정주의로 치달려 절정에 이른 『주리아』(1933)·「개살구」(1937)·『화분』(1939) 등을 집필했으며, 내선일체를 주제로 하여 부왜친일한 듯한 「봄 의상」·「엉겅퀴의 장」(1941) 등을 쓰기도 하였다. 또 그는 일본어로 일본에서 발행한 잡지 『문예』지에 「은은한 빛」(1940)을 발표하여 역설적으로 민족정체성을 형상화한 소설을 창작하기도 하였다.

(2) 친일인가, 아닌가

1936년 8월에 미나미(南次郎)는 제7대 총독으로 부임해 왔고 같은 해 10월에 이효석은 『조광』에 「모밀꽃 필 무렵」을 발표하였다. 그리고 6년이나 되는 장기간에 걸쳐 조선을 통치한 미나미는 1942년 6월 일본으로 돌아갔으며 이효석은 같은 해 5월, 36세의 짧은 생애를 마친다.

1937년 중일전쟁에 대비하여 미나미는 조선인의 민족의식과 주체성을 마비시켜 야마도민족(大和民族) 속에 융화시켜야 한다는 동화정책이 경찰을 동원한 억압정책보다 효과적이라는 것을 인식하고 황국신민화정책을 수행한다.

이를 세부적으로 살펴보면, 첫째 민족주의자와 공산주의를 절멸시키고, 둘째 조선과 만주를 하나로 묶어 통치하며, 셋째 교육을 통해 국민정신을 함양하고, 넷째 농업·어업·공업 등 산업을 장려하며, 다섯째 이를 보다 효과적으로 수행하기 위하여 서정을 쇄신한다는 것이다. 이는 중일전쟁을 승리로 이끌기 위해 조선인과 군량미를 비롯한 물자를 동원하기 위한 술책임이 분명하다.

또 제령 제19호를 만들어 조선인의 성씨와 이름을 빼앗았고, 일본어를 국어로 상용하게 함으로써 조선어는 지방어로 전락하고 말았으며, 황국신민서사를 제정하고 신사참배를 강요하였다.

그러니까 이토 히로부미가 조선의 강토를 강제로 병합한 이래 미나미는 조선인의 말과 얼을 빼앗아 조선인을 도구화하여 완전한 황국신민화정책을 수행한 것이다.

1939년 일본인 학무국장의 권유로 이광수 · 박영희 · 김동환 등은 조선문인협회를 결성하는데, 이는 문필보국을 위한 새로운 국민문학의 건설과 내선일체의 구현에 그 설립 목적이 있었다. 또한 1941년 『문장』과 『인문평론』을 강제 폐간한 이후 같은 해 11월 『국민문학』을 창간하였는데 이는 국체관념의 명징, 국민의식의 앙양, 국민사기의 진흥, 국책에의 협력, 지도적 문화이론의 수립, 내선문화의 종합, 국민문화의 건설 등을 편집 취지로 삼았다.

친일문학의 선봉에 섰던 이광수 · 박영희 · 김동환 · 최재서 등은 다른 문학인을 독려 · 동원하여 일제 식민정책에 적극 협력하는 작품을 창작하였는데, 구체적으로 일본정신을 드높이고 조선의 도의를 확립하며 대동아 새 질서의 건설과 국민징병제를 찬양하는 것 등이 작품의 주요 내용이었다. 그리고 서울과 지방을 순회하며 일제 식민정책을 선전하는 순회강연을 하는 한편 애국국채를 공모하는 거리선전전에 나서기도 하였으며, 전시위문단을 결성하여 전선을 시찰하고 황군을 위문하는 한편, 전선 르포를 작성하여 총후 선전전에 적극 참가하기도 하였다.

이렇게 친일에 앞장섰던 조선문인협회는 1943년에 조선배구작가협회(朝鮮俳句作家協會) · 조선천유협회(朝鮮川柳協會) · 국민시가연맹과 통합하여 조선문인보국단으로 확대 개편된다.

이 시기 이효석의 친일활동은 모두 3건으로 드러난다. 그는 1940년 2월 조선문인협회가 평양에서 개최한 문예대강연회에서 제목미상의 글을 발표하였고, 같은 해 11월 조선총독부의 명을 받아 조선문인협

회가 주관한 '총후사상운동을 위한 전선순회강연회'에서 이석훈·
함대훈 등과 제4반으로 함경도 일대에서 활동하였으며, 1941년에는
조선문인협회가 실시한 '조선예술상' 심사위원으로 선출된다.

1931년 3월 이효석이 제일고보 은사였던 쿠사부카의 알선으로 조
선총독부 경무국 도서과 검열관으로 취직하였는데, 거리에서 만난
문학평론가 이갑기가 이효석에게 "너도 개가 다 됐구나."라고 질타하
자 졸도하였다는 사건을 1966년에 화제로 삼은 사람은 류종호이고,
림종국이 『친일문학론』에서 다시 따다 쓰면서 이 사건은 세상에 널리
알려지게 된다.[71] 이를 좀더 구체적으로 살펴보기 위하여 다음과 같
은 자료를 보기로 하자.

　　효석 씨가 졸도를 했다고 사람이 와서 그의 잠자는 수송동 집 방
　에 가 본 일이 있다. 광화문통을 내려오니까 R이라는 청년이 효석
　씨더러 "너두 개가 다 됐구나" 하더라는 것이었다. 그때 이효석 씨
　가 총독부 경무국 검열계에 취직을 해서 한 열흘을 다녔을까 말까
　하던 때의 일이다. 총독부에서 광화문통으로 내려오는데 R이라는
　청년이 지극히 험한 얼굴을 하면서 효석 씨에게 그와 같은 욕설을
　퍼부었으니 심약한 이효석 씨로서 졸도를 하지 않고 배길 수가 없었
　던 것이다. 그렇지 않아도 이효석 씨는 검열계에 취직을 하고 나서
　무척 괴로워했으니까.[72]

물론 따온 글에서 R은 이갑기를 말한다. 따온 글은 이효석에 대한
중요한 두 가지 자료를 제공하고 있다. 이효석이 총독부 경무국 도서
과 검열계에 취직하여 실제로 근무한 날짜는 열흘밖에 안 된다는 것
과, 심약한 이효석이 총독부에 취직을 하고서도 무척 괴로워했다는

---

71) 류종호, 「적요의 아웃사이더」, 『한국의 인간상』(신구문화사, 1966), 514～516쪽.
　　 림종국, 『친일문학론』(평화출판사, 1966), 328～329쪽.
72) 최정희, 「『노령근해』 무렵의 이효석」, 『현대문학』(1962년 12월호), 224쪽.

사실이 그것이다. 이러한 두 가지 사실은 이효석이 잠시 총독부에 취직했던 일을 가볍게 흘려 버릴 만한 단서가 된다.

우선 일간신문의 가십란에 꼬집는 단평들이 났다. 뒤이어 여기저기 거의 욕설에 가까운 죄상 심판을 하는 공격의 글들이 발표되었다. 그 시절 정치만화가이면서 문학평론을 한다는 이갑기라는 친구가 있었다.

자칭 카프라 했지만 카프에선 그렇게 대수롭게 보지는 않은 인물이었는데, 하여튼 이갑기는 험담이라면 당할 사람이 없을 정도로 남을 시비하고 나서는 자리엔 늘 선봉을 서는 친구였다.

이갑기가 욕을 퍼붓고 나섰다. 이갑기 외에도 그때 동아일보의 교정부에서 일하면서 좌익적인 비평을 하고 있던 홍효민이 안재좌라는 필명으로 비판 지상에 공격문을 써내기도 하여 효석은 하루아침에 사면초가의 곤경에 빠지게 되었다.[73]

따온 글에서 이효석이 열흘 남짓 총독부에 근무한 사건을 그 당대 언론이나 문학인들이 결코 가볍게 보지 않았다는 사실을 확인할 수 있다. 이갑기는 일제 치하에서 카프평론가로 활동하다가 해방 후 월북하여 소설가와 평론가로 활동하였다. 백철은 그를 "자칭 카프라 했지만 카프에선 그렇게 대수롭게 보지는 않은 인물"로 평가절하하고 있지만, 이갑기는 백철처럼 이리 구불 저리 비틀 살지는 않았다. 1931년 조선의 땅에는 아직 양심의 칼날이 시퍼렇게 살아 있어 이갑기나 홍효민의 입을 빌려 친일망국행위를 질타하고 있는 것이다.

이러한 이효석을 둘러싼 한편의 역할은 그의 생애나 문학활동에 치명적인 상처를 준 듯하다. 태생적으로 심약하며 눈치 빠른 수재 작가인 그는 이 사건을 겪은 후, 카프작가도 아니고 순수작가도 아닌

---

73) 백철, 『인간탐구의 문학』(창미사, 1985), 259∼260쪽.

204

동반자작가의 제3 선택을 하였으며, 친일도 아니고 반일도 아닌 회색분자의 길을 선택하였는지도 모른다. 그 당대 이갑기나 홍효민 같은 살아 있는 채찍이 이효석을 더 이상 친일의 나락으로 떨어지지 못하도록 그의 생애를 제어한 방부제 구실을 한 것은 사실이다.

이효석의 친일문학에 대한 태도를 정확하게 가늠하기 위해서는 그 당대 성행했던 '국민문학'의 개념과 기능을 상세히 살펴볼 필요가 있다. 그러나 이러한 논의는 암흑기였던 1940년대 초반은 물론이고 현재까지도 다양하게 논의되고 있는 편이어서 여기서 이를 모두 상론하는 것은 무의미하다고 본다. 따라서 최초로 이러한 논의를 본격적인 화두로 삼은 림종국의 『친일문학론』을 중심으로 이를 요약 정리하여 보기로 한다.

림종국은 국민문학의 개념을 절대적 개념과 상대적 개념으로 갈라 본다. 절대적 개념으로 볼 때 국민문학은 "국민정신에 입각한, 국민생활을 선양하는 문학"을 말한다. 그런데 여기서 말하는 국민문학은 세계의 모든 문학을 뜻한다. 왜냐하면 "세계의 모든 문학은 그 시대와 유파의 여하에도 불구하고 그 전부가 국민정신에 입각하는 것이요, 국민생활을 선양하는 것"이기 때문이다. 이러한 국민문학은 여기서 논의하려는 친일문학과는 무관하므로 상대적 개념의 국민문학을 유의할 필요가 있다.

림종국은 상대적 개념의 국민문학을 넓은 의미와 좁은 의미로 갈라서 본다. 넓은 의미로 볼 때 국민문학은 "시대와 유파에 관계없이, 일본정신에 입각한, 일본국민생활을 선양하는 모든 문학"을 말한다. 그리고 좁은 의미로 볼 때 그것은 "시대적 요구에 의하여 시대적 명제로서 제기된 문학운동"으로서의 이름이며, 이는 "만주사변, 지나사변 등으로 싹트기 시작하여 대동아전쟁 당시에 가장 열의 있게 부르짖어지던 문학운동"을 말한다.[74]

---

74) 위의 책, 457~458쪽.

따라서 여기서 논의대상으로 삼는 국민문학의 개념은 림종국이 지적하는 바와 같이 상대적 개념 가운데 좁은 의미의 국민문학이다.

또한, 림종국은 이 시기에 활동한 작가들을 일곱 가지로 갈라 보고 있어 흥미롭다. 첫째는 "이광수처럼 조선민중을 위해서 황민화운동을 해야 한다는 제 나름의 신념"을 가지고 친일한 작가 유형이며, 둘째는 "친일행동을 하지 않았더라면 아마도 일제의 법률에 의해서 처형되었으리라고 생각되는" 작가 유형이고, 셋째는 "숭어가 뛰니 망둥이도 뛴다는 격으로 친일한" 작가 유형, 넷째는 "명예욕과 출세욕을 위해서 친일한" 작가 유형, 다섯째는 "미나미(南次郎)의 전시정책이 표명되기 전에 이미 친일노선을 걸은" 작가 유형, 여섯째는 "양심적으로 친일을 허락하지 않으면서도 주위의 강권을 못 이겨 수삼 편의 작품을 남긴" 작가 유형, 마지막으로 "끝까지 지조를 지키며 단 한 편의 친일문장도 남기지 않은 영광된" 작가 유형이다. 물론 이효석은 여섯 번째 유형으로 보인다.

그러면 이효석이 1941년과 1942년 두 해 동안『삼천리』,『국민문학』,『매일신보』 등에서 설문에 답한 글을 중심으로 '신체제' 아래서 '국민문학'의 개념과 방향을 어떻게 제시하였는가를 살펴보기로 한다. 물론, 이러한 짧은 논평을 통하여 이효석의 총체적 진실을 파악한다는 것은 불가능할 것이다. 그러나 주어진 자료를 충실히 검토하는 것보다 더 좋은 방법은 없을 터이다.

A. 생활 있은 뒤의 문학이기 때문에 어떤 형태하에 있어서의 생활이 각층에 충분이 침투한 뒤 참으로 그 생활을 반영한 좋은 문학이 생기는 것이 아닐까. 신체제에 처하여 국민 각자의 마음의 훈련이 더욱 더 건전해져 가는 과정을 묘사하는 것도 현하의 문학의 한 가지 임무가 아닐까 생각합니다. 그러한 방향에 처해서 이제로부터의 창작 방침을 세워 볼 예정입니다.[75]

---

75) 이효석,「신체제하의 여(余)의 문학활동 방침」,『삼천리』(1941. 1).

B. 여전히 시정물이며 애정물 등을 쓸까 한다. 다만, 종래의 단순한 시민으로서의 생활이 국민으로서의 그것으로 앙양되어 있는 만큼, 스스로 마음가짐의 상위(相違)는 없어서는 안 될 것이다. 국민문학이라는 것을 매우 좁은 의미로 해석하여, 단순한 목전의 시국적인 것만을 쓰지 않으면 안 되는 것처럼 생각함은 무슨 까닭일까? 하나의 확고한 이념을 파악한 이상 그 정신적 권내에서 여유 있고 관대하게 국민적인 제반 사상을 취급해도 좋을 것이다. 커다란, 넓은 눈으로 본 바의, 그래서 국민 전반에게 즐겁게 읽혀질 수 있는 문학이야말로, 진정 그 이름에 값할 만한 국민문학이 아니면 안 된다.[76]

C. 생을 옳게 파악하려면 진실을 보는 눈이 맑아야 할 것이다. 인생의 진실 외에는 작가의 임본이 없으며 진실을 그리는 외에 작가의 길은 없다. 눈이 맑을수록 진실을 옳게 잡을 것이며 흐린 눈 앞에는 진실도 그 자태를 감출 것이다. 맑은 눈을 가지고 있다는 자각이야말로 언제나 귀중하고 필요한 일이다. 어느 것이 진실이고 어느 것이 허위인가를 가려냄은 곧은 직관과 이성의 작가의 품질이다. 이 품질은 작가적 양심의 인도로 바르게 발동한다. 맑은 눈이란 이 양심을 가리키는 것이다. 양심을 내놓고는 작가의 나침반과 키는 없다. (……) 세기의 동향이 그 어떤 것이든지 간에 조선 작가에게 주어진 과제는 별수 없이 자기 앞의 현실을 그리는 그것뿐이다. 지방의 특수성도 생각하며 아울러 움직여 가는 조선의 현실을 그리는 외에 길이 없는 것이다.[77]

D. 국민문학이란 오늘날 돌연히 시작된 칭호도 아니요 또 그런 것이 문학상 하나의 장르로서 그 어딘가에 곱게 모셔 놓여져 있는 것도 아니다. 이러이러한 것이 국민문학이다, 이러한 문학을 모방하여라 라고 하는 그런 유일무이한 임본이 준비되어 있을 까닭도 없다.

---

76) 이효석, 「금후 어떻게 써야 하는가? ― 특히 귀하의 흥미를 느끼는 주제」, 『국민문학』(1942. 1).

77) 이효석, 「문학과 국민성 ― 한 개의 문학적 각서」, 『매일신보』(1942. 3).

국민적 정열을 담은 모든 문학이 훌륭한 국민문학일 것이며, 아무리
시국에 적절한 표어를 나열하거나 부르짖어대거나 할지라도 관조가
깊지 못하고 연조가 희박한 것은, 국민문학이라는 명칭을 값하지 못
할 뿐이다.[78]

위와 같은 이효석의 국민문학관을 보다 정확하게 인식하기 위해서
는 그 당시 함께 문학활동을 하였던 이광수와 김동환의 신체제문학
관을 비교 검토할 필요가 있다. 이광수는 「심적 신체제와 조선문화의
진로」(『매일신보』 1940년 9월 4일자)라는 글에서 "나는 지금에 와서
는 이러한 신념을 가진다. 즉 조선인은 전연 조선인인 것을 잊어야
한다고. 아주 피와 살과 뼈가 일본인이 되어 버려야 한다고. 이 속에
진정으로 조선인의 영생의 유일로가 있다고. 그러므로 조선인 문인
내지 문화인의 심적 신체제의 목적은 첫째로 자기를 일본화하고 둘
째로는 조선인 전부를 일본화하는 일에 전 심력을 바치고 셋째로는
일본의 문화를 앙양하고 세계에 발양하는 문화전선의 병사가 됨에
있다."고 주장한 바 있다. 또 김동환은 「임전보국단 결성에 제하여」
(『삼천리』 1941년 11월호)라는 글에서 "지금부터 전조선에 새로운 애
국운동을 일으키려고 하는 터이니 여러분 다 같이 뼈는 뼈대로 뭉치
고 피는 피대로 돈은 돈대로 물자는 물자대로 한데 뭉쳐 나라에 바치
는 이 일에 찬성하여 우리 뜻에 일어나 주기를 간절히 바랍니다."고
강변하였다.

이러한 이광수나 김동환의 광기어린 친일 매국적 강변에 비교한다
면, 이효석은 참으로 어처구니없는 국민문학관을 피력하여 친일문학
이라는 함정을 기막히게 빠져나오고 있다. 사실, 여기서 '신체제문
학'이니 '국민문학'이니 하는 것은 넓은 의미의 국민문학이 아니라

---

78) 이효석, 「나는 이렇게 생각하고 있다 – 새로운 국민문예의 길」, 『국민문학』
   (1942. 4).
   림종국, 앞의 책(평화출판사, 1966, 329~330쪽에서 다시 따옴).

좁은 의미의 국민문학을 말하는 것이나, 이효석은 넓은 의미의 국민문학을 신체제문학인 국민문학이라고 딴청을 부리고 있다.

A는 『삼천리』의 「신체제하의 여(余)의 문학활동 방침」이라는 설문에 답변한 글로, 이효석은 신체제문학을 '생활이 반영된 문학'이라고 보고 "국민 각자의 마음의 훈련이 더욱더 건전해져 가는 과정을 묘사"할 작정이라고 아주 느긋한 여유를 보이고 있다.

B는 『국민문학』의 「금후 어떻게 써야 하는가? — 특히 귀하의 흥미를 느끼는 주제」라는 설문에 답변한 글인데, 신체제문학이 "종래의 단순한 시민으로서의 생활이 국민으로서의 그것으로 앙양되어 있는 만큼, 스스로 마음가짐의 상위(相違)"가 있어서는 안 될 것이라고 설문자의 비위를 슬쩍 맞추면서도, 이효석은 여전히 "시정물이나 애정물"을 쓸 것이라고 대어든다. 뿐만 아니라, 이효석은 국민문학이 "그 정신적 권내에서 여유 있고 관대하게 국민적인 제반 사상을 취급"해야 하며, 그래서 "국민 전반에게 즐겁게 읽혀질 수 있는 문학"이 참된 국민문학이라는 선문답을 하고 있다.

C는 『매일신보』에 「문학과 국민성 — 한 개의 문학적 각서」라는 제목으로 넓은 의미의 국민문학에 대하여 장광설을 편 다음 위와 같은 요지의 발언을 하고 있다. 앞 단락의 핵심 주제어는 "눈이 맑을수록 진실을 옳게 잡을 것이며 흐린 눈앞에는 진실도 그 자태를 감출 것이다."인데, 말인즉 옳은 말이다. 그러나 일제가 단말마적인 비명을 질러내는 시대임에도 이효서은 순수문학에서나 요구됨직한 진실을 보는 '맑은 눈'을 요구하고 있다. 일본문학을 국민문학의 중심에 놓아야 한다고 친일파 문학가들이 입에 거품을 무는 판국에 이효석은 지방문학인 조선문학을 할 수밖에 없다고 선언한다. 뿐만 아니라, "세기의 동향이 그 어떤 것이든지간에 조선작가에게 주어진 과제는 별수없이 자기 앞의 현실을 그리는 그것뿐"이라고 대담한 독립선언을 하고 있다.

D는 『국민문학』에 실은 「나는 이렇게 생각하고 있다 — 새로운 국

민문예의 길」이라는 제하의 글인데 이효석은 이제까지 조선문단에서 논의된 국민문학의 개념이나 성격을 은근히 비판하면서 참된 국민문학이란 "국민적 정열을 담은 모든 문학"이고 "아무리 시국에 적절한 표어를 나열하거나 부르짖어대거나 할지라도 관조가 깊지 못하고 연소가 희박한 것"은 국민문학이 아니라고 하였다. 이러한 이효석의 발언은 선전구호 수준에 머물러 있는 국민문학에 대한 전면적인 비난이라고 볼 수도 있지만 이효석의 말대로 만약 '관조'와 '연소'가 깊은 국민문학이 창작된다면 이야말로 참으로 위험한 덫이 될 것이다. 이효석 자신도 바로 이러한 덫에 걸리고 만다.

이상을 요약하면, 이효석은 다른 모든 글에서 그랬던 것처럼 조심스럽고 애매한 태도를 취하고는 있으나 '신체제문학'이나 '국민문학'에 대하여 심한 거부감을 가지고 있을 뿐만 아니라, 오히려 지방문학인 조선문학을 국민문학의 중심에 놓아야 한다는 확고한 신념을 표명하고 있다. 아래에 따온 글은 이러한 이효석의 세계관을 단적으로 반영한 보기글이라고 할 수 있다.

2월 15일 일요 청(晴)

종일 집에 눕다. 겨울 동안의 태타는 불건강의 탓이니 나는 이것을 허물하지 않고 한가한 시간에는 반드시 몸의 보온을 도모하기로 하고 있다.

음력 초하루라 쓸쓸히 지내기도 무엇해 저녁 호텔에서 S와 만찬을 같이하다. 식탁의 접시가 얼마 전보다 한 가지 줄고 사과쨈들도 버석버석한 것이 도무지 범절이 검박하기 짝없다. 흰 식탁보와 꽃묶음만이 변치 않고 호사스럽다.

시간이 조금 늦었으나 동보에서 조선 영화 〈풍년가〉를 보기로 하다. 또 하나의 타작, 지금까지의 조선 영화 다 거개 그러했듯이 한 편의 민속적인 풍속도에 지나지 않는다. 이제는 벌써 영화다운 영화를 만들어도 좋을 때가 아닌가. 왜 그리 상상력이 빈곤하고 구성이

210

설필까. 영화인들의 일단의 분발을 바라마지 않는다. 김신재의 연기
는 개성적이어서 그것으로서 좋은 것이나 좀더 선을 정리했으면 좋
겠다. 가령 쓸데없는 몸 시늉이라든지 번거로운 표정 같은 것은 아
낌없이 버리고 가급적 간결한 표현을 가지기를 바란다.

영사의 도중에서 화폭이 끊어지고 관내에 불이 켜지더니 라우드
스피커가 싱가포르 함락의 특별 뉴스를 일러준다. 아나운서의 성도
─ 로 관중이 만세를 화창하다. 거리에 나서니 어딘지 없이 소연한
기색이 떠돌며 축하의 장식 등이 벌써 눈에 뜨인다.

S와 헤어져 바로 집으로 향하다. 찬바람을 쏘인 까닭인지 몸이 좀
거북하다. 밤이 지나면 다시 회복될 몸이건만[79]

1945년 2월 15일 영국의 해군기지 싱가포르는 일본 해군에 의해 함
락당하고 만다. 이러한 일본군의 싱가포르 함락에 대하여 조선의 시
인 작가들은 이를 격찬 찬양하는 글들을 발표하였는데 모윤숙 「싱가
포르 함락을 찬양함」, 노천명 「싱가폴 함락」, 김기진 「신세계사의 첫
장」 등이 그것이다. 그런데 이효석은 상영중이던 〈풍년가〉를 중단하
고 확성기에서 일본 해군의 싱가포르 점령 사실이 울려퍼질 때에도
일체 반응이 없다. 영화를 보고 나서 이효석이 거리에 나섰을 때 소
연한 기색과 축하의 장식이 보이지만 냉담하게 집으로 돌아가고 만
다. 이효석이 반일을 한 것일까. 그럴지도 모른다.

마지막으로 이효석이 친일인가 아닌가를 따져 보기 위해서는 1939
년부터 1942년까지 한글을 버리고 일본어로 발표한 소설작품을 살펴
볼 필요가 있다. 이효석이 대다수의 친일문학가들이 그랬던 것처럼
조선어를 버리고 일본어를 선택한 것은 현실투항인가, 아니면 그들
의 변명대로 또 다른 모색인가를 살펴보아야 한다.

이효석 소설 가운데 친일혐의를 받는 작품은 「봄옷」(『주간조일(週

---

79) 이효석, 「〈풍년가〉 보던 날 밤」, 『대동아』(1942. 5)

刊朝日』1941. 5), 「엉겅퀴의 장(章)」(『국민문학』1941. 2), 「서한(書翰)」(『조광』1942 .6), 「은빛 송어」(『외지평론(外地評論』1939. 2) 등이다. 비록 일본어로 창작한 작품이지만 오히려 반일적 민족색채가 농후한 작품으로는 「은은한 빛」(『문예』1940. 7), 「가을」(『조선화보』1940. 10), 「은빛 송어」 등이다.

1941년 11월에 창간된 대표적 친일문학지 『국민문학』은 연 8회에 걸쳐 조선어판으로 나오고, 1942년 5·6 합병호를 마지막으로 그 해 7월부터 일본어판으로 발행되다가 1945년 2월에 폐간된다. 그 동안 『국민문학』이 완전한 조선어판으로 발행된 것은 모두 두 차례뿐이었다.

경술국치 이후 조선을 강점한 일제는 이른바 문화정책으로 조선인을 호도하고 마침내 조선을 병참기지화하였으며, 앞에서 살펴본 바와 같이 미나미 총독은 조선어를 빼앗고 우리의 성씨와 이름마저 빼앗아 버렸다. 일제의 압제 아래서도 조선어를 지키고 있으면 언젠가 국권을 회복하리라는 막연한 불씨마저 꺼져 버리고 말았다. 지금까지 선택적으로 사용하던 조선어마저도 1942년 8월을 기하여 그 사용이 완전 금지되고 오직 일본어를 상용하도록 강요받았다. 이 시기에 이효석이 일본어로 창작한 문학작품이 모두 일제의 강압 아래에서 창작된 것인지, 아니면 스스로 앞장서서 모국어를 버리고 일본어로 창작행위를 한 것인지는 확인되지 않는다. 다만, 앞에서 살펴본 바와 같이 이효석은 1942년 8월 이전에도 이미 일본어로 문학작품을 창작하였다는 사실을 확인할 수 있다.

도스토예프스키는 제정 러시아 차르 정권 아래에서도 문필행위를 중단할 수 없다고 천명한 바 있다. 맞는 말이다. 봄볕 아래에서만 창작을 하는 것이 아니라 엄혹한 암흑 속에서도 창작행위는 이루어지는 것이다. 그러나 피카소는 「게르니카」를 통하여 프랑코 총독의 폭정을 지원하기 위하여 나치 공군이 게르니카 시민을 학살한 그림을 그려 세계만방에 조국애를 드러내 보였다. 자신의 조국을 침략한 나

폴레옹 앞에서 베토벤은 연주를 거부한 바 있다.

이효석이 조선어를 버리고 일본어로 창작한 몇 편의 단편을 두고 시대적인 흐름이라고 핑계를 댄다면 그것은 궁색한 변명에 불과하다. 그는 한 시대의 지식인으로서 민중의 독립에 대한 열망을 앞장서서 짓밟아 버린 것이다. 이러한 반역행위가 용납되거나 용서될 수는 없다.

이효석 소설 가운데 친일작품으로 치부되는 「봄옷」, 「엉겅퀴의 장」, 「서한」 등을 보다 기능적으로 살펴보기 위하여 '말하는이'의 관점에 작가의 친일적 세계관이 얼마나, 어떻게 투영되었는지를 가늠하여 보기로 한다.

「봄옷」의 '말하는이'는 3류 풍속화가 도재욱이다. 구태여 여기서 도를 3류 풍속화가라고 말하는 까닭은 자신의 말대로 전람회가 끝나자마자 그의 작품이 "아트리에서 먼지에 쌓여 버릴" 것이기 때문이다. 그의 작품은 세상의 관심 밖에 있으며 그림값을 호가할 정도가 아니다. 따라서 소설 속에서 도의 관점이 얼마나 공정하며 객관적인지는 단언하기 힘들다.

> 안으로 통하는 장지틀 밑이 환히 밝아오면서 화사스런 기운이 연연히 어지러뜨렸다. 분홍치마가 꽃다발처럼 한들거리고 그 아래로 연한 살빛으로 두 다리가 날씬하게 길다.[80]

위의 따온 글은 소설의 처음인데 이효석 나름의 화사하고 사치스런 분위기 묘사가 그대로 드러난다. "분홍치마가 꽃다발처럼 한들거리고 그 아래로 연한 살빛으로 두 다리가 늘씬하게" 긴 주인공은 사실은 조선여급인 주연이 아니라 일본인 아버지와 조선인 어머니 사이에서 출생한 미호꼬이다. 미호꼬는 주연의 조선옷을 바꿔 입고 거

---

80) 이효석, 「봄옷」(전집 3권), 88쪽.

리를 활보할 만큼 조선의상에 대한 애착이 강하고 명월관에서는 신선로를 즐길 만큼 조선음식에 대한 미각도 각별하다. 도는 "순백색 저고리에 핑크빛 치마"를 입은 미호꼬의 부드럽고 연한 모습에 감동을 느끼며, 계절의 감각을 눈앞에 되살아나게 하는 듯한 마취된 상태에서 소묘를 한다. 도의 관점은 현저히 미호꼬에게 경사되어 있다. 미호꼬는 풍속화가 도로부터 색동저고리에 푸른 전복을 걸친 '동자상'을 선물받고 자신의 비밀을 터놓는다. 사실 미호꼬의 고향은 동경이 아니라 서울이며, "아버지는 호오죠오 씨지만 어머니의 친정은 이곳(서울)"이라는 것이다.

'말하는이' 도의 관점이 현저히 일본 쪽으로 경사되어 있으며 한 혼혈 여급의 조선의 문화와 풍습에 대한 깊은 이해를 통하여 내선일체를 강조한 듯한 이 소설이 친일문학이라고 단정하기는 힘들다. 문제는 일본에 대한 저항감을 마비시켜 독자를 친일 앞잡이로 백기투항시킬 수 있다는 데 있다.

「엉겅퀴의 장」은 두 쌍의 조선 청년과 일녀의 국제결혼을 다룬 소설이다. 그런데 조선 청년은 신문기자나 문학청년으로 식자계층인데 반하여 일녀는 모두 여급 신분이다. 조선 청년의 신분보다 결혼상대자인 일녀의 신분을 낮추어 잡은 데서 벌써 작가의 친일적인 시각이 드러나 보인다.

또 조일간의 국제결혼을 조선측에서는 소극적이고 방해하는 데 반하여 일본측은 적극적이고 권장하는 편이다. 무려 20년 동안 관직 생활을 한 현의 아버지는 "혈연의 격차가 심한 혼인은 정상이 아니라"는 완고한 태도를 보인다. 현이 실직을 하자 아사미는 다시 여급으로 재취업을 하지만 조선인 취객은 두 사람을 따라다니며 방해를 한다. 누이와 약혼을 강요하는 여희도 두 사람을 결정적으로 갈라 놓는다.

이와는 반대로 아사미의 요구로 하루 동안 애인 행세를 한 아오끼는 자신의 처지를 현에게 솔직하게 고백하는가 하면, 조선의 문학청년과 결혼에 성공한 미도리는 두 사람을 격려한다.

소설 속에서 '말하는이'는 아사미와 동서생활을 하는 현인데 그는 자신의 가족보다 아사미 쪽으로 현저히 경사되어 있다. 그리하여 "새빨간 서양 엉겅퀴의 노기를 품은 듯한 드센 모양"의 아사미가 트렁크에 옷가지를 싸들고 일본으로 건너가 "피로가 풀릴 때까지 당신을 안 만날 작정"이라는 서신을 보내 왔을 때에도 현은 "몇 차례의 파탄을 이겨 넘어야"할 것이라는 막연한 기대를 저버리지 않는다.

사랑에는 국경도 없다는데 신분을 말하고 국적을 말하고 친일을 말하는 것이 어이없는 일일지도 모른다. 그러나 앞에서 살펴본 바와 같이 미나미 총독은 내선일체를 명목으로 조선 청년과 일녀의 결혼을 장려하고 표창하였지만 사실은 본적 전속을 금지함으로써 조선 청년의 노동력을 착취하고 병력으로 동원하는 데 목적이 있었다. 이효석은 이러한 미나미 총독의 결혼정책에 협력함으로써 결과적으로 조선청년을 일제의 총알받이로 내몬 결과를 가져온 것이다.

「서한」은 제목 그대로 이효석 자신의 편지글로 볼 수도 있으나 소설의 관점이 작가 자신인 '나'로 되어 있어 작가의 친일적인 세계관이 그대로 투영된 일종의 사소설로 보아야 할 것이다. 소설은 1941년에 창작되고 이듬 해 『조광』에 발표되었는데, 이제까지 이 소설에 대하여 친일의 관점에서 논의된 바가 없다.

소설은 전직 교장인 반장과 꼭지 안 떨어진 아들이 빚어내는 촌극이다. 그러나 이러한 촌극 뒤에는 일제의 전시정책과 총후의 방공훈련 모습을 거부감 없이 형상화함으로써 결과적으로 일제의 식민지 정책을 고무 찬양한 것이다.

누런 국민복에 국방모자를 눌러쓴 반장이 쌀 전표와 배급표를 돌리고, 정회비와 헌금을 걷고 유기와 철물을 징수하여 부대에 넣어 짊어지고 비틀비틀 걸어가는 모습을 작가는 "퍽도 인간적인 한 사람"이라고 찬양한다. 뿐만 아니라, 반장과 아들은 병약한 작가 대신에 일 원 오십 전을 받고 한밤중 딱딱이를 치며 야경을 대리로 돌아 주기도 한다.

또 반장이 고추를 널러 지붕 위에 올라갔을 때 아들은 진주에게 장
가를 보내 달라고 떼를 쓰다 사다리를 치우는가 하면, 민방공훈련 과
정에서 옷에 불이 붙은 아버지를 아들이 구하려다 함께 모래와 물을
뒤집어쓰는 촌극을 연출하여 민방공훈련에 대한 지겨운 감정을 이완
시키기도 한다.

이효석은 "아무리 시국에 적절한 표어를 나열하거나 부르짖어대거
나 할지라도 관조가 깊지 못하고 연조가 희박한 것"은 진정한 국민문
학이라고 할 수 없다고 말한 바 있는데, 이러한 작가의 주장에 대하
여 작가 스스로가 답한 작품이 바로 「서한」이다. 작품은 짧은 소품
수준의 소설이지만, 구호 수준의 국민문학이 반복하기 쉬운 도식성
과 상투성을 벗어 버리고 독자의 거부감을 제거함으로써 일제의 식
민정책을 총후 조선주민에게 뿌리 깊게 각인시킨 이효석의 대표적인
친일문학이다.

그런데 림종국은 유진오가 「서한」에 대하여 『국민문학』 1945년 11
월호에 "방공연습을 배경으로 하여 전개되는 부자간의 흐뭇한 애정
을 그린, 역시 일종의 시국적인 소설이지만 부자의 성격 및 애정과
방공연습 간에 이렇다 할 필연적 관련이 없는 것이 결점"이라는 부분
을 다시 따오면서 어떤 논평도 하지 않은 것으로 보아 유의 견해를
대체로 묵인한 듯하다.

또 림종국은 「엉거퀴의 장」을 검토하면서 "이효석의 국민문학에는
소위 황민으로서의 철저한 각오도 없었거니와 그렇다고 민족적 긍지
의 잠재적이요 날카로운 기백도 보이지 않는 그러나 어쨌든 국어로
쓰이기는 씌어진, 알쏭달쏭하고도 이상한 문학"[81]이라 하였다.

그러니까 림종국은 이효석의 친일문제를 관대하게 보거나 흘려 보
고 있는 셈이다.

앞에서 살핀 바와 같이 이효석은 '국민문학'을 "국민적 정열을 담

---

81) 앞의 책, 332쪽.

은 모든 문학이 훌륭한 국민문학일 것이며, 아무리 시국에 적절한 표어를 나열하거나 부르짖어대거나 할지라도 관조가 깊지 못하고 연조가 희박한 것은, 국민문학이라는 명칭을 값하지 못할 뿐이다."고 밝힌 바 있다. 이효석은 표어 수준이나 구호 수준의 국민문학을 경멸한 바 있는데 이광수·김동환·최재서·박영희 등이 수행한 국민문학을 지칭한 것인지는 알 수 없다. 그러나 이효석이 생각한 국민문학은 관조와 연조가 깊은 문학이다. 논자가 앞에서 밝힌 바와 같이 이러한 친일문학은 구호 수준의 신체제문학보다 훨씬 위험하다고 지적한 바 있다. 왜냐하면 이러한 친일문학은 독자들의 의식을 마비시켜 자신도 모르게 일제를 찬양하고 스스로 그들의 앞잡이로 나서게 하기 때문이다. 위에서 살핀 「서한」은 독자들의 저항감을 이완시키고 자신도 모르게 일제에 협력하는 마력을 발휘한다는 점에서 이효석의 대표적인 친일문학이라고 볼 수 있다. 이러한 「서한」과 더불어 지능적으로 비판력을 마비시키는 이효석의 또 다른 대표적 친일작품이 「은빛 송어」라고 볼 수 있다. 왜 그런가.

소설의 발단은 한이 테이코를 찾기 위해 동경행을 결심하는 데서 시작하여 그녀를 추종하던 패거리들이 한 혼자서 그녀를 독점하지 말고 서울로 데려오라고 부탁하는 부분에서 끝나는, 이른바 액자형 소설이다. 또한 「은빛 송어」는 앞에서 살핀 「봄옷」·「엉겅퀴의 장」처럼 단순한 분위기 소설이 아니며, 「수난」과 「분녀」처럼 늑대들이 침을 흘리며 베아트리체를 눈이 벌겋게 찾아 헤매는 호색한 소설도 아니다.

소설에서 테이코를 광분하여 추종하는 한을 비롯한 박·문·최·김 등은 일정한 사회적 지위를 가지고 있는 유한계층으로 테이코에게 무엇인가를 베풀 수 있는 패거리들이다. 한을 단순히 바람둥이 건달이나 한량으로 보아서는 안 된다. 그는 테이코를 찾아 동경으로 가기 위하여 근무하던 신문사를 때려치우고 경영하던 다방 '난(蘭)'의 경영을 위탁하였다. 또 '부회(府會)' 의원에 출마하였다가 보기 좋게

낙선한 바 있다. 부회란 1931년 일제가 식민동화정책을 위하여 실시한 일종의 지방자치의결기관인데, 도회(道會)·부회·읍회(邑會) 등이 있다. 그렇다고 하여 한이 시류에 영합하는 단순한 인물로 보이지는 않는다. 왜냐하면 "십 수년의 사회운동에서 피투성이가 된 과거의 때"라는 한에 대한 수식구로 보아 한때 그는 '주의자'나 '운동가'로 활동한 듯하기 때문이다. 나머지 패거리들도 한보다 버금가는 인물들이 아니다. 박은 같은 신문사에 근무하던 기자이고, 문은 전문대학 교수이며, 최는 선전(鮮展)에 입선할 정도의 실력을 갖춘 화가이며, 김은 경성방송국에서 라디오 드라마를 제작하는 편성자이다. 그런데 한결같이 그들은 테이코에 대한 이룰 수 없는 사랑을 꿈꾸며 부나비 떼처럼 테이코를 향하여 맹목적인 날갯짓을 하고 있다. 테이코의 어떤 점 때문일까.

테이코는 한이 경영하는 다방 '난(蘭)'과 그릴의 여급이나 총지배인격인 마담 수준 이상으로 형상화되어 있다. 그녀는 "검은 눈동자와 하얀 이마에 갈고 닦은 이지와 근대적인 센티멘트의 결정"체로서 일본인들의 애완용 고양이 '마네키네코'를 연상시키는 인물이다. 다섯 명의 패거리들에게 성격에 맞도록 감정을 배분하며 결코 어느 한 남자에게 경사되어 있지 않다. 영화를 보러 간다든가 뱃놀이를 간다든가 산보를 갈 때도 언제나 혼자 가는 법 없이 동행자와 함께 간다. 그런데도 다섯 남자들은 테이코에 대하여 각각 다른 사적인 비밀을 가지고 있다. 문은 테이코에 대하여 주도적인 인물이라는 자부심을 가지고 있으며 테이코에 대한 일신상의 이야기를 독점하고 싶어하나 박으로부터 테이코가 또 다른 일신상의 이야기를 고백하였다는 말을 듣고 다채로운 면을 가진 여자라고 생각하게 된다. 무관심한 척하면서 최의 모델이 되는가 하면, 김의 라디오 드라마 「은빛 송어」의 주인공으로 출연하기도 한다. 그뿐만 아니라 테이코는 다방의 여급답지 않은 재능을 가지고 있다. 문학과 춤에 대해 일가견을 가지고 있는가 하면, 버마정부 요인과 뒷소문을 가질 정도로 미모를 갖추었으며, 배우와 모델의 자질도 가지고 있다. 최의 유화에 모델로 등장하는 그녀는 최의 화풍을 침착한 색조를 선택함으로써 화면 전체가 차분하고 성숙한 인상을 줄 정도의 신비한 마력을 가진 여자이다. 또한 김의 라디오 드라마 「은빛 송어」에 여주인공으로 등장하여 대성공을 거두기도 한다. 「은빛 송어」는 테이코 자신을 상징한 것으로 그녀에게 그 역을 맡겼다. 소설에서 인용한 예이츠의 '은빛 송어'가 나오는 시 「떠도는 인거스의 노래」는 과연 어떤 시인가. 논자는 예이츠의 시를 원문에 가깝도록 아래와 같이 직역하였다.

나는 개암나무 숲으로 갔었네
머릿속에 불똥이 튀었기 때문이었지
그리고 개암나무 가지를 잘라 껍질을 벗겼네
그리고 낚싯줄에 열매를 미끼로 끼웠지
그리고 흰 나방 떼가 날고 있을 때
그리고 나방 떼처럼 멀리서 별들이 반짝이고 있었지
나는 시냇물에 열매 미끼를 드리웠네
그리고 작은 은빛 송어 한 마리를 잡았네

내가 마루 위에 송어를 놓아 두고
입김으로 불을 피우러 갔었을 때
그러나 마루 위에서 무엇인가 팔딱거렸지
그리고 뉘라서 내 이름을 불렀네
그것은 한 어렴풋한 소녀가 되었지
그녀의 머리에 사과꽃을 꽂은 채
내 이름을 불러 놓고 그녀는 달아났지
그리고 스러졌었네 맑은 공기 속으로

떠돌며 나는 늙어가네

분지와 구릉을 지나며
나 그녀가 간 곳을 찾아내리라
나는 그녀의 입술에 입맞추고 손을 잡으리라
그리고 오래도록 그윽한 풀밭을 걸어가
그리고 나는 따리라 시간이 지나고 세월이 다할지라도
달의 은빛 사과와
해의 금빛 사과를

아일랜드 민족시인 예이츠의 시 「떠도는 인거스의 노래」는 8줄이
한 토막으로 짜여진 세 토막 시이다. 시의 가락은 꼬리운을 살리지는
못하였으나 머리운은 /n/ 운을 살려 놓고 있어 낭송에 적합한 시이
다. 제목에 나오는 '인거스'는 아일랜드의 미와 청춘과 시가의 여신
이다. 그러니까 시의 서정적 자아는 인거스를 찾아 시공을 초월하여
떠돌고 있다. 첫 토막의 '은빛 송어'는 이른바 '객관적 상관물'이다.
따라서 첫 토막은 서정적 자아가 은빛 송어를 잡게 된 현실적 배경을
표현한 셈이다. 두 번째 토막에서 비약이 일어난다. 서정적 자아가
모닥불을 피워 송어를 구우려고 할 때 송어는 변신하여 사과꽃을 머
리에 꽂은 소녀, 인거스로 변신하여 서정적 자아의 이름을 부르며 맑
은 공기 속으로 스러져 간다. 셋째 토막에서 서정적 자아는 시간과
세월이 지날지라도 분지와 구릉을 지나며 인거스를 찾아 떠돌고 있
다. 그녀를 만나 뜨거운 입맞춤을 나누고 다사로운 손을 잡은 채 달
뜨는 밤이나 해가 뜨는 낮을 가리지 않고 금단의 열매인 사과를 따기
위함이다.
　자칫 시인의 사적 이야기를 시에 겹쳐 놓는 일은 시의 이미지를 나
락으로 떨어뜨리는 함정이 되기도 한다. 이런 함정을 승인하면서 아
일랜드의 민족시인 예이츠의 사적 이야기를 들춰 보기로 하자. 예이
츠와 모드곤은 아일랜드의 독립운동을 위하여 혁명전선에 함께 섰던
동지였다. 1m 80cm의 훤칠한 키의 그녀가 예이츠 앞에 처음 나타났

을 때 사과꽃 같은 얼굴의 그녀 모습에 예이츠는 한눈에 반해 버리고 만다. 그녀가 같은 혁명동지 맥브라드와 결혼을 하자 예이츠는 충격에 빠져 한 평생 그녀를 찾아 헤매게 된다. 그러니까 은빛 송어와 인거스는 모드곤과 등가관계가 성립된다.

이효석의 소설 「은빛 송어」에 등장하는 테이코는 다섯 놈팽이의 인거스가 되고 그녀는 다시 아일랜드의 독립운동가 모드곤이 된다. 그뿐이 아니다. 테이코와 동경과 일본은 등가관계가 성립된다. 테이코가 문에게 보낸 그림엽서를 이효석은 다음과 같이 묘사하고 있다.

구사센리가마하(草千里ヶ濱) 평원의 여름 목장 정경을 찍은 사진판이었는데, 멀리 건너편에 아주 새까만 에보시타게(鳥帽子岳)가 올려다보이는 완만한 경사의 언덕 아래로 물을 찾아온 소떼가 점점이 쉬고 있는 풍경이었다. 맑게 가득 찬 수면은 소의 다리가 작은 파문을 일으키고 그 가운데 느긋한 소의 모습을 비추고 있어 시정(詩情)을 불러일으키는 한가로운 한 폭의 그림이었다.[82]

이효석의 묘사대로 테이코가 보낸 위와 같은 그림엽서는 "시정(詩情)을 불러일으키는 한가로운 한 폭의 그림"이다. 이효석은 한번도 일본을 가본 적이 없지만, 이러한 그림엽서를 통하여 일본의 목가적 전원풍경을 섬세하게 묘사함으로써 일본이 지상낙원임을 은근히 독자대중에게 각인시키고 있다. 또한, 이러한 그림엽서 뒷면에 테이코는 급히 갈겨쓴 엽서를 다섯 명의 놈팡이에게 시차를 두고 보냄으로써 어느 누구에게도 경사되지 않은 균등한 감정을 이월시키고 있다. 또 소설 말미에서 한이 동경행을 결심하면서 "동경 자체를 동경"하여 동경으로 테이코를 찾으러 간다고 하였다. 그러니까 테이코와 동경이 하나로 등가되고, 이러한 결정체는 다시 일본의 목가적 전원풍경

---

82) 이효석, 『은빛 송어』(송태욱 옮김, 해토, 2005), 14~15쪽.

을 투사시킴으로써 독자대중으로 하여금 일본에 대한 환상과 동경을 갖도록 은근히 세뇌시키고 있다. 이효석의 말대로 그의 친일문학은 참으로 관조와 연조가 깊다고 평가할 수 있다. 이광수·김동환·최재서·박영희 등이 촌닭처럼 구호 수준의 친일문학을 생산하였다면 이효석은 지능적이고 세련된 친일문학을 형상화한 것이다.

위에서 살펴본 소설이 직·간접적으로 친일문제와 관련된 소설이라면, 다음에 살펴볼 「은은한 빛」은 비록 일본어로 쓴 소설로 일본에서 발행하는 『문예』(1940. 7)에 발표되었지만 소설의 중심 내용이 민족적이어서 이른바 조선 문제를 일본에 널리 알린다는 빌미가 될 만한 소설이다.

「은은한 빛」의 주인공 '욱'은 실로 우연한 기회에 고구려의 옛 칼을 손에 넣게 된다. 강서고분벽화 모사를 위해 떠나려 할 때, 상오리에서 과수원을 경영하는 한 농민이 능금밭을 파다가 오 척도 넘는 장검을 발견했노라고 달려와 알렸다. 주머니를 모두 털어 수십 원을 주고 장검을 입수한 것이다.

장검을 손에 넣게 된 욱은 쾌재를 부르며 평양에서 박물관을 운영하는 호리 관장을 찾아가 감정을 받게 되는데, 이를 기화로 관장은 '골동취미뿐만 아니라 박물관의 소장품목에 첨가'를 위해 장검을 소망하게 되니, 이것이 욱의 고민거리가 된 것이다. 뒤이어 이천 원이라도 장검을 매입하겠다는 호리 관장에게 장검을 팔아야만 할 난제에 부딪힌다. 즉 욱이 총애하는 기생 월매가 신흥사업가 정해두에게 천 원에 팔려 가게 된다든지, 아버지의 회갑 준비를 위하여 막대한 비용이 필요하다는 어머니의 은근한 암시 따위가 그것이다. 마침내 아버지는 창평에 사흘갈이 보리밭 매입을 위해 장검을 호리 관장에게 넘겨주고 만다.

뒤늦게 이를 알게 된 욱은 호리 관장으로부터 장검을 되찾아 평양 시내가 내려다보이는 모란봉 청량정에 올라가 장검을 뽑아 내리치면서 "이걸 내놓을 판이라면 차라리 내 목숨을 넘겨주고 말지. 밭이구 계집이구 어디 문제가 되느냐"라고 외친다.

그렇다면 천년 역사를 자랑하는 고구려 장검이 내뿜는 '은은한 빛'의 상징성은 무엇일까. 작가가 일본인을 향하여 외치고 싶었던 진정한 목소리는 무엇이었을까.

다시 한 번 작가의 눈을 통하여 고구려의 장검을 살펴보자. 순금으로 된 환상의 칼자루는 은은한 금빛에 빛나고 날 밑인 성싶은 곳에는 조각물을 새긴 정교한 의장이 아로새겨져 왕후의 패물다운 고귀한 구조로 되어 있다. 칼끝도 이 빠진 데가 없고 칼등마루의 일선도 또렷이 그만큼 온전하게 원형을 지니고 있는 것은 희한한 일이었다. 녹슨 벽록의 고색은 혼연히 어스름 속에 녹아들고 금빛 칼자루가 달빛을 받아 은은히 빛났다. 장검은 고구려의 굳센 기상을 대변하고 있다.

'은은한 빛'의 상징성은 작가의 말을 빌린다면 '천년이나 묵은 영혼의 소리' 라는 것이다. 욱의 아버지가 장검을 서 푼짜리 골동품이라고 깎아내리자 욱은 장검이 내뿜는 빛이야말로 '영혼의 소리' 라고 단정짓고, 그것은 "천년 뒤에까지 남아서 옛 자랑을 말하려는 것"이라고 하였다.

또 장검이 내뿜는 '은은한 빛'의 상징은 작가의 표현을 빌린다면 일종의 '정신'이라는 것인데, 그것은 체질과 풍토의 문제라는 것이다. 썩어빠진 정신으로 연명하기보다는 깨끗이 사라지고 마는 편을 욱은 선택한다.

여기까지 살펴보아도 '은은한 빛'의 상징성은 안개에 싸여 있다. 그것은 작가의 모호한 세계관이나 일본어 문장이 주는 불투명성에도 그 책임이 있으나, 무엇보다도 작가의 창작정신을 짓누른 것은 일제의 식민통치정책이었을 것이다.

그런 점에서 욱이 한증막을 찾아가 가마니를 뒤집어쓴 채 온몸이 익어 터지는 고통을 겪는 것은 대단히 시사적이다. "눈은 안 보이고 호흡은 가쁘고 의식은 혼돈하여 그대로 타죽지나 않을까 느껴지는 초열지옥"을 나온 욱은 시원한 욕실로 들어간다.

여기서 작가가 말하는 '초열지옥'이 조선민중이 겪어야 할 악랄한 식민통치와도 같은 일종의 입문의례이고, 시원한 목욕물이 입문의례를 거친 조선민중이 고대하는 막연한 소망이라고 본다면 작품에 대한 과도한 해석일까.

민족의식의 눈뜸이라는 관점에서 볼 때 「은은한 빛」보다는 미약하지만 역시 '조선적인 것'을 찬양한 또 한 편의 단편이 「가을」(『조선화보(朝鮮畵報)』, 1940. 10)이다. 「가을」은 말하는이가 일방적으로 자기 자신만의 이야기를 말하는 이른바 '말하기' 기법의 소설이다. 소설을 보다 기능적으로 인식하기 위해서는 말하는이의 처지나 신분을 따져 볼 필요가 있으나 뚜렷한 관점을 찾기가 어렵다. 또한, 소설의 공간도 『노령근해』(1931)처럼 노동자의 천국인 러시아로 보이지는 않는다. 오히려 소설 가운데 "대륙의 한복판의 한 썰렁한 방 침대 위에 누워 있습니다.", "징, 호궁(胡弓), 북 등의 그 기묘한 고른 음", "대마로(大馬路)", "서공원(西公園)" 등의 서술로 보아 만주의 어떤 도시, 예를 들면 이효석이 아내가 죽고 난 뒤 한때 여행한 적이 있는 신경(新京)이 아닐까 한다. 소설의 말하는이는 "여자의 소유물로서는 너무 고가인 백자"라는 표현이라든가, 아파트에서 몰래 김치를 담갔다가 심한 냄새 때문에 항아리째 버렸다든가, "진한 물색 저고리에 파란 치마"를 입은 조선여자를 보고 자신도 흉내를 내고 싶어 하는 것으로 보아 여성으로 보인다. 또한 주인공은 10년 가까이 고국을 떠나 이역생활을 하고 있는데, 그 까닭은 자신을 '불민한 반역자'로 여기기 때문이다. 주인공은 급성맹장으로 병원에 입원하였다가 퇴원하여 아파트에 홀로 누워 있기 때문에 반도에 대한 향수가 강하게 드러난다.

그렇다면 고백체 형식의 이 소설 속에서 여주인공이 동경하는 이른바 '조선적인 것'은 어떤 것일까. 병상에 누워 있는 주인공은 꿈속에서 「취태평지곡(醉太平之曲)」과 같은 아악을 듣는가 하면, 또 당초문양이 그려진 동향 친구가 선사한 그윽한 조선항아리가 고향을 그리워하게도 만든다. 또한, 서공원 저편 남쪽 고향 하늘을 그리워하며 주인공은 고향의 가을이 사무친다. 고향의 추억을 떠올리게 하는 밤송이나 꽈리, 추석날 음식인 토란국·제주(祭酒)·과일·약밥과 꿀 바른 떡, 수정과·식혜·다식(茶食)·약과·전과(煎果)·조청·왕머루·다래, 시골에서 보내 온 흑사탕 등은 이방인이 된 주인공의 입맛을 돋우어 준다. 그뿐인가. 계절마다 제철에 먹는 음식을 생각하는 것만으로도 즐겁게 만든다. 봄에는 앵두화채, 여름에는 보리수단, 겨울에는 차디찬 감주나 잣죽 등이 그것이다. 이러한 음식이 분에 넘치는 것이라면 된장과 김치만이라도 있었으면 좋을 것이라고 생각한다. 넉넉한 조선옷을 입고 따뜻한 온돌에 누워 느긋하게 쉬고 싶어한다. 그리하여 소설의 결말은 이렇게 끝난다.

아무도 꺼리지 않고 좋아하는 옷을 입고 좋아하는 것을 먹고 자연을 즐기고 온돌에서 자고 익숙한 언어로 애정을 나누고… 그런 날이 몹시 기다려집니다. 커다란 품속으로 돌아가는 날이 무척 기다려집니다.[83]

따온 글이 1940년이 아닌 평화시의 어느 때라면 이국에서 10여 년이 넘도록 외롭게 살면서 자신의 심경을 토로한 산문 수준의 글이 될 터이다. 그러나 「은은한 빛」·「가을」이 발표된 1940년 7월과 10월은 일제가 세계대전의 한가운데 미친개처럼 광분하던 때라는 것을 감안한다면, 이효석의 딴지는 일제의 곤두선 심경을 긁어 놓는 데 중문하였을 것이다. 그런데도 일문으로 쓰여진 두 편의 소설이 『문예』와 『조선화보』에 보란 듯이 발표되었다. 사마귀가 수레바퀴에 덤비는 꼴이다. 신체제문학을 부르짖으며 전시체제하에서 조선의 물자동원에 광분하던 일제가 이러한 소설을 검열에 통과시킨 까닭은 무엇일까.

---

83) 이효석, 「가을」, (『은빛 송어』, 송태욱 옮김, 해토, 2005), 84~85쪽.

아마도 대화혼을 앞세운 통큰 일본의 아량과 관용을 보여 주기 위한 역선전 자료는 아니었을까. 그렇다고 해도 이효석의 용기를 만용으로 평가해서는 안 된다.

비록 짧은 기간 이효석이 친일문학을 하였지만 그 경사와 굴절은 심각하다. 「봄옷」·「엉겅퀴의 장」과 같은 비교적 가벼운 친일문학작품이 있는가 하면 지능적이고 세련된 「서한」·「은빛 송어」와 같은 대표적 친일작품을 창작하기도 하고, 민족의식에 눈뜬 「은은한 빛」·「가을」 등을 창작하기도 하였다. 그렇다면 「서한」과 「은빛 송어」와 같은 친일작품을 쓰고 나서 「은은한 빛」·「가을」과 같은 민족주의 소설을 창작함으로써 참다운 참회의 길을 간 것일까. 이러한 추론은 신빙성이 없다. 왜냐하면 1942년에 「서한」이 발표되기 때문이다. 이효석은 자신의 목적을 위하여 수단과 방법을 가리지 않는 파렴치한 모습까지 보여 주고 있다. 관조와 연조가 높은 친일문학을 위하여 이효석은 아일랜드의 민족시인 예이츠의 시 「떠도는 인거스의 노래」를 악용하고, 인거스의 이미지에다 모드곤의 영상을 보탬으로써 일본에 대한 보다 깊고 높은 충성심을 보여 준 것이다.

크든 작든 나라와 겨레에 대한 반역행위를 용서하거나 변명을 일삼고 면죄부를 주는 행위야말로 또 다른 민족반역행위가 될 터이다. 이러한 죄과와 관계없이 한 작가를 선양하거나 기념관을 지어 찬양한다면 누가 나라와 겨레를 위하여 참다운 눈물을 흘리며 목숨을 바쳐 국가를 구하겠는가.

(3) 제물갈이 삶인가, 그루갈이 삶인가

1) 감상인가, 시정인가

이효석의 수많은 타작 가운데 오직 「모밀꽃 필 무렵」만이 인구에

226

회자될 뿐이다. 이효석은 40장 안팎의 이 짧은 단편만으로 한국문학사의 적자로 기록되었다. 모밀꽃을 볼 때마다 한국사람들은 으레껏 이효석의 「모밀꽃 필 무렵」을 떠올리고, 「모밀꽃 필 무렵」을 떠올릴 때마다 한국사람들은 "소금을 뿌린 듯이 흐뭇한 달빛에 숨이 막혀 하얗었다."라는 소박한 직유법에 불과한 수사법을 떠올리곤 한다.

그렇다면 이효석의 그 수많은 타작 가운데 오직 「모밀꽃 필 무렵」만이 한국인의 가슴속에 살아남은 까닭은 무엇일까. 또 한국사람들이 모밀꽃을 볼 때마다 이효석의 단편소설을 떠올리는 까닭은 무엇일까. 한국인의 집단무의식 속에 튼튼하게 자리잡고 있는 모밀꽃이 던진 미적 의식이란 무엇일까.

아마도 이효석은 한국인의 집단무의식에 자리잡고 있는 원초적 미의식을 형상화하거나 모방하고 있는지도 모른다. 이러한 의문의 매듭을 풀기 위하여 맨 먼저 "감상인가, 시정인가"라는 화두를 던져 볼 필요가 있다. 천이두 · 김우종 · 류종호 등은 이러한 화두에 대하여 맨 먼저 의문을 던지고 나름대로 소박한 답변을 찾아낸 문학평론가들이다.

천이두는 이태준 · 김유정 · 김동리 · 황순원 · 오영수 · 하근찬 등과 더불어 이효석을 '한적 · 인정적' 작품세계를 그린 작가로 식별하고 있다. 우선, 이효석이 이런 계열의 작가로 구분되는 까닭을 허 생원의 패배적이고 회고적인 칩거에서 찾고 있다. 이효석의 문학적 감성은 재래적 토속적 감성이 아니라 서구적 지성으로 세련된 모던한 감성이며, 그것은 그의 사생활과 작품세계를 관통하는 서구 지향적인 이국 취향과 맞닿아 있다고 한다. 이러한 표현기법은 분명 서구 현대시에서 곧잘 운위되고 있는 이른바 래디컬 이미지와 방불하다는 것이다. 그러니까 「모밀꽃 필 무렵」이 보여 주는 아름다움이란 반산문적 · 서정시적 아름다움이라는 것이다.[84]

---

84) 천이두, 『한국현대소설론』(형설출판사, 1983), 128~148쪽.

　　김우종은 이효석 문학을 1930년대 순수작단을 빛낸 가장 '정공(精巧)한 기념탑'이라고 격찬하면서 순수문학으로서 흠잡을 데가 없다고 하였다. 또 그의 문학을 작품 성격상 프로문학적인 것, 이국취향적인 것, 색정주의적인 것으로 구분하였다.

　　앞에서 천이두가 이효석의 「모밀꽃 필 무렵」을 "반산문적 서정시적 아름다움"이라고 지적한 바 있는데, 김우종은 천이두의 이러한 지적에 대체로 동조하면서 다음과 같은 입장을 표명하고 있다.

　　　이와 같은 주관적인 표현은 작자 자신이 뒤로 숨어서 인물과 사건을 다만 객관적으로 묘사하고 형상화해 나가는 일반적인 수법과는 다르다. 이것은 소설보다는 시적인 표현, 또는 수필적인 표현이다. 그리고 작자는 이러한 표현으로 장면의 사실적인 묘사보다는 장면의 분위기 형성에 더 많이 힘쓰고 있다. 그것은 마치 섬세한 묘사보다도 많은 여백을 통해서 전체의 신비한 매력을 형성하는 동양화의 수법과 마찬가지다. 작자는 이런 표현으로 독자를 시적 상상의 세계로 끌고 들어간다. 그뿐만 아니라 작자는 대부분의 작품에서 그 같은 시적인 분위기를 형성하도록 플로트를 짜나가고 있다.[85]

　　따온 글에서 보는 바와 같이 김우종은 이효석의 반산문적인 시적 표현에 대하여 대단히 긍정적인 평가를 하고 있다. 즉 이효석은 사실적인 묘사보다 분위기 형성에 힘쓰고, 섬세한 묘사보다 동양화적 기법을 원용하여 시적 상상의 세계로 독자들을 끌어들인다고 한다. 그리하여 시와 산문의 장점을 다 같이 배합하고 조화시킨 수법으로 딴 데서는 찾기 힘든 매력을 발산하고 예술적인 감동을 준다고 한다.

　　류종호는 퍼시 라보크의 『소설기술론』 제8장을 따오면서 '회화'와 '드라마'에 대하여 말하고 있다. 소설기술론으로 볼 때, 앞의 것은

---

85) 김우종, 『현대 소설의 이해』(이우출판사, 1978), 77쪽.

일종의 '말하기'이고 뒤의 것은 '보이기'이다. 즉 '회화적 방법'은 인생의 넓은 공간이나 방대한 양의 경험을 그리는 것을 가능하게 하여 작가에게 폭넓은 자유를 누리게 하지만, 강렬도가 떨어진다는 단점이 있다. 반면 '극적 방법'은 강렬한 효과라는 장점은 있으나 방대한 양의 풍요한 인생을 보여 주지는 못한다. 따라서 퍼시 라보크가 제시하는 방법은 '회화적 방법'과 '극적 방법'의 선용(善用)과 병용(倂用)이다. 이럴 경우 아무래도 단편소설은 '극적 방법'을 따르게 되고, 장편소설은 '회화적 방법'을 따르게 된다고 한다.

그리하여 류종호는 두 가지 방법을 기능적 측면에서 다음과 같이 요약·정리한다. '회화적 방법'과 달리 편집자적 논평, 작가 편에서의 개괄, 작중 인물의 감정이나 사고의 분석을 피하고 대화나 행동을 통해서 작가가 소재를 객관적으로 제시(표현)하는 것을 '극적 방법'이라고 한다. 즉 작중 인물은 설명되는 것이 아니고 자기 자신의 행동에 의하여 제시되며, 독자들은 외적인 행동과 대화로부터 내적 상황을 추리해야 한다. 따라서 '극적 제시'의 작품의 주제는 노출되어 있기보다는 비장되어 있고 비밀은 그만큼 음미를 요하며 함축성이 깊다. 작가는 문제를 제시하고 독자로 하여금 의미를 추출하도록 하는 지적 협동이 요구된다.

류종호는 이러한 퍼시 라보크의 서술방법론에 따라 이효석의 「모밀꽃 필 무렵」을 두 가지 관점에서 비판하고 있다.

맨 먼저, 류종호는 이효석이 '회화적 방법'만을 쓴 결과 소설의 주제가 애매성을 띠고 있을 뿐만 아니라 약체화되어 있고 인물의 전형성을 잃었다고 주장한다. 그러나 소설의 효과에 대해서는 유보적인 태도를 취하고 있다.

물론, 류종호가 「모밀꽃 필 무렵」을 분석 텍스트로 선택한 데는 감상문적 심경 토로의 작품, 작가와 작중 인물의 거리가 거의 없다시피 한 이효석의 작품 중에서 그나마 이 작품이 이례적으로 소설로서의 골격을 갖추고 있다고 보았기 때문이다.

이러한 류종호의 주장이 단정적이라기보다는 가치 유보적이라는 점을 유의할 필요가 있다. 왜냐하면 류종호는 '극적 제시'의 방법에 무연하다고 해서 그 기법이 졸렬하다든가, 응분의 효과를 거두지 못하는 것은 아니라는 자기부정을 하고 있기 때문이다.

그렇다면 과연 류종호의 말대로 편집자적 논평을 일삼게 되면 소설의 주제가 애매성을 띠게 되고 약체화되는 것일까? 아니다. 오히려 편집자적 논평을 일삼게 되면 주제는 노악(露惡)성을 띠거나 감정화되고 만다. 작가의 역량에 따라 감정화도 강성화되거나 견고화되기도 하고 때로는 감성화, 또는 감상화되기도 한다. 만약 류종호가 조선시대 한글소설 몇 편을 읽어보았다면 조선시대 익명의 작가들이 편집자적 논평을 얼마나 애용하고 선용하였는가를 쉽사리 파악할 수 있었을 것이다. 그들이 편집자적 논평을 일삼았다고 하여 결코 소설의 주제가 애매성을 띠거나 약체화된 적은 없다. 오히려 그들은 그러한 방법을 활용하여 독자 대중을 울리기도 하고 웃기기도 하였던 것이다.

또 류종호의 말대로 이효석이 편집자적 논평을 일삼았기 때문에 소설의 주인공인 허 생원이 인간 속성의 어느 국면을 대표하는 전형성을 잃게 된 것일까? 허 생원이 전형성이 없는 인물이라는 것은 맞는 말이다. 그러나 허 생원이 전형성을 상실한 것은 작가의 편집자적 논평 때문이 아니라 작가의 세계관에서 비롯된 것이다. 즉 허 생원은 민중적 당파성을 지닌 인물이 아니라 소설의 처음부터 끝까지 철저하게 이기주의적인 인물유형이라는 점에서 중생적 당파성을 지닌 인물이다. 따라서 「모밀꽃 필 무렵」은 동반자 문학도 리얼리즘 문학도 아니다. 허 생원은 필연적인 인물이 아니라 우연성에 기댄 인물이라는 점에서 신화적 인물이거나 설화적인 인물 수준에 머물러 있다.

따라서 작품에서 일정한 분위기를 조성하기 위해 반극적 제시의 방법이 활용되고 있으며, 극적 방법이 없다는 것이 곧 작품의 효과를 줄이고 있다는 투의 이야기는 할 수 없다고 류종호는 자기주장을 번복한다. 자신이 파놓은 허방에 스스로 빠져 버린 셈이다.

다만, 우리는 다음과 같은 사실만을 확인하기로 하자. 즉 효석 작품에서 비교적 단편다운 플롯과 골격을 가지고 있는 「모밀꽃 필 무렵」에 있어서도 극적 방법이 없다는 사실, 따라서 효석이 극적 제시와 무연한 작가라는 사실이다. 그리고 이것은 엄밀한 의미에서 통계적 자료의 실증을 요하는 사실이지만, 우리나라의 대표적인 자연주의자 혹은 사실주의자라고 알려져 있는 김동인이나 염상섭의 경우에도 이러한 분석은 그대로 해당된다. 동인의 작품 중에서도 극적제시에 비교적 가까운 근사치를 가지고 있는 것은, 전지적 요약의 틈틈이 '장면 중심적' 수법의 편린이 보이는 「감자」 정도다.[86]

자연주의 작가 또는 사실주의 작가로 알려진 김동인이나 염상섭이 극적 방법이 아닌 반극적 방법, 류종호의 표현을 빌린다면 '편집자적 논평' 또는 '주정적 심경 토로'를 일삼고 있다는 사실을 부정하기는 힘들다. 오히려 그것은 한국소설의 전통적 서술방법이라고 앞서 지적한 바 있다. 극적 방법이 아닌 반극적 방법을 선용한다고 하여 류종호가 지적하는 바와 같이 소설의 효과가 반감되는 것도 아니다.

그렇다면 류종호가 지적하듯 이효석이 선용하고 있는 회화적 방법이 이효석의 문학을 감상의 나락으로 떨어뜨리는 것일까, 아니면 오히려 시정의 세계로 상승시키는 것일까. 이러한 문제에 대하여 짧고 명료한 답변을 내리기는 어렵다.

이 문제를 논증하기 위하여 「모밀꽃 필 무렵」 전편에 나오는 문장 가운데 이른바 '감상적 거짓' 또는 '낭만적 허위'로 보이는 요소가 개입된 다음과 같은 16개의 문장을 따온 다음, 두 가지 차원에서 검토하기로 한다. 여기서 두 가지 차원이란 '감상적 심경 토로' 단계와

---

86) 류종호, 「서구소설과 한국소설기법」, 『한국인과 문학사상』(일조각, 1964), 273쪽.

'몽상적 환상 몰입' 단계를 말한다.

　1. 여름장이란 애시당초 글러서, 해는 아직 중천에 있건만 장판은 벌써 쓸쓸하고 더운 햇발이 벌려 놓은 전 휘장 밑으로 등줄기를 훅훅 볶는다.

　2. 얼금뱅이요 왼손잡이인 드팀전의 허 생원은 기어코 동업의 조 선달을 낚구워 보았다.

　3. 얼금뱅이 상판을 쳐들고 대어설 숫기도 없었으나 계집 편에서 정을 보낸 적도 없었고 쓸쓸하고 뒤틀린 반생이었다.

　4. 녀석이 제법 난질꾼인데 꼴사납다.

　5. 그러나 한마디도 대거리하지 않고 하염없이 나가는 꼴을 보려니, 도리어 측은히 여겨졌다.

　6. 장에서 장으로 가는 길의 아름다운 강산이 그대로 그에게는 그리운 고향이었다.

　7. 평생 인연이 없는 것이라고 신세가 서글퍼졌다.

　8. 이지러는 졌으나 보름을 가제 지난 달은 부드러운 빛을 흐붓이 흘리고 있다.

　9. 밤중을 지난 무렵인지 죽은 듯이 고요한 속에서 짐승 같은 달의 숨소리가 손에 잡힐 듯이 들리며, 콩포기와 옥수수 잎새가 한층 달에 푸르게 젖었다.

　10. 산허리는 왼통 모밀밭이어서 피기 시작한 꽃이 소금을 뿌린 듯이 흐뭇한 달빛에 숨이 막혀 하얗었다(막힐 지경이었다).

　11. 붉은 대궁이 향기같이 애잔하고 나귀들의 걸음도 시원하다.

　12. 방울소리가 시원스럽게 딸랑딸랑 모밀밭께로 흘러간다.

　13. 구수한 자줏빛 연기가 밤기운 속에 흘러서는 녹았다.

　14. 옷째 쫄짝 젖으니 물에 젖은 개보다도 참혹한 꼴이었다.

　15. 동이의 탐탁한 등허리가 뼈에 사모쳐 따뜻하다.

　16. 물을 다 건너올 때에는 도리어 서글픈 생각에 좀더 업혔으면

도 하였다.[87]

위에서 보는 바와 같이, 감상적 심경 토로는 16개 항 중 11개 항으로 1 · 2 · 3 · 4 · 5 · 6 · 7 · 8 · 12 · 15 · 16이며 몽상적 환상 몰입은 16개 항 중 5개 항으로 9 · 10 · 11 · 13 · 14이다. 감상적 심경 토로는 분위기나 주인공의 심경을 유도하는 기능을 하며, 몽상적 환상 몰입의 경우는 직유나 은유를 통하여 새로운 환상세계를 연다.

감상적 심경 토로에서 작가가 소설의 배경인 자연 상태를 주관적으로 묘사하여 어떤 분위기를 유도하는 것은 1 · 8 · 12이고, 작가가 주관적으로 인물의 심리 상태에 개입하여 인물의 심리를 직접 말하고 있는 것은 2 · 3 · 4 · 5 · 6 · 7 · 15 · 16이다.

자연 상태의 주관적 묘사인 1에서 '쓸쓸하고'는 파장 무렵의 장터를 수식하고 있는데, 여기서 파장은 하루해가 진 파장이 아니라 해가 중천에 있는데도 손님이 끊어져 마감할 수밖에 없는 상태를 말한다. 이는 허 생원의 현재 심리 상태와 지난 쓸쓸한 반생을 어렴풋하게 암시하는 것이라고 할 수 있다. 8의 '흐붓이'는 밝고 풍만한 달을 수식하고 있는데 앞으로 전개될 허 생원이 겪은 단 한 번의 흐뭇한 추억을 예시한다. 12의 '시원스럽게'는 나귀의 방울소리를 수식하고 있는데, 방울소리가 모밀밭께로 퍼져 가는 것으로 보아 모밀꽃 필 무렵에 있었던 사건을 빌미로 하여 쓸쓸하고 뒤틀렸던 허 생원의 지난 반생이 시원스럽게 반전될 것을 암시하는 것으로 보인다.

인물 심리의 주관적 개입은 두 가지로 나누어 볼 수 있는데 2 · 3 · 6 · 7은 허 생원의 쓸쓸한 반생을 이야기하며, 4 · 5 · 15 · 16은 동이를 바라보는 허 생원의 심리 변화 상태를 보여 준다.

2와 3에서는 허 생원이 추악한 얼금뱅이에다 일종의 불구로 여겨지는 왼손잡이에 걸맞는 쓸쓸하고 뒤틀린 반생을 보낸 인물이라고

---

87) 여기서 따온 글은 『이효석전집』(창미사, 2003) 117~126쪽을 따랐다. 괄호 부분은 『한국소설문학대계 16 · 이효석』(동아출판사, 1995) 480~490쪽의 것이다.

평판적인 설정을 하고 있다. 이것은 앞으로 전개될 성 처녀와의 우연한 정사에 대한 의미·효과를 상승시키는 역할을 한다. 그리고 6에서 보듯 허 생원에게 '그리운 고향'은 장에서 장으로 가는 길의 아름다운 강산으로, 이는 허 생원의 정처 없는 떠돌이 인생을 의미한다. 또 7에서 허 생원의 '서글퍼'진 것은 계집과의 인연 없음이다.

4·5·15·16은 동이를 바라보는 허 생원의 심리변화 과정을 작가가 직접 개입 형태로 서술한 부분이다. 4에서 허 생원이 동이를 '꼴사납다'고 보는 것은 충주집에 대한 동이의 농탕질을 보고 난 뒤의 심경으로, 이는 허 생원의 심리적 반감을 나타낸 것이다. 이러한 허 생원의 반감은 5에서 '하염없이' 나가는 동이의 모습을 보고 '측은히' 여기는 마음으로 변한다. 이는 허 생원이 따귀를 때렸는데도 대거리하지 않는 동이의 태도로 인하여 처음으로 느끼게 된 그에 대한 호감이다. 허 생원의 결정적인 심리변화는 15와 16에서 드러난다. 물에 떠내려가는 허 생원을 동이가 등에 업고 강을 건너자 동이의 등이 허 생원은 '사모쳐 따뜻하게' 느껴지게 되고 '좀더 업혔으면' 하는 아쉬움에 '서글픈 생각'까지 갖게 된다.

위에서 살펴본 바와 같이 작가가 사용한 '감상적 심경 토로'라고 보이는 것은 남용되거나 남발된 바가 없다. 오히려 그것은 배경묘사와 인물의 설정 사이에서 기능적인 역할을 하여 나름대로 의미를 가질 뿐만 아니라, 독자를 서정적 시 세계로 유도하는 효과를 자아내고 있다.

이와 같이 감상적 심경 토로가 모밀꽃 필 무렵에서 서정시적 분위기를 유도하고 있다면, 몽상적 환상 몰입의 경우는 여기서 한 걸음 더 나아가 새로운 비경의 시 세계를 열어 준다.

9에서 기본동사는 '젖었다'로 볼 수 있는데, 여기서 젖어 있는 상태는 '달에 한층 푸르게'이다. "달에 한층 푸르게 젖었다."는 직유법에 의하여 세 번씩이나 수식된다. 여기서는 '짐승 같은 달의 숨소리'가 중심 수식어인데, 이것이 다시 "죽은 듯이 고요한"과 "손에 잡힐 듯이 들리며"의 수식을 받는다. 그러니까 여기서 비경의 시세계는 달의 숨소리가 들릴 정도로 콩포기와 옥수수 잎새가 푸르게 달빛에 젖어 있는 고요한 환상적 세계이다.

10은 「모밀꽃 필 무렵」에서 비경의 환상적 시세계의 절정이라고 볼 수 있다. 좀더 상세히 살펴보기에 앞서, 문헌적 검토를 하고 넘어가기로 한다.

ㄱ. 산허리는 왼통 모밀밭이어서 피기 시작한 꽃이 소금을 뿌린 듯이 흐뭇한 달빛에 숨이 막혀 하얗었다.
ㄴ. 산허리는 왼통 모밀밭이어서 피기 시작한 꽃이 소금을 뿌린 듯이 흐뭇한 달빛에 숨이 막힐 지경이었다.

ㄱ은 이효석이 1936년『조광』10월호에 발표한 원문을 실은 창미사판『이효석 전집』3권에서 따온 것이고, ㄴ은 1995년에 나온 동아출판사판『한국소설문학대계 16·이효석』에서 따온 것이다. ㄱ과 ㄴ 사이에는 무려 59년의 격차가 있는데, "숨이 막혀 하얗었다."가 "숨이 막힐 지경이었다."로 바꾸어지는 과정을 상세히 검토할 수는 없으나 무의식적이었든 의식적이었든 간에 누군가에 의해 판본의 교정 오류가 발생하였다는 사실은 인정해야 할 것이다. 여기서 교정 오류가 발생한 까닭을 명백하게 밝혀 볼 수는 없다.

ㄱ과 ㄴ은 모두 비문이다. 왜냐하면 ㄱ과 ㄴ에서 주어는 '꽃이'로 보아야 하는데 이럴 경우 ㄱ에서는 '숨이 막혀 하얗었다'가 서술어이고 ㄴ에서는 '숨이 막힐 지경이었다'가 서술어인 까닭에 ㄱ과 ㄴ은 모두 주어 '꽃이'와 '숨이 막히다'가 호응하지 못하기 때문이다. 단지, '꽃이 숨이 막히다'는 문장을 시적 허용으로 본다면 '소금을 뿌린 듯이'와 호응하지 못하는 ㄴ만 비문이 된다. 그러므로 여기서는 "달의 조명을 받은 모밀꽃이 하얗다."는 것이 작가의 원래 의도였다고 보고 ㄱ만을 논의의 대상으로 삼는다.

ㄱ의 미적 공간을 제대로 인식하기 위해서는 소설의 주인공들인 허 생원과 조 선달, 동이가 나귀를 몰고 산길을 가고 있다는 점을 전제해야 한다. 그들은 모밀꽃이 막 피기 시작한 산허리와 일정한 거리를 둔 산 아래의 좁은 외길에서 모밀밭을 바라보고 있다. '꽃'이 주어로 된 이 문장은 '소금을 뿌린 듯이'라는 직유법이 꾸며 낸 환상적인 하얀 모밀밭과 모밀꽃이 흐뭇한 달빛에 젖어 숨이 막혔다는 의인법이 다시 '하얗었다'는 종결어미를 수식함으로써 두 가지 수사법이 동원되어 달빛에 젖은 순백의 환상적 비경을 만들어 내고 있다. 이것은 이효석이 만들어 낼 수 있는 한국 최고의 황홀한 미적 공간인 것이다.

11은 모밀꽃의 "붉은 대궁이 향기같이 애잔하다."는 직유법이나 "나귀들의 걸음도 시원하다."는 공감각적 이미지를 통해 세 사람이 걸어가고 있는 고요하고 한적한 밤길을 수식하고 있다. 그리고 13은 밤길의 편안하고 아늑한 분위기를 공감각적 이미지를 통해 자아내고 있는데 담배연기가 "흘러서는 녹았다."고 일상 언어습관을 파괴함으로써 신선함을 안겨 준다.

14는 이제까지의 환상적인 몽롱한 분위기에서 깨어나 차가운 현실로 복귀하는 부분이다. 물에 빠진 허 생원의 옷이 모두 젖은 모습을 비교급을 사용하여 "개보다도 참혹한 꼴"로 냉혹한 현실로 복귀시킴으로써 앞으로 동이 모자를 만나 새롭게 꾸며 갈 노년의 행복을 부각시킨다.

일상생활에서 흘려 보기 쉬운 전원을 이효석은 직유법·은유법·의인법·비교법 등의 수사법을 동원하여 몽상적이고도 환상적인 비경을 창조하는 데는 성공하였으나, 수사법을 과도하게 부려 쓴 나머지 자연스러운 맛을 잃고 말았다. 이효석은 무지개 일곱 빛깔이 제 빛을 유지하며 다른 빛과 어울릴 때만 무지개가 될 뿐이며 무지개의 일곱 빛깔을 모두 섞어 놓으면 암흑이 된다는 사실을 아직 터득하지 못하고 있다. 어쩌면 치기어린 환상적 거짓이 그의 생애를 관통하여 문장 뒤에 유령으로 숨어 있는지도 모르겠다. 가장 잘하는 설교는 설교의 기분이 나지 않으며, 가장 잘하는 정치연설은 정치연설의 냄새가 나지 않으며, 가장 좋은 문장은 좋은 문장이라는 티가 나지 않는 법이다.

결론적으로 말하면, '감상적 심경 토로' 단계나 '몽상적 환상적 몰입' 단계에서도 이효석의 문장은 감상의 나락으로 추락한 것이 아니라 일정한 시정을 자아내어 서정적인 신비의 세계를 열어 놓았다는 사실을 부정하기는 힘들다. 천이두가 이효석의 작품세계를 "한적 · 인정적" 세계로 보고, 그의 작품이 반산문적 · 서정시적 아름다움을 지니고 있다는 지적은 틀린 말이 아니다. 김우종은 이효석이 사실적인 묘사보다 분위기 형성에 힘쓰고 섬세한 묘사보다 동양화적 기법을 원용하여 시적 상상의 세계로 독자들을 끌어들인다고 했는데 이러한 지적도 틀린 말은 아니다. 이효석이 '회화적 방법'만을 쓴 결과 소설의 주제가 애매성을 띠고 있을 뿐만 아니라 약체화되어 있고 인물의 전형성을 잃었다는 류종호의 주장은 절반의 오류로 볼 수 있다.

여기서 전통적인 극적 제시나 회화적 서술방법에 관하여 근본적인 의문을 제기할 필요가 있다. 1950년대 후반 미국에서 태동하여 한국의 군사독재 시기와 민주 · 민족운동기 사이에서 요원의 불길처럼 일어나 숨바꼭질을 거듭하던 포스트모더니즘은 김영삼의 집권과 더불어 이 땅의 문화계를 강타하였다.

포스트모더니즘은 문학 갈래를 해체 · 확산 · 통합한다. 모더니즘이 군대조직처럼 엄격히 규정하던 문학 갈래를 포스트모더니즘은 갈래 사이의 장벽을 무너뜨리고 "경계선을 넘고 간격을 좁히는 작업"을 추진한다. 그리하여 시 · 소설 · 희곡은 평론의 비평적 추리력을 빌려 가고, 반대로 평론은 창작적 특성을 활용하게 되었다.

이러한 포스트모더니즘의 주장에 의하면 극적 제시나 회화적 서술방법을 구별하는 일은 어이없는 일이 되고 만다. 그렇다면 한국 근대문학의 새 장을 열어 간 홍명희 · 염상섭 · 이기영 · 채만식 등 뛰어난

한국작가들이 왜 '사실적 정확성'을 문예미학으로 선택하였는지를 자문해 볼 필요가 있다. '사실적 정확성'이라는 고지를 이효석이 한 발짝 물러서거나 외면하였을 때 그의 중편소설과 장편소설은 모두 실패하고 말았다는 사실을 주목할 필요가 있다. '집요한 사실 추구'나 '진지한 진실의 탐구' 없이는 산문문학의 꽃인 소설문학의 새 장을 열어 갈 수는 없었던 것이다.

그러니까 이효석의 「모밀꽃 필 무렵」이 '감상적 심경 토로'나 '몽상적 환상 몰입'에 의한 서정시적 시정을 자아냈기 때문에 대표적 단편소설로 살아난 것이 아니라는 결론에 도달한다. 그렇다면 김우종의 말대로 「모밀꽃 필 무렵」이 1930년대 순수작단의 '정공한 기념탑'으로 살아남은 까닭은 무엇일까.

2) 제물갈이 삶인가, 그루갈이 삶인가

「모밀꽃 필 무렵」의 배경은 봉평에서 대화까지 가는 물리적 공간이고, 시간적 배경은 봉평의 파장 무렵에서 달이 질 때까지 대략 12시간이다. 그러나 이러한 배경은 소설상의 배경일 뿐 현실적인 배경은 아니다.

소설의 배경을 상세히 살펴보기에 앞서 먼저 이효석의 유년시절 연보를 살펴보기로 한다.

2003년 『창미사』판 전집 7권 연보에 따르면, 이효석은 1907년 강원도 평창군 진부면 하진부리 196번지에서 이시후와 충북 충주 출신의 어머니 사이에서 장남으로 태어난다. 1910년 네 살 때 서울에서 교편을 잡고 있던 아버지를 따라 가족이 서울로 이사, 1912년 여섯 살 때 가족과 함께 강원도 진부로 다시 낙향하였다. 1913년 일곱 살 때 평창보통학교 입학, 1920년 열네 살 때 경성제일고보 입학, 1925년 열아홉 살 때 경성제국대학 예과에 입학한다.

김남극에 증언에 따르면 1912년부터 1913년까지 향리에서 한문서

238

당을 다녔으며, 작가 자신도 「나의 수업시대」(1937)에서 일곱 살 전
후하여 가정과 사숙에서 소학을 수학하였다고 말한 바 있다.
   그러니까 이효석은 네 살 때부터 여섯 살 때까지 한 2년 동안의 서
울생활을 빼고 나면 열네 살에 다시 서울로 상경하기까지 약 열두 해
동안을 진부와 평창에서 산 셈이 된다. 소설의 배경은 작가가 출생하
여 유년시절을 보낸 고향 현장이라는 점을 유의할 필요가 있다.

   대화까지는 칠십 리의 밤길, 고개를 둘이나 넘고 개울을 하나 건
   너고 벌판과 산길을 걸어야 된다.

   위의 따온 글이 「모밀꽃 필 무렵」의 소설 배경이다. 봉평에서 대화
까지 가는 현재의 국도 길이는 약 50여 리이고 당시 주인공들이 나귀
를 몰고 가던 중로는 약 70여 리인데, 현재의 국도와 약 90%가 일치
한다고 이효석문학관의 김남극은 증언하고 있다. 봉평과 대화 사이
에는 1,173m의 금당산이 자리잡고 있어 산줄기가 두 지점을 지나고
있다. 봉평 창동리에서 발원한 평창강은 대화를 거쳐 평창에 이르고,
이 강은 다시 단양과 충주를 거쳐 남한강으로 흘러간다.
   김남극의 증언에 따르면 봉평에서 노루목고개까지는 약 6km이고
여기서 1km를 내려가면 여울목이 나오는데, 바로 이 지점이 허 생
원·조 선달·동이가 옷을 벗고 개울을 건넌 지점이라고 한다. 이 여
울목에서 3km를 다시 오르면 재산고개에 이르고, 여기서 다시 10km
를 가면 대화장터에 이르게 된다고 한다.

   허 생원은 젖은 옷을 웬만큼 짜서 입었다. 이가 덜덜 갈리고 가슴
   이 떨리며 몹시도 추웠으나 마음은 알 수 없이 둥실둥실 가벼웠다.
   "주막까지 부지런히들 가세나. 뜰에 불을 피우고 훗훗이 쉬여. 나
   귀에겐 더운 물을 끓여 주고. 내일 대화장 보고는 제천이다."
   위의 따온 글에 의하면, 주인공 세 사람은 개울을 건너 주막에서

몸을 녹이고 바로 대화장터로 가는 듯한 인상을 준다. 그러나 앞에서 살펴본 바와 같이, 주인공들이 개울을 건너 다시 재산고개를 넘어 10km를 가야만 대화장터에 이르게 된다. 봉평에서 대화까지 사이에 개울은 노루목을 지나 흐르는 개울이 유일하다고 김남극은 말한다. 여기서 작가는 소설의 짜임새를 위하여 재산고개 이하의 공간을 삭제하여 버렸다는 것을 알 수 있다. 물론 그것은 작가의 창작자유일 터이다.

18세기 말부터 19세기 초에 이르기까지 지방에서 열리는 5일장은 전국적으로 확장되며 대화장은 전국적인 5일장과 연계를 맺는 중요한 장시 가운데 하나였다. 현재 평창군을 중심으로 열리는 장시는 미탄장 1일 · 6일, 봉평장 2일 · 7일, 진부장 3일 · 8일, 대화장 4일 · 9일, 평창장 5일 · 10일로 되어 있다. 이러한 장시 날짜는 18세기 이래 현재까지 거의 변함이 없었으며, 장시의 거리는 주민의 경제활동을 감안하여 대개 40~50리 사이를 두는 것이 상식이다.

이러한 장시 날짜에 따르면 허 생원 · 조 선달 · 동이는 1일 미탄장을, 2일 봉평장을, 3일 진부장을, 4일 대화장을, 5일 평창장을, 6일 다시 미탄장을, 7일 다시 봉평장을 보아야 맞는다. 다시 말하면 세 사람의 주인공은 4일 대화장을 본 후 7일 봉평장을 보아야 맞는다. 만약 소설대로 2일 봉평장을 보고 대화장을 보러 간다면 4일장을 보아야 하고, 봉평장에서 7일장을 보고 대화장을 보러 간다면 9일장을 보아야 하는데, 하루가 아까운 장돌뱅이들이 이틀을 묵어 대화장을 본다는 것은 현실적으로 상식 밖의 일이다. 또 하룻밤 사이에 재를 둘이나 넘어 70리 길을 간다는 것도 역시 상식 밖의 일이다. 여기서 작가의 세계 중심은 대화가 아닌 자신의 고향인 봉평이라는 것을 알 수 있다. 물론, 현실적인 장시 날짜를 소설 속의 장시 날짜로 고쳐 놓는 것도 작가의 창작자유일 터이다.

2004년 8월 30일부터 9월 2일까지 해뜨는 시간과 달지는 시간은 한국천문연구원 자료에 의하면 아래와 같다. 물론, 1936년과 2004년 사

이의 해뜨는 시간과 달지는 시간은 차이가 있다고 보아야 한다. 그럼
에도 여기에서 이러한 통계수치를 구태여 따온 까닭은 「모밀꽃 필 무
렵」의 시간적 배경이 바로 모밀꽃 필 무렵이기 때문이다. 소설의 첫
머리의 "여름 장이라 더운 햇발이 등줄기를 훅훅 볶는다."는 구절로
보아 소설의 배경적 시간은 추석 한 달 전인, 보름을 갓 지난 8월의
어느 날 밤으로 보는 것이 타당할 것이다.

날짜	해뜨는 시간	달지는 시간
8월 30일(음 7. 15)	06:00	05:42
8월 31일(음 7. 16)	06:01	05:53
9월 1일(음 7. 17)	06:02	08:01
9월 2일(음 7. 18)	06:03	09:07

소설에서 소설적 시간을 가장 정확히 알려 주는 정보는 다음과 같
은 두 문장이다.

　ㄱ. 이지러는 졌으나 보름을 가제 지난 달은 부드러운 빛을 흐붓
이 흘리고 있다.
　ㄴ. 걸음도 해깝고 방울소리가 밤 벌판에 한층 청청하게 울렸다.
달이 어지간히 기울어졌다.

따온 글 ㄱ에 의하면 소설의 배경이 되는 시간은 둥근 달이 뜨는
보름이 아니라 보름을 갓 지나 둥근 달이 어느 정도 이지러진 음력
17일이나 18일쯤이다. 그런데 위의 표에서 보는 바와 같이 17일 날 해
뜨는 시간은 아침 6시 2분이고 달지는 시간은 8시 1분인데, 18일 날
해뜨는 시간은 아침 6시 3분이고 달지는 시간은 9시 7분이다. 주인공
들이 ㄴ에서 보는 바와 같이 청청한 방울소리를 울리며 밤 벌판을 걸

어가고 있는데 벌써 달은 지고 만다. 표에서 보는 바와 같이 아직 달이 질 시간이 아닌데도 작가는 소설 속에서 소설의 기능이나 효과만을 생각하여 달지는 시간까지도 서둘러 앞당겨 놓고 있다. 물론, 그것도 작가의 창작자유일 터이다.

또 이어령은 이효석이 「모밀꽃 필 무렵」에서 허 생원과 동이 사이가 부자지간이라는 상징체계로서 '왼손잡이'라는 생리학적 기호를 사용하고 있는데, 이는 유전이 아니라고 거듭 강조한다. 소설에서 '왼손잡이' 신호체계가 등장하는 것은 모두 세 차례나 된다.

　ㄱ. 얼금뱅이요 왼손잡이인 드팀전의 허 생원은 기어코 동업의 조선달을 낚구워 보았다.
　ㄴ. "쫓으랴거든 쫓아 보지. 왼손잡이가 사람을 때려."
　ㄷ. 나귀가 걷기 시작하였을 때 동이의 채찍은 왼손에 있었다. 오랫동안 아둑시니같이 눈이 어둡던 허 생원도 요번만은 동이의 왼손잡이가 눈에 띠이지 않을 수 없었다.

따온 글 ㄱ은 소설의 서두에서 허 생원이 조 선달에게 장을 그만 거두자고 권하는 지문인데 여기서 '왼손잡이'는 허 생원의 뒤틀리고 쓸쓸한 반생을 형상화하는 꾸밈씨 구실을 하고 있다. ㄴ은 허 생원의 나귀가 암새를 내어 발광을 하자 이를 놀리는 아이들을 쫓아 버리는 허 생원에게 아이들이 분풀이로 고함을 치는 부분인데, 다분히 소설의 기능적 측면을 감안한 꾸밈씨로 보인다. ㄷ은 소설의 결말에서 허 생원과 동이가 부자라는 암시를 거듭 강조한 부분이다.

이러한 세 차례의 '왼손잡이' 역할에 대하여 이어령이 비판대상으로 삼은 부분은 ㄷ에만 한정된다.

「모밀꽃 필 무렵」은 이효석의 대표작이다. 동시에 우리 근대문학의 대표작이기도 하다. 그런데 그 작품 속에서도 많은 평론가들이

242

칭찬을 아끼지 않았던 부분은 바로 다음과 같은 마지막 구절이다.

"나귀가 걷기 시작하였을 때 동이의 채찍은 '왼손'에 있었다. 오랫동안 아득신이같이 눈이 어둡던 허 생원도 요번만은 동이의 '왼손잡이'가 눈에 띄지 않을 수 없었다."

'동이'가 왼손잡이라는 데에서 그가 허 생원의 아들임에 틀림없을 것이라고 암시한 대목이다. 왜냐하면 허 생원 역시 왼손잡이였기 때문이다.

어쩌다가 허 생원은 모밀꽃이 핀 달밤 물방앗간에서 처녀와 사랑을 맺었던 것이다. 그게 마지막이었지만 수십 년 후 우연히 같은 장돌뱅이로 한패가 된 '동이'란 청년을 만나 이야기를 듣게 되자 허 생원은 아무래도 그가 그 처녀의 몸에서 태어난 자기 아들일 것이라는 생각이 든다. 그때 바로 동이가 채찍을 잡는 것을 보니 틀림없는 '왼손잡이'……결국 그는 허 생원의 아들이었다는 것이다.

참으로 평론가의 칭찬을 받을 만큼 그럴듯하게 꾸며진 이야기다. '왼손잡이'라는 복선을 사용한 수법이 기발하면서도 함축성이 있다. 그러나 한 번 더 따지고 보면 그것은 참으로 어처구니없는 넌센스다.

이유는 간단하다. 왼손잡이는 유전하는 것이 아니다. 한국의 경우는 왼손잡이가 약 5퍼센트며 구미 각국은 20퍼센트로 되어 있다. 그리고 아프리카의 카필 족엔 왼손잡이가 거의 없다.

물론 이와 같은 통계는 이효석의 허 생원적인 유전설과는 관계없는 일이다. 사회의 관습과 제압이라는 환경의 소산으로 해석되어야 한다. 즉 우수 존중(右手尊重)이라는 종교나 좌수(左手) 터부 등 민족 신앙에 의해 그 숫자가 좌우되고 있는 것이다.

'왼손잡이'가 유전이냐 아니냐 하는 생리학을 가지고 명작을 깎아내리자는 것은 아니다. 문제의 초점은 어째서 이효석과 같은 대표적인 작가가 그런 글을 쓰는 데에 있어서 '왼손잡이'가 과연 유전이냐 아니냐 하는 것을 검토도 해보지 않고 의심도 없이 그냥 단정을 내렸는가 하는 태도다. 그리고 또 많은 평론가들은 평론가들대로 일말의 회의도 없이 '좌수 유전설'을 그대로 프리 패스시켰느냐 하는 점이다.

소설을 쓴 사람이나 그것을 평하는 사람이나 다 같이 실증적이며 과학적인 사고방식이 결여되어 있었던 탓이다. 이 작품이 발표된 지 몇 십 년이 지난 오늘날까지 아무도 그에 대해서 말하고 있지 않는 것을 보면 그것은 비단 이효석의 오류라고 하기보다는 우리 전체의 오류라고 하는 편이 정확할지 모른다. 말하자면 우리는 사실을 실증적으로 다지는 습관과 훈련이 너나 할 것 없이 다분히 관념적이다. 풍문 속에서 지내 왔고 공상 속에서 살아왔다.[88]

이어령은 「모밀꽃 필 무렵」에서 이효석이 사용한 '왼손잡이 복선'을 어처구니없는 넌센스로 보고 있는데 이는 왼손잡이가 유전이 아니라고 보는 까닭이다. 그리하여 이어령은 작가가 왼손잡이에 대한 의문이나 검토도 없이 단정을 내린 태도를 비판하고, 또 문학평론가들도 '좌수 유전설'을 일말의 회의도 없이 그대로 통과시킨 태도를 아울러 지적하면서 이는 작가나 문학평론가들이 빚어낸 실증적이며 과학적인 사고방식의 결여라고 비판한다.

이러한 이어령의 주장에 대하여 먼저 결론을 내려 보면 이어령만 맞고 이효석과 문학평론가들이 틀린 것도 아니고, 이효석과 문학평론가만 맞고 이어령만 틀린다고 단정적으로 말하기가 어렵다는 것이다.

현행 고등학교 『생물·2』[89]에는 오른손잡이를 우성, 왼손잡이를 열성으로 서술하고 있는데, 이는 간접적으로나마 오른손잡이와 왼손잡이의 유전 가능성을 시사하고 있다.

『중앙일보』 2000년 5월 24일자에 보도된 다음과 같은 기사를 살펴

---

89) 금성출판사, 224쪽.
88) 이어령, 「흙 속에 저 바람 속에」, 『문학사상사』(1963).

보기로 한다.

> 왼손잡이는 유전되는 것인가. 부모가 다 오른손잡이일 때 왼손잡
> 이 자녀의 비율은 8%, 한쪽이 왼손잡이일 때는 20%, 양쪽 다 왼손
> 잡이일 때는 50% 가까이 된다고 한다. 왼손잡이를 물려받는 경향이
> 있지만 절대적인 것이라고는 할 수 없다.[90]

위의 기사에 따르면 부모 한편이 왼손잡이일 경우 유전확률은 20%로 나타난다. 이러한 기사내용이 아니더라도 생리학자들은 문화 관습에 의하여 왼손잡이가 유전되는 것으로 보고 있으며, 일정 수가 문화 관습에 관계없이 유전되는 것으로 보고 있다. 이효석은 생리학적 진실에 따라 소설을 쓴 것이 아니라 문화 관습에 따라 허 생원과 동이가 부자라는 사실을 왼손잡이라는 생리적 현상을 빌려 복선을 깐 듯하다. 물론 이것도 작가의 창작자유일 터이다.

그렇다면 작가는 소설의 배경인 공간과 시간을 왜 무리하게 조작한 것일까. 또 작가는 과학적이고 실증적인 검토 없이 왼손잡이라는 생리학적 현상을 소설의 복선으로 끌고 온 것일까. 작가의 무지를 탓해서는 안 된다. 이미 앞에서 살펴본 바와 같이 소설의 배경은 이효석이 원초적으로 체험한 고향이라는 공간이었다. 서당을 걸어다니고 초등학교를 이곳에서 마친 다감한 이효석이 평창군의 물정과 풍광을 몰랐을 리가 없다. 작가는 무엇인가를 어거지로 뜯어 맞추는 듯한 무리를 저지르고 있다. 소설의 배경과 줄거리가 따로 놀고 있는 것이다. 왜 그럴까. 그것은 무엇일까.

소설에서 일어난 사건의 과거와 현재, 사물과 현상을 모두 관찰하거나 목격한 것은 '달'로 되어 있다. 달만이 이러한 비밀을 풀어 줄 유일한 열쇠가 될지도 모른다.

---

90) 『중앙일보』(2000년 5월 24일자).

'달'은 지구의 유일한 천연의 위성으로 지구에 가장 가까운 천체이다. 태양인 해에 상대되는 달은 태음이다. 달은 이울고 찬다. 달은 그 밝음으로 인하여 정화의 상징이기도 하다.

달은 농업과 관련한 풍요를 상징한다. 뿐만 아니라, 시간의 질서와 시절의 운행, 섭리까지도 아울러 상징하고 있다. 농어촌사회에서 생산력과 생활력은 달을 기준으로 삼기 때문이다. 농업의 풍요뿐만 아니라 여성 생산력의 근원을 상징하기도 한다.

달은 차서 이울고 이울었다가 다시 찬다. 완전히 기울면 사흘 동안 그 모습을 감추어 버린다. 이것이 달의 이울고 차는 이치이지만 그것이 주기적, 반복적으로 되풀이되기 때문에 달은 삶이나 시절의 영고와 기복, 흥망성쇠를 상징한다. 또, 달이 사흘 동안 완전히 사라지는 것이 죽음으로 비유되는 데 비하여 차고 이욺은 탄생에 이은 성장과 노쇠에 비유됨으로써 달은 '중단 있는 영생과 재생'을 상징한다. 달의 이욺과 참의 주기와 여성의 달보기의 주기가 상관성이 있는 것으로 알려지면서 달이 지닌 생명력의 상징성은 한층 더 강화된다.[91]

이효석의 「모밀꽃 필 무렵」에 뜬 달은 함축적이고 다양한 상징성을 머금고 있다. 이러한 상징성을 보다 기능적으로 해명하기 위하여 소설에서 다음과 같은 여섯 단락을 따왔다.

　1. 얼금뱅이요 왼손잡이인 드팀전의 허 생원은 기어코 동업의 조선달을 낚구워 보았다.

　"그만 걸을까?"

　"잘 생각했네. 봉평장에서 한번이나 흐붓하게 사본 일 있었을까. 내일 대화장에서나 한몫 벌어야겠네."

　"오늘 밤은 밤을 새서 걸어야 될 걸."

　"달이 뜨렷다."

---

91) 『한국문화상징사전』(1992년) 193쪽.
　　『한국민족문화대백과사전 · 6』(1992년) 138~140쪽.

절렁절렁 소리를 내며 조 선달이 그날 산 돈을 다지는 것을 보고 허 생원은 말뚝에서 넓은 휘장을 걷고 벌려 놓았던 물건을 거두기 시작하였다. 무명필과 주단바리가 두 고리짝에 꼭 찼다. 멍석 위에는 천조각이 어수선하게 남았다. 다른 축들도 벌써 거진 전들을 걷고 있었다.

2. 반평생을 같이 지내 온 짐승이었다. 같은 주막에서 잠자고, 같은 달빛에 젖으면서 장에서 장으로 걸어다니는 동안에 이십 년의 세월이 사람과 짐승을 함께 늙게 하였다. 까스러진 목 뒤 털은 주인의 머리털과도 같이 바스러지고 개진개진 젖은 눈은 주인의 눈과 같이 눈곱을 흘렸다. 몽당비처럼 짧게 슬리운 꼬리는 파리를 쫓으려고 기껏 휘저어 보아야 벌써 다리까지는 닿지 않았다. 닳아 없어진 굽을 몇 번이나 도려내고 새 철을 신겼는지 모른다. 굽은 벌써 더 자라나기는 틀렸고 닳아 버린 철 사이로는 피가 빼짓이 흘렀다. 냄새만 맡고도 주인을 분간하였다. 호소하는 목소리로 야단스럽게 울며 반겨 한다.

3. 호탕스럽게 놀았다고는 하여도 계집 하나 후려 보지는 못하였다. 계집이란 좀 쌀쌀하고 매정한 것이었다. 평생 인연이 없는 것이라고 신세가 서글퍼졌다. 일신에 가까운 것이라고는 언제나 변함없는 한 필의 당나귀였다.

그렇다고는 하여도 꼭 한 번의 첫일을 잊을 수는 없었다. 뒤에도 처음에도 없는 다 한 번의 괴이한 인연. 봉평에 다니기 시작한 젊은 시절의 일이었으나 그것을 생각할 적만은 그도 산 보람을 느꼈다.

"달밤이었으나 어떻게 해서 그렇게 됐는지 지금 생각해두 도모지 알 수는 없었다."

허 생원은 오늘밤도 또 그 이야기를 끄집어내려는 것이다. 조 선달은 친구가 된 이래 귀에 못이 백이도록 들어왔다. 그렇다고 싫증을 낼 수도 없었으나 허 생원은 시침을 떼고 되풀이할 대로는 되풀이하고야 말았다.

"달밤에는 그런 이야기가 격에 맞거든."

조 선달 편을 바라는 보았으나 물론 미안해서가 아니라 달빛에 감동하여서였다. 이지러는 졌으나 보름을 가제 지난 달은 부드러운 빛을 흐붓이 흘리고 있다. 대화까지는 칠십 리의 밤길, 고개를 둘이나 넘고 개울을 하나 건너고 벌판과 산길을 걸어야 된다. 길은 지금 긴 산허리에 걸려 있다. 밤중을 지난 무렵인지 죽은 듯이 고요한 속에서 짐승 같은 달의 숨소리가 손에 잡힐 듯이 들리며 콩포기와 옥수수 잎새가 한층 달에 푸르게 젖었다. 산허리는 왼통 모밀밭이어서 피기 시작한 꽃이 소금을 뿌린 듯이 흐뭇한 달빛에 숨이 막혀 하얗었다. 붉은 대궁이 향기같이 애잔하고 나귀들의 걸음도 시원하다. 길이 좁은 까닭에 세 사람은 나귀를 타고 외줄로 늘어섰다. 방울소리가 시원스럽게 딸랑딸랑 모밀밭께로 흘러간다. 앞장선 허 생원의 이야기 소리는 꽁무니에 선 동이에게는 확적히는 안 들렸으나 그는 그대로 개운한 제멋에 적적하지는 않았다.

4. "장 선 꼭 이런 날 밤이었네. 객줏집 토방이란 무더워서 잠이 들어야지. 밤중은 돼서 혼자 일어나 개울가에 목욕하러 나갔지. 봉평은 지금이나 그제나 마찬가지나 보이는 곳마다 모밀밭이어서 개울가가 어디 없이 하얀 꽃이야. 돌밭에 벗어도 좋을 것을 달이 너무도 밝은 까닭에 옷을 벗으러 물방앗간으로 들어가지 않았나. 이상한 일도 많지 거기서 난데없는 성 서방네 처녀와 마주쳤단 말이네. 봉평서야 제일가는 일색이었지."

"팔자에 있었나부지."

아무렴 하고 응답하면서 말머리를 아끼는 듯이 한참이나 담배를 빨 뿐이었다. 구수한 자줏빛 연기가 밤기운 속에 흘러서는 녹았다.

"날 기다린 것은 아니었으나 그렇다고 달리 기다리는 놈팽이가 있은 것두 아니었네. 처녀는 울고 있단 말야. 짐작은 대고 있었으나 성 서방네는 한창 어려워서 들고날 판인 때였지. 한집안 일이니 딸에겐 들 걱정이 없을 리 있겠나. 좋은 데만 있으면 시집도 보내련만 시집은 죽어도 싫다. ……그러나 처녀란 울 때같이 정을 끄는 때가 있을까. 처음에는 놀라기도 한 눈치였으나 걱정 있을 때는 누그러지기도 쉬운 듯해서 이럭저럭 이야기가 되었네. ……생각하면 무섭고도 기막힌 밤이였어."

"제천연지로 줄행랑을 놓은 건 그 다음날이었나."

"다음 장도막에는 벌써 왼 집안이 사라진 뒤였네. 장판은 소문에 발끈 뒤집혀 고작해야 술집에 팔려 가기가 상수라고 처녀의 뒷공론이 자자들 하단 말이야. 제천 장판을 몇 번이나 뒤졌겠나. 하나 처녀의 꼴은 꿩 귀먹은 자리야. 첫날밤이 마지막 밤이었지. 그때부터 봉평이 마음에 든 것이 반평생을 두고 다니게 되었네. 평생인들 잊을 수 있겠나."

5. "……그러나 늘그막바지까지 장돌뱅이로 지내기도 힘드는 노릇 아닌가. 난 가을까지만 하구 이 생애와두 하직하려네. 대화쯤에 조그만 전방이나 하나 벌이구 식구들을 부르겠어. 사시장천 뚜벅뚜벅 걷기란 여간이래야지."

"옛 처녀나 만나면 같이나 살까. ……난 거꾸러질 때까지 이 길 걷고 저 달 볼 테야."

산길을 벗어나니 큰길로 틔워졌다. 꽁무니의 동이도 앞으로 나서 나귀들을 가로 늘어섰다.

"총각두 젊겠다 지금이 한창 시절이렷다. 충주집에서는 그만 실수를 해서 그 꼴이 되었으나 섧게 생각 말게."

"처 천만에요. 되려 부끄러워요. 계집이란 지금 웬 제격인가요. 자나깨나 어머니 생각뿐인데요."

허 생원의 이야기로 실심해 한 끝에 동이의 어조는 한풀 수그러진 것이었다.

"애비 에미란 말에 가슴이 터지는 것도 같았으나 제겐 아버지가 없어요. 피붙이라고는 어머니 하나뿐인 걸요."

"돌아가셨나."

"당초부터 없어요."

"그런 법이 세상에."

생원과 선달이 야단스럽게 껄껄들 웃으니 동이는 정색하고 우길 수밖에는 없었다.

"부끄러워서 말하지 않으려 했으나 정말예요. 제천 촌에서 달도 차지 않은 아이를 낳고 어머니는 집을 쫓겨났죠. 우스운 이야기나 그러기 때문에 지금까지 아버지 얼굴도 본 적 없고 있는 고장도 모르고 지내 와요."

고개가 앞에 놓인 까닭에 세 사람은 나귀를 내렸다. 둔덕은 험하고 입을 벌리기도 대견하여 이야기는 한동안 끊겼다. 나귀는 건듯하면 미끄러졌다. 허 생원은 숨이 차 몇 번이고 다리를 쉬지 않으면 안 되었다. 고개를 넘을 때마다 나이가 알렸다. 동이 같은 젊은 축이 그지없이 부러웠다. 땀이 등을 한바탕 쭉 씻어 내렸다.

고개 너머는 바로 개울이었다. 장마에 흘러 버린 널다리가 아직도 걸리지 않은 채로 있는 까닭에 벗고 건너야 되었다. 고의를 벗어 띠로 등에 얽어매고 반 벌거숭이의 우스꽝스런 꼴로 물속에 뛰어들었다. 금방 땀을 흘린 뒤는 뒤였으나 밤 물은 뼈를 찔렀다.

"그래 대체 기르긴 누가 기르구."

"어머니는 하는 수 없이 의부를 얻어 가서 술장사를 시작했죠. 술이 고주래서 의부라고 전 망나니예요. 철들어서부터 맞기 시작한 것이 하룬들 편할 날이었을까. 어머니는 말리다가 채이고 맞고 칼부림을 당하곤 하니 집꼴이 무어겠소. 열여덟 살 때 집을 뛰어나서부터 이짓이죠."

"총각 낫세론 섬이 무던하다고 생각했더니 듣고 보니 딱한 신세로군."

물은 깊어 허리까지 채었다. 속 물살도 어지간히 세인데다가 발에 채이는 돌멩이도 미끄러워 금시에 훌칠 듯하였다. 나귀와 조 선달은 재빨리 거의 건넜으나 동이는 허 생원을 붙드느라고 두 사람은 훨씬

250

떨어졌다.

"모친의 친정은 원래부터 제천이었든가."

"웬걸요. 시원스리 말은 안 해주나 봉평이라는 것만은 들었죠."

"봉평. 그래 그 애비 성은 무엇인구."

"알 수 있나요. 도모지 듣지를 못했으니까."

그 그렇겠지 하고 중얼거리며 흐려지는 눈을 까물까물하다가 허 생원은 경망하게도 발을 빗디뎠다. 앞으로 고꾸라지기가 바쁘게 몸째 풍덩 빠져 버렸다. 허부적거릴수록 몸을 건잡을 수 없어 동이가 소리를 치며 가까이 왔을 때에는 벌써 퍽으나 흘렀었다. 옷째 졸짝 젖으니 물에 젖은 개보다도 참혹한 꼴이었다. 동이는 물속에서 어른을 해깝게 업을 수 있었다. 젖었다고는 하여도 여윈 몸이라 장정 등에는 오히려 가벼웠다.

"이렇게까지 해서 안됐네. 내 오늘은 정신이 빠진 모양이야."

"염려하실 것 없어요."

"그래 모친은 애비를 찾지는 않는 눈치지."

"늘 한 번 만나고 싶다고는 하는데요."

"지금 어디 계신가."

"의부와도 갈라져 제천에 있죠. 가을에는 봉평에 모셔 오려고 생각중인데요. 이를 물고 벌면 이럭저럭 살어갈 수 있겠죠."

"아무렴 기특한 생각이야. 가을이랬다."

동이의 탐탁한 등어리가 뼈에 사모쳐 따뜻하다. 물을 다 건넜을 때에는 도리어 서글픈 생각에 좀더 업혔으면도 하였다.

6. "진종일 실수만 하니 웬일이요. 생원."

조 선달은 바라보며 기어코 웃음이 터졌다.

"나귀야. 나귀 생각하다 실족을 했어. 말 안 했든가. 저 꼴에 제법 새끼를 얻었단 말이지. 읍내 강릉집 피마에게 말일세. 귀를 쫑긋 세우고 달랑달랑 뛰는 것이 나귀새끼같이 귀여운 것이 있을까. 그것 보러 나는 일부러 읍내를 도는 때가 있다네."

"사람을 물에 빠치울 젠 딴은 대단한 나귀새끼군."

허 생원은 젖은 옷을 웬만큼 짜서 입었다. 이가 덜덜 갈리고 가슴이 떨리며 몹시도 추웠으나 마음은 알 수 없이 둥실둥실 가벼웠다.

"주막까지 부지런히들 가세나. 뜰에 불을 피우고 훗훗이 쉬여. 나귀에겐 더운 물을 끓여 주고. 내일 대화장 보고는 제천이다."

"생원도 제천으로."

"오래간만에 가보고 싶어. 동행하려나 동이."

나귀가 걷기 시작하였을 때 동이의 채찍은 왼손에 있었다. 오랫동안 아둑시니같이 눈이 어둡던 허 생원도 요번만은 동이의 왼손잡이가 눈에 띠이지 않을 수 없었다.

걸음도 해깝고 방울소리가 밤 벌판에 한층 청청하게 울렸다.

달이 어지간히 기울어졌다.

소설 첫머리에서 따온 1 단락은 어수선한 파장 무렵의 봉평장 모습이 묘사되어 있고, 주인공인 허 생원이 대뜸 '얼금뱅이요 왼손잡이'로 등장한다. 허 생원이 조 선달에게 장을 그만 거두자고 하면서 "오늘 밤은 밤을 새서 걸어야 될 걸." 하고 말하자 조 선달은 "달이 뜨렷다."고 응답한다. 소설 첫머리에 등장한 두 주인공은 앞으로 전개될 소설의 장면을 예시하고 있다. 즉 허 생원이 봉평장을 마친 장돌뱅이들이 대화장으로 가기 위해 밤을 새워 길을 가야만 한다는 예정을 밝힌 반면, 조 선달은 그들이 가야 할 밤길을 동행하며 밝혀 줄 달이 뜰 것이라는 사실을 적시하고 있다. 소설에서 '밤'과 '달'은 두 개의 주제어로서 소설의 분위기를 결정짓는 강력한 상징성을 머금고 있다.

3과 4 단락의 주제어는 '달'과 '모밀꽃'이다. 맨 먼저 1 단락에서 '달'의 기능은 허 생원으로 하여금 봉평에 다니기 시작한 열아홉 해 전 젊은 시절에 성 처녀와 있었던 단 한 번의 괴이한 인연을 고백하도록 만든다. 허 생원은 호탕스럽게 놀았다고는 하여도 계집 하나 후려 보지는 못하였다. 그에게 계집이란 쌀쌀하고 매정할 뿐만 아니라,

평생 인연이 없는 것이라 서글프게 느껴졌다. 그러나 그에게도 처음에도 뒤에도 없는 단 한 번의 '괴이한 인연'이 있었던 것이다.

달밤이었으나 어떻게 해서 그렇게 됐는지 알 수는 없다. 허 생원은 오늘밤도 또 그 이야기를 시작한다. 조 선달은 달밤이면 그 이야기를 들어왔다. 허 생원이 조 선달을 바라본 것은 미안해서가 아니라 달빛에 감동을 받아서이다.

두 번째로 달의 기능은 하늘과 땅 사이에 살아가는 중생을 집중적으로 조명함으로써 각광장치 구실을 한다. 하늘에 뜬 달은 만월이 아니라 얼마간 이지러진 보름을 갓 지난 달이다. 즉 음력 7월 16일이나 17일, 아니면 18일쯤의 달밤이다. 달은 북쪽인 봉평에서 남쪽인 대화로 내려가는 산길을 비추고 있다. 노루목고개와 재산고개 사이로 흐르는 개울물을 비추고 있다. 달은 들판과 산길을 걸어가는 세 명의 장돌뱅이를 비추고 있다.

다시 달은, 밤중을 지난 무렵 고요한 속에서 손에 잡힐 듯이 들리는 짐승 같은 숨소리로 콩포기와 옥수수 잎새를 푸르게 적시며 비추고 있다. 달의 조명은 산허리로 옮겨 가 모밀꽃밭을 비추고 있다. 갓 피어난 모밀꽃은 소금을 뿌린 듯이 하얗게 피어 있다. 숨이 막힐 지경이다. 시원스레 걸어가는 나귀의 발자국과 향기같이 애잔한 모밀대궁을 조명하고 있다. 그들은 북쪽인 봉평에서 남쪽인 대화를 향하여 걸어가고 있다. 길이 꼬불꼬불 울퉁불퉁하여 그들의 행로가 반드시 남행길만은 아닐 것이다. 그러나 대체로 그들이 걸어가는 길을 중심으로 왼편에서 달이 떠서 서쪽인 오른편으로 지고 있다.

중로길을 나란히 걸어가던 세 사람이 좁은 길을 만나 외줄로 걸어가면서 맨 앞에 가는 허 생원의 고백이 꽁무니에 선 동이에게 확적히 들리지 않도록 한 장치는 작가의 치밀한 의도로 보인다. 허 생원의 비밀이 동이에게 탄로나지 않도록 한 작가의 의도는 소설의 교훈적인 기능을 효과적으로 발휘한다. 더구나 허 생원의 말소리는 방울소리에 묻히도록 배려하고 있다.

세 번째로 소설 속의 달은 풍요와 생성, 섭리와 여성 생산력의 근원을 의미한다.

지금부터 열아홉 해 전 봉평장이 선 날 밤 기막힌 달의 생성과 섭리가 일어난다. 이 경우 모밀꽃은 중매적 기능을 하고 있다. 즉 봉평은 지금이나 그제나 마찬가지로 모밀밭이어서 개울가가 온통 하얀 모밀꽃밭이었다. 오히려 달빛이 기막힌 인연을 빚어낸 것이다. 허 생원은 돌밭에서 벗어도 좋을 것을 달이 너무도 밝은 까닭에 옷을 벗으러 물방앗간으로 들어간다. 여기서 "달이 너무 밝다."는 것은 부끄러움을 의미한다. 부끄러움 때문에 옷을 벗으려고 물방앗간으로 들어갔다는 설정은 나올 때를 감안하지 않은 까닭에 필연성이 부족하여 소설의 짜임새를 약화시키고 있다. 여기서 봉평의 일색인 성 서방네 처녀와 마주친다. 그날 밤 성씨 처녀가 왜 물방앗간에를 왔는지는 불분명하다. 우연성이 지나친 셈이다. 남녀의 관계란 알 수 없는 법이어서 야수와 미녀의 인연은 이렇게 맺어진다. 성 처녀가 물방앗간에서 특별히 어떤 놈팽이를 기다리는 눈치는 아니었다. 당시 성 서방네는 한창 어려워서 들고날 판이었는데 성 처녀를 시집이라도 보내려 하였으나 막무가내였다. 허 생원은 울고 있는 성 처녀에게 끌려 걱정 있을 때는 누그러지기도 쉬운 법이어서 이럭저럭 이야기가 되었다. 무섭고도 기막힌 밤을 보낸 허 생원은 무슨 까닭인지 분명하진 않으나 다음 날 제천연지로 줄행랑을 놓는다.

줄행랑을 놓았던 허 생원이 한 장 도막 만에 다시 봉평으로 돌아와 성 처녀의 행방을 수소문한다. 성씨네는 벌써 온 집안이 사라진 뒤였고 성 처녀는 술집으로 팔려 갔다는 뒷공론이어서 허 생원은 몇 차례 제천 장판을 뒤졌으나 성씨 처녀를 찾지 못한다. 첫날밤을 마지막 밤으로 보낸 허 생원은 봉평을 반생 동안 헤매며 다니게 된다.

네 번째로 5 단락에서 '달'은 하늘에 뜬 달이 아니라 음력인 달을 의미한다. 달이 태양과 같은 방향에 있을 때는 지구가 달의 그늘을 향하게 되므로 안 보인다. 이것이 삭으로 음력 초하루에 해당하고 7

일경에 달의 서쪽 반이 보이는 반달, 보름에는 달이 태양의 반대쪽에 와서 둥근 전면이 보이는 망이 된다. 보름이 지나면 달의 서쪽이 이지러진다. 삭망월을 기준으로 하는 음력을 쓰면 우선 0.53일을 처리해야 하기 때문에 큰달 30일과 작은달 29일을 교대로 써서 평균 29.5일을 쓰는 셈이 된다.[92]

이 단락에서 음력인 달은 새로운 풍요와 생성을 위한 이읆이다. 여기서 이읆이란 동이가 통과의례로서 거쳐야 할 '달'을 거치지 않은 까닭에 겪는 일종의 시련과 고난을 상징한다. 출생의 비밀을 동이가 고백하게 된 것은 세 사람이 산길을 벗어나 큰길로 나서자 동이도 앞으로 나서 나귀들을 가로 늘어서면서부터이다. 즉 작가는 허 생원과 동이를 나란히 세워 이야기를 주고받을 만한 계기를 마련한 것이다. 허 생원이 동이에게 "충주집에서는 그만 실수를 해서 그 꼴이 되었으나 섧게 생각 말게."라고 화해를 청하자 동이는 도리어 부끄럽다고 말하면서 자나깨나 "어머니 생각뿐인데요."라고 말함으로써 동이의 출생의 비밀에 대하여 관심을 끌도록 만든다. 이어 동이는 결정적으로 자신의 비밀을 토로하게 되는데, "애비 에미란 말에 가슴이 터지는 것도 같았으나 제겐 아버지가 없어요. 피붙이라고는 어머니 하나뿐인 걸요."라는 부분이 그것이다. 허 생원이 죽었느냐고 묻자 동이는 당초부터 없다고 대답하자 두 사람은 야단스럽게 껄껄 웃는데, 이는 두 사람이 동이를 애비 없는 자식이라고 얕잡아 보는 부분이라 할 수 있다. 그런데도 동이는 정색하고 우기게 된다. 이어 동이는 자신의 출생의 비밀에 대하여 상세한 비밀을 토로하게 되는데, "부끄러워서 말하지 않으려 했으나 정말예요. 제천 촌에서 달도 차지 않은 아이를 낳고 어머니는 집을 쫓겨났죠. 우스운 이야기나 그러기 때문에 지금까지 아버지 얼굴도 본 적 없고 있는 고장도 모르고 지내 와요."라는 부분에서 출생의 비밀은 순간적·입체적으로 조명된다. 허 생

---

92) 위의 책, 138쪽.

원과 물방앗간에서 무섭고도 기막힌 밤을 보낸 성씨 처녀는 허 생원의 씨를 품은 채 제천 어느 촌으로 시집을 가 '달'도 차지 아니한 동이를 분만하자 쫓겨난다. 여기서부터 통과의례를 제대로 거치지 아니한 동이와 어머니는 시련과 고난의 역경을 겪게 된다. 하는 수 없이 어머니는 의부를 얻어 가서 술장사를 시작한다. 의부는 술이 고주라서 망나니인데 철들어서 맞기 시작한 것이 하룬들 편할 날이 없었다. 어머니는 말리다가 채이고 맞고 칼부림을 당하곤 하니 집꼴이 말이 아니었다. 철든 열여덟 살부터 의부 집을 뛰쳐나온 동이는 장돌뱅이를 하게 된다.

뒤이어 허 생원이 동이 어머니의 고향이 제천이냐고 묻자 동이는 어머니의 고향이 봉평이라고 확인하여 주고, 다시 허 생원이 아비 성을 확인하자 동이는 알 수 없다고 말을 흐려 버린다. 또 허 생원이 동이 어머니가 아비를 찾지는 않느냐고 묻자 동이는 "늘 한 번 만나고 싶다."고 대답한다. 뿐만 아니라 동이는 그의 어머니가 의부와 헤어져 혼자 제천에 살고 있으며, 이를 물고 돈을 벌어 가을에는 어머니를 봉평으로 모셔 올 생각이라고 말한다.

그러면 이제까지 살펴본 단락을 중심으로 하여 소설의 주제어인 '달'과 '모밀꽃'의 의미와 상징을 살펴보기로 한다.

모밀은 제철에 초벌 갈아 두엄을 내고 아시 갈아 씨를 뿌리는 '제물갈이〔直播〕' 작물이 아니라, 담배와 같은 제물갈이 작물을 거둔 뒤 씨를 뿌리는 일종의 이모작이거나 가뭄 때문에 모를 내지 못한 논에 씨를 뿌리는 '그루갈이〔代播〕' 작물이다. 또 모밀은 소나무 껍질·칡뿌리·콩깍지·토란 등과 함께 구황식물인데, 산이나 들, 길가, 논두렁, 밭, 습지, 방죽가 등지에 가리지 않고 자라는 흉년에 식용으로 대용할 수 있는 식물이다. 모밀은 문전옥답이 아닐지라도 황야와 같은 버려진 박토에 뿌리를 내리고 자라나 꽃을 피운 다음 열매를 맺고, 그 열매는 한 사발의 막국수나 한 모의 묵이 되어 굶주리는 중생을 배불리 먹인다. 눈보라치는 겨울밤, 한 모의 모밀묵은 허기를 다스려 새벽을 맞게 한다.

　허 생원과 같은 장돌뱅이인 조 선달이나 새내기 장돌뱅이인 동이와 그를 제천에서 기다리는 어머니 성씨녀까지도 모두 그루갈이 삶을 살아가는 주인공들이다. 심지어 허 생원의 분신으로 보이는 나귀도 그루갈이 삶을 살아가는 동물이며, 동이의 상징으로 보이는 읍내의 새끼 노새까지도 그루갈이 삶을 살아갈 조짐을 보인다. 그들은 이효석처럼 머슴의 등에 업혀 서당을 다니고 초등학교를 졸업한 다음 서울로 유학을 가서 경성제일고보에 입학하고 경성제국대학을 나와 총독부에 취직을 했다가 명문의 규수와 결혼하는 병풍 속의 평생도와 같은 제물갈이 삶을 살아가는 인물들이 아니다. 그들은 문전옥답이 아닌 박토와 황야에 떨어진 모밀 씨앗 같다는 의미에서 그루갈이 인생이고, 초년에 고난과 역경을 겪다가 여름 막판에 순백으로 피어나는 모밀꽃처럼 노년의 행복을 갈망하며 살아간다는 의미에서 그루갈이 인생이다.

　허 생원은 태생적으로 그루갈이 삶을 살아간 듯하다. 물방앗간에서 성 처녀와 무섭고도 기막힌 밤을 보낸 이후 태생적인 그루갈이 삶은 선택적인 것으로 변화된다. 2 단락에 나오는 나귀는 허 생원의 분신이다. 나귀는 허 생원과 같은 주막에서 잠자고, 같은 달빛에 젖으면서 이십 년의 세월을 함께 늙었다. 나귀의 가스러진 목 뒤 털, 눈곱을 흘리는 젖은 눈, 짧아진 꼬리, 피를 흘리는 발굽은 반평생을 장에서 장으로 떠돌다 늙어 버린 허 생원과 방불하다. 또한 장을 떠나는 김 첨지 당나귀를 보고 암새를 내는 나귀나 충주집에서 젊은 계집과 농탕을 치는 동이의 따귀를 때리는 허 생원의 투정까지도 서로 닮은 데가 있다. 그런데 허 생원은 투전 끝에 자신의 분신이나 다름없는 나귀를 팔아먹을 뻔하였다.

　허 생원은 젊은 시절에 한때 돈푼이나 번 적도 있었다. 그러나 백중 때 호탕스럽게 놀고 투전으로 번 돈을 날려 버렸다. 말하자면 허 생원은 얼금뱅이에 왼손잡이일 뿐 아니라 건달에다 투전꾼이지만 오입쟁이는 아니다.

한편, 조 선달이 그루갈이 삶을 청산하고 전국의 장시와 연계를 맺고 있는 평창군의 중심 장시인 대화에다 조그만 전방을 내고, 식구들을 불러 그루갈이 삶을 청산하겠다고 말하자 허 생원은 "난 거꾸러질 때까지 이 길 걷고 저 달 볼 테야."라는 단호한 입장을 보인다. 물론, 이렇게 허 생원이 단호한 입장을 보이는 까닭은 지금까지 그래 왔던 것처럼 옛 처녀를 찾아 함께 살고자 하는 욕망 때문이다. 조 선달은 허 생원과 함께 장돌뱅이로 반평생을 살아온 동행자이지만 이제는 그루갈이 삶을 청산하려는 태도를 보인다.

동이는 출생부터 입문의례를 거치지 않은 관계로 그가 출생한 집에서 쫓겨나 철이 들면서부터 의부에게 매를 맞고 자란다. 그가 열여덟 살 때 집을 나온 것은 거듭되는 고통과 부끄러움을 아는 철든 나이 때문일 것이다. 물방앗간에서 허 생원과 성 처녀 사이에 그루갈이 삶을 위한 씨뿌리기로 태어난 그는 몸도 마음도 건강한 모밀꽃으로 피어났다. 가꾸는 이도 없었고 돌아보는 이도 없었건만 오히려 황야에 떨어진 씨앗 하나가 섬이 무던한 청년으로 성장한 것이다. 그것이 산야에 버려진 모밀꽃의 아름다움이 아닌가. 허 생원이 충주집에서 동이의 따귀를 때린 일에 대하여 "충주집에서는 그만 실수를 해서 그 꼴이 되었으나 섧게 생각 말게."라고 화해를 청하자 "되려 부끄러워요. 계집이란 지금 웬 제격인가요. 자나깨나 어머니 생각뿐인데요."라고 화답한다. 명문이다. 독자들은 이미 알고 있겠지만 소설에는 눈으로 여길 수 있는 또 하나의 명문이 있다. 주위를 환기시키기 위하여 다시 한 번 적어 보기로 한다.

"……총각 낫세론 섬이 무던하다고 생각했더니 듣고 보니 딱한 신세로군."

이제까지 살펴본 바에 의하면 허 생원을 한결같은 성실한 인물이라든가, 아니면 건달이나 투전꾼이라든가, 늙은 나귀처럼 가련한 인생을 살아가는 초로의 장돌뱅이라고 몇 마디로 단언하여 성격을 규정짓기는 힘들다. 그러나 반평생을 장에서 장으로 떠돌고 달빛에 젖어 밤길을 걷는 동안 그도 어느 새 사람을 보는 눈이 생긴 것이다. 위의 따온 글에서 '섬'의 일차적인 사전적 의미는 "짚으로 엮어 만든 멱서리", 또는 "곡식이나 액체의 용량을 나타내는 단위"이다. 그러나 따온 글에서 '섬'은 일차적인 사전적 의미가 전의(轉意)되어 '마음의 국량(局量)' 또는 '도량(度量)'이라는 의미로 변화되었다. 참으로 아름다운 표현이 아닐 수 없다.

그뿐인가. 동이는 이를 물고 돈을 벌어 제천에 사는 어머니를 봉평으로 모셔 올 계획을 세워 놓고 있다. 달빛에 젖은 순백의 모밀꽃처럼 아름다운 청년이 아닌가.

재혼했던 술주정뱅이와도 헤어져 지금은 제천에서 오직 동이만을 의지하여 살아가는 어머니 성씨는, 어쩌다 허 생원을 생각할 뿐 가녀린 모밀꽃처럼 바람에 흔들리는 한 많은 여인이다.

앞에서 논자는 여러 차례 허 생원과 동이가 서로 만난 시점이 열아홉 해만이라고 단정적으로 말해 왔다. 그러한 근거는 이러하다. 동이는 허 생원에게 "열여덟 살 때 집을 뛰어나서부터 이 짓이죠."라고 말하는데, 이 문장에서 18년이 지난 것은 확실하나 과연 '나서부터' 가 몇 년인지는 확실하지 않다. 이 문제를 풀어 줄 또 하나의 근거가 보인다. 즉 충주집과 농탕치는 동이를 허 생원이 따귀를 때린 뒤 조선달이 충주집에게 "너 녀석한테 반했지, 애숭이를 빨문 죄 된다."는 부분이 그것이다. 여기서 조 선달이 말하는 '애숭이'란 관습적으로 갓 스물 이하의 나이를 말하므로 동이의 현재 나이를 열아홉으로 추정한 것이다. 물론 이러한 추정에는 전혀 무리가 없는 바는 아니다. 왜냐하면 동이가 이미 나귀를 끌고 다닐 정도의 장돌뱅이로 성장하였기 때문이다.

지금 세 사람이 걸어가는 밤길에는 "이지러는 졌으나 보름을 갓 지난 달"이 비추고 있다. 그날 밤 허 생원은 물방앗간에서 성 처녀와 무섭고도 기막힌 밤을 회상하면서 "장 선 꼭 이런 날 밤이었네. 객줏집 토방이란 무더워서 잠이 들어야지. 밤중은 돼서 혼자 일어나 개울가에 목욕하러 나갔지."라고 말한다. 즉 물방앗간의 시간과 세 사람이 밤길을 걸어가는 시간이 일치하고 있다. 허 생원은 성 처녀를 만난 시간으로부터 꼭 열아홉 해 만인 보름을 갓 지난 달밤에 아들로 보이는 동이를 만난 것이다.

태음력에 의하면 "윤달에 태어난 사람은 19년 만에 제 생일을 되찾는다."고 하는데, 이는 음력으로 생일을 지내는 사람에게는 태어났던 그 계절에 생일을 맞이할 기회가 19년에 한 번 있다는 뜻이다. 또 양력으로 생일을 쓰던 사람이 필요(혼사 · 점복)에 따라 음력 생일을 따지는 일이 허다한데, 만 19세 때 생일 음력 날짜가 바로 그것이다. 19년 만에 음력과 양력의 날짜가 발이 맞게 되기 때문이다. 기막히게도 허 생원은 성 처녀를 만난 지 열아홉 해 후인 음력과 양력이 일치하는 날에 동이를 만난 셈이다. 그날이 음력 7월 16일, 아니면 17일이나 18일쯤의 밤인 것이다.

이러한 허 생원과 동이의 만남은 19년 동안의 이읊의 어두운 세월이 끝나고 새로운 참의 시간이 시작된다는 것을 의미한다. '초년고생'이 끝나고 '노년행복'이 시작된 것이다. 사주나 토정비결에도, 주역의 운세에도 한국 사람이 가장 좋아하는 '초년고생', '노년행복'이라는 순환의 섭리가 반복된다는 것을 의미한다. 이러한 순환의 고리는 우주의 공간에 떠 있는 달이나 지상의 황야에 피어나는 모밀꽃 사이에서 장돌뱅이로 살아가는 허 생원과 조 선달, 심지어 그들의 후계자로 보이는 동이에게도 반복된다.

6 단락의 소설 끝부분인 "달이 어지간히 기울어졌다."는 부분은 이러한 순환의 섭리가 상징적으로 반복될 것임을 암시하고 있다.

물에 빠진 허 생원은 옷을 짜서 입었으나 이가 덜덜 갈리고 가슴이 떨리며 몹시 추웠다. 그러나 마음은 둥실 가벼웠다. 왜냐하면 허 생원은 두 사람에게 대화장을 보고 제천행을 제안했기 때문이다. 물론, 허 생원이 제천으로 가는 까닭은 동이의 어머니 성씨를 만나려는 것이지만, 소설 속에서 두 사람은 그런 사실을 모르는 것으로 되어 있다. 또한, 허 생원의 제천행은 그의 한 많은 그루갈이 삶이 끝나고 동이와 그의 어머니 성씨와 더불어 일가를 이루어 사는 행복한 나날이 열릴 것임을 암시한다.

그리고 달의 명절인 상원과 중추는 서로 짝지어져서 농사력의 시작과 결말을 뜻하고 있다. 상원이 달에게 바치는 농경의 예축을 위한 명절이라면, 중추는 농경의 수확을 달과 더불어 갈무리하는 명절이기 때문이다. 참다운 농사력의 시작이 상원이고 그 끝이 중추라고 본다면 우리의 농사력은 달로 시작되고 달로 끝나는 것이다.

그런데 「모밀꽃 필 무렵」에 뜬 달은 상원이라기보다는 농경의 수확을 갈무리하는 추석달에 가깝다. 좀더 정확히 말하면 음력 7월 15일 이후의 어느 날 밤쯤으로 되어 있다. 이것은 앞에서 지적한 바와 같이 소설 주인공들의 그루갈이 삶을 함축적으로 상징하면서 주인공인 허 생원의 여생이 얼마 남지 않았다는 것을 뜻하기도 한다. 자연 나이로 따져 초로에 접어든 허 생원의 앞으로의 여생은 넉넉히 잡아도 10여 년에 불과할 터이다. 이러한 얼마 남지 아니한 허 생원의 짧은 여생은 동이의 출생의 비밀을 하루 빨리 해명하도록 요구받는다. 출생의 비밀이 풀린다는 것은 자신의 뿌리의 근원을 확실하게 할 뿐만 아니라 일종의 신분상승을 가져오기도 한다. 물에 빠진 허 생원에게 조 선달이 "진종일 실수만 하니 웬일이요."라고 묻자 그는 나귀 때문이라고 둘러댄다. 여기서 나귀란 허 생원의 나귀가 강릉집 피마를 보아 새끼노새를 얻은 것을 말한다. 허 생원은 새끼노새에 대하여 대단한 집착을 보일 뿐만 아니라 그가 일부러 그것을 보려고 읍내를 도는 때가 있다고 말한다. 허 생원이 새끼노새를 두고 "귀를 쫑긋 세우고 달랑달랑 뛰는 것이 나귀새끼같이 귀여운 것이 있을까."라고 그의 애착을 말하는데 이는 물론 새끼노새가 동이의 분신인 까닭이다.

이제까지의 검토를 통하여 「모밀꽃 필 무렵」이 이효석의 수많은 타작 가운데 인구에 회자되는 까닭은 소설 전편에 흐르는 시정 때문만이 아니라, 그루갈이 삶의 씨뿌리기를 통한 출생의 비밀이라는 근원 화소 때문임을 밝혀 왔다. 뿐만 아니라 원고지 40장 안팎의 이 짧은 단편은 과거와 현재를 하나로 묶는 겹짜임으로 단단하게 묶여져 있다. 강원도 평창군의 구수한 고장말도 소설의 격을 높이는 데에 일정한 기여를 하고 있다. 소설에는 이효석이 평창에서 자라나지 않았더라면 도저히 찾아 낼 수 없는, 농경사회를 바탕으로 삼는 아름다운 토박이말이 별처럼 영롱하게 빛나고 있다. 결국, 문학이란 모국어를 쉽고 바르고 아름답게 가꾸는 일이라고 뜻매김을 한다면, 이효석의 「모밀꽃 필 무렵」이야말로 가장 아름다운 모국어 문학이라고 말할 수 있다.

이제, 「모밀꽃 필 무렵」의 총체적인 짜임새를 한눈으로 살펴보기 위해 시간순차로 화소를 갈라 보면 아래와 같다.

ㄱ. 스무 해 전 늦여름 밤 허 생원은 개울로 목욕을 나왔다가 물방앗간에서 성 처녀와 기이한 인연을 맺고 제천으로 줄행랑을 놓는다. 그 뒤 허 생원은 성 처녀를 잊지 못하고 반평생 동안 봉평을 찾는다.

ㄴ. 제천으로 시집 간 성 처녀는 달이 차지 않은 아기를 낳고 쫓겨나 술주정뱅이와 재혼하여 주막을 여나, 의부의 폭력으로 열여덟 살 난 동이가 집을 떠난 뒤 성씨도 제천에서 홀로 산다.

A. 늦여름 봉평장이 파한 뒤, 충주집에 들른 허 생원은 농탕치는 동이의 따귀를 때리나 곧 후회한다.

B. 나귀가 야단이라고 동이가 허 생원에게 알려 주자 암새 난 나귀의 배를 가리고 왼손으로 채찍을 휘둘러 각다귀를 쫓는다.

C. 소금을 뿌린 듯 모밀꽃이 핀 달밤 대화로 가는 길에 허 생원은 조 선달에게 스무 해 전 성 처녀와의 기이한 인연을 들려준다.

D. 자신이 아비 없는 자식임을 털어놓은 동이는 일행과 장마로 불

어난 개울을 건너다 실수로 물에 떠내려가는 허 생원을 등에 업고
건너간다. 자신의 실수가 새끼노새 때문이라고 조 선달에게 말한 허
생원은 동이가 왼손에 채찍을 쥐고 나귀를 모는 것을 본다.

　앞에서 지적한 바와 같이 「모밀꽃 필 무렵」은 겹짜임으로 되어 있
다. 위의 화소에서 ㄱ과 ㄴ은 19년 전 흘러간 과거 이야기이고 A·
B·C·D는 소설의 현재진행 시간이다. 소설에서 드러나는 과거의
세계와 현재의 세계는 상극의 세계가 아니라 상생의 세계이다. ㄱ은
C의 화소로, ㄴ은 D의 화소로 투영되어 있다. 즉 ㄱ의 화소는 C의
화소에서 허 생원의 입을 통하여 열아홉 해 전의 과거가 현재의 시간
으로 육화되며, ㄴ의 화소는 ㄷ의 화소로 동이의 입을 통하여 현재의
시간으로 육화되고 있다.
　이러한 과거와 현재를 유기적으로 조직하기 위하여 작가는 여러
가지 기능적 장치를 하고 있다. 열아홉 해 전 과거에도 보름을 갓 지
난 달이 떠 있고 봉평의 물방앗간 주변에는 모밀꽃이 지천으로 피어
있다. 열아홉 해 뒤인 세 사람이 대화장으로 가는 길가 산허리에는
소금을 뿌린 듯 모밀꽃이 하얗게 피어 있고, 그 위로는 보름을 갓 지
난 이지러진 달이 떠 있다.
　소설의 발단은 "달이 뜨렷다."에서 출발하여 "달이 어지간히 기울
어졌다."는 결말로 끝난다. 소설의 현실적 시간은 해가 중천에 떠 있
는 대낮이지만 앞에서 보는 바와 같이 발단과 결말의 짜임새가 소설
의 상징적 시간을 달이 뜨고 지는 12시간으로 한정한다. 이러한 달을
주제어로 삼는 시간 설정은 기능적일 뿐만 아니라 상징성을 머금고
있다. 즉, 달이 뜨는 시간과 달이 지는 시간 사이에 갇혀 있는 이야기
는 앞으로 반복될 순환고리를 의미한다.
　소설에서 "열쇠로 따는 순간"은 충주집에서 농탕치는 동이를 허
생원이 "결김에 따귀를 하나 갈겨 주지 않고는 배길 수 없었다."는
부분이다. 이러한 허 생원과 동이의 충돌은 앞으로 두 사람 사이에

어떤 계기가 마련될 것임을 강력하게 암시한다. 아니나다를까. 산길을 내려온 두 사람은 허 생원이 먼저 동이에게 "충주집에서는 그만 실수를 해서 그꼴이 되었으나 섭게 생각 말게."라는 화해를 청하고, 소설의 복잡한 갈등 구조는 입체적·순간적으로 조명되면서 대단원에 이르게 된다.

소설의 밑그림으로 그려진 복선은 '왼손잡이'라는 생리학적 상징을 활용하고 있다. 이미 A에서는 허 생원이 왼손잡이로 설정되고 B 화소에서 아이들이 허 생원을 왼손잡이라고 놀려댄다. 드디어 허 생원과 동이가 부자지간이라는 관계를 암시하기 위하여 D 화소에서 아둑시니같이 눈이 어둡던 허 생원도 동이의 왼손에 들린 채찍을 확실히 보게 된다.

소설에는 두 개의 절정이 보인다. 하나는 열아홉 해 전 물방앗간에서 일어났던 무섭고도 기막힌 밤에 일어난 사건이고, 다른 하나는 열아홉 해 뒤 동이가 출생의 비밀을 털어놓자 허 생원과 조 선달이 야단스럽게 껄껄 웃는 장면이 그것이다. 물론, 과거의 절정이 현재의 절정에 전이되어 있다.

그렇다면 이러한 과거의 시간과 현재의 시간이 하나로 결합되어 있다는 것은 무엇을 상징하는 것일까.

지금부터 열아홉 해 전 그루갈이 삶을 위한 씨뿌리기는 하늘에서부터 내려온 것이다. 풍요와 생성을 의미하는 달의 정령이 봉평 물방앗간과 개천에 지천으로 피어난 모밀꽃 위로 내려와 허 생원을 물방앗간으로 들어가 성 처녀를 만나게 한다. 그들은 첫날밤을 여덟 폭 병풍을 둘러치고 비단금침 속에서 보낸 것이 아니다. 저 멀리 높은 하늘에는 밝은 달과 총총한 별이 물방앗간 지붕을 내려 비추고 방앗간 주변은 순백의 모밀꽃이 지천으로 피어 수런거리는 물소리에 묻혀 흔들린다. 이렇게 튼튼한 씨앗은 대지의 산야에 뿌려진 것이다.

열아홉 해 뒤 그루갈이 삶을 위한 씨앗 찾기는 땅에서 하늘로 올라간다. 허 생원의 "거꾸러질 때까지 이 길 걷고 저 달 볼 테야."라는

264

한결같은 씨앗 찾기는 소금을 뿌린 듯 하얗게 피어난 모밀꽃을 거쳐 마침내 저 우주의 달에 이르러 순환의 섭리를 터득한 것이다.

이런 의미에서 모밀꽃은 달과 중생을 연결짓는 일종의 우주목의 변형인 것이다.

그렇다면 「모밀꽃 필 무렵」의 중핵 화소인 그루갈이 삶을 위한 씨 뿌리기, 즉 출생의 비밀은 이효석의 소설에만 한정되는 것일까. 그렇 지 않다. 출생의 비밀은 건국신화를 풀어 주는 중요한 열쇠가 되기도 하고, 서사무가의 중핵 화소가 되기도 하며, 입말문학과 오늘날 텔레 비전 연속극의 중요한 화소가 되기도 한다. 다음과 같은 신문기사를 읽어 보기로 한다.

한국의 안방극장에서 넘쳐나는 것은 신데렐라와 백마 탄 왕자님 이 아니다. 드라마를 즐기는 시청자라면 금세 눈치챘겠지만 한국 드 라마가 '출생의 비밀'을 좋아한다는 사실은 이제 비밀이 아니다.

꿈의 시청률 50%를 향해 돌진하는 에스비에스 〈파리의 연인〉제 작진은 '출생의 비밀'을 50% 돌파의 뇌관으로 활용할 계획임을 굳 이 숨기지 않는다. 삼촌과 조카 사이로 나오는 기주(박신양)와 수혁 (이동건)이 사실은 아버지가 다른 형제라는 것을 조만간 드러낼 예 정이다.

문화방송 수목드라마 〈황태자의 첫사랑〉도 시청률 공식에 충실한 구색은 다 갖추고 있다. 협찬사의 홍보비디오를 방불케 하는 극중 배경에다 연기력을 갖추지 못한 주인공, 요즘 유행하는 색다를 것 없는 신데렐라 스토리는 물론 비밀 아닌 비밀도 있다. 발리의 아름 다운 리조트 사원 유빈(성유리)을 놓고 회장 아들인 건희(차태현)와 갈등관계를 보이는 엘리트 사원 승현(김남진)이 호텔 재벌 차 회장 (이덕화)의 숨겨진 장남이라는 사실이다.

지난해 문화방송 일일극 〈인어아가씨〉에서 주인공 은아리영(장서 희)의 출생 비밀을 이야기 줄거리로 써먹은 임성한 작가는 현재 집필중인 〈왕꽃선녀님〉에서도 주특기를 발휘할 예정이다. 평범한 대학원생 주인공인 초원(이다해)이 신기를 느끼기 시작하는데 알고 보니 무당의 딸이었다는 설정이다. 이미 비밀이 공개되었지만 한국방송 2 텔레비전 〈애정의 조건〉에서 금파(채시라)와 은파(한가인)도 사실은 친자매가 아니라 어머니가 다른 이복자매였다. 〈섬마을 선생님〉 후속으로 오는 28일부터 방송되는 에스비에스 〈형수님은 19세〉의 주인공 정다빈도 알고 보니 재벌가의 숨겨 놓은 딸이라는 이야기다.

드라마 제작진들이 유독 출생의 비밀을 좋아하는 까닭은 드라마의 길이와 관련이 있는 것으로 보인다. 아무리 짧아도 20부작을 훌쩍 넘기는 '대작(?)'이 대부분인 한국의 드라마 제작현실에서 극적 긴장감을 유지한 채 이야기를 끌고 가기에는 출생의 비밀만큼 손쉽고 영양가 있는 장치가 없다고 제작 관계자들은 말한다. 게다가 조금만 인기가 높으면 예정된 편수보다 4~6회 늘리는 게 예사다. 여기에다 드라마의 대부분은 가족이나 주변 사람들 사이에서 벌어지는 애정관계에 초점이 맞춰진 점도 출생의 비밀이 남발되는 요인이다.

방송사의 한 프로듀서는 "20부작이 넘는 드라마의 경우 방영 기간 내내 시청자들의 눈길을 사로잡기가 매우 힘든 상황에서 극적 긴장을 높여 관심을 계속 이어가는 장치로 출생의 비밀만한 게 없다."면서 "한국사람들이 유난히 핏줄에 집착하는 것도 한 요인일 것"이라고 말했다.

출생의 비밀 남발은 한국 드라마의 퇴행성을 입증하는 또 다른 증거일지도 모른다.[93]

이러한 신문기사는 안방의 텔레비전 극장을 사로잡는 연속극의 주제가 신데렐라나 백마 탄 왕자님 이야기와 더불어 '출생의 비밀'이

---

93) 김도형 기자, 「더는 비밀 아닌 '출생의 비밀'」, 『한겨레』(2004년 7월 19일자)

한몫을 하고 있다는 산 증거일 터이다. 신문기사의 분석이 정확한 것인지는 알 수 없으나 이러한 '출생의 비밀'이 광범하게 연속극 주제로 활용되는 까닭을 기자는 작가가 오랫동안 시청자의 눈길을 끌면서 극적 긴장을 유지하는 보다 효과적인 장치라는 것, 주변의 복잡하고 유치한 애정관계를 다루다 보니 필연적이라는 것, 한국사람이 유난히 핏줄에 집착하는 것 등을 들고 있다. 또한 이러한 현상을 기자는 한국 드라마의 퇴행성으로 보고 있다.

이러한 '출생의 비밀'을 풀어가는 소설이나 텔레비전 연속극은 문벌사회를 중요시하는 한국사회에서 자신의 정체성이나 문벌의 명예를 숭상하는 긍정적인 측면이 있다. 그러나 이러한 가족주의를 바탕으로 삼는 이기주의는 열린사회를 지향하는 한국 가족제도에 퇴행적 방어기제이기도 하다.

소설의 가련한 여주인공 성씨는 이기주의나 가족주의를 생각할 겨를이 없었다. 생존 자체가 문제였기 때문이다. 달이 안 찬 아기를 안고 시집에서 쫓겨나 술주정뱅이와 재혼한 그녀는 말리다가 채이고 맞고 칼부림을 당하는 형편이니, 가족이니 문벌이니를 생각할 겨를이 없었을 것이다. 그녀가 지금 의부와 갈라져 제천에서 홀로 살고 있다는 동이의 증언은 그녀의 긴급피난 상태를 의미하는 것일 것이다.

조 선달이 대화쯤에다 가족을 불러 전방을 내겠다고 말하자 허 생원은 단호히 "이 길 건고 저 달 볼 테야."라고 말하는데, 이는 허 생원이 옛 처녀를 만나 함께 살고자 하는 강력한 욕구의 표출이다. 물방앗간에서 무섭고도 기막힌 밤을 보낸 이래 허 생원의 열아홉 해 동안의 장돌뱅이 생애는 실로 성씨를 다시 만나기 위한 한결같은 몸부림이며 혹시 생겼을지도 모르는 핏줄 찾기의 머나먼 방황이었다. 허 생원은 개인적 이기주의와 가족주의에서 한 걸음도 사회적 지향성을 향하여 나아가지 못하는 인물이다.

출생의 비밀을 안고 태어난 동이는 온갖 고난과 역경을 딛고 섬이 무던한 청년으로 성장하였다. 허 생원이 결김에 동이의 따귀를 때리자 그는 화를 쓰고 팩하여 일어섰으나 한마디도 대거리하지 않고 하염없이 충주집을 나가는 참을성 있는 인물이다. 자신의 극비인 출생의 비밀을 조 선달이나 허 생원에게 터놓고 이야기할 수 있는 열린 마음씨를 가졌으며, 냇물을 건널 때 늙은 허 생원을 부축하기도 하고 물에 떠내려가는 허 생원을 등에 업어 냇물을 건네 주는 등 어른에 대한 공경심도 갖고 있다. 황야에 피어난 튼튼한 모밀꽃이 아닐 수 없다. 논자는 이러한 동이의 사람됨 때문에 이효석의 「모밀꽃 필 무렵」을 중생적 현실주의라고 불러 왔다.

3) 창작인가, 개작인가

앞에서 논자는 이효석의 「모밀꽃 필 무렵」의 소설의 줄거리와 배경이 따로 놀고 있다고 지적한 바 있다. 이어령의 지적대로 20%의 가능성밖에 없는 좌수 유전설을 소설의 복선으로 무리하게 끌고 왔다는 점도 지적하였다. 작가는 무엇인가를 어거지로 뜯어맞추는 듯한 무리를 저지르고 있다. 여기서 「모밀꽃 필 무렵」이 작가의 순수한 독창적인 창작인가, 아니면 다른 어떤 자료에 기대어 개작을 한 것인가라는 의문이 제기된다. 표절까지는 아닐지라도 무엇인가 어떤 자료에 신세를 지고 있다는 강력한 의문이 제기된다.

더구나 이효석 작품 가운데 앞에서 살펴본 바와 같이 그루갈이 삶을 위한 씨뿌리기를 주제로 한 출생의 비밀을 화소로 삼은 작품은 「모밀꽃 필 무렵」이 유일하다. 같은 줄거리의 이야기를 몇 편의 연작 단편으로 토막을 내거나 같은 주제의 소설을 연거푸 몇 편씩 쓰는 작가의 창작관습으로 미루어 볼 때 위와 같은 예는 특이하다. 물론 「모밀꽃 필 무렵」에서 허 생원과 동이가 충주집을 놓고 투정을 부리는 것을 화소로 삼는 것처럼 1937년 『조광』에 발표한 「개살구」에도 첩을 놓고 부자지간에 치정관계를 화소로 삼고 있기는 하다. 그러나 「개살

구」의 경우는 투르게네프의 「첫사랑」이나 듀마의 『춘희』처럼 부자지
간의 치정관계가 주요 화소일 뿐 출생의 비밀이 작품의 중핵 화소는
아니다. 이렇게 볼 때 「모밀꽃 필 무렵」은 이효석의 다른 어떤 소설
과도 관련성이 적다.

　논자는 이효석의 연보 가운데 1912년 진부로 내려와 여섯 살에서
일곱 살 때까지 서당에 다니며 한문공부를 하였다는 사실을 주목하
였다. 그리하여 1937년 『동아일보』 7월 25일부터 29일까지 연재된
「나의 수업시대」라는 글에서 다음과 같은 이효석 자신의 진술을 찾아
냈다.

　　일곱 살 전후하여 가정과 사숙에서 소학을 배울 때 여름 한철이면
　운문을 읽으며 오언절구를 짓느라고 애를 썼다. 즉경의 제목을 가지
　고 오로지 경물을 묘사할 적당한 문자를 고르기에만 골몰하였으니
　시적 감흥이라는 것보다는 식자에 여념이 없었던 셈이다. 오늘의 문
　학에 그다지 도움된 바 못 되나 그러나 표현의 선택이라는 것을 배
　웠다면 이 시절의 끼친 공일는지도 모른다.[94]

　따온 글에 의하면, 이효석은 일곱 살을 전후하여 가정과 사숙에서
『소학』을 배울 때 여름 한철 오언절구를 짓느라 애를 썼다는 사실을
알 수 있으며, 작가의 한문 작문능력은 '오언절구'에 운율과 자수를
맞추기 위하여 '식자(植字)'를 할 정도라는 사실을 확인할 수 있다.
그 뒤 이효석이 한문공부를 얼마나 더 계속하였는지, 또는 그의 한문
독해능력이 어느 정도 발전하였는지를 확인할 만한 자료를 더 이상
찾지 못하였다. 다만, 이효석의 아버지 이시후가 진부면장을 지낸 바
있으며 서울에서 교편을 잡은 것으로 보아 이효석의 한문 독해능력
은 필수교양 정도가 아니었을까 하는 추정을 하였다. 김남극은 이효

---

94) 이효석, 「나의 수업시대」, 『동아일보』(1937년 7월 25～29일자).

석이 친히 쓴 한문 육필엽서 한 장을 소지하고 있는데 달필은 아니라고 진술하였다. 여기서 논자는 실로 무모한 모험을 하기로 작정하였다. 이시후의 서재 가운데 혹 『청구야담』과 같은 패서가 장서로 구비되었을 것으로 가정하고 같은 책에 수록된 출생의 비밀을 다룬 한문소설을 찾아보기로 하였다. 그 결과, 논자는 아래에서 논의하고자 하는 세 편의 한문소설을 발견하였는데, 이는 모두 기이한 남녀관계나 출생의 비밀을 다루고 있어 「모밀꽃 필 무렵」과 서로 통하고 있다는 점을 발견하였다.

여기서 논자가 선택한 세 편의 한문소설은 출전이 모두 『청구야담』이나 편의상 두 편만은 『이조한문단편선』에서 취하였다. 소설 제목도 논자가 주제에 맞게 임의로 붙인 것이다.

「모밀꽃 필 무렵」에서 성 처녀와 허 생원이 기이한 인연을 맺은 매체가 '달'이었던 것처럼 한문단편 「비」에서도 성균관 유생 권과 청상이 기이한 인연을 맺게 된 것은 '소나기' 때문이다.

「비」

A. 남대문 밖 도저동에 사는 권사문은 성균관에 다니고 있었다. 어느 날 승보시를 보려고 새벽에 나서서 반촌으로 가던 중 중도에 소나기를 만났다. 마른 신에 갈모도 없이 위로 비를 맞고 밑으로 적시어 길을 가지 못하고 길가 어느 한 초가 추녀 밑에서 비를 피하고 있었다. 비는 오래 그치지 않아 진퇴양난이었다. 혼잣말로

"불이 있으면 담배나 한 대 피울걸."

하고 중얼거리자 머리 위에서 들창 여는 소리가 들려 쳐다본즉 한 젊은 부인이 불을 내주며,

"어느 양반이 담뱃불 걱정을 하셨나요? 여기 불을 내보내니 담배를 태우세요."

한다.

권생은 불을 받아 담배를 피웠다.

270

잠시 후 아까 부인이 창문 안에서 건네는 말이,

"비 오시는 게 언제 그칠지 모르겠네요. 축축한데 오래 서 계실 것 없이 주저 마시고 잠깐 안으로 들어오세요."

권생은 적지않이 심란해 있던 판에 그 역 무방하다 싶어 그 말대로 문을 밀고 들어갔다. 부인은 나이 이십사오 세쯤으로 소복이 정결하고 용모가 단정하며 언사나 품행이 민첩하고 더불어 담소하는데 조금도 부끄러운 기색이 없었다.

이윽고 날이 개어서 권생은 그만 자리에서 일어났다. 문을 나설 때 궐녀는 권생에게,

"이제 응시장에 다녀오시자면 아무래도 날이 저물어 문이 닫혀 집에 가시기 어려우실 텐데 귀로에 들리심이 어떠하오리까?"
한다.

"그럴까요."

권생은 응시장을 다녀 나와서 다시 그 집에 들렀더니 과연 저녁을 준비하여 기다리고 있었다. 그는 저녁을 들고 유숙하였다.

권생은 한창 젊은이다. 밤에 젊은 미녀와 한방에서 마주 앉았는데 주위엔 사람도 없고 풍정이 동하는 바에 어찌 헛되이 보냈겠는가. 자연히 동침을 하게 되었다. 그 여자는 별로 희색도 없고 그저 쓸쓸히 한숨을 지을 뿐이었다.

권생이,

"무슨 연고로 그러우?"
하고 물어도 궐녀는 종내 흉회를 토설하지 않았다.

권생은 그 뒤로 종종 그 집에 내왕하며 그렁저렁 여러 달이 지났다.

B. 어느 날 권생이 그 집에 들어서는데 마침 어떤 노인이 금관자를 달고 창의를 입고 문턱에 걸터앉아 있었다. 권생은 부쩍 의심이 나서 문 밖에서 주저주저하고 있었다. 그 노인이 보고는 몸을 굽혀 인사를 하고,

"행차께서 도저동 권 서방님 아니시오니까? 왜 들오잖고 계십니까?"

하고 데리고 들어와서,

"서방님께서 우리집에 왕래하심을 알고도 시전 장사치라 생애에 골몰하다 보니 집에 붙어 있을 날이 없어 오늘사 문안을 드리니 결례가 크옵니다."

"그러면 이 집 주부와는 어떤 관계신지?"

"내 자부인이옵니다. 내 자식이 열다섯에 혼인해서 미처 합궁도 못하고 죽었습지요. 저애가 금년 나이 스물넷으로 명색 성혼은 했다지만 아직 음양의 이치를 모르는지라 항상 제 심중에 측은한 생각이 떠나지 않습니다. 무릇 천지간에 사는 만물이 아무리 미물일지라도 모두 음양의 이치를 알고 있는데 저애만 유독 모르는 고로 내 매양 개가하기를 권했습죠만, 제 말이 제가 만약 딴 데로 살러 가면 늙은 이 몸이 의지가 없다고 끝내 듣지 않는군요. 지금까지 8, 9년이 되도록 일향 수절해 왔습죠. 그리고 서방님이 왕래하시던 일은 저애가 벌써 언급해서 나 역시 소원을 이룸이 여간 반가워 한 번 뵙고 싶어 한 지 오래였습니다. 오늘에 상봉하니 만남이 퍽 늦었습니다."

C. 이로부터 권생은 아무 거리낌 없이 내왕했다.

권생은 그의 본부인이 죽어서 초상 치를 물건들을 각전에서 외상으로 가져다 쓰고 미쳐 못 갚고 있다가 오랜 뒤에 돈이 마련되어 직접 셈을 하러 갔더니 각전 상인들이,

"일전에 모동 모 동지가 돈을 들고 와서 외상을 전부 갚았습죠."

하는데 모 동지는 바로 그 노인이었다.

그 뒤에 3년 만에 그 노인은 병으로 죽었다. 습렴 등 초종범절을 권생이 몸소 주관하여 유감이 없이 마쳤다. 교외에 감장하고 겨우 졸곡이 지났을 때 그 여자의 안색이 문득 처참해 보였다. 권생은 적지않이 수상쩍게 생각되어 조용히 캐물었다.

"제가 이 세상에 태어나서 음양의 이치를 모르고 있다고 하여 시

부께서 항상 권하시기 때문에 서방님을 모신 것이었습니다. 음양의 이치를 안 다음에야 그날로 죽어져도 만만 무한이옵지만 시부께서 자녀 간에 아무도 없이 오직 제 한 몸을 의지하고 계시는데, 만약 제가 한 번 죽고 보면 시부의 신세가 이를 데 없이 고단하시겠기에 그냥 그대로 오늘에 이르렀지요. 이제 시부께서 천수를 다하시고 장례도 마쳤으니 제가 더 무슨 소망이 있길래 세상에 오래 머무르겠습니까. 이제 서방님과 영영 작별입니다."

권생은 놀람을 이기지 못해 여러 가지로 달래고 풀어 일렀지만 끝끝내 마음을 돌리지 아니하고 필경 권생이 없는 틈에 자결해 죽었다.[95]

A 단락에서 보는 바와 같이 성균관 유생 권이 24, 5세의 젊은 청상과 기이한 인연을 맺게 된 것은 소나기 때문이었다. 권생이 성균관으로 승보시를 보려고 반촌을 지나던 도중 소나기를 만나 길가 어느 한 초가 추녀 밑에서 비를 피하였다. 권생이 불이 없어 담배를 피우지 못하고 있는데 들창이 열리더니 젊은 부인이 불을 내준 것을 기화로 하여 궐녀의 방으로 들어가게 되고 저녁에 만날 것을 약속하게 된다.

소설에서 권생과 궐녀는 「모밀꽃 필 무렵」에 나오는 허 생원이나 성 처녀와 같은 갑남을녀가 아니라 유생이고 상인의 며느리로 반상 계급에 속한다. 또 허 생원과 성 처녀의 만남과 그 관계는 우연성이 짙고 충동적이나 권생과 궐녀의 그것은 필연적이고 계획적이다. 더구나 권생과 동침하는 궐녀가 별로 희색도 없을 뿐만 아니라 쓸쓸히 한숨을 짓는 양을 복선으로 삼은 것은 소설의 결말이 비극으로 끝날 것을 예시한다. 권생이 그 까닭을 물었으나 궐녀는 그 흉회를 토설하지 않았는데 이는 비극적 결말에 대한 재확인으로 볼 수 있다.

B 단락에 나오는 궐녀의 시아버지는 「모밀꽃 필 무렵」의 동이처럼

---

95) 이우성 외 옮김, 『이조한문단편선 상』(일조각, 1978), 208~211쪽.

두 사람 사이의 매개자 노릇을 하고 있다. 그는 창의를 입고 금관자를 달 정도의 호상이며, 일찍이 청상이 된 자신의 며느리에 대하여 깊은 이해와 동정심을 가지고 있어 권생을 양해할 뿐만 아니라 그의 상처 빚까지 갚아 주는 호의를 베푼다.

C 단락에서 시아버지가 죽고 난 뒤 며느리의 태도는 돌변하여 자살하고 마는데, 이는 이조시대 열녀 효부의 미덕을 지나치게 강조한 데서 온 억압구조로 보인다. 「모밀꽃 필 무렵」의 결말은 출생의 비밀이 풀림에 따라 노년의 행복이 강조되는 데 반하여 이 소설의 결말은 권생과 궐녀가 3, 4년 동안을 동거하였음에도 소생이 없을 뿐만 아니라 억지 비극으로 끝을 맺고 있어 지나치게 유교주의적이다. 따라서 소나기를 기화로 하여 남녀가 기이한 인연을 맺은 것은 「모밀꽃 필 무렵」과 유사하나 결말이 비극적 파탄으로 끝난 것은 「모밀꽃 필 무렵」과 상반된다고 할 수 있다.

다음에 살펴볼 「돌아온 핏줄」은 기이한 인연을 맺거나 출생의 비밀을 화소로 삼고 있으며, 이러한 출생의 비밀 때문에 노년의 행복을 누린다는 결말은 「모밀꽃 필 무렵」과 유사하나, 서울의 한 선비가 시골 부호의 세 명 첩과 인연을 맺는 계기는 계획적이고 의도적인 것이어서 「모밀꽃 필 무렵」과는 다르다.

「돌아온 핏줄」

A. 서울의 한 선비가 무슨 일로 영남에 내려갔다가 태백 산중에서 길을 잃고 주막도 찾지 못하였다. 일색이 황혼으로 향해 갈 무렵 어느 마을의 한 집에 투숙하게 되었다. 그 집은 안팎이 모두 기와집으로 서울의 대가집과 다름이 없었다. 주인을 찾아보고 일숙을 청하였다. 주인은 외양이 썩 의젓한데 수염과 머리가 반백이 된 사람으로 선비의 청을 쾌히 승낙하는 것이었다.

B. 석식을 들고 나서 주객간에 주거니받거니 이야기로 꽃을 피웠다.
"손님은 연세가 몇이며 자녀는 두셨소?"

"나이는 삼십 전인데 자식이 열 명에 가깝답니다. 대개 한 번 방사를 치르면 그만 자식이 생기는군요. 집이 본래 청빈한 처지에 자식들만 우루루하니 큰 걱정입니다."

주인은 현저히 부러워하는 기색을 나타내어 한숨을 쉬었다.

"어떤 사람은 저런 대복을 타고 났을까?"

선비가 웃으며,

"천만에요, 우환 중의 대우환이올시다. 그걸 대복이라니요?"

"나는 나이 60이 넘도록 아직 생산을 못 해보았다오. 비록 만 섬의 곡식을 쌓아 둔들 무슨 세상 재미가 있겠소, 내가 만약 자식 하나만 얻으면 조반석죽이라도 여한이 없으리다. 방금 손님의 말을 듣고 내가 어찌 부러워하는 마음이 안 생기겠소?"

C. 다음날 선비가 작별을 고하고 떠나려 하자 노인은 굳이 만류하더니 닭을 삶고 개를 잡아서 대접이 매우 융숭하였다. 야심해서 노인은 좌우의 사람을 물러가게 하더니 선비를 골방으로 데리고 가서 조용히 말을 꺼내었다.

"내가 손님에게 진정으로 청할 일이 있소. 나는 부잣집에서 생장하여 지금 백발에 이르도록 가난이 무엇인지 모르고 살아왔다오. 달리 무슨 소원이 있으리오마는 오직 자궁(子宮)이 기박하여 평생 자식 하나도 키워 보지 못하였다오. 손을 보고자 소첩·부실이 적지 아니하고 자식을 비는 정성스러운 기도며 의약을 써본 것도 더할 수 없으되, 일껏 자식을 잘 낳던 계집도 내게 와서는 임신을 못 하는구려. 지금도 집에 소실을 셋씩이나 거느려 나이도 모두 이십 전후인데 역시 좋은 소식이 없구려. 비록 남의 자식이라도 한 번 아버지 소리를 들으면 죽어도 눈을 감을 것 같소. 손님은 합방만 하면 즉시 회태를 한다 하니 바라건대 손님의 복력을 의지해서 차태(借胎)를 할까 싶으오. 의향이 어떠신지?"

선비는 펄쩍 뛰었다.

"무슨 말씀이오. 남녀지별(男女之別)의 예가 지중하거니와, 남의 부녀자를 간통하는 것은 국법이 엄금하는 바입니다. 서로 안면이 없는 사이라도 감히 그런 마음을 두지 못하겠거늘 하물며 며칠 묵은 주객 간의 정의로 어떻게 이런 말씀을 입에 올리시는지요. 길가 객주집 상사람의 여자라도 그럴 수 없는데 하물며 사부의 별실을……."

"저것들은 다 천첩이며, 또 내가 발설을 하였으니 조금도 혐의할 것이 없지요. 지금 밤이 깊고 인적이 고요하니 나중에 아들을 보더라도 누가 알겠소. 나의 말은 가슴에서 우러나온 것이고 추호도 가식이 없다오. 이 늙은 것의 신세를 가긍히 여기고 억지로라도 나의 소청을 따라 자식 없는 궁박한 놈으로 하여금 자식을 낳았다는 기쁜 전갈을 좀 듣도록 해주구려. 이 세상에 그 은혜를 어찌 다 갚으리오. 손님에게 있어서는 적선하는 일이요, 나에게 있어서는 무궁한 은혜올시다. 언소위(諺所謂) 일이 양편이 서로 좋은 것이 이에서 더할 수 있겠소."

D. 선비는 한동안 깊이 생각해 보매 노인이 이같이 간청하는 터이라 스스로 몰래 사통하는 것과는 다르고 또 주인이 진심을 토로하였으니 다른 염려는 없을 듯싶었다. 비록 외면인사로 재삼 사양하였으나 남녀간의 대욕(大慾)은 어느 남자라 없겠는가?

"도리로 헤아리건대 만만 불가하오나 주인장의 청하심이 이토록 간절하시기에 오직 명하시는 바에 추종하거니와 시생의 마음은 극히 불안하오이다."

주인은 이에 대희하여 두 손을 모아 감사하는 것이었다.

"이제 손님의 은덕에 힘입어 아버지 소리를 듣게 되는가 보우."

그리고 그 내용을 소실들에게 알렸다.

선비는 사흘 밤 동안에 그 노인의 세 소실의 방을 순회하였다. 소실들도 꼭 아들을 낳을 수 있으리라 믿고 선비의 성명 주소를 물어 심중에 새겨 두는 것이었다. 사흘 밤을 묵은 다음 고별을 하였다. 주인이 물건을 후히 주었으나 선비는 짐이 무겁다고 다 사양하고 나와서 산을 벗어나 서울집으로 돌아갔던 것이다.

　E. 선비는 자식들이 많기 때문에 생계가 극난하였다. 며느리·손자 해서 식구가 30명을 넘었다. 몇 칸 초옥에 항상 식솔이 복작거려 삼순구식(三旬九食)과 십년일관도 변통하기 어려운 처지였다. 궁여지책으로 여러 아들들을 분산시켜 처가살이를 시키고 다만 늙은 양주와 큰아들이 근근이 살아갔다.

　F. 어느덧 20개 성상이 흘렀다. 어느 날 무료히 한가롭게 앉았는데 문득 준수하게 생긴 세 청년이 준마를 타고 나란히 들어왔다. 섬돌을 밟고 마루로 올라서더니 넓죽 절들을 하는 것이었다. 선비는 젊은이들이 의복도 화려하고 거동이 단정한 것을 보고 황망히 답배를 하였다.

　"어디서 온 손들인지? 아직 일면식도 갖지 못한 분들인 듯한데……."

　"저희들은 바로 샌님의 아들들이옵니다. 샌님이 모년 모처에서의 이러이러한 일을 기억 못 하시는지요? 저희들은 모두 그날 밤에 생긴 아들들이랍니다. 모두 동월 출생으로 일자는 조금 차이가 있습니다. 나이는 같이 금년 19세입니다. 어렸을 적에는 노인의 아들인 줄로만 여겼다가 10여 세 지나 모친이 그 곡절을 자세히 들려주시어서 비로소 샌님의 혈육인 줄을 알았습니다. 그러나 샌님이 사시는 곳도 잘 모르거니와 10여 년 길러 주신 은혜 또한 지극히 소중한지라 차마 일소에 배빈할 수 없는 일이었지요. 그래서 노인이 별세하시는 것을 기다려 친부를 찾아가기로 정하였지요. 15세가 되자 한날에 장가를 들어 그 집에서 신부례(新婦禮)를 행하였고, 재작년 2월에 노인은 81세로 천수를 누리고 돌아가시었습니다. 범절을 차려서 염하고 빈해서 길지를 택하여 장사를 지내 드리고 삼년복을 입어 은혜를 보답하였습니다. 이제 대상에 담제까지 마친고로 모친의 기억하시는 바에 의거해서 삼 형제가 말고삐를 나란히 상경하였습니다. 그래서 오늘 이렇게 뵈옵는 것입니다."

선비는 어리둥절하다가 정신을 차리고 청년들의 안색을 살펴보니 과연 흡사 자기를 닮은 얼굴들이었다. 비로소 이 일을 처자와 며느리에게 이야기하고 서로 대면들을 시켰다.

"너희 어미들은 금년 나이가 몇이며, 모두 잘 있느냐?"

세 아들이 각각 대답을 하고 이어서 말하기를,

"잠깐 보아도 집안 형편이 말씀이 아니군요. 저희들 행장에 가져온 것이 다소 있습니다."

하고, 하인을 시켜 행탁을 풀고 돈 몇 냥을 꺼내서 쌀과 나무를 사다가 조석거리를 장만케 하는 것이었다. 그날 밤 세 아들이 조용히 아뢰기를,

"샌님은 이미 연고(年高)하시고 서방님 역시 일찍이 학업을 폐하였으니 과환(科宦)이 무망일 듯하옵니다. 송곳 하나 꽂을 땅도 없이 가을이 되었자 섬에 담을 한 톨 곡식도 생기지 않고 백지에 적수공권으로 어떻게 살아가겠습니까? 아예 낙향하시어 여생을 편히 지내시는 것이 어떠하올는지요?"

"나 역시 낙향할 의사도 두어 보았다만 집도 땅도 없는 사람이 낙향인들 어떻게 하겠느냐?"

"노인은 만석꾼의 부자였습니다. 그 어른이 돌아가시고 별 친척이 없습니다. 자연히 전 재산이 저희들 소유로 되었습니다. 서울집을 팔고 온 가족이 내려만 가시면 아무 근심 없이 넉넉하게 지낼 수 있습니다."

선비는 기뻐하였다.

"그렇다면 무방하겠구나."

G. 드디어 말과 교자를 세내어 타고 일자를 잡아서 길을 떠났다. 그곳에 당도해서 세 소실과 세 자부를 대면하였다. 선비는 집의 큰 채를 차지하고 세 아들은 각기 자기 모친을 모시고 이웃에 나누어 들었다. 며칠 지나서 제물을 준비해 가지고 노인의 무덤에 가서 제를 지냈다. 처가살이하던 아들들도 차차 불러다가 분재를 하여 주고

함께 살았다. 전후좌우로 일족이 수십 호를 헤아렸다.

선비는 세 소실의 집을 왕래하며 옛 인연을 잇고 호의호식하며 여
생을 보냈다. 세 아들의 생시까지는 그 노인의 제사를 폐하지 않았
다 한다.[96)]

A 단락에서 서울의 한 선비가 영남에 내려갔다가 태백산중에서 길
을 잃고 헤매던 도중 해질녘 한 부호의 집에 투숙하게 되는 발단 화
소는 단영서사의 전형적인 우연성으로 시작된다. 그러나 선비가 찾
아간 집이 서울의 대갓집처럼 기와집이고 집주인의 머리와 수염이
반백이며 의젓한 것 등은 독자의 호기심을 유발하고 있다.

B 단락에서 저녁 후에 선비와 노인이 이런저런 이야기를 나누던
도중 소생이 없는 노인은 선비의 다산성을 부러워한다.

C 단락에서는 서울로 떠나려는 선비에게 노인이 융숭한 대접을 하
고 세 명의 첩에게 차태할 것을 간곡하게 권한다.

D 단락에서 선비는 노인의 간곡한 청을 받아들여 세 명의 첩과 상
관하고 회임을 믿는 세 여자는 선비의 성명과 주소를 마음속에 새겨
둔다. 선비가 노인이 준 후한 물건을 무겁다고 사양하고 그냥 서울로
돌아간 것은 훗날 또 다른 인연을 암시하는 부분이다.

E 단락에서 서울에 돌아온 선비는 많은 자식 때문에 고난과 역경
을 겪으며 살아간다. 이 부분은 허 생원이 성씨와 인연을 맺은 뒤 고
난을 겪는 부분과 서로 상관된다.

F 단락에서 출생의 비밀로 태어난 세 아들이 열아홉 해 만에 노인
을 찾아와 낙향하여 함께 살자고 권하는데, 이러한 역경의 반전이나
열아홉 해 만에 자식을 상봉하는 것 등은 그루갈이 삶을 위한 씨뿌리
기가 노년의 행복으로 역전되는 「모밀꽃 필 무렵」과 유사하다.

G 단락에서 서울 선비가 가솔을 이끌고 낙향하여 여러 자식에게

---

96) 이우성 외 옮김, 『이조한문단편선 중』(일조각, 1978), 279~283쪽.

골고루 분재하고 세 명의 여자와 다시 인연을 맺어 현실적인 행복을 실현하는 데 반하여 「모밀꽃 필 무렵」의 그것은 어렴풋 암시될 뿐이다.

「돌아온 핏줄」과 「모밀꽃 필 무렵」의 주인공들은 계급적 신분이 서로 다르기 때문에 삶의 양식이 근본적으로 다르다. 그러나 출생의 비밀이 가져온 행복한 노년이라는 화소는 서로 유사하다.

「모밀꽃 필 무렵」의 동이는 의부에게 매를 맞으며 역경 속에서 성장하였으나 오히려 섬이 무던한 청년이 된다. 이 소설에서 열아홉 살이 되어 생부를 찾아온 세 아들은 노인의 간곡한 차태 권고로 출생하였고 넉넉한 재산 때문에 부유하게 성장하였을 것이다. 노인이 81세로 세상을 떠나자 범절을 차려서 염하고 빈해서 길지를 택하여 장사를 지내고, 삼년복을 입어 은혜에 보답한다. 노인에 대한 제사는 당대봉사로 한정하는데 이는 자신들을 키워 준 노인에 대한 의리보다 핏줄을 무겁게 여기는 가족주의 유교전통으로 보인다. 선비가 낙향한 후에 노인에 대하여 제를 올리는 것 등도 유교적 의리관계로 볼 수 있다.

이와 같이 차태한 세 아들이나 선비가 노인에 대한 의리로 인간의 도리를 지키는 것은 유교주의 수준이고, 핏줄을 이어받은 생부에 대한 세 아들의 핏줄 찾기는 가족주의적 이기주의를 크게 벗어난 것이 아니다. 따라서 「모밀꽃 필 무렵」과 「돌아온 핏줄」의 중핵 화소는 서로 일치한다.

다음에 살펴볼 「소나기」는 1987년 경상대학교 국어교육과·국어국문학과 교수합동세미나에서 최시한 교수가 보고한 자료이다. 같은 세미나에서 논자는 「모밀꽃 필 무렵」이 그루갈이 삶을 지향하는 중생들의 출생의 비밀이 중핵 화소라고 주장하였는데, 김수업 교수는 '날이 넘은 주장'이라 하였다. 십 수년이 지난 지금 다시 생각하여 보아도 그때 논자의 생각은 변함이 없다. 아래에서 살펴볼 「소나기」는 모밀꽃과 같은 화소일 뿐만 아니라 같은 짜임새를 갖추고 있어 이효석이 이 소설을 읽고 「모밀꽃 필 무렵」으로 개작했을 가능성이 가장 높아 보인다.

「소나기」

A. 장동의 약주름 노인은 홀아비로 늙어 자식도 집도 없이 약국을 돌아다니며 숙식하였다.

4월의 어느 날 영조가 육상궁에 거동을 하는데 마침 소나기가 퍼부어 개천물이 넘쳐흘렀다. 구경나온 사람들이 약국집으로 비를 피해 몰려들어 마루 앞 처마 밑에 사람들이 빽빽하게 서 있었다.

B. 약주름 노인이 방안에 있다가 문득 말머리를 꺼내어

"오늘 비가 내 소시적 새재를 넘을 때 비 같구먼."

옆에 앉은 사람이 말을 받았다.

"아니, 비도 고금이 있소?"

"그때 내가 좀 우스운 일이 있어서 상금 잊히질 않네그려."

"거 이야길 들어 봅시다."

C. 약주름 노인이 이야기를 꺼내었다.

"어느 해 여름이었지. 그때 왜황련이 서울의 약국에 동이 났던고로 동래에 가서 사오려고 급한 걸음을 하지 않았겠나. 낮참에 새재를 넘는데 겨우 진점을 지나 무인지경에서 오늘 같은 소나기를 만났는데 지척도 분간할 수 없었다네. 허둥지둥 비 피할 곳을 찾다가 마침 산기슭에 소막이 있는 것을 보고 그리로 들어가지 않았겠나. 초막에 웬 과년한 처녀가 있데. 우선 후줄근한 옷을 벗어서 물을 짜는데 처녀가 곁에 있으면서 피하지 않더군. 홀연 마음이 동하여 상관을 하였는데 처녀도 별로 어려워하는 기색을 안 보이데. 이윽고 비가 멎어서 나는 그 처녀가 사는 곳도 물어 보지 못하고 그만 훌쩍 나와 버렸다네. 오늘 비가 영락 그날의 비 같아서 그리 말한 것이었네."

D. 그때 갑자기 처마 밑으로부터 한 평두의 총각이 마루로 올라서

더니,

　"아까 새재 비 말씀한 양반이 뉘신가요?"

하고 물었다. 곁에 사람이 약주름 노인을 가리키자 총각은 그 노인 앞에 넙죽 절을 하지 않는가.

　"오늘 천행으로 부친을 상봉합니다."

　곁에 허다한 사람들이 모두 어리벙벙하지 않을 수 없었다. 약주름 노인도 영문을 몰라서 물었다.

　"무슨 말인가?"

　"저의 부친은 신상에 표가 있다구 합디다. 잠깐 옷을 좀 벗으셔요."

　약주름 노인이 옷을 벗었다. 총각이 허리 아래를 보더니 서슴없이 말하였다.

　"정말 저의 부친이셔요."

　좌중의 사람들이 영문을 몰라서 물었다.

　"무슨 까닭인지 들어 보세."

　"저의 모친이 처녀 적에 초막을 지키고 계시다가 우연히 우중의 행인을 보신 이후로 태기가 있어 저를 낳았답니다. 소자가 자라서 말을 배우매 다른 아이들은 아비가 있어 부르는데 소자는 부를 아버지가 안 계심을 이상하게 여기고 모친께 여쭈어 보았지요. 모친 말씀이 아까 부친의 말씀과 같았습니다. 그리고 그때 부친과 인연을 맺을 적에 얼핏 보니 왼편 볼기에 검정 사마귀 하나 있더라 하십니다. 소자는 모친의 말씀을 듣고 12세 때부터 부친을 찾으러 집을 떠나 팔도를 돌아다녔습니다. 서울만도 세 차례 들렀지요. 이제 6년 만에 다행히 부친을 뵈오니 막비천운(莫非天運)이라 어찌 기쁘지 않겠습니까."

　E. 이어서 자기 부친을 향하여,

　"아버지, 서울에 계속 머물러 계실 필요가 있으신지요? 소자와 함께 시골로 가십시다. 소자가 힘껏 농사를 지어 봉양하겠습니다. 모

친은 수절하고 외갓집도 가난하지 않아서 조석 걱정은 없을 듯하옵
니다."

좌중의 사람들은 아주 기특한 일이라고 모두 혀들을 찼다. 약국주
인도 안에서 말을 전해 듣고 나와,

"아무가 아들을 찾았다지. 세상에 이런 희한하고 경사스런 일이
있겠나. 친지들의 마음도 기쁨이 솟는데 당자의 심정이야 오죽할
까."

하며, 아들과 함께 하향할 것을 권하는 것이었다. 약주름 노인은 기
쁘기 한량없었지만 오래 살아온 서울을 졸지에 떠나자니 서운한 마
음이 없지도 않거니와 노자가 걱정이 되었다.

"걱정 마십시오. 소자의 수중에 약간의 돈이 있습니다."

좌중의 사람들도 모두 자제를 따라갈 것을 권하면서 주머니를 털
어서 5, 6냥이 되는 돈을 도와주었다. 이에 약국주인도 10여 냥을 내
놓았다. 비가 갠 후 여러 사람들과 작별하고 아들과 함께 길을 떠났
다. 약주름 노인은 집이 생기고 아내가 생기고 자식도 생기고 먹을
것도 생겨 편안하고 한가롭게 여생을 보냈다 한다.[97]

그러면 「모밀꽃 필 무렵」과 「소나기」가 어떻게 서로 같고 다른지를
단락별로 비교하면서 살펴보기로 한다.

A 단락은 소설의 발단 화소이다. 소설의 주인공이며 말하는이는
성명미상의 '약주름' 노인이다. 여기서 '약주름'이란, '약재의 매매
를 거간하는 사람'인데 노인은 자식도 집도 없이 약국을 떠돌아다니
는 홀아비이다. 약주름 노인과 허 생원의 인생 처지는 동일하나 약주
름 노인이 약국을 떠돈다면 허 생원은 장시를 떠돌고 있을 뿐이다.

「모밀꽃 필 무렵」의 배경 화소가 '달'이라면 「소나기」의 그것은
'소나기'이다. 영조의 육상궁 행차를 구경나온 사람들은 소나기로

---

97) 이월영 외 옮김, 『청구야담』(한국문화사, 1995), 360~363쪽.

개천물이 넘쳐흐르는 관계로 장동약국으로 몰려든다.

또 「소나기」의 시점이 왜 하필 영조의 '육상궁' 행차날인가라는 의문을 갖게 되는데, 만약 독자가 『사씨남정기』를 상기한다면 영조가 숙빈 최씨의 소생으로 출생의 비밀 때문에 고난을 겪은 역사적 인물이라는 사실을 알게 될 것이다.

B 단락에서 노인이 '소시적 새재를 넘을 때'의 일을 상기하게 된 것은 '비' 때문이고 허 생원이 물방앗간에서 '기막히고 무서운 밤'을 상기하게 된 것은 '달빛' 때문이다. 이야기를 채근하며 노인에게 추임새를 넣는 사람은 비를 피하여 약국에 들어온 청중이고, 허 생원의 이야기에 추임새를 넣는 사람은 조 선달이다.

C 단락은 두 주인공이 모두 과거를 회상하면서 이야기로 옮기는 장면인데, 과거의 시간이 모두 여름이라 노인은 소나기를 피하여 초막으로 들어가고, 허 생원은 달빛이 너무 밝아 물방앗간으로 들어간다. 초막의 과년한 처녀는 노인이 젖은 옷을 짜는데도 피하지 않고 어려워하지도 않는 기색이고, 물방앗간의 성 처녀는 놀란 눈치였으나 이럭저럭 이야기가 되어 서로 상관을 하게 된다. 상관 후에 노인은 비가 멎어 사는 곳도 물어 보지 못하고 초막을 훌쩍 나와 버리고, 허 생원은 제천연지로 줄행랑을 놓는다.

「소나기」의 매개물은 왜황련인데 이는 위장병을 치료하는 구황약물이고, 「모밀꽃 필 무렵」의 그것은 모밀인데 이는 허기를 다스리는 구황작물이다.

D 단락에서 동이는 달이 안 차 태어난 관계로 쫓겨나 술주정뱅이 의부에게 매를 맞으며 성장한다. 「소나기」의 청년이 출생의 비밀 때문에 겪는 고난은 "다른 아이들은 아비가 있어 부르는데 소자는 부를 아버지가 안 계심을 이상"히 여긴다는 데 숨어 있다. 허 생원은 성씨를 찾으려고 봉평 일대를 한결같이 열아홉 해 동안을 맴도는데, 청년은 열두 살 때부터 집을 떠나 팔도를 돌아다니고 서울도 세 번이나 찾아오는 등 생부를 찾아 헤맨다. 동이가 집을 나온 것은 열여덟 살

284

이고, 청년이 노인을 만나게 된 것도 열여덟 살이다. 또 부자지간이라는 복선으로 한쪽에서는 왼손잡이를, 다른 한편에서는 볼기의 사마귀를 사용한다.

E 화소에서 노인은 우연히 자식을 만나 집도 생기고 아내도 생기고 자식도 생기고 먹을 것도 생겨 편안하고 한가롭게 여생을 보내게 된다. 허 생원은 성씨와 동이를 만나 행복한 여생이 암시된다.

이상에서 살펴본 바와 같이 「모밀꽃 필 무렵」과 「소나기」의 중핵 화소는 그루같이 삶을 지향하는 중생들의 출생의 비밀이다. 또 두 소설의 짜임새는 자연스럽게 과거를 회상하는 겹짜임으로 되어 있는데, 이는 필연적인 인과관계를 성립시키기 위하여 시간순차에 작가가 폭력을 가한 결과물이다. 이렇게 볼 때 이효석의 「모밀꽃 필 무렵」은 『청구야담』에 나오는 「소나기」를 표절한 것은 아닐지라도 적어도 개작한 흔적이 역력하다.

이러한 논자의 주장과는 달리 「모밀꽃 필 무렵」이 봉평을 배경으로 실제로 있었던 실화라는 풍문이 끊임없이 나돌고 있다. 이러한 풍문의 진원지는 류종호로부터 시작된다.

사숙을 다니던 유년시절의 봉평에는 날마다 꼭 무명필 나부랑이로 드팀전을 벌이고 있는 한 곰보영감이 있었다. 나이가 쉰쯤 되었을까, 눈곱이 닥작닥작 끼고 얼굴이 온통 얽어서 보기 흉한 영감이었다. 고향은 청주라고도 히고 용인이라는 사람들도 있었으나 확실치는 않았고, 그 성을 확실히 알아 둔 사람도 지금은 없다. 이 '곰보영감'이라고 불리던 사람과 한패가 되어 장돌이 노릇을 하는 사람에 기골이 좋은 조봉근이란 사람이 있었다. 한편 방 두 개에 부엌 하나로 술도 팔고 음식도 팔면서 장돌이에게 잠도 재워 주는 집이 있었다. '충주집'이라고 불리던 이 집 여주인은 송씨로서 얼굴도 예쁜 편이었고 마음씨도 고왔다. 효석은 사숙의 글동무들과 함께 싸온 점심밥을 이 충주집에 맡겨 두고 먹곤 하였다.

효석의 집안과는 한 마을에 살면서 아주 가까이 지내던 성공여라
는 사람이 있었다. 성씨 집에는 스무 살쯤 된 옥분이라는 딸이 있었
는데 봉평서는 제일가는 일색이었다.

뒷날 집안 형편이 기울어 이웃 고을인 충북 제천으로 이사를 갔
다.[98]

따온 글에 의하면 허 생원으로 보이는 곰보영감, 조 선달로 보이는
조봉근, 충주집으로 보이는 송씨, 성씨 처녀로 보이는 성옥분 등이
「모밀꽃 필 무렵」에 등장하는 인물들을 거의 모사한 듯이 방불하다.
이효석이 일곱 살 때 봉평에서 사숙을 다니며 한문공부를 한 것도 사
실이다. 소설의 배경이 되는 충주집이나 성씨가 소설에서처럼 제천
으로 이사한 것도 사실과 일치한다. 그러나 이러한 「모밀꽃 필 무렵」
의 배경실화가 무엇을 근거로 하여 작성한 것인지 그 출처가 불분명
하다.

1966년에 시작된 류종호의 이러한 실화풍문은 1972년 『문학사상』
으로 이월된다.

첫째는 「모밀꽃 필 무렵」에 등장하는 주인공들인데 허 생원·성씨
처녀·동이 등이 모두 실존인물이며, 허 생원과 성씨가 불륜의 관계
를 맺은 뒤 제천으로 가 술집 주모가 되어 아기를 낳고 살다가 충주
로 이사를 갔다는 것이다.

둘째는 소설의 배경이 되는 허 생원이 실제로 살았던 생가와 지금
은 미장원으로 변한 충주집, 빈터만 남아 있는 물레방앗간 터를 확인
하였다는 것이다.

나머지는 작가에 관한 사항이어서 재론할 필요가 없다.[99]

그러나 『문학사상』이 주장하는 선정주의적이고 상업주의적인 풍문
에 대하여 김남극은 그러한 주장쯤은 어느 마을이나 어느 읍내에도

---

98) 류종호, 「寂寥의 아웃사이더」, 『한국의 인간상』(신구문화사, 1966), 509쪽.
99) 『문학사상』(문학사상사, 1972. 10), 386~387쪽.

있을 법한 사실이라고 일축한다. 또『문학사상』이「모밀꽃 필 무렵」의 원본을 잘못 따다 쓴 관계로 잡지의 주장을 얼마나 신뢰해야 할지는 의문이다.

이러저러한 소문이나 풍문이「모밀꽃 필 무렵」에 일정한 영향을 준 것은 사실일 터이다. 왜냐하면 작가란 자기가 보고 듣고 아는 것 이상을 쓸 수는 없기 때문이다. 그러나 이러한 주장이 모두 사실이라 할지라도 소설의 중핵 화소인 그루갈이 삶을 지향하는 중생들의 출생의 비밀을 제시하지는 못한다.

6. 마무리

건국신화의 경우 출생의 비밀은 천신인 아버지로부터 비롯된다. 남북한의 학자들은 환인의 아들 환웅이 '얼받이'라는 사실을 부정할 뿐만 아니라 못마땅하게 생각하는 경향이 있다. 그러나 아는 바와 같이 신석기시대 어머니 중심 사회는 청동기시대로 접어들며 부계 중심 사회로 넘어가는 과도기 과정을 거치게 된다. 그러니까 이때 태어난 아이들은 어머니 중심으로 본다면 적자이나 남성 중심 세계관으로 본다면 서자일 수밖에 없다. 환인은 환웅이 널리 사람을 이롭게 하며 세상을 이화하고 마음을 닦아 빛을 찾겠다는 굳은 의지를 확인하고 그가 뜻을 펼 땅을 찾다가 마침 삼위태백을 발견하고 그를 내려보낸다.

초경을 치른 곰 토템 부락의 소녀와 호랑이 토템 부락의 소녀가 성인의례를 치른 다음 곰 토템 부락의 웅녀는 소도로 찾아가 환웅에게 아기 갖기를 간절히 빌었다. 웅녀의 바람에 따라 환웅은 가화하여 웅녀와 혼인하였는데, 이는 필연적으로 단군도 환웅처럼 얼받이가 되어 그루갈이 삶을 선택할 수밖에 없는 운명에 처했다는 사실을 알 수 있다.

얼받이로 태어날 수밖에 없었던 단군도 그루갈이 삶을 선택해야만 했는데, 환웅천왕의 뜻에 따라 홍익인간(弘益人間)·재세이화(在世理化)·성통광명(性通光明)을 건국이념으로 삼은 결과 아사달에 상경을 정하고 북만주와 원동을 경영하고, 알티에 중경을 정하고 요동·요서와 지나의 연해안을 호령하고, 펴라에 남경을 정하고 한반도 일대를 운용하였으니 얼마나 원대하고 아름다운 국가정책능력인가.

천신 해모수는 웅심연에서 노는 하백의 세 딸을 보고 유화를 약탈하여 강제로 혼인한다. 하백이 술에 취한 해모수를 유화와 한 수레에 실어 하늘나라로 올려 보내려 하였으나 해모수는 유화의 금비녀로 가죽부대를 뚫고 도망치고 만다. 분노한 하백은 유화를 우발수에 버리니, 어룡이 되어 물고기를 잡아먹던 유화는 어부의 그물에 걸려 금와왕의 궁궐로 들어가게 된다. 햇빛이 유화부인을 따라다니더니 겨드랑이로 닷 되들이 알을 낳았는데 주몽은 그 알을 깨고 탄생하였다. 출생의 비밀을 지닌 금와왕의 궁전에서 덤받이로 태어날 수밖에 없었던 주몽은 우발수를 건너 졸본에 이르러 고구려를 건국하게 된다. 용대가리를 밟고 하늘로 승천한 동명성왕이 "도로써 백성이 기뻐하도록 다스리라(以道興治)."고 유류왕에게 고명한 결과, 고구려는 북부여의 수도였던 하얼빈과 동부여의 수도였던 훈춘과 동명성왕이 터전을 잡은 졸본을 잇는 대제국 고구려를 건설하게 된다.

백제의 건국기는 온조·비류·구태 중심의 건국 화소로 갈라 볼 수 있으나, 구대의 경우는 역사성이 빈약하여 결국 온조와 비류의 건국기로 요약된다. 온조의 건국기는 '홀어미·용' 화소이고 비류의 건국기는 '덤받이·개구리' 화소로 볼 수 있다. 이는 모두 비류와 온조의 아버지를 동명성왕으로 보느냐, 아니면 우태로 보느냐의 차이에서 비롯된다. 백제의 사실상 건국주인 온조는 인민안태(人民安泰)·백성낙종(百姓樂從)을 건국이념으로 삼았다.

온조·비류 건국기 화소는 '밤온이' 화소로 변이되어 무왕과 견훤에게 전승된다. 온조의 건국 화소를 계승한 무왕은 '홀어미·지룡'

화소를 이월받아 백제 중흥을 위하여 지룡 화소를 백제 중흥의 구심
점인 미륵사로 형상화하고 스스로 지룡 행세를 하게 된다. 지룡 형상
화를 위하여 왕흥사를 짓고 백제 중흥을 위하여 왕궁평에 궁성을 지
었다. 무왕은 스스로 용수가 되어 배를 타고 연못을 건너 배수구 지
점에서 내려 금당으로 들어가 향불을 피웠다. 무왕은 미래불인 미륵
이고 미륵이 열어 가는 용화세상을 다스리는 왕이 전륜성왕인데, 스
스로 전륜성왕이 되어 신라와 12회에 걸쳐 전쟁을 하는 등 백제 중흥
을 이룩하였다.

비류 건국기 화소를 계승한 견훤은 '덤받이·지렁이' 화소로 발전
시켜 백제 부흥을 도모하게 된다. 후백제의 최대 영토는 북으로 청주
고마갈이성과 대구의 공산성, 부산의 고자군을 활등으로 잇는 땅이
었다. 견훤이 지방호족의 특권을 부정하고 강력한 왕권국가를 이룩
하려 한 데는, 자신의 능력을 과신한 면도 있기는 하지만, 중간 착취
지배세력인 호족을 제거함으로써 인민안태라는 국가이념을 실천하
려 한 까닭으로 보인다.

남쪽의 시조신들은 버려진 아기로 변이 전승된다. 이렇게 버려진
아기들은 업둥이로 입양된다. 김수로 등 육가야 시조신은 아도가 거
두어 기르고 김알지는 호공이 거두어 궁전으로 데리고 간다. 석탈해
는 박혁거세의 고기잡이 할미인 아진의선이 거두어 기른다. 박혁거
세와 알영은 삼국유사에는 남산 서쪽 기슭에 궁실을 짓고 두 성아를
받아들여 기른 것으로 되어 있다. 그러나 『삼국사기』에 의하면 박혁
거세는 사량부 소벌공 정씨에게 입양된다. '광명이세(光明理世)'라
는 박혁거세의 건국이념을 계승한 진흥왕은 "덕업을 일신하고(德業
日新) 사방을 망라한다(網羅四方)."는 정복정책을 수행한 결과 태종
과 문무왕에 이르러 삼국을 통일하게 된다.

김알지는 자줏빛 구름에 싸인 황금궤에서 동남으로 출생하고, 박
혁거세는 자줏빛 알에서 동남으로 출생하였으므로 항언에 어린 아기
를 알지라 하니 두 아기를 모두 알지라고 이름 붙였다. 자줏빛은 제

왕의 빛깔이고 알지는 '씨아이'·'씨혼령'을 상징하여 곡신적 성격을 지니게 된다. 김알지는 황금궤에서 탄생하였고 박혁거세는 자줏빛 알에서 탄생하였는데 이는 모두 난생으로 태양의 아들임을 상징한다. 김알지신화의 흰 닭이나 박혁거세신화의 백마는 모두 하늘의 뜻을 전달하는 사자이므로, 두 아이가 모두 하늘의 아들로서 천신적 신화소를 지니고 있다. 석탈해나 김수로왕도 모두 난생으로 천신의 아들이다.

김수로왕이 세운 가락국은 9간이 거느리는 배호 7만 5천 명을 배경으로 건국되었다. 그들의 주업은 산야를 개간하는 농업이었으며 샘을 파는 기술을 터득하고 있었다는 점에서 신라의 건국 초기 모습과 일치한다. 개벽 이후 아직 나라가 건국되지 않았으며 군신의 칭호도 없었는데 다만 9명의 추장이 부락을 나누어 다스리고 있었다.

북쪽 하늘에서 소리가 들리더니 붉은 밧줄이 하늘에서 내려왔는데 그 끝에 붉은 폭의 보에 금합이 싸여 있었다. 열어 보니 해와 같이 둥근 여섯 개의 황금알이 있었다. 9간 등이 금합을 향하여 수없이 절한 뒤 탑 위에 두고 각기 흩어졌다. 12시를 지나 이튿날 아침에 무리가 다시 모여 함을 열어 보니 여섯 알이 화하여 동자가 되었는데 용모가 매우 깨끗하였다고 한다. 신화의 내용으로 보아 김수로왕은 버려진 아이로 보아야 한다. 좀더 현실적으로 보자면, 김수로왕은 외래집단의 아들로 보아야 한다. 김수로왕의 건국이념은 "나라를 새롭게 하여 임금이 되는 것(惟新家邦)"과 "나라를 편안히 하고 백성을 편안하게 돌보는 일(安中國, 而綏下民)"이었다. 그러나 마지막 구해왕은 백성을 다치거나 죽이지 않는 조건으로 신라의 법흥왕에게 항복하니, 이를 '이수하민'으로 볼 수 있는지는 알 수 없다

건국신화는 하늘·땅·물과 관련한 시조탄생신화이며 농업생산신화라는 두 가지 성격을 지니고 있다.

서사무가의 경우에도 출생의 비밀은 천신인 아버지로부터 비롯된다. 창세무가 중 「시루말」을 살펴보면, 천신인 당칠성이 세상을 살펴

러 왔다가 지신인 매화부인과 인연을 맺은 뒤 천신은 하늘로 돌아가고 매화부인 홀로 자식을 분만하고 양육한다. 성장한 두 아들이 동접 학동들로부터 아비 없는 자식이라고 놀림을 받게 되면서 두 아들은 키워 준 어머니를 미련 없이 버리고 천신인 아버지를 찾아가 자신들의 정체성을 회복하고 대한국·소한국 등 신책을 맡은 뒤 세상사람들을 위하여 해와 달을 조정해 준다.

「시루말」에서 드러난 출생의 비밀은 「천지왕본풀이」에서 변이 전승된다. 수명장자를 징치하기 위해 내려온 천지왕은 늙은 할망집에서 하룻밤을 묵게 되는데, 옥얼래빗으로 머리를 빗는 딸과 동침한 뒤 아들 이름을 지어 놓고 박씨를 주고 하늘로 떠나간다. 어머니에게 물어 아버지가 천지왕임을 알게 된 형제는 박씨를 심어 넝쿨을 따라 하늘로 올라간다. 천지왕은 자신의 아들임을 확인한 뒤 은대야에 꽃을 심어 잘 자라는 사람은 인간세상을 차지하고 시드는 사람은 지옥을 차지하라고 한다. 형의 꽃은 잘 자라고 아우의 꽃은 시들어 아우가 꽃을 바꾸어 놓았으나 이를 천지왕이 알면 벌을 내릴 것이라고 하니 아우가 사죄한다. 형과의 인세차지 내기에서 여러 가지 편법을 동원하여 승리한 아우가 다스리는 세상은 선악이 분명하지 않은 혼란한 세상이 되고 만다.

「시루말」의 선문이와 후문이, 「천지왕본풀이」의 대별왕과 소별왕의 중요한 임무는 두 개의 해와 두 개의 달을 하나로 조정하여 사람들이 필연적으로 겪어야 하는 가뭄과 홍수, 추위와 기아로부터 해방시키는 일이었다. 결국 선문이와 후문이 형제, 대별왕과 소별왕 형제는 아비 없는 아들로 출생의 비밀을 지닌 채 세상에 태어나거나 얼받이로 태어나는데, 이는 단군이나 주몽과 같은 건국시조신화가 「천지왕본풀이」로 변이 전승된 것임을 암시한다.

「바리공주」의 화소는 '출생·죽음·재생'으로 되어 있다. 바리공주·한락궁이·오늘이는 불우하게 출생하여 이승에서 고난을 겪고 죽음의 세계인 꽃밭나라를 다녀와 사람의 생명을 살리는 신이한 능력을 지니게 된다. 서사무가의 주인공들은 이승에서 저승을 거쳐 다시 이승으로 돌아오는 입문의례를 통하여 대지의 신·생명의 신으로 부활한다. 또한 그들은 농업생산신이다. 바리공주는 물론 한락궁이와 오늘이가 저승 꽃밭나라로 가는 시간은 사실은 땅 속에서 씨앗으로 머무르는 겨울이고, 이승으로 재생하는 의례는 생명의 싹을 틔우는 여름에 해당된다. 따라서 서사무가 「바리공주」는 생명부활신화이며 농업생산신화이다.

죽음·재생의 화소가 한락궁이로 하여금 생명의 신이 되게 하고 다시 아버지를 찾아가 저승의 꽃감관이 됨으로써 생명의 신으로 거듭난다. 오늘이는 죽음·재생이라는 입문의례를 통하여 베풀고 버림으로써 마침내 옥황신녀의 자리에 오르게 된다. 딸 많은 집의 일곱째 딸로 태어나 버려진 바리공주는 대지의 딸로 자라나 대지의 아내가 되고 대지의 어머니가 된다. 이승에서 서방정토 극락세계로, 극락세계에서 이승으로 죽음과 재생이라는 입문의례를 통하여 죄 많은 영혼은 천도하고 억울한 영혼은 왕생시키는 만신몸주, 농업생산신으로 우리 곁에 서 있다.

「칠성풀이」는 어머니 중심 사회에서 아버지 중심 사회로 넘어가는 사회 변동과정 속에서 일어난 가정문제를 다룬 가정신화이다. 「칠성풀이」의 화소를 살펴보면 천하궁 칠성님과 지하궁 매화부인이 혼인하여 십 년이 넘도록 후사가 없다가 아이를 낳으니 한꺼번에 일곱 명을 낳았다. 칠성님은 매화부인을 소박하고 옥녀부인과 재혼한다. 아비 없는 아들이라 하여 동접 학동들에게 놀림을 받은 일곱 아들은 천하궁으로 아버지를 찾아간다. 일곱 아들이 아버지로부터 지나친 총애를 받자 계모는 일곱 아들을 죽일 음모를 꾸미고, 금사슴이나 멧돼지의 도움으로 위기를 모면한 일곱 아들은 계모를 징치하고 물에 빠져 죽은 매화부인을 살려 내는데 이는 영원한 생명의 순환고리를 의미한다. 그러니까 신화란 사람이 신의 이름을 빌려 말하는 일종의 사람들의 이야기인 셈이다.

「칠성풀이」는 제주도로 흘러들어 「문전본풀이」로 변이 계승된다. 남선비의 아버지는 달만국이고 어머니는 해만국이다. 말하자면 남선비는 해와 달의 아들인 셈이다. 예산국과 혼인하여 일곱 아들을 두었는데 가난하여 일곱 자식 먹일 것이 없으므로 햇미역을 받아 배에 싣고 육지로 장사를 나간다. 남선비가 오동국 고을로 전배독선을 몰고 들어왔을 때 노일저대구일의 딸은 투전장기를 두어 배를 빼앗고 만다. 하는 수 없이 둘은 살림을 차리게 되니, 노일저대구일의 딸은 매양 남의 집 맷돌로 곡식을 갈아 주고 얻은 등겨 한 줌으로 죽을 쑤어 연명하게 된다. 남선비를 기다리던 예산국은 풍요를 부르는 아이들에게 댕기를 주어 남편의 거처를 찾아 내었지만 질투의 화신이 된 노일저대구일의 딸의 유혹에 넘어가 주천강 연내못가에 거꾸러져 죽고 만다. 노일저대구일의 딸은 예산국의 옷을 입고 예산국 행세를 하면서 남선비와 함께 남선 고을로 돌아간다. 자신이 예산국이 아님을 막내아들 녹디에게 들키자 난데없이 배가 아프다고 뒹굴면서 남선비로 하여금 두 차례나 문복을 하게 한 다음 일곱 아들의 간을 내어 먹을 음모를 꾸민다. 녹디의 지혜로 위기를 모면한 여섯 형제는 총과 활을 겨누어 계모를 포위하니 노일저대구일의 딸은 벽장 밑을 파고나가 측간에 가서 죽게 된다. 남선비는 깜짝 놀라 올래문 주목나무 기둥에 머리가 부딪혀 죽고 만다. 예산국이 추운 물 속에 오래 있었다 하여 따뜻한 부엌 조왕신이 되고 녹디는 스스로 문전신이 되었다. 남선비는 올래문 나무목신이 되고 여섯 아들은 동·서·남·북·중앙과 뒷문의 신으로 좌정한다. 노일저대구일의 딸은 전신을 조각내어 생명으로 환생시켰다. 그것도 제주도민의 모든 먹거리를 위하여 최후의 모든 것을 바친 셈이다. 그러니 노일저대구일의 딸은 죽어서나마 생산신이 된 것이다.

규중에 갇혀 있는 처녀에게 한 중이 나타나 씨를 뿌리고 돌아간 뒤 출생한 세 아들은 아비 없는 자식으로 성장하게 되는데, 이러한 출생의 비밀을 다룬 서사무가를 한반도 일대에서는 「제석본풀이」·「세존

굿」이라고 부르고, 제주도에서는 「세경본풀이」 또는 「초공본풀이」라
고 부른다.

「세존굿」의 화소는 당금아기의 집에 시주 동냥 갔던 중이 아가씨
를 보고 반해 하룻밤을 보내기를 청하는 데서 비롯된다. 세 아들은
서당에서 동접 학동들의 놀림을 받고 어머니에게 아버지를 물어 중
을 찾아가게 된다. 중은 세 아들의 여러 가지 능력을 시험하고 피를
섞어 본 뒤 큰아들은 태백산 문수보살이 되게 하고, 둘째 아들은 사
해용왕, 셋째 아들은 골메기 성황의 신책을 맡기고 어머니는 삼신이
되게 하였다.

당금아기는 대지의 여신으로 일종의 산신이고 생산신인 셈이다.
'중'은 다른 이본에서는 '제석' 또는 '세존'으로 불리는데, 이는 무
조신과 불교의 뒤섞임으로 보아야 할 것이다. 제석천왕은 태양신인
동시에 천신으로서 농업생산신이기도 하다. 산신인 어머니 당금아기
와 농업생산신인 아버지 제석천왕 사이에 난 세 아들이 생산신이 된
다는 신화적 결말은 너무나도 당연한 것이다.

「세경본풀이」나 「초공본풀이」에서는 중이 자지명아기를 비롯해 그
의 아들들에게도 여러 가지 시험을 내리는데, 이는 세 아들에게 농업
생산신이 될 수 있는 신격을 확인한 것으로 볼 수 있다.

입말 이야기에서의 발단은 길 떠난 아버지가 처녀나 과부 등과 관
계를 하면서 시작된다. 이야기의 발단 화소가 모두 소나기가 내리는
여름날이고, 소나기를 피하려고 길 가던 나그네가 원두막·새막·동
굴 등으로 들어가 처녀나 과부와 남녀관계를 맺는 사연이 모두 공통
된다. 이러한 인연으로 출생한 홀의자식과 얼받이는 정치·사회적인
냉대와 모멸 속에서 성장한다. 타고난 그들의 출중한 재주 때문에 총
애를 받기도 하지만 그들을 미워하는 서동들로부터는 질시와 추방을
받기도 한다. 빈부와 반상과 적서의 차별이 엄격한 사회에서 들판에
버려진 생명들이 양반가계의 얼받이로 재편되는 과정 속에는 민중의
강력한 신분상승 욕구가 반영되어 있기도 하지만, 새로운 신분질서

속에서 얼받이 아들과 첩의 신세인 어머니가 겪어야 할 차별과 갈등은 숨은 그림으로 남아 있다.

이효석의 단편소설 「모밀꽃 필 무렵」도 건국신화, 서사무가, 입말이야기처럼 출생의 비밀을 화소로 삼고 있다는 점에서 이효석 아름다움 찾기는 세 가지 갈래로 접근하였다.

첫째는 '현실도피인가, 자연순응인가'라는 문제가 제기된다. 흔히, 이효석과 유진오를 한국문학사에서는 동반자작가로 규정하고 있다. 그러나 이효석이 김기진이나 백철, 박영희가 지적하는 바와 같이 과연 동반자작가인지를 규명하기 위해서는 그의 작품경향이 카프의 이데올로기와 유사성을 가지고 있는지 검증할 필요가 있다. 그의 문학이 당대 식민지 현실과 등을 돌리고 있다고 볼 수 없으므로, 그가 동반자작가가 아니라고 보기는 힘들다.

이효석의 작품경향은 두 가지로 갈라 볼 수 있다. 하나는 동반자작가로서 계급성과 아지프로적 기능을 전편에 밑칠하거나 부분적으로 초칠하는 경향인데 「수탉」·「계절」·「10월에 피는 능금꽃」·「오리온과 능금」·「수난」 등이 그것이며, 다른 하나는 동물적 성에 탐닉한다는 의미에서 자연주의적 경향을 띠는 것으로 「마음의 의장」·「돈」 등이 그것이다.

현실에서 등을 돌린 이효석은 운동가와 주의자를 야비할 정도로 몰아세우고 비하하며 냉소를 퍼붓는다. 주의자와 운동가가 미묘한 남녀관계의 연애 사정에 침몰하는 과정을 조롱하다가 다시 자연주의로 눈을 돌린다. 이효석은 자연과학적인 정확성을 문학관에 도입하였다기보다는 인간의 자유의지를 부정하고 추악하고 야수적인 인간의 일면을 폭로했다는 의미에서 일종의 색정주의를 보여 주며, 전원으로 귀환한다는 의미에서 전원주의로 함몰하고 만다. 작가는 엄혹한 식민지 현실을 외면한 채, 현실의 삶의 토대를 잃은 민중에게 자연으로만 돌아가면 모든 문제가 해결될 것이라는 막연한 환상을 유포하고 있는 것이다.

작가가 시대를 외면하고 성적 쾌락만을 위해 자연주의에 침몰할 때 작가는 민중을 우매화하여, 결과적으로 일제강점기 식민지정책에 협조하였다는 책임을 벗어나기 힘들다. 작가는 자신의 자유를 위하여 글을 쓰기도 하지만 때로는 민중의 자유를 위하여 글을 쓰기도 한다. 그것이 바로 역사에 이바지하는 길이다.

둘째로 '친일인가, 아닌가'라는 문제에서는 이효석이 일문으로 쓴 몇 편의 단편소설이 친일작품인가, 아니면 민족의식의 눈뜸인가라는 예민한 문제에 부딪치게 된다. 조선문인협회가 조선문인보국단으로 확대 개편되는 시기에 이효석의 친일활동은 모두 3건으로 드러난다. 조선문인협회의 평양문예대강연회에서 제목미상의 글을 발표하였고, 조선총독부의 명을 받아 '총후사상 강화를 위한 전선순회강연회'에서 활동하였으며, 조선문인협회가 실시한 '조선예술상' 심사위원이 되기도 하였다.

이효석이 일문으로 소설을 써서 발표한 시기는 1939년부터 1942년까지 3년 동안의 짧은 기간이다. 친일혐의를 받는 작품은 「봄옷」·「엉겅퀴의 장」·「은빛 송어」·「서한」 등이다. 비록 일본어로 창작한 작품이지만 오히려 반일적 민족색채가 농후한 작품으로는 「은은한 빛」·「가을」 등을 들 수 있다.

「봄옷」의 경우 말하는이 '도'의 관점이 현저히 일본 쪽으로 경사되어 있으며, 한 혼혈 여급의 조선의 문화와 풍습에 대한 깊은 이해를 통하여 내선일체를 강조한 듯하다. 일본에 대한 저항감을 마비시켜 독자를 친일 앞잡이로 백기 투항시킬 수 있는 문제점을 가지고 있다.

「엉겅퀴의 장」은 두 쌍의 조선청년과 일녀의 국제결혼을 다룬 소설이다. 미나미 총독은 내선일체를 명목으로 조선청년과 일녀의 결혼을 장려하고 표창하였지만 사실은 본적 전속을 금지함으로써 조선청년의 노동력을 착취하고 병력으로 동원하는 데 목적이 있었다. 이효석은 이러한 미나미 총독의 결혼정책에 협력함으로써 결과적으로 조선청년을 일제의 총알받이로 내몬 결과를 가져온 것이다.

「서한」은 전직 교장인 반장과 아들이 빚어 내는 촌극 수준의 소설이다. 그러나 이러한 촌극 뒤에는 일제의 전시정책과 총후의 방공훈련 모습을 거부감 없이 형상화함으로써 결과적으로 일제의 식민지정책을 고무 찬양한 셈이다. 작품은 짧은 소품 수준의 소설이지만, 구호 수준의 국민문학이 반복하기 쉬운 도식성과 상투성을 벗어 버리고 독자의 거부감을 제거함으로써 일제의 식민정책을 총후 조선주민에게 뿌리 깊게 각인시킨 이효석의 대표적인 친일문학으로 볼 수 있다.

「은빛 송어」는 이효석의 또 다른 대표적 친일작품이다. 다섯 명의 유한 조선청년 놈팽이들이 일본여급 테이코를 조건 없이 추종하고 찬양함으로써 그녀를 우상화시킨 다음 테이코의 이미지에다 동경의 막연한 환상을 보탬으로써 일본에 대한 향수를 불러일으킨다. 일본으로 잠적한 테이코가 다섯 명의 놈팽이에게 시차를 두고 보낸 그림엽서를 통하여 일본의 목가적 전원풍경을 섬세하게 묘사함으로써 일본이 지상낙원임을 은근히 독자대중에게 각인시키고 있다. 또 소설 말미에서 한이 동경행을 결심하면서 "동경 자체를 동경"하여 동경으로 테이코를 찾으러 간다고 하였다. 그러니까 테이코와 동경이 하나로 등가되고 여기에다 다시 일본의 목가적 전원풍경을 투사함으로써 독자대중으로 하여금 일본에 대한 환상과 동경을 갖도록 은근히 부추기고 있다. 이효석은 관조와 연조가 높은 친일문학을 위하여 아일랜드의 민족시인 예이츠의 시 「떠도는 인거스의 노래」를 악용하고, 인거스의 이미지에다 모드곤의 영상을 보탬으로써 일본에 대한 보다 깊고 높은 충성심을 보여 주었다. 이광수·김동환·최재서·박영희 등이 촌닭처럼 구호 수준의 친일문학을 생산하였다면, 이효석은 지능적이고 세련된 친일문학을 형상화한 것이다.

이와는 반대로 반일적 민족주의 색채가 강한 「은은한 빛」과 「가을」 같은 작품을 창작하기도 하였다. 「은은한 빛」에서는 주인공 욱을 통하여 고구려 장검이 갖는 높은 정신적 가치를 경제적 유혹이나 일본인의 강압에도 불구하고 끝까지 장검을 지켜냄으로써 조선의 민족정신을 드높이고 있다.

「가을」은 비록 짧은 소품의 단편이긴 하나 일제의 전시체제 아래에서도 조선의 정취와 조선정신을 고무 찬양함으로써 반일적 색채를 명확히 드러낸 소설이다.

이렇게 볼 때 이효석은 친일문제를 놓고 냉엄한 중립적 위치에서 딴청을 부렸다기보다는 언제나 친일과 반일이라는 작두날 위에서 뜀뛰기를 한 셈이다.

셋째로 이효석의 「모밀꽃 필 무렵」을 제대로 분석하기 위해서는 '제물갈이 삶인가, 아니면 그루갈이 삶인가'라는 문제를 제기할 필요가 있다. 이를 다시 세 갈래로 나누어 상론할 필요가 있는데 '시정인가, 감상인가'라는 첫 번째 문제를 규명하여 보기로 한다.

천이두는 이효석을 "한적·인정적 작품세계를 그린 작가"로 보고 「모밀꽃 필 무렵」을 "반산문적·서정시적 아름다움"을 보여 준 작품이라고 하였다.

김우종은 이효석의 반산문적인 시적 표현에 대하여 대단히 긍정적인 평가를 하고 있다. 즉 이효석은 사실적인 묘사보다 분위기 형성에 힘쓰고, 섬세한 묘사보다 동양화적 기법을 원용하여 시적 상상의 세계로 끌어들인다고 하였다.

류종호는 이효석이 '회화적 방법'만을 쓴 결과 소설의 주제가 애매성을 띠고 있을 뿐만 아니라 약체화되어 있고 인물의 전형성을 잃었다고 주장한다. 그러나 소설의 효과에 대해서는 유보적인 태도를 취하고 있다.

일상생활에서 흘려 보기 쉬운 전원을 이효석은 직유법·은유법·의인법·비교법 등의 수사법을 동원하여 몽상적이고도 환상적인 비경을 창조하는 데는 성공하였으나, 수사법을 과도하게 부려 쓴 나머지 자연스러운 맛을 잃고 말았다. 이효석은 무지개 일곱 빛깔이 제 빛을 유지하며 다른 빛과 어울릴 때만 무지개가 될 뿐이며, 무지개의 일곱 빛깔을 모두 섞어 놓으면 암흑이 된다는 사실을 아직 터득하지 못하고 있다.

다음으로 '제물갈이 삶인가, 그루갈이 삶인가'라는 문제를 제기할 때 동이뿐만 아니라 허 생원·성씨 처녀·조 선달, 심지어 허 생원의 분신인 나귀와 동이의 분신인 새끼노새까지도 제물갈이 삶이 아니라 그루갈이 삶을 살아간다는 전제가 깔려 있다. 허 생원은 봉평의 어느 물방앗간에서 무섭고도 기막힌 밤을 성 처녀와 지낸 뒤 제천 연지로 줄행랑을 놓는다. 성씨 처녀는 제천으로 시집을 가나 달도 차지 아니한 아기를 낳고 쫓겨난다. 덤받이로 출생한 동이는 술주정뱅이 의부로부터 매를 맞다가 뛰쳐나와 장돌뱅이가 된다. 이렇게 기구한 그루갈이 삶을 살아온 동이는 허 생원의 말대로 섬이 무던한 청년으로 성장하는데, 이것이 바로 「모밀꽃 필 무렵」의 미학이라고 지적할 수 있다.

마지막으로 '창작인가, 개작인가'라는 화두는 이효석의 「모밀꽃 필 무렵」이 표절은 아닐지라도 어떤 실화나 자료에 기대어 개작한 흔적이 역력하다는 점을 지적하지 않을 수 없다.

『청구야담』에는 비를 화소로 하여 남녀관계를 맺고 아들을 낳는 한문소설이 모두 3편이 실려 있는데, 「비」·「돌아온 핏줄」·「소나기」 등이 그것이다.

「모밀꽃 필 무렵」과 「소나기」의 중핵 화소는 그루갈이 삶을 지향하는 중생들의 출생의 비밀이다. 또 두 소설의 짜임새는 자연스럽게 과거를 회상하는 겹짜임으로 되어 있는데, 이는 필연적인 인과관계를 성립시키기 위하여 시간순차에 작가가 폭력을 가한 결과물이다. 이렇게 볼 때 이효석의 「모밀꽃 필 무렵」은 『청구야담』에 나오는 「소나기」를 표절한 것은 아닐지라도 적어도 개작한 흔적이 역력하다.

류종호는 「모밀꽃 필 무렵」의 배경이 된 봉평에 실제로 허 생원 실화가 있다는 주장을 하여 왔다. 이러한 주장을 『문학사상』에서도 반복한 바 있다. 김남극은 그러한 주장쯤은 어느 마을이나 어느 읍내에도 있을 법한 사실이라고 일축한다. 그러나 이러저러한 소문이나 풍문이 「모밀꽃 필 무렵」에 일정한 영향을 준 것은 사실일 터이다. 왜냐하면 작가란 자기가 보고 듣고 아는 것 이상을 쓸 수는 없기 때문이다.

신화란 무엇인가. 앞에서 거듭 밝힌 바와 같이 신화란 신을 빙자한 사람들의 이야기이다. 그렇다면 신이란 무엇인가, 아니 신이란 누구인가. 아놀드 토인비는 만년에 그리스신전에 새긴 "타인을 위하는 행위가 신이다(Deus est mortali mortalem)."는 말을 환기시키면서 "하느님은 곧 사랑, 사랑은 곧 하느님"이라는 기독교적 범신론을 갈파한 바 있다. 기독교적 사랑을 불교에서는 '보시'라 하였고 동학에서는 '포덕'이라 하였다. 수운은 "사람이 곧 하늘(人乃天)"이니 마음속에 하느님을 모시고 "사람을 하늘처럼 섬기라(事人如天)."고 하였다. 득도한 수운은 집으로 돌아와 땅 열두 마지기를 두 계집종에게 나누어 준 뒤, 하나는 속량하고 하나는 며느리로 삼았다. 수운의 뒤를 이은 해월은 병든 과부와 혼인하여 살았다. 출생의 비밀을 지닌 채 세상에 태어난 건국신화·서사무가·입말 이야기의 주인공과 「모밀꽃 필 무렵」의 주인공 동이는 고난과 역경을 거듭하는 그루갈이 삶을 살아가면서도 세상사람들을 위하여 자신의 몸과 마음을 바쳤으니, 우리 이야기 문학의 아름다움이 아니겠는가. 이 한마디 말을 하기 위하여 길고도 험한 길을 헤쳐 왔다. 독자대중은 저 빛나는 땅으로 놀아가라.

중생의 수행목표는 다음 세상에 사람으로 태어나는 데 있다고 한다. 승려의 수행목표는 영원히 열반에 들어 이승으로 다시는 돌아오지 않는 데 있다고 한다. 그러나 오늘도 날개를 편 민들레 씨앗은 하늘을 덮고 있다. 출생의 비밀을 거듭하는 순환고리를 누가 막을 수 있으며, 그루갈이 삶을 어찌 마다하겠는가.

◆ 참고문헌 ◆

1. 사료

『禮記』

『晋書』

사마천, 『史記』

두우, 『通典』

장초금 · 옹공예, 『翰苑』

이연수 편찬, 『北史』

진수, 『三國志』

범엽, 『後漢書』

김부식, 『三國史記』

일연, 『三國遺事』

이행 · 홍언필, 『東國與地勝覽』

홍봉한, 『增補文獻備考』

이승휴, 『帝王韻紀』

이맥, 『太白逸史』

한치윤, 『海東譯史』

안정복, 『東史綱目』

도네리친왕 등, 『日本書紀』

2. 저서

권설원, 『한국사회풍속사연구』(경인문화사, 1980)

김대숙, 『한국설화문학연구』(집문당, 1999)

김상억, 『향가』(명문당, 1988)

김승찬, 『고전시가론「구지가고」』(새문사, 1998)

김열규, 『한국신화와 무속연구』(일조각, 1977)

―――, 『신화 설화』(한국일보사, 1975)

김완용, 『한국고고학개설』(일지사, 1977)

―――, 『한국고고학연구』(일지사, 1987)

김정배, 『한국고대사의 신조류』(고려대출판국, 1980)

―――, 『한국고대의 국가기원과 성격』(고려대출판국, 1986)

―――, 『한국고대국가의 기원』(고려대출판국, 1974)

김정학, 『한국상고사연구』(범우사, 1990)

김재원, 『단군신화의 연구』(정음사, 1947)

김재원 외, 『한국지석묘연구』(국립중앙박물관, 1967)

김철준, 『한국고대사회연구』(지식산업사, 1975)

김태곤, 『한국무속연구』(집문당, 1975)

―――, 『한국의 무속신화』(집문당, 1989)

―――, 『한국무가집』(집문당, 1971)

김태곤 · 최운식 · 김진영, 『한국의 신화』(시인사, 1988)

김택규, 『한국민속문예론』(일조각, 1980)

―――, 『한국농경세시의 연구』(영남대출판부, 1985)

노용필, 『신라진흥왕순수비연구』(일조각, 1996)

노중국, 『백제정치사연구』(일조각, 1988)

류동식, 『한국무교의 역사와 구조』(연세대학교출판부, 1975)

백남운, 『조선사회경제제사』(범우사, 1989)

서대석, 『조선조문헌설화집요 Ⅰ · Ⅱ』(집문당, 1991 · 1992)

―――, 『한국신화의 연구』(집문당, 2002)

서대석 · 박경신 역주, 『한국고전문학전집 30 - 서사무가Ⅰ』(고려대학
교 민족문화연구소, 1996)

손진태, 『조선신가유편』(향토문학사, 1930)

―――, 『조선민족사개론』(을유문화사, 1948)

―――, 『조선민족문화의 연구』(을유문화사, 1948)

―――, 『조선민족설화의 연구』(을유문화사, 1947)

신동흔, 『살아 있는 우리신화』(한계레신문사, 2004)

신형식, 『원시시대의 사회조직』(삼지원, 1986)

신용하, 『공동체이론』(문학과지성사, 1985)

신동원, 『신라초기불교사연구』(고려대 박사학위논문, 1988)

신채호, 『조선상고사』(종로서원, 1948)

―――, 『조선상고문화사』(단재신채호전집 상, 1978)

안호상, 『민족사상과 정통종교의 연구』(민족문화출판사, 1996)

역사학회, 『한국고대의 국가와 사회』(일조각, 1985)

유증선, 『영남의 전설』(형설출판사, 1971)

윤무병, 『한국청동기문화연구』(예경산업사, 1987)

이기백, 『한국사신론』(일조각, 1967)

―――, 『한국사강좌 - 고대편』(일조각, 1988)

―――, 『단군신화논집』(새문사, 1988)

이기동, 『신라골품제사회와 화랑도』(한국연구원, 1980)

이시헌, 『한국민속학논고』(학연사, 1985)

―――, 『한국연극사』(한국가면극연구회, 1969)

이상일 외, 『한국사상의 원천』(박영사, 1976)

이병희, 『한국사 - 고대편』(을유문화사, 1959)

―――, 『한국고대사연구』(박영사, 1976)

이우석 · 임형택, 『이조한문단편선 중』(일조각, 1978)

이은봉, 『한국고대종교사상』(집문당, 1984)

―――, 『단군신화연구』(온누리, 1986)

이을호,『한사상의 묘맥』(사상사회연구소, 1986)

이종욱,『신라국가형성사연구』(일조각, 1982)

이춘영,『한국농업사』(민음사, 1988)

이필영,『솟대』(대원사, 1990)

―――,『한국 솟대신앙의 연구』(연세대 박사학위논문, 1989)

이현혜,『삼한사회형성과정연구』(일조각, 1984)

이형구 엮음,『단군과 단군조선』(살림터, 1995)

임동권,『한국민속학논고』(집문당, 1971)

임석재 · 장주근,『관북지방무가(추가)』(문교부, 1966)

장덕순,『한국설화문학연구』(서울대학교출판부, 1970)

―――,『국문학통론』(신구문화사, 1979)

―――,『설화문학개설』(이우출판사, 1980)

장주근,『한국의 신화』(성문각, 1964)

전제헌,『동명왕릉에 관한 연구』(백산자료원, 1998)

조동일,『한국설화와 민족의식』(정음사, 1985)

천관우,『한국상고사의 쟁점』(일조각, 1975)

―――,『고조선사, 삼한사 연구』(일조각, 1989)

최광식,『한국고대의 제의연구』(고려대 박사학위논문, 1989)

최길성,『한국민간신앙의 연구』(계명대출판부, 1989)

최남선,『육당최남선전집 2』(현암사, 1973)

최덕원,『남도민속고』(삼성출판사, 1990)

최몽룡,『한국고대사의 제문제』(관악사, 1987)

최상수,『한국민간전설집』(통문관, 1958)

홍윤식,『삼국유사와 한국고대문화』(원광대출판국, 1985)

―――,『한국불교신서 33 - 불교와 민속』(동국대, 1980)

황패강,『한국서사문학연구』(단국대출판부, 1972)

―――,『신라불교설화연구』(일지사, 1975)

―――,『한국의 신화』(단국대출판부, 1988)

한국사연구회, 『한국상고사』(민음사, 1989)

한국정신문화연구원편, 『한국구비문학대계 3-4』(1984)

한국정신문화연구원, 『한국상고사의 제문제』(1987)

─────────, 『한국고대문화와 인접문화와의 관계』(1981)

문화재관리국, 『중요무형문화해설 - 놀이와 의식』(1985)

김용간·석광준, 『남경유적에 관한 연구』(과학백과사전출판사, 1894)

문정창, 『조선의 시장』(1934)

삼품장영, 『신라화랑의 연구』(평단사, 1971)

용촌육일, 『국가의 본질과 기원』(경초서방, 1983)

길야청인, 『원시종교의 구조와 기능』(유린당출판, 1971)

정상수웅, 『고대조선사서설』(영락사, 1978)

추엽륭 외, 『만동의 민족과 종교』(대판실호서점, 1941)

웅곡 치, 『동아시아의 민속과 제의』(웅산각출판, 1984)

3. 연구논문

강영향, 「한국고대의 시(市)와 정(井)에 대한 - 일고찰」, 『숙대원우논
    문집』(1984)

권복순, 「인물전설의 서사구성과 성격 - 경남지역을 중심으로」(경상
    대학교 박사학위논문, 2003)

권오영, 「초기백제성장과정에 대한 일고찰」, 『한국사론 15집』(1986)

권태효, 「석탈해신화연구 - 신라신화의 제유형을 중심으로」, 『경기어
    문학 제9집』(경기대 국어국문학과, 1991)

────, 「동명왕신화의 형성과정에 대한 일고찰」, 『구비문학연구 제1
    집』(한국구비문학회, 1994)

금장태, 「한국고대의 신앙과 제의」, 『동대논총 제8집』(1978)

김광순, 「시조신화의 양상」, 『국어국문학 제68·69 합병호』(국어국문
    학회, 1975)

김광억, 「국가형성에 관한 인류학적 이론과 한국고대사」『한국문화인
　　　류학 제17집』(1985)

김기탁, 「가락국기의 제의신화연구」, 『상주농전논문집 제5집』(상주농
　　　잠전문학교, 1970)

김두진, 「단군고기의 이해방향」, 『한국학논총. 5권』(국민대학교 한국
　　　학연구소, 1982)

―――, 「신라 김알지신화의 형성과 신궁」(이기백선생고희기념 한국사
　　　학논총간행위원회, 1994)

김두헌, 「국조단군신화」, 『승공생활 제11호』(1977)

김무조, 「단군신화의 문학적 사고 – 가요배태를 중심으로」, 『국어국문
　　　학 제3호』(부산대학교, 1961)

―――, 「단군신화의 동·식물상징고」, 『행정이상헌박사 회갑기념논문
　　　집』(1968)

김병곤, 「신라초기왕권의 성장과 천신신앙」, 『한국사상사학 13집』
　　　(1999)

김사진, 「한국별읍사회의 소도신앙」, 『한국고대의 국가와 사회』(1985)

―――, 「삼한사회의 읍락」, 『한국학논총 8집』(1984)

―――, 「신라건국신화와 신성족 관념」, 『한국학논총 11집』(1988)

―――, 「마한사회의 구조와 성격」, 『마한·백제문화 12』(1990)

김삼수, 「한국사회경제사」, 『한국문화사대계 3권』(고려대 민족문화연
　　　구소, 1965)

김승모, 「한국거석문화원류에 관한 연구」, 『한국고고학보 10, 11』(1981)

김양옥, 「한반도청동기시대 문양의 연구」, 『한국고고학보 10, 11』(1981)

김영철 외, 「구지가의 배경과 구조」, 『한국시가의 재조명』(1984)

김영배 외, 「부여 송국리 요령식 동검 출사 석관묘」, 『백제문화 78』
　　　(1975)

김원용, 「익산지방의 청동기문화」, 『마한·백제문화 2집』(1968)

―――, 「심양 정가와자 청동시대와 부장품」, 『동양학 제6집』(1976)

――――, 「12대영자의 청동단검묘」, 『역사학보 제16집』(1961)

――――, 「익산리 제출사 청동 일괄 유물」, 『사학연구 20집』(1968)

――――, 「마한 고고학의 현상과 과제」, 『마한문화연구의 제문제』(1989)

――――, 「청동기사회 – 예술과 신앙」, 『한국사론 13집 상』(국사편찬위
　　원회, 1986)

――――, 「한국 재도기원에 대한 일고찰」, 『진단학보 25, 26, 27 합병호』
　　(1965)

――――, 「삼국시대 개시에 관한 일고찰」, 『동아문화 7』(1967)

김정배, 「한국고대의 국가기원론」, 『백산학보 14집』(1973)

――――, 「진국(辰國)과 한(韓)에 대한 고찰」, 『사총 12, 13 합집』(1968)

――――, 「소도의 정치사적 의미」, 『역사학보 79집』(1978)

――――, 「국가기원의 제이론과 그 적용 문제」, 『역사학보 94, 95 합집』
　　(1982)

――――, 「군장사회의 발전과정시론」, 『백제문화 12집』(1987)

――――, 「준왕 및 진국과 삼한 정통론의 제문제」, 『한국사연구』(1976)

――――, 「한국청동기문화의 기원에 관한 일소고」, 『고문화 17집』(1979)

――――, 「목지국 소고」, 『천관우선생환갑기념논총』(1985)

――――, 「한 청동기문화의 사적 고찰」, 『한국사논문선집 선사편』(1982)

김정학, 「고대국가의 발달 – 가야」, 『한국고고학보 12집』(1982)

――――, 「한국청동기문화의 편년」, 『한국고고학보 5집』(1978)

――――, 「단군설화와 토템이즘」, 『역사학보 7』(역사학회, 1954)

김정호, 「한국신화의 여성주인공 연구」(경상대학교 박사학위논문,
　　1999)

김철준, 「한국고대사회의 성격과 중세사회의 지성」, 『동방학지 10』
　　(1969)

――――, 「무(巫)의 단골제 연구」, 『마한 · 백제문화 제1집』(1975)

――――, 「민간의 귀신」, 『한국사상의 원천』(1976)

――――, 「무속상으로 본 단군신화」, 『사학연구 20』(1968)

———, 「소도의 종교 민속학적 조명」, 『마한 · 백제문화 12집』(1990)

김태곤, 「무속상으로 본 단군신화」, 『단군신화 연구』(온누리, 1986)

김태식, 「가야의 사회발전 단계」, 『한국고대국가의 형성』(1990)

김택규, 「영고고」, 『한국민속문예론』(1980)

———, 「한국부락관습사」, 『한국문화사대계 10권』(1970)

———, 「신라상대의 토착신앙과 종교습합」, 『신라종교의 신연구』(신
　　　라문화선양회 경주시, 1984)

———, 「소도와 졸사」, 『삼상차남희수기념 논문집』(1985)

나희라, 「신라 초기 왕의 성격과 제사」(서울대 석사학위논문, 1989)

노명호, 「백제의 동명신화와 동명묘」, 『역사학연구 10』(1981)

노중국, 「한국고대의 읍락의 구조와 성격」, 『대구사학 39』(1990)

———, 「목지국에 대한 고찰」, 『백제논총 2집』(1990)

노태돈, 「삼국시대의 부(部)에 관한 연구」, 『한국사론 2』(1975)

문경현, 「신라건국설화의 연구」, 『대구사학 4』(1972)

문창로, 「신라와 낙랑의 관계」(국민대학교, 2003)

박경화, 「한국고대의 무속신앙」, 『철학사상의 제문제 2』(1984)

박승길, 「한문화 속에 나타나는 화랑문화의 의의」, 『화랑문화의 제조
　　　명』(1989)

박순호, 「전북 솟대고」, 『한국민속학 18』(1985)

박찬규, 「마한세력의 분포와 변천」, 『한국사의 이해 – 고대고고 1』(신
　　　서원, 1991)

박호원, 「솟대신앙에 관한 연구」(정신문화연구원부속 한국학대학원,
　　　1986)

박희현, 「한국의 고인돌문화에 대한 고찰」, 『한국사연구 46』(1984)

방희주, 「한국거석제의 제문제」, 『사학연구 20호』(1969)

백남욱, 「한국고대국가의 형성과 발전에 관한 연구」, 『논문집』(대유공
　　　전, 1982)

백찬규, 「건물벽화의 해체 · 이전공사와 그 보존」(문화재관리국 보수과)

서대석, 「무당내력의 성격과 의의」, 『구비문학연구 제4집』(한국구비문
　　　학회, 1997)

서성운 외, 「함평 초보리 유적」(국립광주박물관, 1988)

서영대, 「『삼국사기』와 원시종교」, 『역사학보 105』(1985)

―――, 「한국종교사 자료로서의 『삼국지』 동이전」, 『한국학연구 3』
　　　(1991)

―――, 「한국고대의 종교전문가」, 『광장 88년 10월호』(1988)

성낙준, 「영산강유역의 옹관묘연구」, 『백제문화 15호』(1983)

성주택·차용걸, 「백제의식고」, 『백제연구 12』(1981)

손보기, 「우리나라 벼농사의 새로운 사실」, 『동방학지 55, 56 합집』
　　　(1989)

―――, 「삼한의 국읍과 그 성장에 대하여」, 『역사학보 69집』(1976)

손영종, 「고조선의 3왕조의 시기구분에 대하여」, 『단군과 고조선』(살
　　　림터, 1999)

손진태, 「소도고」, 『조선민족문화의 연구』(1947)

유경환, 「김알지신화의 원형적 상징성」(경주문화, 2001)

이병도, 「단군설화의 해석과 아사달문제」, 『한국상고사연구』(박영사,
　　　1971)

이병윤, 「한국신화의 정신분석 ― 한국인의 원시사고 및 무의식사고에
　　　있어서의 상징의 특성」, 『단군신화연구』(온누리, 1986)

이재걸, 「단군신화의 현황과 문제점 1」, 『국제어문 제3집』(국제어문학
　　　연구회, 1983)

―――, 「단군신화연구의 현황과 문제점 2」, 『국제어문 6, 7 합집』(국
　　　제어문학연구회, 1986)

―――, 「단군신화의 문학적 고찰 ― 구조와 모티프를 중심으로」, 『백사
　　　전광용선생 고희기념논총』(세종대학교 세종어문학회, 1988)

이호영, 「한국상고사회 발전단계의 제설」, 『단국대 논문집』(1978)

이　철, 「단군관계 미술유산에 대한 고찰」, 『단군과 단군조선』(살림터,

1995)

임동권, 「강릉 단오제」, 『한국민속학논고』(1973)

장경은, 「신라 박씨왕실의 분기와 석씨족의 집권과정」(신라사학보 창
        간호)

장윤식, 「제천의식과 무(巫)」(한국정신문화연구원, 1982)

장정용, 「강릉지방 솟대연구」, 『강원민속학 5, 6집』(1982)

전경수, 「신라사회의 연령체계와 화랑제도」, 『한국문화인류학 17집』
        (1985)

전영래, 「한국청동기문화의 연구」, 『마한·백제문화 6집』(1983)

ㅡㅡㅡ, 「백제남방영역의 변천」, 『천관우선생 환갑기념논총』(1985)

정재교, 「신라의 국가적 성장과 신궁」, 『부산사학 11집』(1987)

정병욱, 「한국시가문학사 상」, 『한국문화사대계 권10』(1979)

정중환, 「진국(辰國) 삼한(三韓) 급(及) 가라(加羅) 명칭고」, 『부산대
        학교 10주년 기념논문집』(1956)

정진홍, 「신화의 구조적 분석 – 단군신화의 종교적 합의를 해독하기 위
        한 시론」, 『종교학연구 1』(종교연구회, 1978)

조법종, 「고구려사회의 단군인식과 종교문화적 특징」, 『한국고대사학
        21집』(2001)

조유전, 「전남 화순 청동유물 일괄 출사 유적」, 『윤무병박사 회갑기념
        논문집』(1984)

조지훈, 「누석단 신수 당집 신앙연구」, 『문리논집 7집』(고려대, 1963)

ㅡㅡㅡ, 「동방개국설화고(攷) – 건국신화의 유형과 모티브에 대한 연
        구」, 『이상백박사 회갑기념논총』(동간행위원회, 1964)

ㅡㅡㅡ, 「서낭간고」, 『신라가야문화 1』(1966)

조한필, 「초기백제의 국가적 성격」(고려대 석사학위논문, 1984)

주보돈, 「한국고대국가 형성에 대한 연구사적 검토」, 『한국고대국가의
        형성』(1990)

지건길, 「예산 동서리 석관묘 출사 청동 일괄 유물」, 『백제연구 9』(1978)

ㅡㅡㅡ, 「청동기시대 - 묘제 2(석관묘)」, 『한국사론 13권』(국사편찬위
　　　　원회, 1986)

천관우, 「목지국고」, 『한국사연구 23집』(1979)

ㅡㅡㅡ, 「마한제국의 위치 시론」, 『한국학보 9』(1979)

ㅡㅡㅡ, 「삼한의 국가형성」, 『한국학보 2, 3』(1976)

최길성, 「민간신앙의 구조와 역할」, 『한국민속학 5집』(1972)

최남선, 「단군론-조선을 중심으로 한 동방문화 연원 연구」(동아일보,
　　　　1926. 3)

ㅡㅡㅡ, 「단군 不認의 妄」(동아일보, 1926. 2. 11-2. 12)

ㅡㅡㅡ, 「단군과 삼황오제-神道를 통해서 보는 고조선 및 지나의 원시
　　　　규범 유형」(동아일보, 1928. 8. 1-12. 16)

ㅡㅡㅡ, 「檀君及其研究」(별건곤 12, 13 합병호, 1928)

ㅡㅡㅡ, 「조선문화의 일체 종자인 단군신전의 古義」(동아일보, 1928.
　　　　1. 1-2. 28)

ㅡㅡㅡ, 「단군소고」(조선 186 · 187, 1930)

ㅡㅡㅡ, 「단군고기잔석」, 『사상계 제2권 2호』(사상계사, 1954)

최몽룡, 「고고학적 측면에서 본 마한」, 『마한 · 백제문화 9집』(1986)

ㅡㅡㅡ, 「전남지방 소재 지석묘의 형식과 분류」, 『역사학보 78』(1978)

ㅡㅡㅡ, 「철기시대의 고대국가의 발생」, 『한국사연구 입문』(지식산업
　　　　사, 1981)

ㅡㅡㅡ, 「전남지방 지석묘사회와 계급의 발생」, 『한국사연구 35』(1981)

ㅡㅡㅡ, 「고고학적 자료를 통해 본 초기백제의 영역고찰」, 『전관우선생
　　　　환갑기념 한국사학논총』(1985)

최용수, 「구지가에 대하여」, 『배달말 제18호』(1993)

한병삼, 「선사시대 농경문청동기에 대하여」, 『고고미술 112』(1971)

천광식, 「한국고대의 제천의례」, 『국사관논총 13집』(1990)

ㅡㅡㅡ, 「삼국의 시조묘와 그 제사」, 『대구사학 38』(1990)

ㅡㅡㅡ, 「신라신궁설치에 대한 일고찰」, 『한국사연구 43집』(1989)

최인학, 「화랑과 통과의례」, 『화랑문화의 재조명』(서경문화사, 1989)

최재석, 「신라 시조묘와 신궁의 제사」, 『한국고대사회사연구』(1987)

한병삼 외, 「남성리 지석묘」(국립박물관 고적조사보고 제10책, 1977)

허회숙, 「소도에 관한 연구」, 『경희사학 3』(1971)

홍윤식, 「마한 소도영역에서의 백제불교의 수용」, 『마한 · 백제문화 11 집』(1988)

―――, 「마한사회에 있어서의 천군의 위치」, 『마한문화연구의 제문제』 (1989)

홍이섭, 「지방의 전설(日文)」, 『조광 7』(1943)

황철산, 「향도에 관하여」, 『문화유산 2호』(1961)

황패강, 「박혁거세신화연구」(설화문학연구, 1998)

문화재관리국, 「은산별신제」, 『중요무형문화재해설』(1985)

국립중앙박물관, 「송국리」(1979)

4. 이효석

이효석, 「나의 수업시대」(『동아일보』 1937년 7. 25.~29), 전집 7권

이효석, 「노마의 십년」(『문장』 1940. 2), 전집 7권

이효석, 「신체제하의 여(余)의 문학활동 방침」, 『삼천리』(1941. 1), 전 집 6권

이효석, 「금후 어떻게 써야 하는가? ─ 특히 귀하의 흥미를 느끼는 주 제」, 『국민문학』(1942. 1)

이효석, 「문학과 국민성 ─ 한 개의 문학적 각서」, 『매일신보』(1942. 3), 전집 6권

이효석, 「나는 이렇게 생각하고 있다 ─ 새로운 국민문예의 길」, 『국민 문학』(1942. 4)

이효석, 「『풍년가』 보던 날 밤」, 『대동아』(1942. 5), 전집 7권

이효석, 『한국소설문학대계 16 · 이효석』(동아출판사, 1995)

이효석, 『이효석전집』(창미사, 2003)

이효석, 『은빛 송어』(송태욱 옮김, 해토, 2005)

곽 근, 「유진오와 이효석의 전기소설연구」(성균관대 박사논문, 1989)

구수연, 「이효석 단편소설의 서술전략을 통해 본 성의식연구」(부산대
　　　　교육학석사논문, 1997)

김교선, 「조화미의 정점 – 이효석의 작품세계」, 『현대문학』(1975. 3)

김기진, 「한국문단측면사」, 『사상계』(1956. 12. 송년호)

김동리, 「산문과 반산문」, 『민성』(1948. 7 . ~8)

김상태, 「이효석의 문체」, 『이효석전집 8』(창미사, 1983)

김영숙, 「이효석 소설연구」(건국대 박사논문, 1992)

김우종, 「화려한 '순수' 에의 미몽」, 『문학사상』(1974. 2)

―――, 『현대소설의 이해』(이우출판사, 1978)

김용덕, 『한국민족문화대백과사전 · 6』(창솔, 1992)

김윤식, 「모더니즘의 정신사적 기반 – 이효석의 경우」, 『문학과지성』
　　　　(1977, 겨울)

김정자, 『한국근대소설의 문체론적 연구』(삼지원, 1985)

김종철, 「교외거주인의 행복한 의식 – 이효석의 작품세계」, 『문학사상』
　　　　(1984. 2)

김종환, 「시문학의 정도」

김해옥, 「이효석 단편소설의 서정적 특질연구」(연세대 석사논문, 1985)

김 현, 「이효석과 '화분'」, 『사상계』(1966. 3)

림종국, 『친일문학론』(평화출판사, 1966)

류종호, 「적요의 아웃사이더」, 『한국의 인간상』(신구문화사, 1966)

―――, 「서구소설과 한국소설기법」, 『한국인과 문학사상』(일조각,
　　　　1964)

명계웅, 「이효석 연구」, 『현대문학』(1970. 11)

박철희, 「엑조티시즘의 수사학 – 이효석의 문체」, 『문학사상』(1974. 2)

박영희, 「초창기의 문단측면사」, 『현대문학』(1960. 4)

백　철, 『신문학사조사』(민중서관, 1953)

―――, 『인간탐구의 문학』(창미사, 1985)

신동욱, 「이효석 소설에 관한 연구」, 『동방학지 49』(1985)

정명환, 「위장된 순응주의」, 『창작과비평』(1968 겨울~1969 봄)

정창범, 「투신의 의미」, 『문학춘추』(1964. 11)

정한모, 「문체로 본 동인과 효석」, 『문학예술』(1951. 5)

―――, 「효석과 엑조티시즘」, 『국어국문학 15』(1956)

정한숙, 「성의 유형과 그 매체」, 『아세아연구 42』(1971)

주종연, 「문학에 있어서의 성의 문제」, 『국어국문학 48』(1970)

유순영, 「이효석 소설의 인물유형연구」(한양대 박사논문, 1992)

유종호, 『한국인과 문학사상』(일조각, 1973)

이상섭, 「애욕문학으로서의 특질 ― 이효석의 작품세계」, 『문학사상』
　　　(1974. 2)

이상신, 「이효석 문체의 기호론적 연구」(이화여대 박사논문, 1989)

이상옥, 『이효석 문학과 생애』(민음사, 1992)

이어령, 「흙 속에 저 바람 속에」(문학사상사, 1963)

이우성 외 옮김, 『이조한문단편선 상』(일조각, 1978)

이월영 외 옮김, 『청구야담』(한국문화사, 1995)

이재선, 「분열과 화해」, 『한국현대문학전집 5』(1985)

이태동, 「이효석과 D. H. 로렌스」, 『현대문학』(1983. 6)

임종국, 『친일문학론』(평화출판사, 1996)

유기룡, 『현대작가론』(형설출판사, 1979)

유진오, 『젊음이 깃칠 때』(휘문출판사, 1978)

윤병로, 「이효석론 ― 향수의 모더니스트」, 『현대작가론』(이우출판사,
　　　1975)

정명환, 「위장된 순응주의 (상) ― 이효석론」, 『창작과비평 통권 12호』
　　　(창작과비평사, 1968)

조남현, 『한국지식인소설연구』(일지사, 1984)

주종연, 「에로티시즘의 의미 – 이효석론」, 『현대한국작가연구』(민음사, 1976)

―――, 「이효석의 초기작품고 – 단편집 『노령근해』를 중심으로」, 『국민대학논문집 11』(1976)

―――, 「창조적 상상력과 창작의 프로세스 – 이효석의 「메밀꽃 필 무렵」」, 『문학사상』(1977. 12)

―――, 「효석문학의 원천에 대한 고찰」, 『이효석전집 8』(창미사, 1983)

천이두, 『한국현대소설론』(형설출판사, 1983)

채 훈, 「전기 이효석 작품고」, 『이효석전집 8』(창미사, 1983)

최정희, 『노령근해』 무렵의 이효석」, 『현대문학』(1962. 12)

한상무, 「이효석론」, 『한국현대작가론』(민음사, 1984)

출생의 비밀,
그루갈이 삶을 위한 씨뿌리기

처음 찍은날 · 2006년 12월 26일
처음 펴낸날 · 2006년 12월 30일

지은이 · 신경득
펴낸이 · 송영현
펴낸곳 · 살림터

주소 · 122 - 806 서울시 은평구 갈현동 355 - 22
전화 · 02 - 3141 - 6553 (대표)
전송 · 02 - 3141 - 6555
전자우편 · sltslt@chol.com
신고번호 · 제313 - 1990 - 7호 (1990년 5월 15일)

제판 · 으뜸애드래픽
인쇄 · 대광인쇄
제본 · 길성제책

값 12,000원

ⓒ 신경득, 2006
▶ 잘못된 책은 바꾸어 드립니다.
▶ ISBN 89 - 85321 - 88 - 9 (03810)